惡之島

彼端的自我

謝曉昀 著

臺灣商務印書館

目錄

推薦序㈠：黑白荒原上的唯一一隻彩色斑馬

我是在台大對面溫州街一家叫「雪可屋」的咖啡屋讀完這部小說。一口氣讀完後有一種眼球長時間直視太陽而後閉目，暗黑中視覺暫留一團岩漿斑熾紅的光團，在你用眼皮闔蓋住的密室翻湧之生理錯覺。我當然有許多習慣使用的標記關鍵字，譬如：巴洛克、賦格、水晶雪球、末日之街、雙面、傀偶馬戲團、惡魔的新娘、遺忘的故事（不對，應是「霧中風景」，一個拿島有之境的幻燈片拼綴身世的流浪與尋找）……種種種種。

這當然是一本好看的小說。閱讀時你極難擺脫由作者不斷累聚繁殖之故事中人物之乖異、陰鬱、殘虐又耽美之身世謎團，喘不過氣地一路被勾引翻頁至最後。一種說故事的速度感，那種高速感難免令人不安（尤其是透過如此「翻譯小說體」的幻異異國氛圍）。

複製人的故事（譬如 Philip k Dick 原著的《銀翼殺手》、譬如攻殼機動隊、譬如韋勒貝克的《一座島嶼的可能》或愛特伍的《末世男女》），在後二十世紀小說的世界，似乎是一最抽象，最鄰近數學、物理、天文學、乃至神學，因之最易辨識在敘事幻術召喚而起的繁複建築裡，那線條清晰，朝整個被浩劫廢墟空景遠遠拋擲在「過去」的我們現在這個文明的哲學飛矢，一個哲學提問：創造是什麼？如果我們這整個文明是不可挽回的往墜壞、毀滅、罪惡、神之詛咒傾斜，如果可以重來一次，一個仰賴遺傳工程或AI智慧，而非聖經裡之預言，可以從那世紀之鐘的零時，重新建構的千禧烏托邦，無有原罪，無有我們封印貯存在這數千年文明之詩歌、小說、戲劇、歷史、戰爭、犯罪檔案或瘋人院文獻，所有人性的惡、縱慾、殘忍、醜陋……把基因的潘朵拉之盒按下暫停鍵，侵入上帝的鐘錶工匠室，將那些惡之華如蛆蟲一朵一朵摘除。這樣的計畫是一天使戀戀之歌，一個永恆的水晶球靜物世界（如村上那「世界末日」中的無倒影之街），或是無間道的懲罰？

《惡之島——彼端的自我》便是憑空架構在這樣「未來」（而那「未來」的想像性時間沙漏，以放置在我們現階段文明滅絕不存在之後的另一重力世界。譬如「嚕嚕米」的歡樂谷，譬如M．安迪「說不完的故事」裡的「幻想國」，譬如「海賊王」與「火影忍者」，那是艾可在「波多里諾」那由唬爛王們集體幻造編織而後卻真的陷足其中的不存在國度之地圖），年輕的小說家不可能擁有波赫士那樣的博學以偽造一「即使不存在，但必然存在」的宇宙模型、星球史、亡佚之百科全書，那侵入神之造物實驗室的蒼蠅複眼萬花筒，將「虛構」成為本體論源頭的可怖工程。但她避開了這後二十世紀說故事者的「不能承受之重」，避開了赫拉巴爾、莫拉維亞乃至馬奎斯、巴加斯．略薩這些疲憊的小說巨人以平行視角混入城市（酒館、巷弄、妓院、旅店、小警局、碼頭、教室、社區足球場、卡車貨運行）盲腸般錯結糾葛、藏污納垢、纍聚蜂巢般個人生活史的「我們置身之當代」：一種昆蟲學者式的採集與紀錄。她攀爬出那「被高樓大下遮斷的城市地平線」的圍牆之外，進入一個新人種不理會卡夫卡，反而像《基督山恩仇記》、《格列佛遊記》、《愛麗絲夢遊仙境》，一個殘缺，因之機械故障而人物帶有一種緩慢感，一個色譜較明亮尖銳而呈現不真實感，一個廢棄遊樂園裡油漆剝落之機器傀偶撐著某個故事的荒涼感，一種像普拉斯的《歐赫貝奇幻地誌學》（從字母A到Z的一組怪異卻又理所當然，逆反真實卻又繁複百科一本正經，有女戰士之國、有沙漠之國、有雕像之國、有高山峻嶺、有海底之國、眩暈城、相反顛倒王國、奇特機械國度……）那樣想像力無比自由奔馳，一種揉雜了中世紀偽異地誌、大航海時代海圖、馬可波羅遊記、天方夜譚、乃至〈星艦迷航記〉、〈銀河鐵道〉……種種「古代——未來」、「東方——西方」、「巫術——科技」、「神獸妖禽——大型機械飛行器或船艦」、「神話——人類學」……皆飄浮散碎成一種由知識狂歡驟轉成視覺官能之迷幻激爽的異質世界，一種失去歸檔秩序的諸多抽屜橫七豎八拉開翻倒，不同故事背景之拼圖小塊混在一起的繽紛潦亂……

且看在《惡之島——彼端的自我》第十一章〈彼端：靈魂祭〉中的一段描寫：

「這次，隊伍裡為首的，是一隻斷了右邊細長關節的白鷺鷥，正狼狽地用兩邊的白色翅膀，一上一下地拍打著控制行進的頻率。後頭跟著的是一長排高矮不一的動物：有渾身精光，沒有任何鬃毛的黑色駱馬；有兩隻同時截斷了各一邊腳，正用手搭著彼此肩膀前進的雪白人猿，也有幾隻瞎了眼睛，正一頂一撞地撲倒在前面動物身上的黝黑羔羊。

我的心臟發出猛烈的撞擊聲，撲通撲通，聽覺裡全是混亂的心跳聲，以及全身關節發出不尋常，喀噠喀噠的顫抖響聲。在我身旁的柯斯則是摒住呼吸，不發一語的瞪大眼睛。

黯淡的黑白動物隊伍，正背對著逐漸隱沒下去的昏黃夕陽。

碩大殘缺的陰影遮蔽了前方的光線。如同從深幽的冥界大門裡，踩出一支龐大的死亡隊伍。周遭明亮的空氣隨著牠們前進的緩慢步伐，慢慢凝結成一種強烈的肅殺氣氛。四周吵雜的聲音也在瞬間，被這樣的幽黯的奇景給抽空。

牠們經過每個地方，便會一塊把歡樂與愉快的氛圍給吸收吞噬掉，而牠們映照在地上的影子，也總是顯得特別的醜陋不堪。

前方濃綠昏暗的森林搖晃著強風吹撫過的痕跡。不知過了多久，我聽見自己的手裡，原本緊握的湯匙，掉到地上發出清脆的哐啷聲。」

這樣瑰麗、空闊、無比自由的想像曠野，讓我這樣由張愛玲的祕室、魯迅的狂人、李永平的吉陵鎮、李渝的溫州街、甚至是朱天文的世紀末的華麗或朱天心的我記得……揣摩浸染進入華文小說物質性書寫與醚醇氣味的小說寫手，感到陌生且無所適從。直觀一點說，它太「異國」、太「翻譯小說體」了。它既無通關密碼進入童偉格、甘耀明、伊格言等諸家的魔幻原鄉魅影，離五年級作家群同齡的「卡昆體」（卡爾維諾＋米蘭昆德拉）更遠，我心裡想：這或許就是下一個階段的新型態說故事人了。二十餘萬字的長篇，如禽鳥俯衝之朣距視框，快速遞轉、剪接、目不暇給、類型之記憶幻燈片層疊再抽換，經驗的爆炸……迫使閱讀不會停頓踟躕：主體與複製人之間的雙面辯證、永遠匱缺的追尋與渴慕、吉本芭娜娜式的家庭詛咒與哀愁預感、村上小說裡那種像鴿子剪去耳半規管的永遠孤獨、吸血鬼類型、黑幫電影類型、乃至〈恐怖旅店〉、〈八厘米〉、〈老男孩〉……這些「人莫名其妙陷入一種僅以取樂激爽而無意義殘虐恐怖之境」的現代性異端祭壇……那確像巴別塔的隱喻，在一種說故事的高燒激情和歌劇般的華麗旋轉，以無數的電影（而非語言）作為磚瓦肋拱，作為馬賽克磁磚，作為薔薇花窗之彩繪玻璃，以「彼端」的霧中風景和「自我」的抵向F之謎，盤旋撐架伸向天頂的巴洛克大教堂。

讀罷此書，我難免為自己所從出之「老靈魂式現代主義」之「語言巴別塔」困境而自傷自艾，我總慨歎我這輩的小說家「不會說故事」乃緣於經驗之匱乏。然而，「故事」究竟是什麼？我們延俄、滯緩、陌生與疏離，試圖將「故事」誘騙進福克納式的話語泥沼使之不成為流通貨幣，然而年輕的小說家有其物種自己尋找生存路徑之本能。一如在《惡之島——彼端的自我》中，我最喜歡的「動物遊行」場景：

「所有關於他們的想像力，皆迅速幻化成最符合他們思想的動物。一種看起來真實具體的動物，很乾脆徹底的由身體中間剝落出來。

這感覺像是從原本站立的位置，往旁邊輕輕挪動一步，你身上的某個部分卻停在剛剛的地方；也像緊緊黏貼在地上的影子，自己有生命力般地拒絕跟上你的移動，停頓在原地。

這些貌似動物的繁雜想像力，從每個人身體上脫落下來後，便從各個角落裡走出，聚攏在街道上，再緩慢地往南方移動。

沒有明確的目標，直到龐大的身型隊伍，淹沒在看不見的遠方草原裡。

有些人的想像力，只是微小的如同浮游生物般，依附在龐大的大象身體上面。有的則像是跛了腳的猴子，或是少了喙嘴的烏鴉，狼狽地歪扭著身體，蹌踉著瑣碎的腳步，跟隨著前往南方的步伐，緩慢前進。

鐘聲的迴盪是確實的共鳴，細微悠長，由此已形成的鐘鳴震盪，如同消散不去的薄霧，穿越滲透了街道兩旁的建築，往更遙遠的時間之流匯去。

動物全體皆無法發出聲音，沉默的行進隊伍，任憑鐘聲穿梭在牠們之中。剛從商店出來，站在街道上的我，看見屬於自己的想像力，十分順從地依著纏繞的鐘聲，像靈魂出竅般俐落地脫離我，就在身旁，化成一隻顏色漂亮的斑馬。」

駱以軍

推薦序㈡：我和我，一場沒有名字的邂逅瞬間

「這個島國沒有名字。」

這是小說破題的第一句話，相當果斷並且飽滿著一種直視的力量，我喜歡！

二〇〇八年，我的靈魂還迷走在詩人與詩態的介面之際，在天使泊岸的港口和這位年輕的小說家相識，然後看見了她靈魂底層對文學的信仰，一如我對詩，於是，莫名的感動油然升起，我想，在這個時代裡，不易看見同族，倘若一旦碰上了，就自然要為彼此延燒那天真逐夢的工蟻熱情！並且很堅定地。

這一本小說，構築了二十三萬字，先不說「彼端」與「自我」兩岸來回跳躍的繁複邏輯，光那一個字一個字爬過的辛苦，就不是簡單兩句話可以一筆帶過了的。

「做夢的人在夢裡行走，不做夢的人在現實裡行走……」，小說家在順延著意識流動的寫作過程裡，替讀者標示了閱讀「彼端」與「自我」所要歷經之夢與非夢的扞格與交戰，故事從一個關於複製人的實驗開始說起，這使我想起拉岡（LACAN）鏡像理論，在經歷與母體剝離的原生性痛苦後，透過鏡像轉而朝向那

虛幻的自我發展，這樣不斷地疏離與異化的過程，則如拉岡所說：「就像一條無限接近零但永遠達不到零的關係⋯⋯」，我們彷彿都慣常迷失了，忽略了「自我」其實只不過是一連串主體對客體的認識和誤認時，所產生出來的異化部分。

作者做她想做的夢，把鏡像兩端主體與客體的虛幻組合，拼貼出了更為接近真實的詭譎世界。

所以鏡子裡，沒有名字是應當的，但是鏡子之外呢？

莊周夢蝶、蝶夢莊周的辯證法則，在故事的開端很鮮明，但這卻是專屬於哲學領域中的研究範疇，而非小說家的責任，曉昀拿心說故事，用文字的彩筆勾勒出心中對人類角色扮演的種種疑惑與不安，我想起徐四金「香水」中的葛奴乙，一個性格理型與主體慾望的並置對位。

作者曉昀在美術專業學校教書，紮實的視覺藝術訓練，讓她的筆下有著各種層次的場景與畫面，景深遠近、比例構圖，還有那繽紛得令人驚嘆的色彩，透過文字的精準簡要的描摩，只要你願意拿著色票對著讀，就一定可以從她的字裡行間，找到那組迷人色彩的組合。

一道嚴肅的命題，被架構在如繁花盛開的彩色世界，這是我所驚豔的。

中國明代劇作家湯顯祖的牡丹亭透過色彩的層次描寫，把杜麗娘女性的形象推移得極為成功，而作者小說中的人物與場景，也同樣透過了她繪畫的直覺與天賦，勾勒出如詩的氛圍，特別是在主人翁對己身層層記憶包裹的回溯過程中，讀者千萬不要忽略了那些場景的色彩細節變化，那幾場回憶的大雨，從光線與組合顏色的改變與鋪排，都緊扣著主人翁的內心情緒變化與故事情節。

我相信這不是作者刻意的安排，因為這是她「用色」的本能，但卻也是作品中一個不容忽略的書寫特色。

或許，我們對自己的記憶永遠是模糊的，一如我們對自己的未來。

故事發生在模糊的時空中，鋪梗的書寫方式，冷靜地讓人不得不相信曉昀是個標準的村上春樹迷，然後，間差著詩意的圖騰與漂浮華麗的質感，這是村上沒有的，我或許可以從卡爾維諾的筆下找到點兒蛛絲馬跡，還有就是馬奎斯的魔幻寫實交揉著村上龍的血腥調性，像極了現代的時尚潮流「混搭」概念，也是很時髦的「後當代寫實魔幻風格」，當然這點特色超級符合了我在大學教授「數位媒介與整合藝術」的脾胃。我曾在我的部落格上寫著，正在閱讀這本小說時，總讓我不自覺地翻出盧卡奇的現實主義論反覆思忖，我想，真正的原因，或許是故事裡那個「島」的關係吧！

如果用很俗套又很自以為是的詮釋觀點來談談這些「島」背後的隱喻（原諒我，這是我最不喜歡的泛政治解讀，但奇怪的是，我又必須很誠實地去對待我在閱讀過程中的真實聯想與感受，或許這源於我原生家族的複雜血脈融合關係吧！），這篇小說不得不讓我想起中國、台灣和日本的微妙關係。

那些關於惡與善的交融與剝離，我總是讀得心痛，作者則是以一種很安靜的姿態，來對抗著我們生存的這個島，來反映著這幾百年以來島上惡質的增長與流變。

依循著這樣的詮釋觀點，我又不得不佩服這位年輕女小說家的世界觀，或者說星球觀與宇宙科學觀。

基於魔幻文學描述的基本特徵與書寫模式，所以虛實之間的對照與跨越沒有障礙，自我內在的善惡本質可以大方地物化為列隊的動物出走，如果大家對「愛蜜莉的異想世界」這部電影還有些許印象的話，那最令人難忘的，可不就是一幕幕女主角內心世界想像被即刻具像後的真實發生，那真實的刺激感受宛如在夢境裡，一跨步便到了天涯海角的理所當然，沒有人會要與你爭辯事實的真偽，因為這就是夢！

而小說裡的惡之島，具現的是這樣宛如夢境的特質，摻揉著一些些科幻小說的元素，把卡通惡魔黨的邏輯淡淡地運用在「方斯華」的角色中，援引著上帝、天使與撒旦的一線之隔，說的還是善惡「角色」扮演中的不得不為。

我沒有看見小說家憤世嫉俗的謾罵與失去理性的偏執與口號，這是我願意給這位小說家最最熱情擁抱的一個主因，藝術作品的最高價值，在於提供一個引動多元聯想的扳機，盧卡奇認為：「文學作品不能只描寫表面的社會現象，把他們毫無區別的並列在一起，也不可以把個人從社會中抽離出來，努力去呈現他的內心狀態……」。

於是在這個作品中，作者用一種天真浪漫、純粹無染的口吻在闡述著這個世界的殘酷與無情，她要讀者理解的是去感知，而不是攻擊與謾罵，她並無意當一個宛如切・格瓦納的反動革命家，她在乎的只是想讓大家從內在正視這個世界生存競爭邏輯的了然，彷彿以一種犀利而沈默的眼神，略顯靦腆地掃蕩了整個「島」的每一處細微。

年輕女孩兒的夢想，又或者宛如葛奴乙的激情慾望，則是躍跳在「海敏」的這個角色之上，多多少少，作者內心的告白與渴盼，高挑的身材，宛如無塵的潔白皮膚，立體深邃的五官，還有那種希臘神話裡才有的人體完型，都在海敏的出現中被徹底完整。

作者利用二元對立的性格建構，把每個人物的悲劇性透過大環境的無奈給建立出來，「海敏」除了先天的惡質本性，對照著無暇的外表，但仔細想想，她卻沒有做出任何一個具體的、令人憎惡的「惡事」，儘管在故事的結尾，她所企圖摧毀的，也不過是自己的複製人，而其渴望延續的就是自己與生俱來的惡質本性，但那些貪婪與疑妒，又有哪一個現實生活中的人沒有了？

沒有訕笑與反諷，作品中只是很誠實地描述了故事的情境事實，最最犀利的言詞，出現在那個環繞之林中的十歲小女孩口中，人們只是假裝，只是企圖來這裡贖罪，來這裡讓心裡的無知無覺有個藉口（38頁）

作者運用了時間和空間的錯位與重新排列，將兩個第一人稱之敘述「我」（主體我與複製人的我），從「彼端」到「自我」兩個各自獨立分裂的故事情節，從各自表述的狀態下出發，最後卻其相當巧妙地接合一起，相當不容易。

但或許因為一開始，難以明確的的兩個敘述主體，分佔了兩個各自獨立的標題故事情節，加上又夾雜著抒情式的書寫筆鋒、科學論述的新聞報導、以及極其意識流的文字風格，會讓讀者初嚐困難，特別在作者記憶中流倘出許多的紛雜線索裡，總會讓人懷著某種人格分裂式的閱讀恐慌，不過這真的不必擔心，當故事走到馬斐醫師被海蔚意外致死之後，一切便開始變得容易入口，甚至愛不釋手，立刻讓讀者陷溺在一種反覆咀嚼的況味中而無法自拔。

從戲劇動作的急轉與衝突觀點中，這個轉折無非是最有利於引逗讀者好奇的部分，當然之於這樣繁雜的鋪排，我不知曉昀當初是如何構思的，我相當嚴苛地試圖在作品中的每一個跳接點，找出作者不留心的漏洞與弊病，但不幸的是，我都失敗了，作者在資料的搜整中極其用功、對於科學知識的理解也很充分，劇構的心思縝密，細節處又匠心獨具，在在都令人讚嘆啊！

恕我無法詳述列舉那作者在作品中的巧妙鋪陳與引導，因為這樣會剝奪了大家閱讀上的樂趣的；每回寫介紹文或推薦文，老警告自己不能歌功頌德，但一旦喜歡上了作品，就又很容易興奮地變成一個難以自休的嘮叨孩子，怎麼都說不完似地。

曉昀是年輕一代中，極具潛質的小說家，她擁著大眾文學中能說精彩故事的能力，也同時具備了純文學或實驗文學中，文字與結構深度的關注，在題材的選擇上，她更是巧妙地遊走在現實和虛幻的邊境中，不矯揉、不煽情地書寫了對社會和人性的觀察，當然我更喜歡她略帶靦腆又直率的人格特質，還有那藏匿不住的繽紛想像以及源自天賦的文字彩度。

或許一旦你走進了她的惡之島裡，你就會開始被眩惑著，這個魔幻的謝曉昀，究竟是誰的複製人分身呢？

張永智二〇〇九〇一二七識于淡水櫻花村寓所

導讀：人是否可以取代神

謝曉昀的導讀自述

當你以為自己的人生走到了中年，生活安穩無慮，已擁有夢想的物質生活與社會地位，總感嘆生命裡，再也沒有值得費力追求的目標時，突然出現一個與自己一模一樣，甚至生命力比你還旺盛的複製人時，你會有什麼感覺？是所有長期緊守著的自我意識，因此崩潰？還是，面對另個自己，燃燒出更大的，對另種人生的探索或毀滅？

這本小說歷時大約一年多，也可以說，在這些流動過去的日子裡，我當這本惡之島的造物主約有一年多的時間。

一開始，我就讓最惡質的天性鑲住我所描寫的島國：惡之島天生就只能接受在原來國家，以不同方式毀滅自己人生的人種：連續殺人犯、政治罪犯、偷竊強盜者、毀壞者以及人生失敗者。這些人完全符合島國的惡之意念，所以，惡之島上終年充滿了各式各樣，以異常或簡單的方式，喪失生活競爭力的各種廢人。

「接近上帝要做什麼？惡之島上的人不都背叛了上帝與自己，才來到這裡的嗎？」

「我明白這是天堂的顏色。這是我身上分裂出來僅剩的善意，擁有七彩的最後善良之心，無法再回來，被惡之島所腐蝕掉的，也是這個。」

我想，我要說的便是這個。

在真實的世界中，沒有人可以面對巨大社會變動或各種人生艱苦的折磨後，還能擁有孩童般如初的純真潔淨，還能原諒所有光怪陸離的起源，或結局。但更多的情況是，我們既沒有原諒也沒有妥協，而是繼續把時光，塞進能夠理解與可以過活的中間地帶。灰色地帶。很多人的一生，就是充滿這種靜態的衝突。

然而，在《惡之島——彼端的自我》這本書裡，我堅決讓善良與邪惡區分，不僅實踐在複製人與本體身上，甚至讓島國土地，都擁有自己的意志力去決定這良善與惡質價值的存在，也就是希望能透過絕對的區分，來看清這個世界原有的本質，還有，就是生活環境的因素，會影響在其上生活的人多少？在這本書裡，只有黑與白存在，沒有灰色的妥協；那麼，人究竟可不可以取代神改變命運？

在這本《惡之島——彼端的自我》的長篇小說中，由複製人、被複製的本體、以及主導複製的科學家為主要敘述者，就是想讓他們碰撞出各種人性中隱藏的想像，不僅如此，他們還在奇異的只允許壞毀人生者的惡之島上生活。

這本書由三條敘述穿插組合：彼端，自我，以及惡之島。

這是一部由兩個不同的世界、兩個獨立的故事（彼端與自我），交錯延伸的長篇小說，同時也是一部關於島國分裂，以及兩個相同的人：自我本尊與其科技複製人，身世彼此糾纏繁衍的故事。

這個人稱惡之島的島國，不只土地擁有篩選居民的特性，墮落的人種來到這，一代代繁衍子孫，心裡的惡質仍舊以不同形式隱藏在靈魂裡，比起單純的善意，更是擁有多面向的複雜切面。在其中生活，就像被整個時間之流給遺棄了，生活的流動充滿了被延宕的緩慢感，彷彿回到中古世紀一般。

但是惡之島最令人訝異的，是每個人身上的惡質想像力，都可以具象地化作殘缺的動物，從人體中剝落。而這些動物集體往南方遷移，在邊界的地方形成一道堅實的牆，讓惡之島上的每個人踏不出島國，始終在心裡感受到被禁錮的，錐心的痛。

〈彼端〉的主角，就在惡之島出生與長大。他為了尋找失蹤的友人：米菲亞，而奮力跨越島國邊界，卻意外發現一連串曾發生過的秘密。這秘密不僅開啟神秘的複製實驗，更把他帶領到無數個更深邃的迷霧中。

在另個島國的圖書館裡，主角發現了一本名為惡之島的書籍。此書緩慢揭開惡之島隱晦不顯的秘密，不為人知的罪惡深淵，與永世被詛咒的命運。然而，當主角打開過往秘密的大門，沒有想到面對的，卻是自己的人生。

另個故事〈自我〉，海蔚與海敏，是城市裡頂尖的律師與演員。他們在父親喪禮上，遇見一位父親昔日的工作夥伴馬斐醫生。馬斐透露了曾在多年前，以他們兄妹為版本複製了兩個複製人，但計畫宣告失敗，卻在這些科學家一一過世後，這秘密卻包覆著更多的謊言，意外地向生者打開大門。海蔚投身追蹤，卻發現這不僅包裹著他模糊的身世，連唯一的親人海敏，為了自身的利益與維持明星光環的閃耀，也深陷於這個迷離的過往中，無法自拔。

海蔚越深入多年的謎團中，越發覺過往的一切，其實皆是一連串精密設計的謊言，讓他不寒而慄的是，這謊言的最終，竟是要讓人類可以取代神的地位……

這本《惡之島　彼端的自我》，是關於島國與人類兩者分裂交錯的魔幻寫實長篇小說，我試圖剖析人類對於另個自己，所會產生各種切面的心理面向；這本小說同時也深切地敘述一個事實：命運總是像骨牌效應，一個輕輕推倒，人生從此改變；而在面對萬劫不復的那瞬間，每個人是真的完全了解自己嗎？

這是一本編織緊密、架構複雜且多線發展的長篇小說，構成小說骨幹的是懸疑、背叛、遺憾、還有對自我的追尋，而統整起來卻是讓我自己書寫到最後，也絕對想像不到，故事竟自己有了生命力，每個主角都大聲且明確地告訴我，他們決定要往哪裡走。

『這個島國沒有名字。

在一開始就很可悲且宿命地缺掉了最基本的那塊。有人叫它分裂的東邊，也有人稱呼它為漂流孤島，但在這裡，我要擅自作主，因為真的沒有什麼名字比惡之島更適合它了。

在書的一開始，我要引用一個聖經的故事來當誘人跳入的引子。這是當我知道這樣的故事時，便像出現一道閃光雷電般地，直接劈中了我腦海裡，屬於島國的那部分，非常迅速且清晰地，讓我從此對島國有了另外一層的想像。

這故事很多人聽過，也有很多人對著後代傳誦，但是我想他們一定從未想過，是我這樣的人（既猥瑣又卑鄙），悄悄地把這故事偷了過來，當作是書裡血與骨肉的中樞，也當作是安穩地在舞臺上，為了一整齣戲，所預備掀起的深紅色簾幕。

我決定藉由這故事之不可思議的穿透能力，用另個方式詮釋我要說明的島國。

然而，必須在故事與這本書開始前，先要承認的是，這個我稱之為惡之島的國家，的確是我的家鄉。

這是生命裡無法抹滅的印記，也是我紮根在此，孕育出原始天性的地方。

從年幼到進入青春期，我生活在惡之島上，有很長一段的時間，皆在城市南邊的教堂裡度過。島上唯一的教堂就位在中心密集的城市南邊，說起來算是城市的邊陲地帶。離開城市，往南方逐漸壟高的山丘前進，便可以看見從稀疏的樹林枝枒空隙中，隱約透出天邊仍然絢爛的陽光色彩。

這樹枝的縫隙中，一片暖色溫煦的照耀下，還藏著位在遠方，那顯眼的教堂屋頂。教堂是由三棟長方形建築所連結在一起的歐式天主教建築。

米白色的整體外觀，是用一層層磚塊水泥所厚實築起，而屋頂則一反底部溫馴敦厚的踏實，搭疊了從中間切片的磚瓦，呈現了獨樹一幟的三角尖銳感官。從視覺上看來，整座教堂建築，只有教堂屋頂與頂樓隔間被單獨挑出，一起構成頂端的三角形。

除此之外，屋頂的最上方，被放置了一座長條狀的避雷針裝置，連結下方的三角形銳角，更有種說不出的刺目。

尖端細長的上面從屋頂向上延伸，細瘦尖銳，彷彿就是要從那裡，狠狠地刺破整個湛藍色的天空。

進入教堂那終年敞開的大門，迎面而來的長條形空間中，兩排從大門連接，緊靠窗邊並列的木頭椅子，總是在黑夜未來臨前，被兩旁大窗子外所照射的陽光給曬得十分溫暖。深棕色的木椅無聲地承接著橘紅色的溫度，彷若在寧靜的色澤裡，被移動的光線給吸進流逝的時光中。

在很多過去的時光裡，我喜歡坐在椅子上，雙手撐著我的頭，瞇起眼睛，讓底下的皮膚被熨燙灼熱，聞著空氣裡淡淡的，被陽光曬暖的氣息，腦袋裡轉著自己的事。

有時候幻想著把磨好的石子放在彈弓上，要朝向哪個目標發射；有時則是想像自己騎在我那臺破腳踏車上，一路從家裡前面那條石子路上往前飛奔。

彈弓時常不會射中任何目標。石子不是往前墜毀，就是偏離目標地直接墜落到兩邊的水溝中。平穩騎著腳踏車的身體，也時常因為顛簸的石子路而跌下。

但是，實際與想像是不同的，我永遠都是在這些虛構想像的遊戲中，裡面可以隨心所欲的主角與國王。

我可以在腦中，輕而易舉地就把一隻碩大的麋鹿射傷。在那片森林裡的湖泊畔邊，麋鹿龐大的身軀映染著被樹葉稀疏曬下的光影，鮮紅的血滲透進茵綠草地，作出牠此生最大的哀泣。而那輛實際破爛不堪的腳踏車，也總是堅強地迎著強風，把我的身體推向無止盡的奔馳中。

我想著想著，便會閉起眼睛，腦袋裡全是這些不著邊際的幻想。

就當我真的要潛進與渾沌交織的睡意裡時，教堂中的教士，不管哪一位，都會在這個時候出現，敲我的腦袋一記：

「噯，小朋友，你又快要睡著了！」

總之我非常喜歡教堂裡的氣息，還有在每日的每個時間點裡，教堂裡所飽含的溫度光澤。我也喜歡那些佝僂著身軀，緩慢在教堂內移動的教士們。他們身上的袍子，在被窗子框起的方格光線中，裡面一層層棉布柔軟的皺折與溫和的線條，總散發出無比和煦的溫度，配合著沉重堅定的步伐，構成一幅優雅虔誠的畫面。

我還記得有個老教士特別喜歡對我說許多聖經上的故事。他有著一頭花白的頭髮，深鑿的皺紋爬滿了臉上。儘管老得好像已經看不出年紀，彷彿與天地同樣歲數般的他，卻總是硬挺著背脊，如無時無刻都在倨傲著什麼一般。

我印象深刻的故事應該跟許多人無異。有摩西破紅海的神蹟，諾亞方舟漂流在海洋上，還有滅絕索多瑪城。

「只要還有十個義人，我便放棄滅絕索多瑪。」

我撐著腦袋瓜聆聽時，彷彿可以看見整座淫亂之城，被絕望的熊熊大火與從天而降，燒燙的火苗和硫磺給吞噬進去。火舌捲起了漫天飛舞，一片又一片的淒美塵埃，灰燼順從地飄進風裡，被風吹向大海。

在聽這個故事時，真的可以想像耶和華的痛心與堅決，但也覺得索多瑪城裡的人太淫亂不堪了。老教士總在我快要睡著的時候出現，用力敲醒我，再用滿是皺紋的臉對我微笑，坐到對面的位置，開始說起一個又一個的聖經故事。

他很聰明，這些故事的確緊緊抓住了我的心，與擁有讓我清醒過來的魔力。這些故事讓我像是一千零一夜裡，那個暴怒又焦躁的國王，卻總是對故事沒輒，甘心被纏繞在這些渲染著燦爛色調的迷宮中，不想走出。

儘管很可悲，但我不得不承認，我的童年玩伴便是這些老朽的教士，與一個又一個或許曾經存在，也或許只是虛構的聖經故事。

孤單與沉默的聆聽，幾乎佔據了那段時光的全部，以及我這個人最初的記憶與生活。但是我從來沒有後悔過，因為這些回憶，在長大以後，似乎變成了某種堅實厚度的生命基底，悄悄地用力支撐著我；在日後，當我深陷許多生命裡命定的黑暗中，便像成為堅強的後盾，筆直地把我從混亂的泥濘拉出來。

多年後，我決心離開家鄉，看著船隻離得愈來愈遠，過往的生活隨著距離開始模糊起緣邊的線條時，卻在眾多繁雜的故事迷宮中，心裡只清楚地浮出了這個故事。

原諒我必須要將它作為惡之島故事的開端。

所謂會產生陰影的地方就是因為有陽光的照射。光與暗，白與黑，對比強烈的事物總是在生活中層出不窮。

而充斥在聖經故事裡最多的，便是善與惡的對立。

在聖經故事裡所代表的極惡便是撒旦，這個鼎鼎大名的人物。在這裡先容我說明撒旦的由來。

撒旦原本是名天使，一個名為路西華的天使，也就是所謂的熾天使之長。天使的角色則扮演著上帝的忠誠使者，用來傳遞訊息與預言給人類，並且教導無知愚昧的人類，往更好的地方行去。

但是因為天使擁有獨特絕對的神性，所以上帝對天使的要求十分嚴厲，會毫不留情的審判犯錯的天使，但總是寬恕平凡的人類。

路西華卻無法忍受長久注定的不公平，就在上帝選出耶穌作為神之子時，便暗自聯合了三分之一的天使向上帝宣戰，這也就是在接近西元零年，著名且激烈的天使之戰。結果正義的一方贏了，戰敗的天使們，便被打入世界上所有黑暗的地方，逃竄到各個陰暗灰敗的角落。

他們蟄伏在那些黯黑之地，等待著所有生命裡頭，僅僅顯露出幾秒的脆弱時刻，向前摧毀並崩壞每個人內心的光明與虔誠。

在這裡容我提醒各位：請記住我不是要說關於宗教的故事。

於我，或許有點關聯，但是不要忘了，一開始我就說明了只是卑賤地把這個故事偷來，當作我之後接下來要說的故事裡，那張預備掀開，露出整個舞臺故事的紅色帳幕。

這些已經固定鑲嵌在那裡，成為一張張可以任意翻頁的鉛體印刷聖經，我總覺得這與絕美，彷彿停滯在靜止時光裡的我尊敬的教士們，深刻地交疊在一起。我不想碰壞了那樣如玻璃器皿般，發出透明折射的記憶；也不想要輕易地就挪動，那裡面始終光亮刺目的亮度色彩。

我只是很卑微地，讓自己生命中最美好的一段回憶，宿命地當作這本書的開端。

回到我繼續要說的故事裡頭吧。

聖經裡，除去亞當夏娃所受到的誘惑不提，天使之戰應該算是最早一個善與惡對立的故事。

雖然有人也說，「撒旦」一詞從來都不是一個存在的名字，僅僅為一個「惡」的代名詞與形容詞；意味著「行惡事的人」、「背道而馳的敵人」、「敵對者」、與「劇毒的光輝使者」等等。

當「撒旦」二字成了史詩中那有名的墮落者的代名詞後，其實也只僅僅代表了他是「最惡的」、「惡極的」，從來都不是該者在墮落後的名字。

但是，他就是極惡，這是無法否認的事實。不管是名字或者意義上。

很久以前，我聽見這個聖經故事，就馬上聯想到這個島國。原因沒有別的，那就是我堅信，這些戰敗墜毀的天使們，被打落進世界的各個角落時，第一個藏身的佔據點，絕對是這個可悲的島，我稱它為惡之島的島國。

惡之島／第一章節

第一章　彼端序章：關於遺棄與失蹤

春天剛來臨時，老人的眼睛被一層朦朧的灰色所覆蓋。

那是真正純粹意義上的灰色，沒有任何其他的顏色參雜在其中。是原本深黑色的眸子，逐漸剝落了其中的濃稠色調。

他張著灰色的眼睛，看著天空與大地，正一步步把四周的景色，弄得更為暖和與鮮豔。

我最初看見老人站在廣場的時候，正是春天。

他大概有六十五歲以上的年紀，明顯且長及下巴，黑灰白三色相間的雜亂鬍子，始終溫馴地待在臉頰上。他長得有點像早期的電影黑白默片裡，那些有著深邃眼窩，憂鬱表情的老影星；身型高瘦，肩膀平坦寬大，在兩道眉毛中間，有些深刻，如鑲嵌在皮膚凹痕裡的皺紋。

老人身上永遠都套著一件仍是冬天大衣，如他眼眸一樣灰色的長外套。頭頂上則老是戴著一頂深黑色，中間繫著一條咖啡色條紋布的軟質禮帽。臉上沒有什麼表情，但是抬頭仰望天空時，灰色的眼珠總流露出一股濃厚的孤單感。

他習慣站在街道的邊緣外側，中央圍著一座石雕像的東邊廣場上，像一個正在夢遊的人，步伐與動作皆慢了半拍。有時像在思考問題般的深鎖眉頭，有時則是很單純的只是繞著廣場，一圈又一圈的隨著步伐，低頭默默地數著圈數。

我坐在廣場右邊的咖啡館裡，從大片透明的落地窗望出去，老人與其他零落地坐在廣場休憩的人很不一樣。

首先是他明顯的灰色眼睛，再來便是他的氣質，與周圍格格不入的氣質，像他整個人都停留在剛過去的冬天，未進行剝落換毛的落單野獸。

有好長一段時間，我隔著窗子看見他，有好一陣子都說不出話來。他的臉讓我好像快想起什麼似的，他的什麼東西，正緩緩地觸摸著我潛在意識的柔軟記憶，但我不知道那意味著什麼。我不曉得從那樣黯淡的眸子望出去的風景，與其他人有什麼不同？像張薄透的描圖紙般，四周皆蒙上一層灰濛的光暈嗎？還是其實這雙眼睛，仍舊可以鮮明地映照這個世界？

「你在看外面廣場的那個老人啊！」

咖啡館老闆站在吧臺內，停下正在磨咖啡豆的動作，先順著我的視線往外望了一會，又回過頭微笑盯著我看。

「你聽過關於做夢的人的故事嗎？」

老闆說著，伸手把咖啡機關掉，然後沉默了下來。老闆是一個體型健壯，年紀約四十歲的中年男人。他戴著一副黑色膠框的眼鏡，眼鏡後面的雙眼十分有神，盯著客人看會讓人產生被他信任的感覺。不過他有時候會在咖啡館客人較少時，在吧臺後的椅子上閉起眼睛，彷彿掉進巨大的沉默裡。那像是體內機能被沉默這個動作突然切斷的感覺，我無法判斷他是在歇息，還是就把自己與外界的接觸切掉。

但不管怎麼樣，沉默一旦降落下來，不管是誰，都只能安靜的等待他意識恢復。當他醒來後，就會瞬間順利地接續上那沉默之前，一片空白的時光。

「做夢的人是什麼?」我回過神來,低頭喝了一口桌上的咖啡。

「那是我在小時候,曾經看過關於這個島國的一個故事。」老闆把雙手往身上的白色工作服上擦了擦,在我對面的位置上坐了下來。

這是一個關於遺棄的故事 做夢的人

住在這個被世界遺忘的邊緣地帶,沒有名字的島國中,所有聚集在城市裡的人,大家日復一日都做著相同的夢。

夢境以相同的形式進行著。

在夢裡,他們會獨自離開熟悉的親人朋友,熟悉的家,熟悉的街道與建築,一個人往島國的外圍,南方邊境的最外側走去。穿越過繁榮的街景,曲折的巷弄步道,在整座城市日常運行的縫隙之間,彷彿時間在這靜止般的時刻裡,一步步地往南方走去。

一路上,夢境進行間,完全沒有任何聲音,如真空抽離了聲音的任何媒介點。步伐在石子路上的摩擦聲、風吹過濃密樹葉的細瑣聲、原本遠方細微的城市喧囂,在這裡都化成了抽象的感覺。

彷彿聲音透過了眼睛,穿透過視覺感官,形成一種以為自己聽見聲音的錯覺。

在夢裡的他們並不知道,這些聲音其實是由他們心底發出的。

做夢的人們，目的地是踏進一座茂密森林的邊界點上。到達那裡，他們會停下奮力移動的腳步，眼睛凝視著前面那片厚實的翠綠森林，歇息下他們勞動過後的雙腿，然後，每一個人再緩緩地，將自己內裡的所有不堪，一起丟棄在這。

身在南方邊界的夢境裡的人們，都可以任意拋棄自己衰老的臉、殘破的身軀、有些難堪的童年，以及不被記憶回味的往事。

那些真實生活裡的過往，只要有一絲遺憾的感觸，在夢裡，便變成一種實際具體，可以拋棄的東西：如身上的衣服，頭頂上茂盛的黑髮，與手指上過長的指甲，不想繼續豢養的狗，已經彼此壞毀情感的戀人，或者也像用過即丟的任何東西。

越痛恨自己的人，會遺棄的東西也越多。

在每天反覆徘徊的夢境裡，人們愉快地走向南方邊界，一遍又一遍地，傾倒著記憶中厭惡的部分，而在遺棄過後，他們站在邊界上卻發愁了起來，因為他們總會忘了回到城市，從邊界走回家的路徑。

夢境在大量的，如鯨魚集體擱淺的迷失惶恐裡，便被活生生地切斷，中止。然後他們會在大片混沌的意識，與滿身淋漓的汗水中清醒過來。

世界遺棄了這個島國，而島國上的人，在反覆相同的夢境裡，一次又一次地遺棄了他們的記憶。

但是沒有人知道，他們的夢其實是一樣的。大家都以為自己快要瘋了。

不做夢的人

每年的春天，濕冷嚴寒的冬季過去後，這些不做夢的人們，他們的眼睛會由原本黑色的深邃湖潭，逐漸轉變為深灰，再來是更淺的淡灰顏色。

他們用這樣灰濛的眼眸，抬頭凝視著島國春天的湛藍天空。這些擁有灰色眸子的人們，與那些在相同夢境中，遺棄自己記憶的人不同。

他們完全不做夢。

在每日漫長的睡眠時刻裡，他們會熟睡的如同冬眠般的動物一樣，在空白的腦中，紮實地停止運轉不休的意識，把自己拋到一種類似漂浮在現實與想像的中間縫隙間。

他們終年可以聽見任何實質的聲音，就算是睡著也一樣。

他們的聽覺特別敏感，尤其在睡著之後。他們的耳朵因為身置在空白的夢境裡，而變得格外的敏銳。彷彿在蒼白的夢境背景中，他們的聽覺被單獨留在現實裡，未被任何朦朧的事物覆蓋。

這些不做夢人們的特徵，是會在春天來臨時，眼珠子的顏色由黑色轉為灰色之際，開始如同被莫名的什麼給召喚般，他們共同出發，走到島國城市的任何一個地方，在那裡像個夢遊者般地行走。

做夢的人在夢裡行走，不做夢的人在現實裡行走。

他們不會聚在一起，因為不做夢的人習慣孤獨與寂寞。他們沒有東西可以拋棄或遺留給任何人，也沒有勇氣說出想要拋棄的念頭，所以他們互相無法開口訴說，那些長年以來，已經湧滿至他們胸腔中的眾多言語。

他們會一遍又一遍地走在選擇好的地方，緩慢地在那裡繞著圈圈，腦子裡瘋狂轉著想要丟棄的記憶。有時候是一句沒有意義的對話、潛伏多年的心願、未能實現的夢想、身上難看的疤痕、甚至是過去年輕正盛，未來衰老殘敗的自己。

遺失了可以拋棄的夢境，並不代表這些不做夢的人，比較不痛恨自己。

然而，他們擁有眼睛變淺灰色的這個儀式，如同動物在冬季會脫毛的本能相同，不做夢的人喜歡讓自己永遠身在春天乍臨的時刻，如一株四季相同可人的常綠植物。

咖啡館老闆用右手托著自己的下巴，嘴角還留著剛說完故事，那種淺淺的微笑。

「這個故事聽起來好悲傷啊，但，這是真的嗎？」

我搔搔腦袋，把雙手撐到後腦杓後面。桌上的咖啡已經喝完了，他起身，進入吧臺裡，磨了一杯份量的咖啡豆，放進咖啡機裡，煮了兩杯咖啡端出來。

整個咖啡館飄散著濃厚的咖啡香，背景音樂則是低沉的爵士樂演奏。

「我是在一本由島國作家所寫的小說裡看見的。我在這裡開了十年的店了，每年的春天，都會看見老人繞著這個廣場走　看見他，就會想起這個故事。」
老闆一口氣把黑色的咖啡喝完，品嘗般地嗒嗒嘴，右手把滑落到鼻樑的眼鏡推回去。
「那你自己做不做夢呢？」
我學著老闆，把咖啡一口氣喝完。他沒有回答我的問題，默默地站起身，把桌上的咖啡杯收回到吧臺裡。
我看著老闆把杯子洗乾淨，傾倒著放回後面的杯子架上後，他似乎不再繼續關於遺棄與做夢的話題，一個人坐在吧臺後，閉起眼睛，回到屬於他巨大的沉默中。
窗外的老人大約繞了廣場約十幾圈後，就安靜地坐到廣場中間的雕像下方。他灰色的眼珠輝映著橘黃色的夕陽，一動也不動地只是抬頭瞭望，像同樣被固定在大地之上的任何靜物一般。抬著頭沉默地等候著一天裡，那最後的光線沒入遠方的山群中。
終於，太陽沉沒，黑夜的藍灰暗影湧上他的身體時，他低下頭，仍坐在黑暗的樹影下，然後與老闆一樣地閉上眼睛。
就這樣，廣場的一天結束了。

我第一次來這家咖啡館，是剛過二〇〇四年的初夏。
咖啡館就位於我工作的大型家具工廠，與家裡的中間點上。從工廠走出，沿著底下的碎石子路，順著遠方東邊的平原向市中心延伸，進入到東邊城牆開始，道路往兩旁分散，左邊的道路可以通往一處低矮斜坡上的住家，集中的程度算是整個島國最密集的住宅區。
整排白色，井然有序的三層樓住屋，每棟設計成可以住四個家庭，正中央向外突出的半圓形玄關則是共有的部分。外牆釘製的杉木、圍繞透明玻璃的窗格子、窄矮的陽臺、窗戶的扶手，都漆著雪白色的油漆。

遠眺過去，左邊的斜坡上充滿了各種白色，有被長久光陰瀝乾的淺黃白，也有被陽光稀釋過的，有些透明暈開的白，還有像是剛剛重新漆過，不自然的厚重的白色。各種白色環繞盤據在道路左邊的斜坡上，望過去有種靜謐的，不被打擾的與世隔絕。

而道路的另一邊，則可以順著石子路的方向，進入到島國的市中心內。從城牆往右邊前進，兩排平行並列的兩層樓的房子，開始有許多賣雜貨的商店、麵包店、五金行、或者小餐館與服飾店。

就在石子路的盡頭，時常有人在那休息的東邊中央廣場旁，便是這家咖啡館。

外觀很普通，就像其他兩層樓高，用水泥搭建，再塗上不同顏色油漆的商店一樣。不同的是，咖啡館的四周，全用了大片透明的落地窗環繞，只要靠近，便可以看見常客雷迪又在裡面一邊抽著煙，一邊翻看著報紙；而西蒙則如往常一樣，不時地在店裡走來走去，彷彿咖啡館內的活動裝飾。

這家咖啡館在我當時的生活裡，發出不可思議的強光。裡面所散發出來有別於這個城市的氣味，以及如同獨自星體運轉的緩慢步調，成了我當時枯燥生活的重心。

我待在咖啡館的大多時間裡，會自己在裡面低著頭看書，或是很感興趣地看著透明窗外，人來人往的街道。有時也會與這裡的朋友聊聊天，一邊聽著總是不同曲調的爵士樂，一邊喝著奶泡打得很差勁的咖啡。

感覺好像回到六〇年代那時，什麼都未確定，但在恍惚中有種正在前進的氣氛裡。

店裡充滿了一種慵懶、放鬆的氣氛。儘管六〇年代是個反戰年代，但是不管聽再多爵士樂或是喝幾杯難喝的咖啡，日子好像都不會變；既不會莫名地加快，也不會忽然停在那裡。有時候店內會充滿人多到快要爆炸的那種窒息感，只要再擠進幾個人，這樣小心平衡的氣氛就會紛紛垮掉似的，但是這種時候畢竟不多，大部分的位置都不會滿，大家各自安靜地在爵士旋律裡，抽著菸，喝著咖啡，聊著各種話題，等著時間慢慢流過。

這個時候的我二十歲，再過幾個月就要二十一歲了。

從技術學校停止繼續唸書後，就被政府相關機構分配到城市的東邊邊緣，一家傢俱加工廠內上班。地點位在城市最東方的平原上，一間位於一排住宅區後頭的一座大型傢俱加工廠。碩大挑高的工廠，由堅硬的磚塊與水泥建造而成，整體外觀是磚紅色的，沒有經過任何修飾的粗糙。呈現長條型寬廣空間的加工廠，挑高的二樓是工廠主管的辦公室，一樓沒有任何隔間，空曠的像是大型的倉庫與停車場。

除了前面距離有些遙遠的住宅區外，工廠旁邊沒有任何房子，空無的平原上，僅有這棟孤單的磚紅色建築物。上班的時間，工廠裡的員工們在四周活動，一旦到了下班的時間，或者更晚，員工分別往不同的方向散去，工廠關閉電源，埋進漆黑中，那裡便像一棟無人居住的廢棄建築物。

遠遠望去，像一隻在草原上孤獨無依的大獸。

一整天必須要待在工廠裡上滿七個小時的班。一個星期有六天維持相同的工作內容。早上八點整準時進入工廠，中午十二點到一點的時間，可以到工廠附設的餐廳吃飯休息，下午一點開始，繼續完成上午的工作進度。

工廠依照了工作性質，分區了幾個部門，但是需要最多人的區塊，還是集中在工廠中間，也就是所謂基層的製造部。每天約有五十個人，分別站立在兩條長型的桌子的兩側，工作性質就是去接下前面傳來的零件，有時是機械式地手工組裝，有時則是擦拭與清潔完成品的工作。

我來這裡工作有兩年了，但是從未離開過製造部。這讓我有深刻且絕望的體悟：如果我繼續待在這裡，便永遠得挨著長型桌子，試著與它融為一體。

工廠裡終年瀰漫著一股塑膠與木屑渾合的味道，細小瑣碎的灰塵凝結在不流通的空氣裡。四周滿溢著機器運轉的規律聲響，喀搭、喀搭地，像是時鐘秒針緩慢前進的聲音。

一整天的時間，就在這些聲音與氣息裡流逝過去。

在相同不變的生活裡，我曾經夢見過好幾次，自己坐在一臺往前疾行的夜班列車上。車上都是人，整節車廂塞得滿滿的，悶閉的空氣裡有淡淡的香菸味，還有從人的身上，所散發出來的不同體味、食物的味道、咖啡香氣、以及因為年代久遠，而溢散出老舊氣息的列車空間，一同被載往不知名的前方。

就在我被擁擠的氣氛給擠壓地透不過氣來時，打開車窗，車窗外的景象從眼前飛逝而過：稀疏的遠方光芒，天空中鑲著的落單星星，還有底下金屬顏色的鐵軌，一邊往前滑行，一邊從眼前逐漸褪色……這一切都讓我悲傷絕望的想吐。

好像世界仍然在運轉，而我可悲地被這個相同的生活，與單調乏味的工廠，給困在相同的地方。

從列車的夢境裡醒來，覺得自己的臉或模樣，好像又更模糊了一些；而身體讓日復一日的勞動，給刻下規律的鑿印時，我只能提起僵住的自己，繼續往前。

這種感覺很可怕，我感覺到自己幾乎是憑著最底層的本能，在過著日子。

雷迪把桌上的咖啡喝完後，大聲地向旁邊的人表示。「人死掉後，會變成這世界上的各種東西，比方雜草、石頭、塵埃或者花朵大樹。」的確，清冷的墓園附近真的只看得見這些，還有墓誌銘上鑲著金色邊的字體，會隨著時光流逝與日積月累的灰塵，逐漸地晦暗下去。

坐在吧臺另一頭的西蒙則斬釘截鐵地說：「不對，人死後什麼都沒有了。」大家認知裡的靈魂，會化成無色無味的氣體，與世界上的空氣匯聚在一起。

在充滿著煙味與咖啡香氣的咖啡館中，大家胡亂地討論著未知的世界，一時間，許多奇怪雜亂的答案紛紛從四處溢出，一起在空間裡碰撞著。

從我坐在吧臺最旁邊的位置望過去，那張張面紅耳赤，正大聲爭論的臉孔，看得出來其實根本沒有人在意實際答案。他們僅只是在抓住可以喧鬧的機會，企圖為身在這裡的自己，爭取一些存在的感覺。

我向旁邊的菸灰缸伸手去，把手中的香菸捻熄，空出來的手順勢把咖啡杯抓了過來。前面吧臺的雪白牆壁上，那個圓形老舊的時鐘，有一斜片金黃色的光線正灑在上面，後面的時針則挺直地指著五點半。

咖啡館內此時充滿著一種慵懶的熱鬧。兩旁的大片落地窗子，陽光正篩著外面樹葉的陰影，斜落到窗內的地板上。

「你們都在討論死亡……那麼失蹤呢？有沒有人想過這個跟死亡相近的消失，究竟去哪了？」坐在最角落的華特，低沉的聲音生硬地滑割開繁雜的吵鬧聲。大家同時沉默地閉上嘴巴，有人開始喝起桌上的咖啡，有人翻看起吧臺上的報紙。

意外的安靜讓背後的爵士樂聲突然擴大。

我聽著阿姆斯壯渾厚的嗓音，協調地配合著小號喇叭，還在等著這個問題的答案。

「所以說她真的失蹤了！這可是城市裡第一個失蹤案啊！」華特嘴裡塞滿東西，脹鼓的聲音有些含糊。聽不清是真正的關心，還是只有單純的詫異。

空氣裡漂浮著溫暖的氣味。咖啡香還有食物的香氣，緩緩地像在推移什麼似地充滿了整個空間。

我把視線從他的臉上移開，轉向吧臺上散發著舒服色調的木質桌面。

「前幾天米菲亞就沒來上班了。去她家找過也沒消息。我已經去報案了，我想她真的消失了。」吧臺裡的老闆，忽然抬起頭對著我們悶悶地說了這些話後，又低下頭，忙碌著手上的工作。

原來她叫米菲亞。我的心臟莫名其妙地，好像被說中了什麼心事地心跳加快。

「在東邊城鎮上的咖啡館服務生離奇失蹤。根據來報案的老闆說，名叫米菲亞的服務員，已多

日音訊全無。」

雷迪大聲唸起報紙上的新聞。

阿姆斯壯的歌聲，忽然被這條消息切割開來，然後隨著大家再一次的同時沉默，又逐漸地密合在一起。

僅維持幾秒的安靜，空間馬上又恢復如往常一樣。塞滿了杯盤碰撞、說話與笑鬧聲、牆上喇叭播放的音樂聲，以及各種吵雜的聲音。一起討論失蹤的認真感隨著紛雜的動作被打破，吧臺上的人紛紛做起自己的事情。

某種穩定感確切地消失了，同時間浮升而起，哽咽在那裡的是不知如何處理的情緒，隨著沒有答案的失蹤，一起不知所措。氣氛裡取而代之的，是我們對原本在這個生活圈裡的她，突然失去蹤影的強烈失落感。

我在心裡想，失蹤在某些方面來說與死亡相同，都是在眼前消失，而永遠的喪失蹤影，感覺幾乎跟死亡一樣。但，還是有什麼地方不同。比方說渺小還存在的希望，比死亡具有更多的各種可能性，或是還能抱持著總有一天，會再遇見的期待。

我勉強按耐住煩躁的情緒，為了維持某種程度的平衡，反覆地在嘴裡小小聲地跟著阿姆斯壯默唱著。心跳的速度從聽見她失蹤後，就快得不像話，到現在還是一樣。屏住呼吸，無意識地攤平手掌，來回反覆地摩擦著吧臺桌面，感受著木頭粗糙的質感。

我第一次對失蹤的咖啡館服務生有印象，是在上星期，一個下大雨的傍晚。

那天傍晚，突然下起激烈且大量的雨，好像在烏雲密佈的天上正站著什麼人，拼命憤怒地把大桶大桶裝滿的水盆，一股腦的往下傾潑。站在屋簷下，安靜地盯著吵雜大聲的雨勢，好像可以從透明的雨水裡面，看見莫名澄淨的，所謂純粹的憤怒情緒。

那時，我在咖啡館裡，正喝完桌上的咖啡準備起身回家。

也許不到十分鐘的時間，天色由還微亮著的陰天，瞬間被大片的烏雲籠罩，嘩啦嘩啦地開始下起大雨。我在潔淨的落地窗內，聽見了類似瀑布奮力流動的聲響。

我倉皇地走出大門，站在白色的遮雨篷下，她就跟在我的後面，一起瞧著這突兀的大雨望著。

「這樣你要怎麼回家？」

女孩開口時，我一開始還沒聽清楚，只聽見某種含糊的說話聲，細細地由旁邊傳了過來。我轉過頭，是咖啡館的服務生。

她身上套著一件白色，周邊皆綴有半透明蕾絲的圍裙，裙角的地方被咖啡色的污漬沾髒，那印漬明顯地呈現不規則的形狀，好像一朵晦暗的小花。

女孩看我一臉茫然，微笑地把話重複了一次。

「我想只能等雨小一點再走了。」

我隨著她的微笑，勉強把自己因看見大雨而僵硬的表情，試圖弄得柔軟些。這時我才看清楚女孩的模樣。好像聚焦一樣，光線突然全部打到她的身上。我朦朧地瞇起眼睛，欣賞起眼前這個女孩。

不管去了咖啡館多少次，卻從未仔細觀察過送咖啡過來給我的這個女孩。好像她是屬於店裡的一部分，一尊在角落裡，安靜且固執的擺設。

她大約十九歲的年紀，個子高䠷，一頭蓬鬆的深棕色捲髮。整體的五官很亮眼，笑起來眼睛會隨著肌肉線條瞇成一條線。在很漂亮的長相上，輕易地就寫滿了善意與親切。

不知道這是不是身為服務生的基本條件，但從我第一眼見到她，就馬上知道她想要表達的友善，以及想要對我說話的強烈慾望。

雨勢讓我們又陷入沉默中。

四周所有的聲響，全部被固定強大的雨聲給掩蓋。灰濛濛的天色散著一種清新的潮濕味，遠方的暈黃路燈，被一層白色的雨網給團團包住。

我與女孩彼此隔了距離，蹲靠在咖啡館的門外。此時，沒有任何人經過，街道兩旁的商店裡，只能模糊地透過白色的霧氣，望見裡面的店員，好像背景般的靜止在櫃檯後面。

全世界只剩下正落著憤怒的大雨這件事。

女孩轉身看著我，對我露出溫暖的微笑。

「每次下大雨的時候，我都會覺得自己被世界隔開，好像安靜的只剩下我一個人而已。安靜的力量有時候比喧囂還要吵雜，還要更讓人心神不寧。」

「嗯，這樣大的雨很少見。」我也朝著女孩微笑。

她的聲音低沉，卻帶有一種奇異的清脆。我聽著她的聲音，彷彿被帶領到一個密閉的空間裡，輕輕地把放置在角落的鋼琴，上面的鋼琴蓋掀開，隨手撥弄了琴鍵，音符便有形地掉落在木質地板上，徹底地撥開原本封閉的空間。

她的聲音就這麼突破雨聲，完整地進入了我的聽覺裡。

「我想起一個關於雨天的回憶。」女孩說。「我的養母在我小的時候，會牽著我去市場，然後在逛完一圈，買到該買的食材後，會帶我去一家路邊開的小攤子吃東西。養母很喜歡吃餛飩，所以會叫大碗的餛飩湯，然後她會把餛飩的肉吃掉，讓我喝湯與吃皮。

很多時候，這個城市總是下著雨，我們就並肩坐在攤子前，讓背後露出屋簷的地方，讓細細的小雨淋著，而面前卻是迎面撲來的攤子熱氣。

我聽著養母在旁邊唏哩呼嚕地吃著肉，在心裡仔細地去記住期待的感覺，一分鐘，兩分鐘，三分鐘……原來期待並不是沒有聲音的，它會在心裡響起一種輕輕的，像是每次音樂演奏的一開始，清脆鼓聲的提示音，或是提琴拉上一兩段小聲的試音，就是以這樣的形式，隱藏在規律的心跳聲後方。

等到冷掉的餛飩湯來到我的面前，音樂就開始真正響起嘍！一二三、一二三……配合著後面雨點滴在地面上的聲響，真是一段完整又美妙的旋律。」

女孩緩慢地說出這段話，然後又把頭從面向我，轉到外面仍然激烈的大雨，一起讓大雨的聲音覆蓋住我們。

也許是女孩說的話影響了我，我突然覺得眼前的大雨，好像是心裡一個個隱約的期待，所大聲喧囂出來的聲音，用力喊叫著所有期待後面的心情。

與我最貼近一次的期待是什麼？

我低著頭，心裡默默延續女孩所謂的期待。是每年耶誕節在客廳裡，在那棵葉片剝損嚴重的耶誕樹下，用著各色包裝紙所打包好的禮物？還是心裡無法預想，只能跟隨視線笨拙地打轉，像是要停車時剛好有個停車格，或者是能夠順利趕到快要遲到的約會地點？這一切都沒有任何音樂聲響出現。期待對我來說太沉重也太渺小了。

我記起一個很久以前發生，十分模糊的印象。

那相同也是一個下大雨的天氣，我記得年紀還小的我，被母親牽著準備順著柏油道路進去城市的鬧區。那時，在平房的最右邊，可以進入城市的一條寬廣的柏油街道上，有一個將近有兩層樓高，用木材與壓克力做成的大看板。上面充滿著慶祝嘉年華或任何慶典的繽紛色調，把歡樂的小丑笑臉、絢麗的彩帶彩球、一些擬人化的動物，用拙劣的筆法描繪上去。

就在經過那個寬大滑稽的大看板下時，母親像是突然被雷擊中，也像出乎意料的病痛爆發，瞬間在我身旁直挺地倒下。正上方原本結實隔開我們與雨水的深藍色大傘，也頹喪地倒在一旁。被母親緊握著的我的手，隨著她突如其來的昏迷，一股拽拉的力量也把我順勢拉扯到地面上。

我蹲在她的旁邊，用手背不斷拭去從頭頂與臉頰上滑落的水滴。冰涼且恣意的雨水嚴重地阻礙了我的視覺，我執意地想要看清楚躺在地上母親，但是黏膩的雨水卻不斷不斷的落下。

我的眼前好像突然失明的一片模糊。

我沒有伸手去觸碰她。心底有些不確定且紛亂的感覺，但我記得在凝視的同時，也用力觀看著自己心裡的感覺。但是我真的不知道，那些感覺迅速交錯在我身體裡面，究竟要成為什麼樣的形狀？

是難過？詫異？甚至是憤怒？心裡澎湃的鼓譟匯同大雨的喧囂，我什麼都聽不清楚，也看不到朦朧強烈的情感。

沒有多久，身旁聚攏了一些圍觀的人群。有些人跟我一樣蹲了下來，有些人伸手摸著母親的脖子與手腕側方，有些人則無奈地搖搖頭。

他們告訴我，她已經沒有生命跡象了。

現在想起這個印象，或許當時年紀太小，所有衝擊的感覺都分不出來，但是當我看著相同的大雨，馬上體會到那種焦急想分辨出任何感覺的心情。

那是期待。

我期待母親能夠好好地牽著我，順利穿越過那個可笑的看板。或者從冰冷的地板上爬起，對著我露出溫柔的笑容說她沒事。期待平順的日子不要從那刻開始變化，期待大雨不要阻止我盯著她的最後一面。

我期待自己可以不要失去她。

眼前的大雨慢慢變小。身邊的女孩依舊把微笑掛在臉上，她轉過身，進去店裡拿出一把粉紅色的碎花雨傘，遞給我的同時，在我耳邊說了一句話：

「有時候，太強烈的期待會讓持續轉動的日子停下來。」

我凝視著她，她的臉頰上閃爍著一種暈黃色，溫暖迷人的光芒，好像企圖延伸進我的心裡，把那些已待在那太久，老舊到剝損脫落的記憶，還有不肯平撫下來，邊緣像紙張翹起的莫名哀傷，給細心地撫平。

那微笑的弧度真是無懈可擊。這是我最後一次看見她。

第二章　自我序章：複製的開啟

西元二〇〇二年，全球首位複製人已於十二月二十六日誕生。

設於美國內華達州拉斯維加斯，於西元一九九七年成立的複製協助公司　雷爾教派宣稱，這第一位複製人，已誕生的「現代夏娃」，她今後成長的歷程，勢將成為眾所矚目的焦點。

她是一位三十一歲的母親，用自己細胞的ＤＮＡ注進挖空細胞核的卵子，成為「受孕」胚胎細胞，再植入她自己的子宮懷孕，成熟後剖腹生產而來。

西元二〇〇三年，根據詳細統計，全球已有三個國家擁有成熟的複製科技。而其中約有二十名的科學家，成功掌握了複製的關鍵。這些科學家於多年研究實驗的結果發表，宣稱已成功複製出五到十名的複製人，並於昨日公開複製成功的成果。全球科學協會的發言人於今日發出宣言，這將會是複製科技與全球科學的一大進步。

西元二〇〇四年，全球擁有複製科技的國家已有五個，而成功複製人體的實驗也持續進行中。但是在複製科技往上躍升的同時，有不少的人權團體與宗教組織，公開向這些負責複製科技的科學家進行討伐。

他們宣稱，將對不顧人權道德的複製科技做最大的反抗行動。

而發生於二〇〇四年七月二十日，造成多人死亡，好幾百人受傷的大型抗議活動開始之前，原附屬於全球複製協會，已於前年卸職的理事長　科學家羅冠偉先生，公開發表一篇關於他多年以來的複製感言。

『我以為我會以這個複製科技的進步為榮，但是其實後來才明白，真正的結果是遺憾而不是榮耀。

擁有完整複製科技的科學家們，不自覺地都有著與大自然，還有生死法則一較高下的心情。當第一個真正的複製人，按照標準的科學研究產生時，我很悲傷的說，當時在場的科學家，的確都有著自己是否已超越上帝，或者可以把自己放在與上帝相同位置的錯覺。

但那是不可能的，因為我們並沒有上帝的仁慈與寬容，也沒有人可以反叛規律的自然法則，還有造物主的智慧。

事到如今，我只能說，研究出完整的複製科技，只是顯得我們有多殘忍而已。』

西元二〇〇五年十月二十一日　**科學環球日報頭版報導**

擁有一個不只是血液、外表，甚至連靈魂都相同的另個自己時，是什麼樣的感覺？

我把餐桌上的果醬、吐司、放著殘破荷包蛋的骯髒盤子，與喝完的咖啡推到一旁，接著把環球日報的這篇文章放在空出來的位子上，隨手拿起了旁邊的一枝原子筆，把所有的「**複製**」字眼都圈了起來。

好多。有沒有五個？還是十個？

桌上潑出來的咖啡褐色印漬，把其中一個「**複製**」的字眼，給染成醜陋的橢圓形狀。

現在是早晨七點，標準的早餐與早報時間。吃完早餐，我把餐桌上的盤子杯子，放進廚房的水槽裡，再把浸了咖啡水痕的報紙丟到垃圾桶內，然後抓起門後的黑色西裝外套，提起放在門口地板上的黑色公事包，出門，走到外面的停車場，把車開出來，往公司的方向前進。

車子在行經十字路口遇見大塞車，每天必來一次的塞車。時間有時是十分鐘，有幾次則高達半小時的動彈不得。車子此時會被四周大響的喇叭與噪音包圍，而車上正播放的廣播裡，女人用有些神經質的聲音，朗誦著哪條路正堵塞的誇張，哪裡又發生了連環車禍與交通意外。

很標準的都市生活序幕。我煩躁地扯了扯脖子上的銀灰色領帶。

在這種反覆相同的生活中，究竟誰會在意隱身在世界某個角落的科學家，已經研究出複製人的技術呢？或者，有誰會真的想像得到，或許某天，會有個跟自己一模一樣的複製人出現呢？

我把吵雜的廣播按掉，對著安靜下來的空間嘆了一口氣。那染了褐色印漬的複製字眼，在我腦中擴大。

這時候的我三十歲，黃金般的年紀，外表上還維持著很風光瀟灑的模樣。

就像城市東邊的中央廣場上，所豎立的黃銅雕像般，正筆直地站在圓心的中心點中，高傲地俯視著底下的人群經過。雙眼仍炯炯有神地足以令人畏懼，臉上的肌膚緊繃，身體的肌肉線條優美，體能的狀況亦處在巔峰狀態。隨時繞著家裡附近的公園跑個幾圈，或者在游泳池裡來回游上好幾圈都沒有問題。

除了良好的健康狀態之外，我在城市裡，還擁有一間規模完整，名聲響亮的律師事務所。

在某些特殊的時間點上，在城市中暗自發生的，最震撼也最著名的民事或刑事案件，會透過一條看不見的輸送帶，進入隱形且四通八達的管道，傳到我的秘書的電腦中。秘書接到案子後，會把所有的檔案彙整，需要的資料全蒐集清楚，敲響我的辦公室外頭，那扇精細雕花的木質大門，進來把資料放在我的桌上。

每個會接手的案件，除了擁有聳動的話題，與絕對附帶會提升事務所的知名度條件外，還有，就是經過精密的驗證與考察，確保那些委託人，是毫無疑問地站在勝訴的那一方，這案子才會帶著順利漂亮的姿態，像一個高速穩當的高飛球，值得我伸出手掌，毫不費力地去攔截接殺。

當然，建立一個成功的律師事務所，最花力氣與金錢的，就是那條輸送帶。

這部分我不想多說，因為可以想像到的，裡面通常塞滿了醜陋不堪，且包含人性中最無法考驗的貪婪與利益交換。

我相信這世界上的運轉都必須如此，沒有什麼東西不需要交換便可以得到。權力與金錢有時必須犧牲自身的東西來換取，而換取到的權力與金錢，又可以買賣另一些人的犧牲。這就是一種社會上普遍性的循環。我非常熟悉這裡面的操作，也完全可以容忍裡面，曾發生一般人想起來就覺得可恥的事。

或許就是因為可以忍受，所以我也比一般人早得到這些東西。

而綜合多年來的利用與了解，這個時候，我的人生在事業與財產這兩個項目，皆已完成了某個階段性的任務：住在城市裡最高級的地段，擁有一間名聲與利益大到許多行業都望塵莫及的公司。出入的場所簇擁著上流社會裡一貫的紙醉金迷，每天一遍遍地，享受燃燒金錢與慾望的尖銳快感。

當我正想辦法向更富裕的地方轉動時，卻被這隱藏在世界角落，晦澀的複製人的事情給困擾著。

我曾問過我的妹妹海敏，對於有另個自己，生活在你完全想像不到的世界裡時，你會有什麼想法？

「我可以想到的，只有好好的利用另一個自己，畢竟能夠成就我的也只有她了。你呢？不然你以為要抱持多崇高的想法？」

我們討論到這件事時，海敏正坐在我家客廳裡的沙發上，剛剛講完一通橫插進對話中的電話，把眼神從望向窗口的方向轉到我的臉上。

我凝視著她的眼睛，與她對看著。傍晚的日暮從沙發後面的窗子斜移進來，橘紅色的暈黃光線，柔和地灑在她的身上。就視覺上的美好來說，海敏正散發著耀眼的光芒。上天在外表上，幾乎不公平地把一切美麗的條件都賦予了她。

海敏此時也處在人生的高峰上。二十八歲的青春年華，是這個國家的首席模特兒，在這個國家中，也擁有高知名度與奢華的物質生活。

但是，我明白一件無法改變的事實，就是剝去眼前這美好的外表軀體，海敏的內在是極端的，有著讓人無法正視的邪惡靈魂。她天生喜歡朝著危險的境界裡走去，隨時可以輕意地把自己或身旁的人，拋向令人戰慄的邊界點中。

從這出發點去評估，上天似乎又是公平的讓人讚嘆。

在某種意義上，我與海敏正相依為命的過日子。我們沒有依賴對方生活，在真實生活中，彼此也有各自的世界與人生，但以同樣血脈相承這點來看，我們的確是某些意義上僅存的家人。

我的家族從我父親那輩就被切斷了。正確的說，在我有家族的觀念，會開口問父親其他親戚的下落時，父親就說起一大串聽起來像是故事的家族歷史。長大後仔細回想，便會明白這些都不是真的，這只是父親用來搪塞我問題的藉口。

我們的家族十分龐大。若以祖父母當作族譜最下層的起始點，從初端往上延伸開來，像極了一棵茂盛綻開的大樹，底下連結繁盛樹幹樹枝的子孫，連串起來有好幾十人。枝繁葉茂的族譜聯繫，每一枝往外叉開生長的枝葉，又從中間的枝幹，再往更遠的地方拓展。

祖父是在國家東南邊，一個靠海的村落裡出生長大。祖父在父親的口中，是一個相當高大，體格魁梧壯碩，但卻擁有一種奇怪書卷氣質的老好人。

「有人形容祖父像是村子裡的標竿。只要他挺立地站在村子外面，似乎後面沿著山丘所建立的低矮平房，都被他的體型所掩蓋。而當天氣陰霾，雲層厚重地在天空裡堆疊出灰黑色的天幕時，祖父又像是可以雙手撐開，把看似即將掩蓋覆闔上的黑天幕與灰大地，用力撐開出一道曙光。」

父親摸摸我的頭，笑容滿面地對年紀還小的我形容。

「那麼神啊！好像『傑克與豌豆』裡的那個巨人喔！」我每次聽見這個形容，都會興奮地尖叫起來。可能也因為我的反應激烈，所以父親在說起家族故事，都不忘誇張地形容這段給我聽。

父親說，當祖父年紀到達可以自立時，他便離開了南邊的家鄉，一個人到國家的市中心裡唸書，後來藉由大學裡的教授牽線，到了一家金融企業公司裡擔任財務顧問。一直到之後認識了祖母，結婚，生下了父親與其他子女，都定居在市中心裡，沒有回過家鄉。

然而，在全國一次嚴重的金融風暴影響之下，祖父任職的公司倒閉，曾經投資的股票也慘跌地讓祖父背負了一堆債。這個突如其來的挫折，讓祖父開始沾染上喝酒的惡習，甚至到後來，由此引發出視覺系統的失調，讓祖父之後的人生，全在失明的黑暗裡度過。

而祖母，長期處在對生活與經濟的擔憂，以及焦急祖父健康情況惡劣之下，在很短的時間內，也把自己的雙眼給哭瞎；等於這兩位我未曾謀面的祖父母，晚年皆在一片漆黑中渡過。

父親說，每次一聽見親戚裡哪個人不小心又提起這件回憶，不論當時是正在開著慶生的聚會或派對，溫度會驟然往下掉落，背景仍大響的音樂聽起來就像是在奏鳴哀歌。原本流動順暢的氣氛，因為這永遠無法解凍的回憶，大家不由自主地被拉回仍強大的悲傷中。

此時站在四周的大家便一起默默地低下頭，好似等著這個盤桓不去的悲痛慢慢流過。

但是，沒有任何人想像得到，這對雙眼失明的祖父母一過世，還連帶把家族年譜的排列，一同帶進黯黑中。所有族譜上面的名字，喪失了代表根脈的祖父母，全部都落到年譜的邊緣外，墜入面目模糊的凡人汪洋中。

族譜最下層的初端點覆滅後，大樹就像是失去了主要的生命幹線，無法順利吸收底下的水源養分滋潤，從中間生長出去的樹枝葉片，全部都從主要的枝幹上枯萎掉落，空有記憶裡的繁枝，但實際關係則是一片荒蕪。

就在祖父母的死訊一傳來，家族裡的大家紛紛自作主張，彼此帶著重新建立的家庭，斷絕與親戚的往來。因此，我在長大後，就從未見過任何父系親屬。

簡單來說，這意外讓大家認清了一件事實：原來家族裡彼此的關係，是如此的陌生。

我不曉得血緣關係裡的濃密與疏離，竟可以讓人下這樣簡易輕率的選擇。擁有相同親密的源頭，樹脈狀分叉攤開的關係圖表，大家卻選擇把自己與底下的分支一起從上面的紀錄中抹掉。對於這個做法，身為家族裡一分子的彼此，竟沒有人希望可以繼續延續家族關係，甚至迫不及待地扼殺這棵大樹的生命。

這是父親最常說起的家族故事。

有時候我開口詢問的時間，剛好是他正忙碌時，他會隨口胡謅出另個故事，但是只有這個故事最詳細。包括講述許多次時，我的疑問會隨著一次次相同的故事，詢問起那棵大樹上的枝枝節節，而父親也隨著問題而沿著這些枝節，讓故事逐漸膨脹變大：

祖父母是怎麼認識的？每個親戚們的長相名字？還有關於從未回去的南邊靠海的家鄉模樣，以及黑暗中的世界……

故事細部逐漸擴大，沒有所謂的限度。我渴望知道的家族史，在一次次的描述中，輪廓清楚明顯地浮現出來。雖然我不知道裡面屬實的地方究竟有多少，但是我印象最深的，也只有這個版本。

我到現在也從未問過父親，對於家族裡的大家，彼此抹滅在家族裡面的自己，有著什麼樣的心情？但是，當我第一次聽見這個家族故事，在長大的過程裡，腦中回想了好幾百次。其中，我對於父親也如同其他親戚般，薄情殘忍地切斷關係，感到完全不能接受。因為這樣的難以理解，造成了我與海敏年幼時便要承受母親失蹤的孤獨，而父親過世後，我們更理所當然地成為徹底的孤兒。

「難道你從來就沒有，沒有尊重另一個生命的想法嗎？複製人被製造出來，他們在生物上的定義，也是一個活生生的人啊！」

我艱難地詢問著海敏時，看見昏黃色的殘日，緩慢地由她身上離開。這時候的她，臉上披覆著是與剛剛的溫暖柔和，截然不同的黑暗光芒。

「我不可能不好好利用我的複製人。你應該明白，如果會慎重地尊重生命，我就不是海敏了。」

我看見海敏在被漆黑籠罩的我的對面，露出那個美好到讓人著迷的微笑。

這微笑曾經使許多人心碎，也讓許多人為之瘋狂。

在海敏從自身混亂的情形中抽身，進入另一個能夠讓一般人更加複雜，由金錢權力，還有以美貌支撐的模特兒與演藝圈中，也就是我之前所形容的，社會醜陋的結構裡頭時，她卻是優遊自在，彷彿這混亂沾染不到她，她總可以來去自如地，穿梭在這個卑鄙猥瑣的現實世界中。

因為她是海敏。為達目的不擇手段的海敏。從這點來看，我想父親的寡情薄義似乎完全地遺傳到她的身上。我面對處在暗灰光線中的她，真的可以突破這美麗的外表，看見那壞損到不堪，且殘破稀薄的靈魂，從那燦爛的微笑裡綻放出來。

儘管如此，我仍無時無刻地在心底深處發誓，我會盡一切力量守護著我這唯一的家人。

現在，我盡量不讓海敏對複製人的態度影響到我，而是靜下心來，面對複製人的這個問題。

我甚至閉上了眼睛，很仔細地去想像這個畫面：

在一個初夏的清晨，空氣裡瀰漫著特有的乾燥氣味。金黃色的光線紛雜地灑落在各地，所有的東西都被披覆了刺眼光芒的時分，我終於看見相差十歲，我的複製人。

從對面的那條街道，正左右轉頭地看著有無行駛過去的來車，準備抬起腳步跨越馬路時，正好瞥見我凝視他已許久的眼神。

我們兩人隔著一條安靜的道路，四周悄然無聲。遠方有些細瑣的雜音，窸窣地散落在我們兩人眼神相視的中間距離。

就像所有老套，千篇一律的故事一樣，我們在最後的時刻終於見到了面。但是，卻不像美好的結局般，我們相擁而泣，並向對方訴說自己找尋多久，歷經多少困難與折磨，畢竟命運沒有把我們玩弄的淋漓盡致。

很遺憾，我們的命運並不是這樣的走向。

我看著年輕十歲的自己，緊緻的臉頰上仍透出一股透明的天真，棕灰色深邃的眼睛裡，濛著一股屬於夏日的水氣。專注的眼神中，完全相同的寫盡了許多繁雜的思緒。

我們仍然沉默地望著彼此。

他緊抿著嘴，不發一語地睜大眼睛望著我。我不知道他從我的眼睛裡看見了什麼。是難過原來十年後，自己蒼老的模樣比想像中的快，或者十年後，居然是這等落魄狼狽的外表？還是，其實他根本就不知道，有另個一模一樣，只是老了十歲的自己，在大半的歲月時光中，活在另一個他不知道的地方與世界？

說真的，如果可以跨越這條街，過去給他一個擁抱，告訴他這是真的，他所驚訝的、親眼目睹的，當下從心中湧出千頭萬緒的想像都是真的。我們是由同一個基因所塑造出來的形體，儘管靈魂或是思緒有不同的地方，但是外人看著我們，便會知道這是兩個一樣的人，那麼，壓制我心中過久的重擔會因此輕鬆很多。

長久以來，我為了這個終究會重逢的一日，想像了許多的畫面，但是，我的預想絕對不是這樣。

依照現在的地理位置，我希望有臺冒失的車子，裡面有個昏沉的酒鬼，迷糊地加速撞向他；或者，晴空朗朗的天日，對著他突然劈下措手不及的陣雷；又或者，符合我真實且確切的想像中，我動身走到他的身邊，自己用各種方法結束他的生命。

他眨了眨眼，仍然面無表情的盯著我。

時間滴答滴答地從中間流逝過去。

我不寒而慄地睜開眼睛，突然完全明白，對面這個年輕十歲的我的複製人，如果，真的在這樣的想像裡遇見了我，現在所想的事情，絕對會跟我一模一樣。

第三章　彼端：殘缺的動物隊伍

老人告訴我，從這塊廣大的草原走出去，經過整片茂密的防風林後，便會看到臨界點。真正意義上的臨界點。臨著陸地與海洋，還有存在與消失。

那是一個可以擺脫屬於你的意念的地方。

「在某種意義上沒有人曾經擺脫島國到達他方，一個也沒有。在好多年前，我從城市流浪到這，選擇在這裡定居，並且認分地自己蓋房子，種植蔬果野菜維生。是有許多人離開過，但是終生忘不了這裡。」

老人粗啞的聲音，音質彷彿是壞掉的音響或者唱盤，喉頭裡間歇的尾音，還盤繞著未完的話語，卻被已毀壞掉的音質末梢給粗魯地切斷。

我站在遠方，看見在金黃刺眼的陽光底下，仍一身黑的如同影子的老人，站在草原中央，正面對著我的方向。離老人約三公尺的距離，有一小間老舊的石磚屋，灰黑破損的外觀，還有屋頂上千瘡百孔的痕跡，皆說明了房子的年齡。

一走近老人便可以看見，那乾燥的臉龐上，滿佈著令人心驚膽跳的刀痕，就在皺紋的下方。像是有人曾經殘忍地用銳利的刀子，胡亂地在他臉上作畫，深陷入皮膚表層底下的深咖啡色刻印，明顯地在陽光下發出呼吸，隨著說話的表情頻率，有生命力的一起一伏。

老人衰老駝背的矮小影子晾在草地上，像是背著一顆渾圓的大球。

「可以請問您，為什麼遠離城市來到這嗎？」我在腦中仔細挑揀了可以繼續談話的內容，但還是敵不過好奇心的作祟。我踮起腳尖，假裝眺望著遠方，隨口丟出了一句無關緊要的問話。

「跟你一樣啊，小夥子。這個國家裡的人都瘋了。」老人微笑地轉向我，恐怖的刻痕依舊詳盡地在笑容裡綻放。

我在這個島國出生與長大，從未踏出去過，也未曾看過這島國以外的世界。

在這個國度東方、西方與北方的位置，皆由一大片濃密的森林接連起邊境。所謂的森林，是絕對的旺盛茂密，由一叢叢高聳細密的竹林大樹，所層層遞疊起深黑色如同城牆的堅實陰影。

站在距離近一些的地方，試圖用視線穿越深綠色的竹林，想要由此看見臨界島國的海洋，在一開始就會被厚重的漆黑給直接截斷。而往南方的地帶，雖是一片平坦無際的草原，但是島國的形狀是呈現向南延伸的長條形，所以也無法讓視線筆直地橫越過草原，那片廣闊的像是沒有邊界的草原。

聚集在島國中央的是密集的鄉鎮城市，很先進的高樓與簡陋的平房皆有。沒有鄉下與都市的分別，也沒有密集與疏離的地區。在城市裡，時常可以看見兩棟大樓中，夾著一間低矮的平房，也可以看見一排破舊的老房子，旁邊卻是嶄新的科技大廈。

國家像是老早畫分好中央的那塊土地，所有的房子皆只能集中於此；跨過那塊土地後方，便是完全未開發地帶，過分原始且蕭條的讓人望其卻步。

街道呈現工整的棋盤形狀，穿插在密集的房子中間。沒有一條死胡同，全部四通八達的是入口也是出口。在這些街道裡徘徊時，兩旁房子中的鐵格或木質窗戶上，所披撒下來的藤蔓植物，在陽光中洋溢著深淺不一的綠色，讓整條街看起來清新雅致。

居民則跟其他國度的人沒有兩樣，日出工作，日落休息，為維持一家的生計與讓國家順利的運轉，大家物盡其用與各取所需地，把自身當作是一個維持大型機器運作的小物件般，拋入裡頭勤奮工作。

整體算是一個安居樂業的國家。但是，還是有些地方與其他國家不一樣。

我第一次見到這個奇異的景象，是在某年末夏時期的傍晚。

夏日夜晚來臨的速度很緩慢，一點一滴把晶亮刺目的天色給掩蓋起來。天空與四周的空間，逐漸被圍攏過來的黑暗給包圍時，從最南端的碉堡樓臺上，傳來從未聽過的鐘聲，一聲接著一聲，連綿不絕。渾厚紮實地除了低沉的鐘聲，也發散出意想不到的頻率震動。從聽覺裡進入，再筆直地鑽入每一個人的心底深處。繚繞在心中的頻率振幅，突兀地撩撥起當時每個人的心裡，原本企圖將要化成語言，所發散出去的想法。

鐘聲漫天覆地的籠罩了整個國家，短時間內，便穿透了所有街道城市，每一個細微的角落暗處。

現年二十歲的我，正待在街道上的商店裡，手腕上的錶指著六點二十分。

當時心裡盤算著要買哪種麵包糕點回家時，便從潔淨明亮的落地窗內，傳進沉重的鐘聲，像瞬間滲進玻璃與建築物的厚實響聲。

有股不祥的預感從心裡產生，我納悶地由商店內走出來，就遇見如同演默劇般的動物隊伍，有次序地站在街道上。

居住於此的居民，不論身在何處，一聽見這強而有力的鐘聲，頓時，所有關於他們的想像力，皆迅速幻化成最符合他們思想的動物。一種看起來真實具體的動物，很乾脆徹底的由身體中間剝落出來。

這感覺像是從原本站立的位置，往旁邊輕輕挪動一步，你身上的某個部分卻停在剛剛的地方；也像緊緊黏貼在地上的影子，自己有生命力般地拒絕跟上你的移動，停頓在原地。

這些貌似動物的繁雜想像力，從每個人身體上脫落下來後，便從各個角落裡走出，聚攏在街道上，再緩慢地往南方移動。

沒有明確的目標，直到龐大的身型隊伍，淹沒在看不見的遠方草原裡。

有些人的想像力，只是微小的如同浮游生物般，依附在龐大的大象身體上面。有的則像是跛了腳的猴子，或是少了喙嘴的烏鴉，狼狽地歪扭著身體，踉蹌著瑣碎的腳步，跟隨著前往南方的步伐，緩慢前進。

鐘聲的迴盪是確實的共鳴，細微悠長，由此已形成的鐘鳴震盪，如同消散不去的薄霧，穿越滲透了街道兩旁的建築，往更遙遠的時間之流匯去。

動物全體皆無法發出聲音，沉默的行進隊伍，任憑鐘聲穿梭在牠們之中。

剛從商店出來，站在街道上的我，看見屬於自己的想像力，十分順從地依著纏繞的鐘聲，像靈魂出竅般俐落地脫離我，就在身旁，化成一隻顏色漂亮的斑馬。

鬃毛長且凌亂地隨著夏夜晚風的吹撫，往後方飄動著，在晚風中走進整齊的隊伍裡。

沒有什麼特別的感覺，好像只是自己無知無覺地往旁邊多走了一步的錯覺。我伸出手想要撫摸牠，站在旁邊的婦人阻止了我。

「不可以摸從自己身上剝落下來的動物啊，事情會沒完沒了的。」

「什麼意思？」

有著一頭黑色捲髮，身軀肥胖的婦人，用一種好像看見怪物般的眼神盯著我，搖搖頭。

雖然我在這個國家裡出生與長大，但我從未看過這個如嚴整儀式般的剝離與出走。感覺自己的身上頓時少了什麼，而且是活生生的棄離你，以極明確的形體外貌，就在你面前轉身離去。

很奇怪的是，在沒有任何人跟我說明之下，我看著這些動物，還有所有當時在身旁其他人身上，所脫離下來而形成的動物群，就是明白這是每個人心底深處的想像力。好像這些動物的形狀樣貌，異常地符合人們的內在，還有我自己心底深層的內容物。

但是真實看見由自己內部無形的什麼，化成有形的動物，竟有種淡淡的哀傷感。

我訕訕地把伸出去的手收回來，放在臉頰上撫摸。一邊看著動物們的背影，一邊在心裡彷彿處在透明的氣流中，伸手用力抓著，想要確切地捕捉我傷感的情緒。

我想起了那個失蹤的女孩，米菲亞。不知道屬於她的想像力，會化成什麼樣的動物。是長頸鹿？還是蝴蝶？也或者是想都沒想過的動物？我看著斑馬旁邊一隻體型與牠差不多，但少了鹿角的梅花鹿，牠正低著頭，緊緊挨著斑馬，木然地跟著隊伍往前移動。

牠們走過的道路沒有揚起灰塵，很寧靜安祥的氣氛從隊伍中間溢散出來。

小時候，我在臨著東邊城市的街道上，靜靜地看著剛過世的母親，舉行葬禮前的抬棺儀式。

他們沉默地把棺木扛在肩上，一行人不發一語地往前移動。抬棺的人穿著樣式一致的黑色西裝，表情皆十分漠然。當這樣裝扮的隊伍一出現在街上，四周的聲音便很奇異的像是完全抽空，聽覺裡只剩下清楚的自己的心跳聲。

沒有想像中，棺木摩擦絲質衣料的細緻聲，更沒有從抬棺人口中發出的喘息聲。靜默的抬棺隊伍從眼前緩慢地經過，離開。四周才逐漸恢復原本喧鬧的聲音，但我卻覺得這行隊伍在經過時，確切地挪動，且改變了空間裡的什麼。

此時，我的視覺牢牢地望著這行動物隊伍，直到街道上的人群逐漸散開。人們臉上沒有驚訝的神情，在那刻發生時有些茫然，然後如同我一樣，馬上了解正在進行的儀式內容，從詫異到恍然大悟只是一瞬間，便面無表情的站在原地，任由自己的一部分恣意地脫離自己。

動物隊伍越走越遠，現在從這個方向望過去，只剩下一團灰色頹喪的影子。黑夜來臨，整條街道只剩下我一個人，淒冷寂靜的夜晚氛圍從身邊降落下來，南方高矮不一的樓房被黑暗籠罩住時，從我的腦海中清晰地冒出了那個女孩的臉，以及米菲亞，這個屬於她的遲來的名字。

她的確是個很標準的美女。五官非常精緻，很容易令人驚艷的長相。但是我被她撼動到的，並不是那樣單純視覺上的美，而是更深層的東西。

即使那樣漂亮的組合，非常安然地放置在她的臉上，但是她沒有那種明星與模特兒讓人難以親近的氣勢，一出現就閃耀著無法忽視的奇怪光芒；相反的，比一般人耀眼的她，好像把生活與自身的態度放得相當低，不是卑微，而是一種難以言喻的溫和，與散發出已經把每日生活的細微風景，在心裡做過適當妥協的異常平和。

她的眼睛瞇成一條線的友善笑容，還有關於當天跟我說話的內容，只要閉上眼睛，就可以聞到正在下大雨的潮濕氣味，還有雨聲淅瀝地大響，彷彿時間停止的畫面。

她失蹤了。

腦海裡的畫面瞬間終止，她的臉被這個字句的意義給蒙上陰影。我低下頭，在心裡感受所謂「**她已經失蹤了**」的真實性。

這意謂著，我們或許不會再見到面，那樣美好的長相與氣質，已經逐漸脫離以前所有的連結，我無法再聽見她用細緻的嗓音說，她覺得生活在這裡，曾經擁有，或未來有可能擁有的任何感覺。

我的體內湧出一股很強烈的想法：此時，這些動物正在進行的，是屬性不同，但也算是同一範圍內的失蹤。沒有人知道牠們正要去哪，也沒有人關心任何形式的失蹤，就像那個女孩，名字與照片被擺在報紙上，但是因為這個城鎮的人們不熟悉失蹤，對於第一個失蹤案莫可奈何，所以對這樣的事情，只會看著新聞，淡淡地搖頭還有嘆息，再多，便是心裡浮現淺薄的無奈。我在心裡把她的模樣再溫習一遍，抬起頭，望著黯淡的天色，深深吸進一口有些涼意的空氣。

我能為這樣的事做點什麼？

此時，在腦海中旋轉的是那群靜默的動物，以及消失的她，彷若夾雜在動物群中，隨著前進的隊伍緩慢移動。

我在街道上邁開步伐，決定踏上動物們遺留下的腳印，與跟著所有失蹤的行跡前進。

一開始，我從城市的中央往南邊走，氣喘吁吁，雙腳像扭緊了發條一樣的用力踏過磚石道路，穿梭在棋盤狀的街道裡。身邊景物由大樓與平房相互交替著，一些細瑣的喧鬧聲，還有車子行駛在道路上的滑行聲，模糊的由兩旁甚至更遠的地方傳過來。

南邊高大的石磚城牆，在黑夜裡發散著淡藍色的幽幽微光。從旁邊的石子道路上往右前方走，越過這面牆便到達南方的城鎮。溫度隨著黑夜襲上而下降，我加快步伐，想要用更大量的運動熱氣與之抵抗。心臟與脈搏加速跳動，背脊上開始滲出了些微的汗水。

我盡量什麼都不要想，讓眼前單純的只有一掠即逝的街景，費力地維持這股莫名的衝動，迅速往南邊前進。

夜好深，路也好暗啊。那些動物們究竟要走到什麼地方呢？

我一邊維持步伐速度，一邊默默地回想那頭屬於我想像力的斑馬。牠站在迷濛昏暗的傍晚時分裡，看起來異常孤單的身影。那在微風中飄揚的彩色鬃毛，不同於其他動物的呆滯神情，在眼珠靈光的轉動中，卻蒙覆了一層暗灰色的影子。

直到一腳踩進不屬於城市範圍的道路，我才停下腳步，低下頭去確認自己的雙腳，確實已經踏入了這個我從未到過的境地。在黑暗中，草叢的深處吐出幽微的光芒，四周皆是已沉澱厚實的青草味，有著濃濃的原始野生感。

我抬頭看著天空，相同在深邃的漆黑裡，稀疏的星光，四散紛雜地灑落在天空的四處。小腿與大腿肌肉的酸疼，從底下的地方擴散上來。我按著有些疼痛的胃，停在原地調整呼吸。

小聲的蟲鳴鳥叫，揉合成一首古怪的旋律，從前面深黑色的地方傳了過來。藏匿在黑暗中的草原，就好像亨利・盧梭的叢林油畫，葉片與葉片中間，似乎躲著一層層屬於叢林生態的獸的氣息，正蟄伏在各個陰暗處，把注意力集中在我這個闖入者的身上。

我閉上眼睛，在心裡盡量把自己與這片草原拉近距離，此時，一股陌生的空虛與恐懼，隨著我站立的地方，從旁邊空曠的空間裡釋放出來。

這感覺相當強大，突然之間，我不可置信地望進這片敲不開濃稠的黑暗裡。這裡面沒有任何生的氣味，相反的，我感覺到一股已死絕枯槁的竭盡，瀰漫延伸在這片厚實的黑暗之中。

現在，我幾乎可以確信自己的腳步愈深入這片黑暗中，這陌生的感染力會更加在心裡膨脹。

我不肯定是否一踏到陌生的地方，就會產生恐懼的本能，因為這畢竟是我第一次離開熟悉的地方。但現在，對於是由自己心裡所產生的恐懼感，還是被旁邊不知名的氣氛給感染的都不知道。陌生唐突地讓我對這一切都很不知所措。

我在心裡對著自己說話，試圖讓自己平靜下來，告訴自己在陌生的地方沒什麼好怕的，就只是一片草原而已。就只是身處於這個以前在城市的家裡樓頂上，所時常瞭望的綠色遠方邊界，我正站在以前瞭望的遠方，過去所熟悉的印象之中。

但是沒有用，恐懼仍舊像是煮沸的滾水般，熱烈地從心底不斷湧出。其實遠處的動物隊伍老早就在視線範圍內消失了。不知道是我沒有跟上，還是牠們在這行進中，被打散蒸發成原先抽象的想像力，與空氣化為一體也說不定，但是我一踏到這裡，就想要勉強自己壓抑害怕，繼續往前走，什麼都不要想，往南邊那片深邃的草原走去。

這是一股連自己都無法了解的勇氣，竭盡地想要跨越恐懼，完成些什麼。

在黑夜裡，我下定決心地閉上眼睛，就只讓聽覺在黑暗中裡放大，依照能聽到的一切細微聲響前進，絕對不要讓心裡的恐懼，與眼前的陌生接連在一起。

直到不眠不休徒步前進的第三天早晨，我才見到老人。除了他，在這未知陌生的路程中，我沒見過任何人。

老人瞇起眼睛瞧著我，像是難得終於看見另一個人，臉上洋溢著奇怪的笑，往我充滿汗水和疲憊的肩膀上拍了幾下，拉著我，順勢坐到草地上。

「你知道嗎，這個瘋掉的國家本來沒有那麼小。

原本的土地跟鄰近的國家是一體的，很龐大的面積，是現在國土的三倍大。但後來在一次嚴重的地殼變動後，從中間的山脈中央剝裂，而現在東、西、北方連結的森林，皆是屬於那座分離的高山。」老人保持著不協調的笑容，饒有興味地盯著我的臉看。

「這是很久以前的事情吧？」

我順手接過老人遞過來的水杯。雖然那水杯骯髒的讓人有些遲疑，裡面的水也十分濁臭，但我沒有考慮那麼多，仰頭一口氣喝完。在灼熱的太陽下，我身上的汗衫全黏貼在皮膚上，渾身發出一股噁心的汗臭味。我避開老人不斷靠過來的熱情，暗自祈禱他不要因為臭味而討厭我。但老人似乎沒有發現，他正沉溺在好久沒有說話的熱切中。

「是啊，大約一百多年前的事嘍！只是那次大地震發生，讓整個島國起了前所未有的變化。嘖嘖，現在想起來就膽戰心驚，但是，沒有人像我那麼有感知能力，大家都昏昧地過著一樣的日子。」

「什麼變化？」我把水杯放在旁邊，很感興趣地聽著。

老人沙啞的聲音我已經有些習慣，聽久了就像燒壞了的**CD**一樣，繞著損壞的部分停滯，低沉混濁卻有著奇怪的魅力。

「發生地震的當時，整個國家正處在一個極微妙的地方。

怎麼說呢？就好像正在開發的國家，工程建築做到一半，就莫名其妙的被外力影響；正在思考卻被阻止思緒的奔騰，最後變成四不像的悲慘結果。」

老人歎了一口氣，把右手放到草地上，無意識地來回撥弄著細小葉片的頂端，寧靜的四周發出了間斷窸窣的草聲。他轉頭對我笑了一下，抬頭看著湛藍一片的天空，跟我說起關於這個島國的巨大變動。

在一百多年前的劇烈地殼變動，把國土一分為二時，當時正是這個國家的一切，不論是城市鄉鎮的興建，還是地理位置的區分，都正處於一種中間時期。

中間時期意味的是，離成熟完整還有一大段距離，而離初始渾沌也往前運轉了不少，就活生生地在那個不明朗的地方被截斷，所以才會造成高樓與平房參雜在一起，而城市發展最多也只能在中央位置的尷尬。

陸塊隨著地震分離，高樓倒塌了幾棟，東邊的牆也癱掉了，柏油地面露出難看的裂縫，水源與電力受到衝擊而停止運作，街道上的商店玻璃全砸毀在路面上，還有少數人受到輕微的外傷。而這明確的分離，就像一把尖銳的刀鋒，把一切不論什麼，都很簡潔俐落的分成兩半。除了國土的面積之外，當時身在開發中心的居民，所有心裡的意識活動，也被這場地震給瓜分成兩半。

這些居民，眼前的一切受到強大的震撼搖晃，有些人甚至眼睜睜地看著原本平靜的地殼，突然被強大的力量瓜分成兩半。雖然高山的另一邊平原，很恰巧的還沒有被開發，但居然就瞬間脫落了緊密連結的關係，不知道要去哪般地緩緩漂走。

從沒有人嚴重傷亡就知道，這場地震沒有要傷害誰的意思，但是用著好像時間到了就必須把那半帶走一樣的堅定決心，在場的人只能沉默安靜地盯著這場分裂。眼前的地殼斷裂是前所未有的劇烈崩壞，人們的瞳孔裡印著緩慢漂遠的龐大陸塊，心中的意識隨著遠去的什麼而開始變得薄弱。

大家緊閉著嘴巴，專注的凝視已經有些模糊重疊。大家在同一時間裡，為著原本的親密聯繫，現在卻漸漸遠逝而深深哀悼著。

剩下能做的，就是在心裡緊緊守著殘存下來的部分。被選擇留下來的一半，以更精緻凝聚的方式殘留著，而另一半的心裡活動，就隨著分離出去的土地，飄到不知名的地方裡消散。

這卻是地震遺留下來，最嚴重的地方

老人說到這裡，有些苦惱地搔搔頭。

「你知道這島國上的居民，最原始的祖先，全是從另兩邊島國集中而來的罪犯；有連續殺人犯、政治罪犯、偷竊強盜者、毀壞者、暴力狂、人生失敗者……他們被另兩邊國家，大批地遣送到這裡來之後，重新在這裡開始他們另外的人生。

而這些人，在心底本來就擁有最本質，根深蒂固的惡的部分；然而，在這場分裂中，所漂遠分離的，便是這些人僅存的善意。」

我點點頭，表示曾從別人口中聽過，關於這個島國原始祖先的由來；但是，我從不知道多年前的島國分裂，竟把他們的善意帶走。

「那麼極端？」我訝異地挺直身體，轉向老人的方向。

「是的，而且不可思議的是，幾乎每個人保留下來的，都是相同惡的那部分。」老人無奈地搖搖頭，繼續以平順的口氣接著訴說。

地震發生後，大家都在忙著恢復原狀，卻沒有發現這場地震最嚴重的，是每一個人心裡所強迫被分裂為兩半。

原本的惡質，以堅固強壯的形式深植在心中，而善的那一面，則悄悄地在大家忙碌手邊上的工作時，隨著遠去的土地而緩慢消失。

看起來國家表面上修復的如同往常一樣，大家相安無事的過著日子，照常日出工作，日落休息，對彼此相敬如賓，維持表面上的平靜。很可悲的是，人們放任自己的惡質在想像力裡繁殖，卻無法為眼前的國家城市，多盡一份力量。所以國家現在，還停留在很久以前的開發中的半調子模樣。

而在分裂過後，到了不定期的末夏時期，人們騷動的心裡開始作亂，繁複的惡之形式最主要的，是想像力的無限擴張；此時，就開始進行剔除過多想像力的過程。

「所以才會有多年一次，像儀式般脫落身體的動物？」

我在不久前才看過這不可思議的畫面，而老人就主動說了出來。

我離開了熟悉的家與街道，往陌生的南方前進，在這國度的邊界遇見老人，也是因為心裡無法割捨，從身體剝落而出的斑馬；還有，其實毫無關聯性，但也是失蹤了的米菲亞。

「沒有錯，就是這樣。」老人點點頭，隨手拔起地上的一株小草放進嘴巴裡咀嚼。

老人說他第一次看見這動物隊伍，也是在他二十歲的時候。

那天下著大雨，他當時剛下班，撐著黑色的大傘往東南方的城市中走去，走過一個石子路，踏進中心的街道時，就聽見了響徹雲霄的鐘聲。

他覺得奇怪，那鐘響很詭異，不像是普通的鐘聲，雖然都有餘音裊繞，但是這回聲卻直直地穿透了自己的心裡，以某種奇怪的形式停留下來。

他摸摸自己的心臟，還是發出相同規律的跳動，但就是有地方不一樣了。他說不出來卻非常清楚這個微小的變化。不久，便看見龐雜黑白的動物隊伍，一一陳列排隊在街道上。

「當時我馬上知道這些動物，就是這些居民的想像力，混亂的惡的本質所幻化而成的，同時間我也驚覺，那鐘聲不只是召喚出即將遠走的動亂惡質，也同時讓聽見鐘聲的每個人瞬間明瞭，現在的儀式正在進行著什麼。

沒有疑問，也沒有任何可以遲疑的地方，你只能眼睜睜地看著由自己身體脫落出來的動物，插進隊伍裡，毫無抵抗反對的立場。」

老人又歎了一口氣，伸手摸摸自己快要禿的頭頂。草原被陽光反射出一片亮綠色的光芒，順著風勢的方向，被輕輕地撥開一條小徑，又隨即闔上。

當時的他，也跟我一樣，站在熱鬧紛擾的街道上，擠在兩排眾人觀看的縫隙裡，伸長脖子，看著不同的動物緩慢地往前移動。

這時候，在人群中突然有一個淒厲高亢的尖叫聲：「他，就是他，沒有任何東西從他身上脫離！」

大家同時間轉頭往那叫聲看去，看見了一個年紀很小，大約十五歲，臉上有些淡褐色雀斑的女孩，表情扭曲站在老人左邊兩三步的距離，伸直了手臂指著老人，嘴裡發出駭人的尖叫聲。

他這時才知道，原來自己與大家不一樣，從他的身上，沒有任何剝落的動物。

「這就是從我的身上，無法脫落出黑白動物的代價！」老人臉上擠出一種疲憊的笑容，沉默地舉起自己的右手，指著自己那張令人心驚膽跳，充滿疤痕的臉。

此時，從遠方吹來一陣舒服的風。老人垂下手臂，靜靜地閉上眼睛，看似永不平靜的臉頰上，卻出現了一種類似祥和靜謐的表情。

「等一下，你說的是黑白動物？我在前幾天，第一次見識到這儀式的發生，但是，從我身上脫落的，是一隻擁有紅、綠、藍色，顏色古怪但漂亮的斑馬啊！我也是跟隨這隻斑馬，才來到這裡的啊！」

我提高音量地向老人說明，他睜開眼睛，似乎被我高亢的聲音嚇到。

我永遠忘不了從我身上脫落的那隻斑馬，顏色斑爛的站在黯沉的隊伍裡，顯得那樣刺目，而由牠身上所散發出的強烈孤單感，也是沒有一隻模樣茫然的動物可以比擬的。只要閉上眼睛，我就可以看見那隻斑馬彷彿站在我的旁邊，搖晃著鬃毛雜亂的尾巴。

「小夥子，不用你說，光從你可以踏進那塊陌生的草原，強烈壓制心裡的恐懼，就證明你的勇敢。在國度城市裡的人，都壓倒屈服在心裡過多惡的想像力裡，讓他們絕對無法走到這裡來。

你知道那些成群的動物是要去哪嗎？是往這裡，也就是朝著南方走來，牠們會成群結隊地來到這，也就是你在夜晚時，所踏進的邊界點中。

牠們到達這裡，便會釋放出人們賦予他們形體的想像力，再順由著釋放的氣體消逝蹤影。

這一切過程會讓草原在黑夜來臨時，變得更加漆黑可怕。未知的恐懼與壓迫，便自然地隨著許多年來，生長完型的動物隊伍，還有不斷加重的人們的惡質化身，來一次次加深它的無名的深邃。無形中，這些惡質，在草原上會形成一堵高大深黑的城牆，甚至連潔淨無瑕的眼睛與身體，都望不穿它。

這樣循環下去，我想好幾年後，島國的居民便永遠無法踏出國界，因為只有跨越南方這片草原，才出得了這個國家，才能看見與到達別的國度。」

「不能生於這裡，也死在這裡嗎？頂多視野小一些而已，一輩子到不了別的國度有關係嗎？」

我想到失蹤的米菲亞，她或許還沒離開，也或許，她如同我一樣鼓起莫大的勇氣，跨越過堅硬如石牆的黑色草原。也有可能，被任何想像不到的外力，給迫使脫離這裡。

關於失蹤的想像是無止無盡的。

「當然有關係。你想想，這裡每個人都懷抱著純粹的惡質生活著，這樣的世界是會維持不了多久的；再說，這片草原雖然很廣闊，但是也容納不下無止盡膨脹的惡劣想像力的，這裡終究會被衰敗的本質給徹底毀滅的。」

老人說完，又用那老邁乾燥的雙手拍拍我的肩。

第四章　自我：過往謎團的起點

遲暮的太陽緩緩卡在南邊兩座綠山的中間，位置不偏不倚，就像要年幼的孩子，交出關於山谷或者夕陽的畫作，他們總是千遍一律地在白紙上，呈現如現在的相同景色。

我把眼睛瞇成一條縫隙，勉強注視著依舊刺眼的光芒。

我想起自己也在小時候畫過一樣的圖案。

綠山裡的發射狀太陽永遠是背景，前頭再加上幾個小人與車子就是一幅畫。心裡浮出從前線條簡陋且色彩貧瘠的畫作，很模糊的印象，但印象的形式卻明確到，現在也可以畫出一模一樣的畫。

好像太陽西下總只能是這個方式，其他的形式，是我薄弱的想像力到達不了的地方。

我用手指揉揉發酸的眼睛，轉頭避過仍西曬炙烈的陽光，注視著一片亮麗到有些誇張的綠色。這片綠洲位於城市郊區的附近，是一大片佔地寬廣的人工綠洲。由遠方棕灰色的蒼茫高山，連綿下來接近土地的，都是終年如一的油亮綠洲。

綠洲四季固定閃著青翠的豐盈。我記得每年冬季下雪時，父母會帶著我與小妹，坐好幾個小時的車前來觀看雪景。那白色的雪灑落在綠色的草皮上，細小的葉片承受著雪花，與化成雪水的水滴。由高處望過去，晶瑩閃耀的就像是垂掛著許多眼淚，美好的令人屏息。

儘管如此，這不知用人工塑膠還是什麼奇怪材質製成的草地，即使白雪覆蓋其上，也會很快地溶解掉，所以住在這個國家的人民，都沒有辦法親眼看見，或者想像雪白靄靄的蒼闊大地。

在印象中，我曾看過單純白色，毫無雜質與其他顏色介入的雪地。我閉上眼睛，很認真地在腦子裡搜尋關於這印象的來源。應該是從某本附有精美插圖，自然景觀圖鑑書之類的書中看見的吧。

在家裡的書櫃中，曾經有一本表皮老舊厚重，內頁皆用上好銅版紙所印刷的世界景觀書，像是精裝書的厚型外殼，沉甸甸的要用雙手環抱，是小時候我與妹妹最愛的一本書。兩人常頭靠著頭，一起把書本打開，驚嘆其中異樣鮮豔的彩色圖片。

裡面有一張雪白色的照片，橫跨雙頁，沒有仔細瞧照片底下的一行小字，會以為是印刷出錯，此頁空白的錯覺。那是雪地，真正且名副其實的雪地，人站到其中，好像真的會被萬物於此，皆灰飛湮滅的白雪給掩蓋住。

我再次在刺眼的夕陽下揉揉雙眼，從口袋中拿出紙條，確認上面的地址沒錯，便把車子停在附近的一個空地上，透過車窗，仰頭望著別墅的全貌。

這棟別墅仿照歐式風格所建蓋而成，有四層樓高，用棕白色的磚瓦堆砌，陽臺上種植著許多綠色植物，前院也幾乎佈滿高矮不一的植物。整體很新穎也很有活力，仔細觀察，就會發現全體植物應該是依照一定比例的養分去栽種，似乎很小心地拿著植物手冊之類的書一一研究，所養出來的植物才會有一定順序般的高矮，裡頭混合著恰到好處的綠色。

這樣的植物群擺置在那，十分微妙地顯露出整體的嚴肅莊重。

「小妹，我們到了。」我轉頭看著後座，原本緊閉雙眼，正橫臥於後座睡覺的海敏。

她聽見我的聲音，很費力地睜開雙眼，雙手抬起伸個懶腰。

「喔，我醒了。」海敏坐起身，撥撥頭髮，對我綻開一個美好的微笑。

前些日子，在父親追悼會的當天，會場裡來了一個老人。

老人在牧師低聲唸著祈禱文時，才從遠方的大門口那走過來。一身黑色，質料看起來高級嶄新的西裝，發出硬朗挺直的光澤。如同裡面襯衫一樣雪白的頭髮，在那個飄著細雨，四周能見度甚低，灰濛濛的雨霧中仍然相當顯眼。

老人的個子不高，但背脊挺得很直，從側面看上去很單薄。膚色有些蒼白，眉宇中間的固定皺紋，讓他看起來像隨時在思考什麼難纏的問題。年紀約在六十多歲左右，年輕時期應該是個絕對照著自己堅毅個性生活的人。那頭醒目的雪白頭髮，讓我想到一個已故的藝術家安迪・沃荷。

我看見他走近哀悼的人群身邊，欠著身，插進圍攏的圈圈裡，表情凝重地低著頭，好像很抱歉自己來遲了似的，蒼老的臉頰上有股懊惱的神情。他站的位置剛好在我的正對面。我盯著他，牧師的話語此時變得像是沒有高低起伏的背景音樂，明確的詞句無法成形在我的聽覺中。

這老人相當面熟。

我望著他，瘋狂地在腦中搜尋這個人於記憶裡的位置。直到牧師唸完致詞，大家輪流上去說完對父親的懷念之情，圍靠著的人群一一地來到我與小妹的面前，說些安慰祝福的過程裡，老人仍然沒有移動，也如同我直視他的眼神，站在原地，那樣專注堅定地回望我。

是馬斐醫生。

在最後一個親戚把結實的手掌熱氣，一股腦地塞在我的手心裡，滿臉堆放著大致相同的遺憾情緒時，我因為憶起關於老人的事情，而口中發出了小小的驚呼聲。這是我第二次看見老人。最後一個親戚從我身邊離開時，我看見他依然凝重地盯著我看。

第一次見到馬斐醫生是在許多年前。

六歲那年的某一天下午，我剛吃過午飯，與小妹頑皮地爬上家裡附近的大樹。陽光照射在重疊繁雜的葉片上，再灑落到地面的形狀很美，像是很多人同時大張手掌的模樣。一隻手一隻手的疊起交錯，讓深淺不一的影子錯落在四周。

我想起在自己的夢境中，即將清醒的前一刻，總會有類似這樣淡淡的影子，緩慢地將我包圍起來，正當我沉迷地低頭看著葉片的倒影時，一個重心不穩，就直直地由樹上跌落下來，左眼被底下突出的石頭給撞傷了視網膜。當時只有小妹在我身邊，她看見捂著眼睛的我滿手是血，嘴裡發出痛苦的呻吟，便驚嚇得大聲呼喚。

父親由房子裡衝出來，抱起我，坐上車子，直奔他所任職的醫院。

「他需要馬上動手術，否則等到眼睛裡的血塊凝結，便會壓迫到腦神經或者更多其他精密的部分，這樣有可能會毀損他的視覺或是智商。」

正在醫院值班的他的學生馬斐醫生，態度沉著且略帶敬畏的口氣向父親報告情形。

我躺在冰冷的手術臺上，用大量的棉花捂著左眼，另一隻眼睛則急迫地盯著父親與醫生。他們站在門口，明確的話語傳達不到這，回蕩在空曠的手術房中，聲響的尾音紛紛撞落在四面的牆壁上，形成不明確的躍動音符。

我昏沉地側躺著，視覺裡搖晃著他們已經分離錯落的身影。好多陌生的感覺一一劃過眼前，刺痛感在眼窩的地方往外擴散。我的心臟發出乾乾的跳動。

「問題在於他才剛吃過飯，這手術需要的麻醉藥量又大，如果現在打進他的身體裡，相信他馬上就會嘔吐。無法再等了，再過些時間，他的血塊就要凝結了。」馬斐醫生皺著眉頭，雙手緊握在背後，等待著父親的決定。

「那麼，就直接替他動手術吧。」

父親用右手擦擦額頭上的汗，冷靜地回應醫生。醫生點點頭，按下牆上的緊急按鈕，手術房外將近十五位護士們，接連地進來手術室中。

最後這席話有力地傳進我的聽覺中。

我聽見了馬斐醫生說的，同時也不可置信地，看著父親就這樣直接下了決定。四周的光線黯淡下來，手術臺上的光芒瞬間鮮明刺眼。我閉上眼睛，眼皮上滿是螢光燦爛的亮黃燈泡，一股從內心底部大量噴出，源源不絕的惶恐把我完全吞噬。

接著便是一個極端恐怖的經驗。

我永遠忘不了自己的全身，被密密麻麻，強壯的手臂給用力壓住，然後由馬斐醫生親自動刀：把我左眼的眼皮割開，從眼白裡活生生地挑出血塊，再把裂縫縫合回去。

那種撕裂的痛已經完全超出我的忍受範圍。

我整個人被激烈的痛楚給震驚地全身扭曲在一起。椎心刺骨的痛明確持續地在臉上爆發著，疼痛迅速蔓延到全身。許多從前的回憶與影像，紛雜地由身體中的每處裡浮出，但都是黑白且乾枯的，我看不見原本任何美麗的色彩。我的身體與靈魂，好像在此時一分為二的裂開，一個我站在手術臺旁，沉默無聲地看著另一個我，正事不關己的瞧著這巨大的疼痛。

全身的感官像是被移動位置，只能遲鈍而麻木地全盤接受程度不等的痛苦。厚重具體的黑暗與疼痛一起急劇降臨，我甚至覺得在下一刻，我就會與這樣漆黑冰冷的世界結合為一體。我不斷發出低鳴哀泣的聲音，但是沒有人鬆動手上的氣力，他們像是張開一張密實牢固的網，把我與無法忍受的痛楚，給結實地包在一起。

手術到了最後的縫合傷口，一針一針的細微穿刺，細密紮實的疼痛更讓我無法忍受，但是我已經沒有聲音了，嘶吼聲已經乾枯力竭，就像某種晦暗的醜陋動物，臨死前所發出無比難聽的沙啞聲。

馬斐醫生轉過身，伸手去取手術臺旁邊的紗布，又回過身來繼續操作著手上的工作。他的臉上沒有任何表情，不論我的面孔多麼猙獰痛苦，喊叫聲多駭人驚恐，這於他是兩回事：手上的工作與我的疼痛是徹底分離開的。

那靠近我的臉孔輪廓，因為太過度的事不關己，此時渙散成一種模糊朦朧的無情與殘忍。冰冷的溫度從他的臉頰上擴散到這來，我在手術臺上打了個寒顫。

四周因為持續不斷的細雨，而顯得霧氣越來越重。清冷的空氣與肅靜的氣氛，隨著人群的離去，在空曠的墓園裡越發擴大。

馬斐醫生終於向前走來，拍拍我的肩，臉上依舊維持著冷靜到看不出任何情緒的面無表情。

「很遺憾你父親的死，請節哀順變。」他收回自己的手，雙手縮回腰際的後方緊握著。

「謝謝您，我們都是。」我禮貌地對他點點頭，不打算在臉上露出勉強的笑容回應。

「這是我家的地址，希望你與令妹，過幾天能抽空來一趟，我有件非常重要的事要跟二位說。」

馬斐醫生從口袋拿出一張紙條，我點點頭接了過去。他與其他親戚一樣，用雙手緊握住我的手，發燙的溫度讓我沒來由的感到一股厭煩。

我望著他遠去的黑色身影，直到眼前的黑點在視覺中消失。回過頭，與小妹一起安靜地，繼續站在追掉會場前。我們一起沉默地用身體與所有有形的感覺，去承接住越下越大的雨水。身上的黑色西裝，吸收了過多的雨水，已經濕黏且頹喪地失去了原本的硬挺。我伸手撥開濕淋的頭髮，便看見旁邊的海敏正默默地，朝著父親的遺照鞠躬。

父親在慶祝他七十大壽過後的幾天，發生交通意外不幸身亡。

那天的時間約是傍晚六點多，父親開著的藍色朋馳車，在市中心的道路交叉匯口，與另一臺紅色的愛快羅密歐橫衝相撞。藍色朋馳車因撞擊的衝力，再加上急速煞車的阻力壓迫，騰空飛起，像表演特技或拍電影現場般，以一種不可思議的角度凌空越過許多車輛，然後才重重地摔落到街道旁邊的地面上。

據目擊者一致的說辭，父親的車速快的驚人，像是一股急速穿梭在灰暗街道上的藍色氣流，夾帶著詭異且爆發力十足的力道，行駛在街道上。車身曾在眼前掠過的路人都說，光是看速度與那驚人的氣勢，就可以感到一股強烈的壓迫，低沉的引擎聲從遠方接近，轟隆轟隆的聲響筆直傳來，每個人皆莫名其妙地感覺心驚膽跳，不安地來回張望著究竟發生什麼事了。

但是，最終死亡降臨的速度比一切都快。

當救護車與警車到達時，警方人員費力地打開破損的車門，父親已經全身是血的仰躺在駕駛座上。由脖子還在大量冒出來的血跡判斷，應該是撞擊地面後，前面碎裂的玻璃插進了脖子上的大動脈，引起過多的血流身亡。

父親死時的模樣有些狼狽，但是面容沒有痛苦，只是在眉心的中間，明顯的突出深鎖著的儿型皺紋。雙眼與嘴唇皆緊閉著，好像正在想著一個怎樣也想不通的問題。

父親趕著去哪？

我與海敏接獲消息，第一時間內便趕去出事的現場。路程裡，兩人不斷地在心中揣測，濕黏的汗水由背脊上滑落，到達出事現場，我的襯衫背面，已經印上了明顯的汗漬。

警方的結案紀錄為意外事故。其他詳細情形，必須等驗屍官的報告才有進一步的說明。而與父親相撞的駕駛者，被送進醫院後也只有輕微的擦傷。警方查明兩人的關係則確定是陌生人，只在這車禍裡意外相撞。

家裡的電話與其他有關的電報信件，很奇怪的是根本沒有任何紀錄，等於是父親究竟為了什麼趕著出門的這件事，就像不可得知的謎一樣，深深地沉入父親的死亡裡無法明朗。

我與海敏一起站在那棟歐式建築前，伸手按了電鈴。從門後傳來零碎的腳步聲。

「請進，馬斐醫生一直都在二樓等著兩位。」

開門的婦人年紀約四十五歲，看起來臃腫的身型，卻有著一臉爽朗的好氣色。她帶著親切的笑，接過我們身上脫下的大衣，引領我們來到二樓。

房子內部的裝潢很簡潔，偌大的客廳中，只擺了幾個簡單的傢俱。正上方垂吊著一盞與簡潔風格不符，設計極華麗的暈黃色水晶燈。客廳中間的整組深咖啡色沙發，發散著溫馴柔軟的氣氛，可以想像一躺上去就會睡著的舒適感。沙發後方是與由天花板連接而下的大書櫃，上面排滿了各式的書。

我們跟著婦人一起爬上大門右手邊的樓梯，到達二樓。

二樓的客廳面積就顯得比一樓小許多。右手邊緊閉的兩個房間，聽婦人的介紹，那裡是馬斐醫生的實驗工作室。

「我等你們好久嘍！」

婦人伸手敲了第一個房間，轉開門把，從裡面傳來馬斐醫生的聲音。等我們進去後，就微欠著身退出去，輕輕地關上門。

房間約十五坪大的面積，是一個明亮、雪白的長方形空間。一開門就看見馬斐坐在空間正中央的椅子上，後面是一座五十吋深灰色，還停留在沒有螢幕的播放臺。他回過身來疲憊地對著我們微笑。

很精緻的播放臺，與螢幕呈垂直角度的，是複雜的操控系統，看起來像是小型的電影螢幕。在播放臺的兩旁，緊鄰牆壁旁邊，放置著許多複雜的高科技儀器。那些東西我看不太懂，只能從外表大略猜測或許是醫學或科學研究上，所需要的精密儀器。它們整體散發出和諧的銀色光澤，很像某種無害的大型動物，安靜地蜷縮在角落裡。

馬斐醫生的身體看上去似乎沒有之前好。臉上已浮現蒼白枯萎的色澤，浮腫的眼皮無力地垂著，熟悉的皺紋陷塌在雙眼旁邊，棕色眼珠則蒙上一層濁色。

「今天請兩位來，是有一個重大的，我隱忍多年從未透露的秘密，想要跟兩位說。而說出來的時機為什麼是今天，其實是因為前幾個月，我知道自己的身體狀況已經不行了，前幾天也是硬撐著去你們父親的告別式。

因為身體的關係，我很仔細地考慮過，便決定今天跟兩位坦白。」

我與海敏對看了一眼，各式各樣的疑惑成形在我們的心中。

馬斐醫生拉了兩張放在播放臺下的活動椅子到我們面前。椅子底下的滾輪，摩擦著白色瓷磚發出尖銳刺耳的響聲，突兀地把靜謐的空間，粗魯地撥開出一個裂縫。我與海敏向前接過椅子，順從地在他面前坐了下來。

「再說這個秘密之前，我想先說關於造成這個秘密的前因。」

他用力地捂著嘴咳了幾聲，虛弱地倒回自己的座位上。

馬斐開始說起自己早年在讀醫學院時，因為要寫一份關於遭逢重大事變，而從心理產生疾病的研究報告，曾經隨著系上的教授，去探訪相關的群居部落，並且在南邊的村落裡，住了一個星期。

那村落的位置非常偏僻，位於深邃高山裡的中央地帶。在進入到村落的沿路，皆有著厚重的竹林與其他不知名的大樹遮蔽，望過去只有陰森森的濃綠色，陽光在這裡被徹底阻斷了溫度，一靠近就可以感受到從裡面透出來的寒氣。

一般的交通工具只能停在山腳下，再用步行的穿越過蜿蜒崎嶇的山路。馬斐與教授在下午的時間抵達，各自從車上卸下行李，馱背到肩上，往看不見任何道路的山上攀爬去。一路上，兩人都沒有說話。彼此沉默地喘著氣，努力控制著雙腳底下的攀登位置，還有手臂必須抓著樹枝，輔助向上的力氣。被叢林遮蔽住的細微光線，隱約地透過層疊的樹葉，變成較稀疏的淡綠光芒，隨著前進的步伐一一掠過他們的身上。

等到終於抵達小鎮時，已接近傍晚。四周環繞著夜晚昆蟲與鳥類的鳴叫聲。馬斐站在鎮上的遠方，緩慢疲憊地向目的地靠近時，心裡努力壓抑著因為失望，而想脫口而出的抱怨。

那特地把樹林砍掉，弄成一大片空地的山中小鎮，其實只是十幾個荒涼廢棄的鐵皮屋所搭置而成。長方形且簡陋的外表，用最簡易的薄鐵與少數木板搭製成房屋的形狀，錯落地在空地上豎立著。

要說這裡沒有人住他也絕對會相信。這裡像是經歷過多年時光的洗刷與遺忘，沒有一點人群在此生活過的痕跡。那溫度與氣味，皆似已滅絕生活的任何可能。有些鐵皮屋的門大開，從幽暗的裡面探出一兩顆頭出來，也有幾個人蹲在屋外，安靜地盯著他們兩人看。

他抹抹額頭上的汗，不敢相信自己眼睛裡所見到的。現在居然還有那麼落後荒涼的地方？簡直是把時間往前挪移好幾十年，甚至好幾百年都有可能啊！這些人在這裡住了多久？為什麼要住在這樣封閉的地方？他們是靠什麼維生的？疑問不斷地由他的心裡產生。

一個穿著白色汗衫，年紀大約八十好幾的老人，從屋子內走出，拄著枴杖走近他們，帶領他們進到其中一間鐵皮屋裡休息。

僅約十坪大空間的鐵皮屋裡幾乎什麼都沒有，只有一張木製的床，還有一盞掛在屋頂上，昏暗的黃色燈泡。他把東西從肩上卸下，環視了四周環境一圈，有些煩躁與不安從身體裡湧出。

他席地而坐到木頭地板上，教授坐到他身邊，摸出行李裡的水壺，仰頭喝了一口。

「我知道你在想什麼。馬斐啊，在班上你的成績一直都很出色，尤其是關於心理影響身體這部分的實驗與報告，你又特別擅長，每次交的報告已完整到無懈可擊了。記不記得你研究這主題已多久時間了？」

教授平穩的口氣就像平時在上課時一樣。他也從行李中拿出水壺，在手中搖晃了幾下，再轉開瓶蓋仰頭喝了一口。

「大概也兩年多了！」馬斐嗒嗒嘴，用袖口擦了擦嘴巴。

「兩年多，其實很足夠了。我這次不像先前一樣，帶你到各大療養院裡，去接近那些遇見重大意外，長年無法克服內心的悲傷，由此產生疾病，而終年住在療養院裡的許多病例。那些說真的，能夠明瞭自己的情況，順從地住進醫院裡療養的人，在心理上，還算是某種程度的接受自己所遭遇到，卻無法控制的身體變化；也可以說，他們是在正常範圍裡。但是在這樣類型裡的研究中，最極致的巔峰是在這裡，這也是我選擇最後才帶你來此的原因。

我先跟你簡單地談談這個村落與森林吧。

這個村落原本是不存在的；而這片森林，住在山下的原住民給它取了個名字：環繞之林。除了重疊綿密的大樹竹林之外，曾走進森林中央地帶的原住民皆說，這看起來與其他森林無異的廣大林子裡，似乎蘊含著某種奇怪但微弱的感應，與每個人心裡其中一塊環繞呼應著，而呼應的部分，都是最脆弱難言的，然而，來到這裡便會得到解放。

這樣的解放，也不是從此可以脫口對他人說出或承認，而是自己的內心，會逐漸釋懷那部分的難堪或矛盾，傳說這林子會讓每個人原諒自己。

這森林的神奇功能，從此漸漸地傳到各地去。

但是因此進來探險，或者居住的人卻很少，因為一般人不會認為自己心裡有什麼缺憾必須特地來此，也或許這林子的深邃，會直接讓意志不堅定的人卻步。

大約在五十年前，村子裡的這些人決定隱居在此，耗費多年的在這裡開發了這個村落，踏實地從無到有，也從頭學起在這座荒蕪的森林裡，如何獨立生活下去的能力，就是因為，他們不知道自己缺失了什麼，也不知道自己的生命，面對重大意外應該要有什麼反應。」

「什麼意思？」

「他們跟我們以前所探討的案例一樣，被古怪的命運捉弄，遭遇了不可知的災難與失去，慌亂急迫的處理好一切後續，幫喪失性命的親戚安排葬禮，替瞬間焚毀的家園重新建設，或者實際地再弄一份更高級的保險……在這一切處理好之後，人生便瞬間回到原來的位置上，就像沒有發生過般的不可思議。

其實他們心裡都明白，這樣是不對勁的。

雖然在隱約的地方，已細微地透露出扭曲的部分，但那部分自己卻看不見，連真實的影響都不存在，簡直像在發生意外時，內心與時間都空白出一大部分，生命卑微且無情地空轉到現在的位置。所以他們決心從頭開始，住進這片環繞之林，好好面對自己的空白部分。

別人的是缺陷，他們的卻是空白，光是這點就很耐人尋味。」

「那麼他們住進來之後，有產生什麼變化嗎？」馬斐聽出了興味，急迫地詢問教授。

教授若有所思地站起身來，轉頭環視了矮窄的屋子一圈，接著把視線放在馬斐身上。

「住在這裡一個禮拜的時間，你就自己好好去感覺吧。」

教授說完，便從行李中拿出睡袋，平鋪到木頭床上。兩人席地而坐，一起簡單地吃點乾糧，用打濕的毛巾擦拭過身體，便與天色一起沉進深深的睡意中。

後來接下來的幾天裡，他們與大家一起在森林裡生活。

從附近的深井中挑水回來，或一起到附近的溪邊捕魚，到山腳下的原住民村落採買一些日常用品，很原始的過了幾天。雖然剛開始有些不習慣，但是無時無刻地與森林融為一體，呼吸著異常新鮮的空氣，村子裡的人也都很友善親切，自己不會有打擾這裡安寧氣氛的突兀感。

耳邊出現的聲音只有極簡陋的單音鳥叫或蟲鳴，繁複的音樂旋律漸漸地在印象裡模糊，馬斐覺得原本熟悉的一切，在這裡自然地在腦中緩慢隱退，讓他感覺很平靜，甚至開始覺得住在這裡沒有什麼不好。儘管遠離原本進步的都市，像是隱居的封閉單調，換來的卻是無法想像的平靜。

直到馬斐遇見了村子裡年紀最小的女孩。

那女孩大約十歲，個子小小的，總是綁著兩根烏黑的麻花辮，笑起來眼睛會瞇成一條縫，會讓馬斐不由自主地想起一種叫做樹獺的動物，慵懶地躺在樹上的可愛模樣。據說女孩的姐姐在好幾年前自殺身亡，所以父母便搬來這裡定居，而她也是唯一在這個村落中出生的小孩。

馬斐第一次見到她是來此地的第五天。他去附近的深井那裡打水，女孩懷抱著一個大水桶走過來。

「你是新來的居民嗎？我怎麼沒有見過你？」穿著碎花洋裝的矮小女孩衝著他笑，展現了一臉樹獺般的友善笑容。金黃色的陽光把她烏黑的頭髮照得發亮。

「我是醫學院的研究專員，與教授一起來這裡做研究報告。我們不會待很久，大約在過幾天就要離開了。」馬斐也對著女孩微笑，順手接過她手中的水桶，幫她裝滿。

「是喔，先前也有幾個來這裡參觀，還有做實驗的人，但從沒有人住下來過。對了，你叫什麼名字？」

馬斐簡單地跟她做了自我介紹。女孩像好不容易有個說話對象般，拉起馬斐的手，不停地跟他說起在這裡生活的種種細節，還有自己的父母，以及從未謀面的姐姐。

「所以你父母來這裡的原因，是因為姐姐的自殺嗎？」

「是啊，他們說連眼淚都流不出來，應該來這裡感覺一下的。」

女孩說，父母口中的姐姐，是一個令人驚艷的大美女。深刻的五官輪廓有著混血兒的亮麗，美到會讓見到她的人，從此難忘；相處在同一個空間裡，更是會自然忘記時間的流動。

母親是在一家私人婦產科生下姐姐的，儘管父母沒有如此出色的外表，但可以肯定她的血緣確實是來自父母，外表上卻沒有任何相同之處。說是集中父母兩人極致的優點，所粹煉出來的美好也不可能，因為那樣渾然天成的精緻，是父母兩人加起來的優點也望塵莫及的。

而姐姐的這一生，卻沒有享受到美麗外表所帶來的優勢，相反的，從小去學校被許多女生排擠，她們想盡辦法整她、折磨她，讓她後來甚至連學校都去不了，出個門都會心驚膽跳。

時間久了，便逐漸罹患了嚴重的憂鬱症，在十六歲那年上吊自殺。

父母下班回家，就看見正掛在房間中央的屍體，雙腳垂在他們的頭頂上方，已經沒有任何生命跡象。他們驚駭地把她的屍體抱了下來，打電話報警，還有開始準備後事喪禮的工作。

接著，還是依舊平靜地過著日子。

姐姐本來就時常躲在房間裡不出門，有時候整天都說不上一句話，所以她的離去，只是意識到家裡少了一個人而已，並沒有其他現實生活中的不方便，或者更深的意義。

「怎麼會呢？她是你父母的孩子啊？怎麼可能如此淡漠她的死亡？」

「我當時還沒出生，但是我自己的猜想，應該是爸媽面對姐姐驚人的美麗，也會害怕與遲疑。畢竟從她身上看不見任何與自己相像的地方，那種感覺不是刻意疏離，而是打從心裡對這個女兒，徹底的不信任與有隔閡，好像她只是藉著母親的肚子，來到這世界上的噩運。

我想他們即使來這，希望能有更深層的感觸，但實際上這是不可能的，因為他們在姐姐在世時就做不到，更何況她已經離開了。」

馬斐靜靜地聽著，心裡卻開始疑惑了起來。

眼前這個矮小，還帶著傻氣笑容的女孩，才十歲的年紀，為什麼可以看懂人性上的黑暗面呢？馬斐不動聲色，一邊走回村落，一邊仔細聽著她說起這個村落的很多事情。

「其實我覺得大家都白費力氣了，說什麼要來這裡感覺人生空白的時光，說穿了還不是來這贖罪，讓心裡的無知無覺有個藉口。

其實他們在這待多久都一樣，因為沒有感覺就是他們本來的原貌。」女孩帶著無邪的笑容，半仰著頭，很誠實地對馬斐說出她的感覺。

馬斐驚訝地盯著她看，但她依舊是那個年幼，且笑容裡有些笨拙想像的女孩。兩天後，到了之前一星期預定暫住的時間，馬斐與教授便離開了那個村落，回到原本的城市中。

馬斐回去後，一直遲遲寫不出教授要的研究報告，理由很簡單，就是他也覺得那個村落只不過是一堆人，尋找一個讓自己好過的暫緩之地，能夠讓自己的殘忍無情，多個疾病名稱或推給生命空白的藉口。

他們沒有病，他們只是比起一般人更遲鈍薄情罷了。

然而那個樹獺女孩的話，卻深深地鑲在他的心上。她會有那樣透徹的心靈，一定有原因。他做了詳細的筆記與紀錄，包括環繞之林的神話色彩與女孩特殊的身分：第一個在那村落裡出世的小孩。

馬斐大約詳盡地查閱了相關的報導或是口耳相傳，隱約地察覺會造成女孩這樣洞察人心的思緒，整體來說，應該是環境造成的影響。

或許環繞之林會讓人坦然接受自己心中的缺失，是真的有那麼點神奇的連結；也或許因為靜謐的氣氛，還有，人到了只剩下自身這個個體，在荒涼的境界裡，便容易靜下心來，誠實地面對自己。

女孩不像同年紀，已經在正常的學校裡，學到許多明確且具體學識的男孩女孩們。他們依循著許多專家，集體研究一套有規則順序的智力開發課程，所以僅有個性與背景上的些微差異，腦子裡所思考的事情都不會相差太遠，心智的成熟度也像在同個模子中一起被塑造鍛鍊。

然而這女孩是在一片充滿贖罪，與極度薄情的地方出生、成長，是完全往著反向的地方操作，才能夠擁有如此透徹的心靈。居民們贖罪的除了自己的無情，還有便是感知能力的薄弱。或許如同那些被制約的學校學生們，女孩在那個環境裡，被粹煉的便是這樣的能力。

馬斐想了一整個夜晚，把焦點從女孩或者環繞之林中離開，仔細去思考單純環境的影響。

如果把人放在特定的地方，尤其是一出生就有計畫的選擇環境，那麼人的本質是不是就像水一樣，放在不同的容器中，就變成那樣的形狀。

思考太久，馬斐開始覺得後腦勺有些痛。他在座位上僵硬地轉了轉脖子，伸手把依舊還是空白的報告收進抽屜，從桌後站起身，伸個懶腰，走去廚房煮了壺熱咖啡。

他望著沸騰的深棕色液體不停地冒著熱氣，香味濃厚地從滾燙的氣泡中傳了過來。馬斐揉揉眼睛，盯著散著香氣的咖啡，有種模糊的溫暖感從心裡產生。

他倒了一杯咖啡，走到窗口邊，凝視著公寓底下的燈光，一盞盞昏黃色的光線，在街道旁認真地照亮黑暗。他點了一根菸，用力吸上一口，再把濃厚的煙霧，吐向暈黃的窗戶外。煙霧形成一條細細長長的白線，飄向敲不開的厚重黑暗中。他嘆了一口氣，把菸丟向窗外，小小的火光劃出一個好看的弧度，掉落到遠方的地上。

每一個人不管在什麼時間，一定曾經這樣問過自己：眼前的所有風景，真的是屬於我這個人所應該看見與感受的嗎？為什麼剛好是我呢？為什麼是我這個人，會出生在這個家，在這個地方長大？還有很多個性上的特質，是真的要屬於我這個人的嗎？

人們總是對於解不開的疑惑，都會安慰自己說，上帝或者任何宗教上的造物主造人，與讓每個人出生在特定的地方，就是有祂的用意，要讓你完成你的使命與生命意義，這一切都是那麼的理所當然。

馬斐閉上眼睛，靜下心來想著經典書籍上的許多片段，還有很多模糊的故事，卻無法產生完美的解釋，來詮釋那些在不同時間，想了許多遍的疑惑。或許身為人，就是要無條件地接受被賦予的一切，活著就只是在跟這些被賦予的一切妥協，與想辦法對僅有的善加利用。

那麼，自己如果可以像造物主一樣，把初生兒有計畫地放在一個已選定的環境中，一切都經過詳細考慮……，是不是至少在這個實驗中，能夠看見些微，儘管非常薄弱，但至少是確切的，屬於一個人之所以在那個環境出生與成長，最後成為「**這樣一個人**」的背後原因與意義。

當然有個特質完全一樣，卻放在截然不同的環境，就是所謂的對照組更好，便可以更充分地支撐他這個想法實際的地方。他心裡有個微弱的想法浮現，但似乎太不可能了，可是他左思右想，好像除了這個方法可以驗證之外，沒有其他的方式了。

直到要交報告的那一天，馬斐還是什麼都沒有寫出來。他在下課時間先去敲了教授的個人研究室，因為沒有任何像樣的報告可交，只好準備把自己的感想都坦白告訴教授。

「所以你在那裡住了一星期，便發現了這個結論？」

教授聽完他的話，沒有什麼表情，只是平靜地平視著他的眼睛。馬斐看見教授的眼裡閃過一絲奇異的光芒。

「是的，教授你也了解我，所以這絕不是交不出報告所想的爛藉口。

我想，我到那裡一星期，唯一的想法，就是環境對人的巨大影響，而且我……我有想過關於這方面的實驗。」

「是怎樣的實驗？」教授很感興趣似的，拉了底下的椅子靠近他。

「我覺得是不太可能，但是我想過所有的可能性，這算是最完善的。」

馬斐發現自己已經脫口而出那個在心裡，想了上千遍的，不可能的實驗。終究還是敵不過自己想通一切流程的興奮，貿然地在教授面前開了個起頭，接下來只能老實說出，再等著讓教授訓話吧。

「我想這個實驗的最終結果，便是要看環境對人的影響，所以要有個幾乎一模一樣的對照組是絕對必然的。當然，我也想過用雙胞胎來實驗的可能性，但是基於生物科學理論，還是會有些微上的不同，而且必須要把雙胞胎分開，讓他們各自在不同環境裡生活，這樣實際操作起來十分困難，沒有一對父母會點頭同意，從中繁衍出來的問題也會很多。

我想，我想只有……只有秘密複製一個完全相同的人，才有可能實現完美的理論。」

「哈哈哈……我的猜測果然沒有錯！」教授在他身邊唐突地大笑起來。

「我當初會帶你到環繞之林裡，甚至住上一個星期的時間，就是想從中觀察你對於那些避世隱居在那裡的居民，有什麼不一樣的體會。

兩年前，我也曾單獨去那裡探訪，遇見了或許你也遇過的那個女孩。女孩當時年紀比現在更小，但是問起她關於村落的問題，她的回答可真是一針見血，並且洞澈的讓人驚奇不已。沒有錯，這是那個在環繞之林中，聚集一堆靈魂荒涼，接近乾枯的村落，給了那個女孩完全相反，且遠遠超乎她心智年齡的洞察力，也培育了超越她可以感知，卻或許無法真正了解的靈魂。

關於環境對人的影響力我也想了很久，你的答案與假設，也正是我對於這方面的實驗，唯一想到可行之處。

所謂的複製人所複製的只是基因，意識並不能被複製，因此複製人與被複製者是兩個獨立的個體，兩人擁有不同的思想、行為。早些年，醫學與科學界皆有研究複製人的範例，但是近幾年來，一些國家開始嚴格禁止繼續這方面的研究。

除了引起許多爭議與複雜的道德觀、人權與倫理問題之外，還有就是很常被討論到的，比方複製一個偉大科學家愛因斯坦，他的複製人會跟他一樣創造出相對論之類的偉大學術嗎？或是畫家畢卡索，複製人可以如他一樣，繪畫風格豐富多變地創造那麼多畫派嗎？機率非常低，甚至是零，因為外在的環境與成長背景，幾乎是出生後決定這個人命運的最大關鍵。

這剛好符合我們的實驗主題。不是複製技術與複製人的研究，是環境，環境的致命決定性。

在這個實驗裡，我們可以像造物主般，選擇兩個基因相同的人，用主要的環境來注定他們不同的際遇與命運，也可以看兩個基因相同的人，如何在不同的環境裡生存變化。

這兩年，我已經準備好複製一個人所需要的一切設施，就等著你來與我一起合作。」

「教授，你的意思是？」馬斐驚訝地從座位上站了起來。

「沒有錯，有沒有興趣一起加入這個號稱A700的複製計畫？前提很簡單，就是沉默，必須做到完全沉默無聲地一起做這個實驗，一起違法地暗自進行實驗的任何活動。」

「好，我願意。」

馬斐用力點頭，眼裡閃爍著無比的光芒。他相信教授不只看見，也同時完全信任了他的自信與熱誠。

我與海敏聽完這一連串冗長的往事回憶，還是一頭霧水。所謂的複製人計畫，跟我們來這裡，所要聽的秘密有什麼關係？

「先讓你們看看這個影片。」馬斐醫生在旁邊虛弱地喘了一口氣，回過身操作著後面大臺的播放器。

灰黑色的螢幕開始有了畫面。首先在中央，跳出一行深紅色的大字：科學研究A700複製計畫書。

接著，螢幕從中間劃分開兩個分格。間格裡各有一個襁褓中的嬰兒，兩張紅潤的小臉上都有些細小的皺紋，躺在只看得見手臂，卻沒有見到面容的懷抱中。一個緊閉著雙眼正在睡覺，小小粉紅的手緊握著拳頭；另一個則是睜開眼睛，黑色的眼珠機伶地轉呀轉，好奇地東張西望，雙手伸長地往空氣裡抓呀抓。

畫面是經過剪接的流暢簡潔，跳接到嬰兒大約會走路的年紀。此時左邊分隔中的小孩正蹲在地上玩積木，嘟著小嘴，很專注地揮動著手上的紅色方型積木。而右邊的分格，那小孩正對著鏡頭發出啊呀呀的不明確發音。

一股溫暖感籠罩著我們。我看見海敏的臉上浮出了笑，歪著頭，很專注地盯著螢幕。我心中還是有很多的疑問，但因為鏡頭中的孩子所散發出的，強烈的甜膩感從注視裡發酵到四周的空氣中，我只好憋住疑惑，勉強自己繼續看下去。

此刻站在我旁邊，凝視螢幕的海敏突然大叫：「那是小時候的我啊！怎麼會有我？」尖銳的聲音劃破了原本沉默的空間。我轉頭看著海敏，她也轉過來盯著我。兩人的眼睛裡，都有著瞬間浮現的極度疑惑。

「是的，這就是我要跟兩位說的秘密。」馬斐把旋轉椅轉過來，面對著我們。他的眉頭此時陷在深刻的皺褶中，混濁的眼珠無力地眨著，像是在隱忍著什麼，臉上閃過一種憂鬱的神情。

空間裡的空氣突然凝重了起來，有重量地沉澱在我與海敏中間。

「關於複製人的科學研究，最初發展於美國內華達州的拉斯維加斯，是由一個被外界認為是邪教的某教派，在一九九七年所成立的複製協助公司進行開發。

這個教派宣稱在全球有五萬多名的信徒，裡面的成員從醫生、律師、科學家與銀行家皆有。而這個教派最初成立時，教義便是反對造物主，不相信這世上只有造物主可以創造出人，他們要證明先進的科技即將取代這個老套的說法。他們也認為外星人在二萬五千年前曾登陸地球，並透過複製方式創造了人類。

還有，便是位於國家東邊的島國，其中附屬於中央政府的高層科學研究會中，有一個秘密組織單位，也有一批專門研究複製科技的科學家。根據可靠的消息來源，其中已經有幾個複製成功的案例，現在科學家們正往更加複雜的技術邁進。

東邊的這個國家，他們研究複製的理由跟其他國家不同。

那個國家屬於世界前幾名已開發國家的行列中，整體的經濟與文化已達到顛峰的狀態，他們非常注重人們的生活品質，還有居民的身體健康狀況。

他們著重每個人的個體存在，這其中，包含的就是身體健康程度，以及壽命延續性的長短；所以，對於複製計畫，他們最大的期望，便是讓複製科技達到全國普及，使每個人都有自己的複製人，用來延續本體的身體狀態。哪個器官生出癌症或病變，就用自己的複製人來醫療；還有，使用這一個高科技的方式，讓原本生活屬於高品質的居民，能活上將近兩個人生的長度。

他們不會讓複製科技所帶來的省思，包括常探討的人權與道德倫理的問題，來影響他們對國家整體人民品質的期望。這多年來，從四面八方累積批判複製人的聲浪，對他們根本沒有作用。

因為複製人在那個國家的定位非常明確：本體的另一個醫學使用體，延續個體生命的唯一方式。複製人既沒有人權，也沒有地位，簡單來說只能算是一個高級的醫療用品。

我想先與兩位聲明的是，Ａ７００複製計畫與這個轟動一時，期間製造出許多聳動話題的教派完全無關，也與東邊國家的複製科技沒有任何關聯。我們沒有想要打破任何說法，也沒有想要藉此揚名世界；只是很單純的，屬於非常私人性的想要親眼從計畫裡證明，環境對人與之後的命運影響。」

馬斐醫生停止說話，表情扭曲的又用右手捂著嘴巴，悶咳了好幾聲。

「在這個秘密開始之前，我想先跟兩位說明複製的基本原理。

複製開始，要先從男性皮膚裡取出一個細胞，再萃取出其中之細胞核；接著從女性卵巢內取出一個卵細胞，除去卵細胞中的細胞核，再將男性的細胞核注入無核的卵細胞中，藉電力刺激，一方面可以促進細胞融合，另方面可使細胞內的基因活躍起來。如此猶如自然受精一樣，再將此受精的胚胎細胞植入女性子宮中懷孕。

也就是說，複製人跟一般嬰兒一樣，是需要所謂的母體來提供生育場所，而這樣違法的私下進行複製，母體的選擇便是極其慎重的決定。

當時投入計畫的醫學家有三名：海格威教授，也就是你們的父親、我、還有一個名叫羅冠偉的科學家。我們三人除了當時年紀約四十好幾的教授外，我是在博士班攻讀學位的學生，而羅冠偉則是跟著你父親許多年的科學家。

我對羅冠偉的背景很陌生，在加入計畫的當時，也是我與他的第一次見面。你父親曾告訴我，他是研究複製科技的第一把交椅，與我年紀相當，但是領悟力與所擁有的複製專業知識，卻是科學界中的奇葩。

雖然當時我與羅冠偉都是三十歲的成年人，但是憑空尋找所謂的母體，幾乎是不可能的事，更何況這事的保密程度，不是普通的代理孕母這樣簡易，或者隨便一個女人就可以取代的。

於是，你們的父親經過好幾星期的考慮，與跟我們開會決定之後，便選擇告訴與他相差十歲的老婆，希望她能夠配合計畫，成為母體，也讓自己的兩個一男一女的孩子，成為被複製的對象。

然後事情就由這裡開始，走上我們之前都無法預料的路。」

「你的意思是，螢幕上這兩個小孩真的是我們的複製人？」海敏較為高亢的嗓音，從馬斐低沉的音色中跳躍而出。除了訝異，我聽見她尾音的顫抖。

「簡單來說是這樣沒錯，但卻有一點不同。教授花了許多時間，說服了他的老婆，後來考慮再三，為了避免兩次分娩的痛苦，我們決定讓這兩個基因，以雙胞胎的形式，讓兩個複製人同時出生。」

現實生活中，我與小妹海敏相差兩歲。我對自己小時候的樣子很模糊，應該說，回憶成長期間，那些照著鏡子撥弄頭髮，擠眉弄眼的印象幾乎沒有，但是對照片中的自己卻還是記憶清晰。堆積在家裡倉庫的櫃子下方，擺置在箱子裡那些的照相本，依照年代區分，一張張還很稚氣，正在相本中做著許多頑皮行為的男孩，似乎真的跟螢幕上的男孩一模一樣。

腦海中與眼前的印象迅速地重疊。我捂著嘴，驚駭到一時之間，不知該說什麼好。

「你的母親了解這個實驗對教授的重要性，便答應了所有的配合。當初取出兩位的細胞核時，你們一個十歲，一個八歲。當時你們的母親一完成授孕，懷胎十月順利生下兩個複製人後，我們便開始積極地尋找所謂的關鍵環境。

這環境一定要與現在居住的地方截然不同，最好是可以針對性格取向的優弱勢，去選擇複製人成長的地方，再全程紀錄下成長過程裡的許多細節；像是智商與才能的運用，或者是面對生命的轉捩點時，會有什麼思緒的變化，甚至，如果可以紀錄到兩者最後心靈深處的騷動歷程，那麼，這整個實驗的崇高精神就得以實現。

直到我們終於決定在兩位複製人六歲，準備送去適當的地點時，才發現事情已經開始扭轉成無法控制的狀態。

你們的母親，一口答應成為母體，生下兩個複製人後，居然對他們產生了情感。這部分教授後來反省過，因為母親對子女的母愛，是一環重要的人為因素，但他太過理智的投入實驗中，忘了在複製人生下後，便讓母體與他們分開。

還有遺漏了最重要的一點，複製人跟兩位一模一樣；不管是歪嘴微笑，或者最初嬰兒時期的生活習慣，比方說一喝完牛奶就會睡著，或是習慣讓母親用右手托抱，只要換手抱就會哭之類的小細節，幾乎是讓你們的母親，重新溫習一次生兒育女的喜悅。

而且，不是在回憶中，是在活生生的生活裡。

你們的母親，我相信兩位對她的印象很陌生。她在最初生下兩位後，因為自己父親的身體狀況每況愈下，母親又行動不便，便在生產完後，回去距離這裡很遠的娘家照顧父親，忙碌的兩邊來回，時間只允許她一星期回來看望一次。所以你們的成長細節，都是與教授請的保母一起度過，她等於是沒有一個完整母親的回憶。

後來我們面對問題，才明白她一開始聽見實驗內容，會馬上答應願意擔任生產複製人母體的工作，因為這等於是提供一個機會，讓屬於她當母親的時光，用這樣的方式倒流，而這是我們先前完全沒有想過的。

當我們宣佈了兩個複製人決定送往的時間與地點，你們的母親幾乎崩潰，因為這兩個複製人比起你們……請原諒我這麼說，在這樣的狀況下，更像是她的孩子，所以她甚至最後用了最激烈的手段，讓她與兩個小複製人，一起失蹤，好像在這個世界上徹底消失的絕對失蹤。

所以我們的計畫到此宣告失敗，影片的紀錄也只有這短短幾個，在未失蹤前的畫面。」

「時間已過了那樣久，你把這一切告訴我們是為什麼？」眼眶有些濕潤的海敏，開口問了馬斐。

「是希望兩位可以盡全力，找到自己的複製人，還有你們的母親。我們三人花了非常多的時間尋找，但是很可惜的，沒有人查出他們的下落。

現在，教授過世了，而我的身體也撐不了多久，另一個科學家羅冠偉，也因為計畫的中途失敗，回到原本屬於自己的科學領域內。

但是我想，不管如何，這樣的一件事是存在著，儘管在好多年前，計畫宣告終結，複製人也在眼前消失，但他們是確實存在於這個世界裡的，或許在很遙遠的另外一個國度，也可能就身在附近而已。也或許，兩位的複製人被你們的母親，帶到全新的環境裡，繼續以另外一種方式，延續我們實驗的目的也說不定。

我今天找兩位來，就是希望能親口告訴你們曾經發生過的這件事，還有就是，跟兩位說抱歉，因為這侵犯到你們獨立的人權，這一點我清楚的很。」

海敏與我，沉默了很久沒有說話。我看見她呆滯地望著已經變回灰黑色的螢幕，不知在想什麼的低著頭。

這的確是個很大的秘密。

對我，對海敏，或者說是我們整個家，都是個很隱晦黑暗的秘密，幾乎撼動了一直以來，自以為平靜流動過去的記憶與過往。腦海裡的一切，似乎都被蒙上了一層混濁的白色氣體。雖然不是謊言與虛構，但是對於憑空突然多出來的另一個人，另一個人生，還是跟自己一模一樣的人，感到簡直快要窒息的厭惡感。

我的心裡湧出許多陌生的情緒，說不清楚是什麼，只是紛雜混亂地讓我覺得呼吸困難。我閉上眼睛，深深地吸了一大口氣進去胸腔中。

腦海裡浮現了一張熟悉的臉孔。那是從小照顧我與妹妹長大的保母。

保母的臉我還記得很清楚。她的臉頰略長，單眼皮的眼睛笑起來會變成彎彎的細線。身型中等，不高不瘦，嘴巴上揚的弧度，那笑容可以馬上讓人感到親切。她是屬於十分盡責，但是卻很專業地，沒有把情感留在我們身上的一個中年婦人。

在我五歲那年，保母第一次出現在家裡。我還記得我一開門，仰頭看見她，她就是露出那專業的，沒有任何多餘情感的笑容。從那天開始來家裡幫忙家務，一直待滿十年後離開。

她每天早上七點準時出現，來家裡打掃與整理，中下午煮飯給我們吃，唸故事給我們聽，傍晚做完晚餐便回到自己的家中。

她的確是個很慈祥的人，面對我們總是充滿愛心，不管我們多麼任性的吵鬧，或是提出些不合理的幼稚要求，她臉上的微笑從不曾消失，也會把故事的細節在我們一次又一次的詢問中，很仔細地回應我們，努力在我們貧乏的想像中，建構出故事裡的氣氛與畫面。

但是她對我們沒有感情，我非常清楚的知道這一點。

就保母這工作來說，她完全沒得挑剔。做事細心，對小孩又有耐心，但是在很細微的地方，我就是知道她沒有把我們放在心上。專注地盯看著她注視著我們的眼神，就可以完全明白，我們之於她除去工作上的需求，她是以一種隱約接近同情與憐憫的心情在過著這五年。

我們是兩個沒有母親照顧的小孩啊，長久以來，她便是懷抱著這樣虛偽的偉大情操在細心的照顧我們。

虛偽的偉大情操。

我閉上眼睛，那張熟悉慈祥的臉便馬上從心底浮現，正對著我微笑，一遍遍耐心地彎下身子，撫摸著我的頭……我的心臟頓時發出刺耳的響聲，撲通撲通地阻礙了所有的聲音，進入我的聽覺中。

突然間，我的內心有股衝動，完全超越理性意識的控制中，我一個箭步，衝到正用白色手帕捂著嘴，咳著不停的馬斐醫生前面，迅速地伸出雙手，緊掐住他的脖子。

「哥，你在幹嘛……」海敏驚駭地跑到我的身邊，瞪大眼睛看著我。

我閉上眼睛，持續緊緊掐住的力氣。

馬斐低垂著頭，沒有抵抗，正默許這一切的發生。此時，手掌用力的觸感很柔軟平和，原來致死的暴力，並不是那麼尖銳的難以親近。

海敏仍舊瞪大眼睛望著我。

我想起父親前陣子的七十大壽。

那是個大晴天，他邀請了所有認識的醫生與教授來家裡吃飯。一大早便看見城裡最有名的餐廳，派來將近十位廚師，由兩輛車載到庭院門口，忙碌地卸下器具，再魚貫地進入大門。

我從客廳走到庭院中，瞇起眼睛，看著園子一旁，穿戴雪白的廚師們親手宰殺牛羊。他們排列整齊，動作熟練地先用尖銳的屠刀刺進牛羊的咽喉中，等幾分鐘後，下方的棕色桶子已滴盡了鮮血，再俐落地剖開腹部，從裡頭掏出內臟。

我喜歡看見他們雪白的衣服上面，不經意地讓鮮血噴濺在其中。那呈現一種繁複美麗的圖案，而且每件的花色都不一樣。看出興味的同時，我站到大廚師身旁，捲起袖子告訴他我也想要試試，我也想要感受一刀刺進動物身體，硬物用力抵觸軟物時的真實感。

垂死動物的鳴叫特別哀傷，而且面對即將來臨的死亡，牠們都有一種無法言喻的表情。晶黃色混濁的雙眼無力地垂閉著，動作裡透露出牠已經接受死亡的來到，但是簡陋的五官與神態僅只能讓牠，閉上眼睛無意識的抽動，無法再為自己的生命表現出更多了。

我想要站在上方，主導操控著生與死的一瞬，並且可以注視著這些表情的湧出與凋謝。大廚師把血往身上抹去，用響亮的聲音告訴我，一般人的手最好不要沾到血，這會是不祥的開端。

原來扼殺生命是這樣的感覺。

我閉上眼睛，仔細去記憶手裡的溫暖觸感。沒有幾分鐘，在我盡全力想要毀掉的馬斐，他的脖子已經歪斜到一旁，失去了生命跡象。

我重重地喘了一口氣，放鬆手中的力氣，伸手抹下額頭上的汗。接著仔細地用手帕把馬斐脖子上的指印擦拭掉，再從操控臺中取出複製人的影片帶，放進外套的口袋裡。

「小妹，去叫外面的女管家進來，說馬斐醫生突然斷氣過世了，請她節哀順變。」

海敏捂著臉點點頭，蒼白的臉上失去血色。

我當然知道，我最應該殺掉的人是父親，是那個毀掉自己家庭幸福，與毀掉我與海敏的人生的父親。

但是有人代替我先做了。

第五章　彼端：另一個島國

老人繼續告訴我，從這個草原往南方走，可以看見幾艘停靠在岸邊的貨輪。那些海上的交通工具，是提供這個島國內各種船舶來品，與出口國內農工業原料的來源。

「只要跟他們說，是住在草原上的老人叫你來的，他們就會親切地歡迎你。」老人帶著些驕傲的表情說。

見到老人不久後，我準備搭上海港上的其中一艘船，到另個國家去。老人說大約一天的時間，便可以到達曾與這裡連結，卻分裂漂遠的另個島國。

「那島國比起這裡，先進與開發很多。這不代表先天上他們擁有比我們好的條件，其實他們就只是一般普通的國家。由各地外移進來的人民，組織了政府與中心安定後，開始努力開發國家裡的工商業與各項發展，還有盡力協助居民各司所職，就這樣，整個國家便往繁榮的方向邁去。

唉，這裡真的不是可以長久居住的地方。全部持續地往後退，甚至在各個地方已顯露衰敗的徵兆啊！」

老人搖搖頭，像在鼓勵我似地又拍拍我的肩頭。

他在陽光底下的臉頰，那些疤痕都緊緊伏貼在每個毛細孔中。看久了便開始覺得習慣。那是老人的一部分，與他緊密貼近，並且陪伴他大半輩子。

或許，那些疤痕突然消失，老人心中會悵然失落，好像長期與自己為伍的另個自己，突然就這麼不見了。我與老人道別，繼續向南邊走去，回過身，看見逐漸變小的老人，心裡莫名地冒出了這樣的念頭。

大約步行了一個小時，就在遙遠的前方，先聽見不曾聽過，像是水波撞擊什麼而破碎的聲音，往前眺望，就看見了從未看過的海洋。無邊無際的深藍色海面上，此時正印著鮮黃色的光線與影子。

這就是海啊……，我停下腳步，胸口發躁地熱烈注視著。

長久以來，「海洋」這個名詞只在島國中的書籍與圖片裡出現過。

在圖片中的海洋，皆誇張的呈現某種不自然的漂亮氣氛，在夕陽或是艷陽高照的繽紛色彩裡，海洋在圖片中被扭曲成一定限度的緊繃感。那詭譎的藍與黃色交錯，讓人讚嘆之餘，卻無法跟圖片產生連結感。這些漂亮到足以令人屏息的海洋圖片，似乎是來自另個世界，某種誇大不實的橫隔在這個世界中，無從想像也無從靠近。

而真實的海洋雖然壯觀，但卻知道此時的它，正無言地敞開雙臂，無條件地接收任何已經過去與正在進行的時光。

當海洋在我正前方，如同伸手可及時，我終於看見了要送我離開的海港與船隻。

說是海港，其實很簡陋的，只是屬於自然景觀岩壁上的大型凹缺口。缺口裡面，正停著四艘大小不一，樣式一律傳統，甚至也有些老舊的輪船。

外型就像圖鑑書籍中的大船一樣，船身用白色油漆寫了船的名字。仔細看皆有些剝落掉損的痕跡。船頭的底下，全是傷痕累累的挫傷與損壞，像隻大型堅強的動物般，蜷縮在港口中歇息。我想那大概就是真實生活過的味道，長久下來所累積的，各種濃縮了在海上生活風景的面貌。

我走過去靠近正忙碌工作的船員們，才明白老人為什麼有把握那些人，會願意免費載我過去海的另一頭。他們都是同一種人，由臉頰上相同的刻痕印記，就明瞭他們都是想像力沒有從身上剔除，而被放逐與驅趕到島國邊緣的可憐人。那記號分佈在他們每個人的臉上，簡直就像一個人擁有多出來的尾巴或犄角，那樣地突兀與鮮明。他們靠這個記號團結，也靠這個疤痕取暖。

我往海港旁蹲低身子，正在捲著一艘大船繩索的中年男人，報了老人的名字與自己的來意。他斜側過臉，面無表情地點點頭，指示我該從哪個方向上船。

男人年紀不大，挺著瘦高的身材，略長的頭髮恣意地隨著風飄揚，疤痕下方的臉蛋很清秀。若說老人的臉已經與記號融為一體的話，這男人就像還再與刻痕抗爭，臉與疤痕都不讓對方突顯，兩者皆奮力地想要獨立出來。就像沒有灑好細碎糖粉的甜甜圈，一拿起來，白色糖粉又紛紛灑落一樣的不自然。

他抬頭盯著我的眼神很深沉，感覺想隱藏又盡量克制，而裝成無所謂的模樣。我知道他討厭我看見他臉上慘烈的疤痕，更討厭我對此有過多的聯想。

對於這個，勉強自己裝作沒有看見，好像是一件唯一但又不很恰當的反應。

上船不久，船就長鳴了一聲，緩慢地往東南方前進。我走到船的上方，離甲板不遠處，後面的倉儲擺置著許多即將送到另個國家的工商業原料，用深灰色粗厚的繩索，紮實地綑綁堆積在角落。而船中其他地方，很整齊有序地放了些必要的用品。

甲板上的海風有股鹹味。我咂咂嘴，把鹹味含進喉頭間，眼睛緊盯著腳下的船隻，在深藍色的海面上破浪前進。原本晴空萬里的天空，過了中午的烈陽照射，到了傍晚的時間，紅橘色的天空被一整片烏雲遮掩住。正在航行的船，也因為陣陣刮來的強風，顯得十分顛簸費力。

整艘船除了一開始見到的男人之外，還有船長、大副、二副、以及幾個搬運貨物的船員與技工，總共大約十個人。船長的年紀約與老人一樣大，疤痕也像老人一樣，安靜地服貼在臉上，臉與疤痕已彼此沉默地接受對方的存在。

船長親切地上來甲板和我打招呼，溫厚的大手緊握著我的，隨即放開，與我並肩地看著海洋一會，就邀請我進去船艙，與他們一塊用餐聊天。一進到船艙中，裡面有一個像是簡易家庭式的木頭餐桌，桌面上已經放好了四、五盤簡單的料理，十個人依序坐在餐桌兩側，一起轉頭望著我。我微欠了欠身，也坐進餐桌最後一個位置。

「哎，你們記不記得上次出海，在外海那看見一群海豚？」由座位的位置推算，應該是職稱大副的男人，頭髮理得很短，正豪邁地往嘴裡塞進一大口飯，用著含糊的聲音說著。

「是啊，那群海豚一直跟著我們的船，直到跨越外海，有幾隻海豚還鳴叫得像是歌唱一樣！」

「你們有沒有聽說只要船出港，遇見海豚群，就表示會有好的兆頭？還是豐收之類的說法？」位置在我旁邊，由衣著打扮看來是船上技工的年輕男人，加入這個話題。

「那我們上次順道在外海外圍停了半天，有沒有什麼漁獲豐收？」此時，大家像是完全忘記般，往左右互相詢問，企圖喚醒記憶。

「哈哈哈……那次的捕捉漁獲爛到透頂，不只捕上來的都是些小魚小蝦，還有，我記得那次最大的豐收……」

大副賣著關子，大伙有默契地把頭看向船長。船長面前的飯菜幾乎沒什麼動，就已經仰頭喝起隨身的一個鐵水壺裡的酒。

當他發現大家都望著他時，他滿臉通紅地傻笑著，全部的人皆因這個笑容也哄堂大笑起來。

「最大的豐收是一輛破舊生鏽的腳踏車！」大副一說完，全部的人繼續用力笑著，小小的船艙被笑聲充滿著。我也一樣地咧嘴大笑，鬧轟轟的聲音持續了好一陣子。

其實剛才一進到船艙時，我便被同時轉過來的臉給嚇到了。

儘管明白這裡聚集的皆是被放逐，臉上帶著傷疤的人，但是同時間把他們聚攏，一起把那記號亮出來時，還是有種不自覺的不寒而慄，從身體的內部冒出無法控制的雞皮疙瘩。我與他們點頭招呼時，臉部的肌肉正微微地抽搐著。

老人跟我說過，這些是國家內稀有，善與惡並存的人們。

我第一次知道，也是第一次與他們並肩坐在一起。要是比較起剛離開家鄉裡的其他人，他們可以說是非常不一樣。

這個世界上，原本就充斥著許多認為自己可以給出對方什麼，後來才知道根本不是這麼回事的人；大家都習慣猜測對方心意，或者是因為情緒心情的起伏，隨意地對待自己身邊的人。

這種事情久了，會變成一種慣性模式，直到最後，才會在那大喊沒有人了解我之類的話與埋怨。

這個不同應該是他們對彼此的態度吧。除去工作，還有長時間相處的夥伴，他們在無形中的聯繫，似乎已經建造出一種堅硬的氛圍。好像眼前這些人，都是同類並且也是唯一；除去這些人，他們都深刻明白，自己便會在世界上非常寂寞，所以他們的眼神都緊緊抓著對方，不管哪個人，都絕不會輕易隨便地對待另外一人，這就是屬於他們絕種的生存之道。

這不是無奈，而是珍惜。我臉上的表情隨著話題開懷大笑，內心底卻被這樣純粹的情緒給深深感動了。

用過餐後，船長與大副進入了控制室，技工們也開始來回巡邏著船上的器具。我一個人站回甲板上，身體隨著船隻往前行的感覺放鬆著。

夜色像潮水漲潮般地把船隻細密地包裹於其中。刮起的晚風灌進我身體裡張開的每一個地方：白色襯衫的袖口、一條條髮絲的縫隙、半閉的眼皮裡部、以及微張的嘴巴喉頭深處。我看見不知名，屬於黑夜裡的發光昆蟲，安靜的由左邊的方向慢慢地飛翔過來，像在輕微地點畫著看不見的弧度，繞著圓型的圈圈打轉。

細微的光圈依著弧度的流轉，點點光芒微弱地閃爍在黑夜中。我伸出手指，繞著弧度的方向轉著。一股徹底，且絕對的寧靜之流，藉著手指的環繞，從身體兩旁的空間裡緩緩地流逝出來。

「嘿，你在想什麼？」是在海港第一個看見，留著長髮的男人。夜晚的黯黑隱褪了他的疤痕，那張清秀的臉蛋在黑暗裡佔了上風。

「沒什麼，很羨慕你們的友情。」我對他微笑，他也放下了戒備的心情，回我一個燦爛的笑容。

「我還記得我第一次被送來這裡時，才十歲而已。大家都說我是異類，不能再繼續待在原來的家庭中。連爸媽也是含著眼淚地把我送到邊界，然後頭也不回地離開，從未再回來看過我。

那兩個在眼前逐漸模糊的背影，我想我一輩子都不會忘記。」男人嘆了一口氣，從上衣口袋裡掏出了菸，拿給我一根，自己也點上一根。

「在送離開家之前，他們說要作記號在我臉上。

我不知道這代表什麼意思，也無法有任何反抗，就被送進中央政府中。裡頭有個機構叫做區別組，他們專門處理我們這些，身上無法產生分裂動物的人，想盡辦法把我們從團體中區隔開來。

他們先是在我的手臂上打了全身麻醉的點滴，我就不醒人事，直到一個小時過後，醒來照鏡子，才發現一張好好的臉被燒紅的刀子劃成這樣。」男人用著有些低沉的聲音說著。

「其實我覺得他們要是把我直接捆緊，讓我全程清醒地接受臉上的烙記，我可能比較可以接受。這樣從昏迷裡醒來，發現原本的臉已經不是從前那張了，感覺真的非常難受，好像某個自己已經完全離開，換了一個我根本無法接受，也極度厭惡的。」

「但是，那會非常痛啊！」我倒吸了一口氣。關於這個區隔的過程，讓人聯想到很多中古世紀，不為人知的私刑與酷刑。一想到他在繩子後方尖叫，燒紅的刀子一步步接近他，劈哩啪啦燒得火紅的刑具正散著燒焦的氣味……我吞了一口口水，要自己不要再繼續想下去了。

男人沒有回答，低著頭，默默地把手中的菸抽完，順手撥了頭髮。在撥頭髮的那一下，右手內側觸碰到臉上的疤，我看他加強手中的力道，隨著他熟悉的疤痕方向，撥劃了幾下。

「你要去那個國家做什麼？」男人把臉轉向我，右手的手指還停在臉上。

「其實我也不知道。那時候我在街道上看見了動物隊伍，跟在後面走就遇見了老人。還有島國發生了一件失蹤案，失蹤的主角，跟我有過一面之緣。或許，我想她有可能會到那個國家去。」我說。

說真的，我什麼都不知道。

我只知道我跟在動物隊伍後頭，心裡想著米菲亞。但要我認真地描述後面的想法與打算，根本說不上具體的什麼。我既不知道前方的國家是什麼樣子，也不知道要過什麼樣的生活；既沒有好好地跟朋友們道別，在工作上也沒有時間跟上司說明。從踏上這艘船之後，我就喪失了「**家鄉**」這個東西了。

航行在反方向的黑暗裡，那裡再也沒有人需要我，或者我希望被需要的這種關係了。

此時，我也像某種程度上的失蹤，輕易地就截斷了什麼而消失不見吧。或許華特與雷迪他們，現在正坐在咖啡館的吧臺位置，一邊喝著咖啡，聽著阿姆斯壯的爵士樂，一邊漫不經心地討論著我的失蹤。

「那小子怎麼跟米菲亞一樣，說不見就不見了呢？」這的確像華特會說的話。旁邊的西蒙或是吧臺裡的老闆，可能會插個幾句話，發表一下自己的意見。但是仔細回想，這種不告而別的方式似乎比較適合我。

「這樣啊，在國內根本沒有發生過失蹤啊！他們的想像力薄弱的可憐，又滿腦子的惡質思想，那樣通常只會自私自利的過生活，把自己照顧的好好的，才不會花力氣綁走誰或者讓誰失蹤。

會不會是那個失蹤的人，就是刻意要讓自己失蹤呢？」

「不知道，我對這個問題沒有答案。只想過去那裡看看，或許心裡頭對突然消失的什麼，會好過一些。」我把抽到快燒到手指的菸，彈到前方的黑色海面上。

嗯。男人像是了解了什麼般地意味深長地點點頭。

與男人聊完天，我到船艙下的房間中模糊地睡了幾小時，又和船員們打了將近五十局的牌。通常輸的時間較多，但也有少數手氣好到驚人的時候。我們在充滿霉味的空氣中與昏暗的煤油燈下，邊打牌邊喝了半箱多的啤酒，聽他們隨口說起關於島國家鄉的事，夜晚的時間就這樣過去了。

老人說的沒有錯，去另個國家只需要一天的時間。一從昏暗的船艙走到明亮的甲板上，便看見在遠方大約幾公里處，有個也相同，但是氣勢與建設都龐大許多，也較嶄新漂亮的海港。

就是那了，我揉揉惺忪的眼睛，集中精神往那裡看去。船長過來拍拍我的肩頭，告訴我他們要把貨物下到那個國家後，還要在傍晚前趕回去，所以只能送我到海港。

「船長，我很感激。」他點點頭，相同地又用厚實地手掌緊握住我的，說了些祝福的話。

這個國家與家鄉很不一樣。

首先，我一踏上後就想起自己在船上時，就已經把家鄉這個名詞，順利地給原來的島國套上。所謂的家鄉是由這些熟悉的東西所拼湊出來的，現在我所想的，幾乎都是貼近生活中的人事物，沒有把整個大體的島國放進心裡。什麼草原與森林或是切斷的島嶼，以及那些四通八達，但對我毫無意義的街道、石磚砌成的牆壁、一晃即逝的陌生人、櫥窗裡閃亮的商品，這些都很片面空虛的，還不如那家總是放著爵士樂，奶泡老是打得很差的咖啡館來得令我想念。

現在我只記得，家裡廚房那臺很久沒有使用的美式咖啡機。還未習慣去咖啡館之前，我都自己在家裡使用那臺咖啡機。很簡單的操作，在咖啡快要煮好，溫度到達沸騰時，會冒出小小聲，波嘍波嘍的好聽聲音。

我一邊想著熱騰騰的咖啡，一邊離開海港，往裡面的城鎮走去。

關於城鎮，世界上真的是擁有各式各樣的城鎮，各個都有著屬於她們的特色，但是這裡的規劃非常有秩序，一看就知道這個政府在建造國家時，一定有用心好好建設。

信步所至，走到一個車站，就會有個圓弧形狀的廣場，有街道的地圖可供參考，有一排漂亮的商店街，以及悠閒的人群，角落裡也有長相一樣的流浪狗，正在搔著自己的後頸子；但這也只是因為沒有看見如家鄉那般混亂，平房與高樓夾雜的情形而已。

對於一個國家要如何建設與打造，我沒有任何意見。

我在車站附近晃了一圈，便拿了份街道地圖，再到附近的房地產仲介公司，請他們介紹廉價的公寓。所謂的城市會具有一定程度的排他性，不太可能立即得到他們的接納信賴，但我只要安靜地順著我的步伐走，盡量不要吸引別人的注意，應該不會有問題，會很快與這裡相處愉快才對。

貌似卡通人物一樣，有著紅通通的鼻子，身上套著一件過大的西裝外套的三十出頭男人，先自我介紹他是房屋仲介的業務員，聽過我對住所的簡單要求，便騎著機車，載著我往車站的右邊街道前進。

一路上，他騎車的速度很慢，右手一邊轉著引擎，一邊側頭來與我聊天。

「今天天氣還不錯啊！」紅鼻子底下的嘴巴正微笑著。

「待會要帶你去的公寓那，附近有座山，走上去可以看見城鎮部分的風景，空氣不錯，生活機能也很方便哪。」男人充滿善意地向我介紹著，我隨口回答著他，視覺跟著機車緩慢地前進，路上的行人面貌模糊地從身旁擦身而過。

不久，男人停下機車，伸手指指旁邊。

我隨著手勢看見兩排整齊的公寓，中間夾著的是兩臺車子可以並行的寬敞街道。而街道延伸下去，遠方是一座綠油油的高山。雖然距離很遠，但是鮮明翠綠的顏色，非常有存在感地在那裡，好像正在呼吸或是吸收什麼一樣的，正與上方的天空接連起看不見的線般，明確地待在那裡。

我與他上去其中一棟公寓，打開五樓的大門，外面有個小陽臺，而裡面的空間不大，是沒有隔間的獨立套房，應該都是租給單身的人或剛結婚不久的夫妻住的。一些基本傢俱都有，也很乾淨。客廳有個頗大的窗子，往外眺望可以看見附近的街道。我們繞了裡面一圈，男人叨叨絮絮地跟我介紹屋子的狀況。我看沒有問題，便付了押金與房租。男人收了錢，給了我房東的電話，便很滿意地走了。

再來就是工作。

當時離開家鄉，在看見動物隊伍之前，原先的工作單位發下了薪水，所以口袋裡正好有一個月的薪水，可以勉強維持短時間的生活開銷。

自從母親過世後，我就被放在民間機構的寄養中心裡，唸書唸到大約十八歲，就開始去政府安排的工作上班。所謂的寄養中心，其實是間規模頗大的教會，裡面都是由牧師與修女們來輪流照顧我們。會到寄養中心的孩子，大部分是孤兒，或是棄嬰，不分年齡地共同生活在那裡。我在那個下著大雨的時刻，就已經永遠地失去了母親，所以也被送進了機構中。

我在第一天被送去那裡時，曾經聽見裡面的牧師討論著母親的死亡。他們叫母親為「**看板下斃命的女人**」。我被一雙大手牢牢牽著，在底下轉著頭觀察四周環境，假裝沒有在聽也不關心他們說話的內容。

牧師說醫院檢查報告指出，母親應該是死於某方面激烈的疾病，而隱約地潛藏在她身體的病痛，她可能自己都不知道。死亡的病因聽說很複雜，但是立即的致命性卻相當地令人措手不及。我模糊地聽著他們的討論，無法順利地把內容與我熟悉的母親連結在一起。

眼前讓我擔憂的，是突然改變的生活，還有一堆看似同樣年紀的小孩，正在四周旁邊不斷地打量著我。

我記得進去寄養中心的第二天，裡面其中一位修女，便帶著我去殯儀館見母親最後一面。

修女是一個很胖，很溫暖的婦人，約五十多歲，灰白的頭髮常年紮進白色的寬大帽緣裡。修女和母親一樣地緊牽著我的手心，隨著搭車前往殯儀館的路上都沒有放開過。那從掌心裡冒著的熱氣讓我印象深刻，也稍稍安慰了我不安的心情。

一路上，我們都沒有說話。我的臉始終看著窗外飛逝而過的景色，有時候回過頭，就會看見修女正溫柔地凝視著我，隨時拍拍我的頭或者手背。

我們一起進到殯儀館裡，便看見熟悉的母親，正沉默地躺在冰涼的金屬架上。覆蓋在她身上的白色綿布已經掀開至頸子下方，露出一張緊閉著雙眼，面無表情的寒冷模樣。濃密的眉毛，薄薄的眼皮覆蓋住裡面明亮的眼睛，如小山丘般蜿蜒而下的鼻子，緊抵著的嘴唇。我揉揉雙眼，動身靠近那張臉，底下緊握的手心輕微出著汗。我在極力克制想要伸手去觸摸這張臉的衝動。

眼前的這張臉在我的視覺裡放大。屬於我與母親的記憶與過往，已經隨著這理所當然失去生命的寒冷，漸漸地即將要隱沒到什麼地方去了。

「孩子，你一定要明白，你的母親不是隨意地留下你。請你相信，她一定也非常痛心，非常不願意這樣的離別方式。」身旁的修女輕輕地摟著我的肩膀，在我的耳邊不斷地重複這些話。

母親也不願意與我分開，母親真的也不願意。

很奇怪，這些話的許多音節，好像自然地成了某種有重量的東西，盤據在我的心裡，甚至比朦朧的悲傷更有力量。所以，往後的時間裡，那些油然而生的難過浮上心頭，對於未知的前方開始有些朦朧的恐懼時，修女在我耳邊說的這段話卻有力地平撫了我，從內心的某處自然冒出，讓我可以順利地離開記憶中的母親，繼續過著我的人生。

在寄養中心的日子很規律，裡面的時間流速算是非常快。很標準的團體生活，把已限制好的紀律，放在生活裡嚴格地執行起來，總讓人無法想太多，只能也把自己縮成符合紀律的大小，在有限的空間裡讓時間流去。

我們通常六點起床作教會的早課，吃早餐，按照年齡分別上些語文與算數課程，下午的時間有時是手藝的學習，有時是職能訓練。也會有體育與美術課，很整齊地穿梭在繁複的課程中。當課程與紀律很緊繃地一一展現在每日裡，很容易讓人什麼都無法多想地，把自己丟進這個安排好的一切裡，順著它的流程前進與成長。

當然也會有從中間脫軌而出的人。

我記得進去大約三年後，有天晚上大家安靜地在餐廳裡用餐時，突然一個年紀較小的小孩，在隔壁桌打翻了碗，並且隨著破碎聲尖叫了起來，持續大聲哭喊著一個固定的名字。

我想那可能是他的親人吧。只是當哭鬧一起，像是某種煽動鼓舞的力量，幾乎全部的孩子開始鬧成一團。有些人也把飯打翻，有些人逃離桌面，鑽到桌子底下，也有些人站到桌面上，對著前面桌子的牧師修女們，喊著許多奇怪的話。

我從椅子上站起來，站到桌子旁邊。混亂的桌面位置已經無法待下去了，此時我只是想知道，前面那些與我們距離遙遠，始終一板一眼地順著規律流動的牧師與修女們，會如何地處理這個脫序的狀況。

他們面色蒼白地分別走到每一桌旁，先是把離開桌面的小孩抓回原位，再去收拾桌面的殘局。他們沒有大聲責備我們，也沒有喝斥著喧囂的吵雜，而是用著一種很疲累的模樣，緩慢且有力地把混亂盡量推回原點。

但是對於那持續哭喊，且掀起這場風波的孩子，沒有人對他有任何動作。他依舊站在桌子旁喊著那個名字，聲音沙啞無力地在安靜的空間裡穿梭著。

最後是那位帶我去看母親的老修女，把他用力抱離開餐廳。

鬧烘烘的場面花了一些時間平靜。我看見很多小孩臉上，在突然的意外來臨之後又沉寂下去，都露出了茫然不解的表情。眼神無力地望向四周，好像剛剛作亂的人不是自己，對發生的事沒有印象。這一切像是電影演到一半，突然插進一段奇怪的廣告地令人匪夷所思。

後來我在要回房就寢前，經過一間空教室時看見那個嚷嚷的小孩。

教室的燈沒有開，昏暗的空間裡只有一盞微弱的蠟燭，點亮在小孩附近的桌面上。他頹然地倒在椅子上，背脊緊靠著椅背，模樣很累地閉著眼睛。那位修女在他的旁邊，沒有說話，只是靜靜地摸著他的頭。搖曳的蠟燭光線，把修女慈愛的臉龐照得發亮。

隔天，有許多同伴問起那個哭喊的小孩，大家皆說沒有看見，我也緊閉著嘴，不打算說出昨天的事。他一直沒有回到原來的隊伍裡，似乎就這樣消失了。再隔幾天，一大早全體在作早課時，最老的牧師便向大家宣布，那個孩子因為適應不良，被他們轉送到另外一區的寄養中心。

那不是牧師與修女的錯，也不是那個小孩的錯。

我想起那個小孩緊閉眼睛，滿臉疲憊，似乎在那個時刻，年輕的臉頰上頓時有種超齡的蒼老，其實我們其他人何嘗不是呢，只是他老實地用力說出來罷了。來這裡的每個孩子都缺少了正常父母的愛，為了能繼續活下去，只能把自己塞進這狹小的制度裡，勉強讓快速的時間帶過這個缺陷，讓我們可以排除掉原本的需求，順利地活下去。

而牧師與修女們也竭盡地配合這個規律，不要讓我們把原本缺失的東西，突然理所當然地跟他們要求，突然可以因這個缺失而任性地無理取鬧，這樣日子才能順利轉動，平衡點也仍舊支撐得下去。

那個年邁的修女，也僅只那次對我展現她個人完整的面貌。離開殯儀館，永別了母親，進入團體生活，我就只看得見她像老師，也像個仁慈理性的管理者的單獨面貌。她不是不願意給出如同母親的愛給我，而是她沒有辦法。這不是她的錯，而是沒有誰可以輕易取代那一塊，不管對我或對其他的小孩都一樣，大家都很清楚這一點。

聚集在這裡的大家都沒有父母，這是誰都不想見到的事實，也不是誰都可以負擔的責任。

後來這樣的風波還有幾次，但是都非常微不足道。頂多是生性不喜歡服從的孩子突然作亂，但是都馬上被牧師們遏止住，波動的影響甚少干擾到其他人。日子就這樣繼續轉動過去，當我可以獨立的離開寄養中心，進入政府安排的工作崗位自立時，那種強烈需求什麼情感，與要求這個世界給我更多的心情，已經微小到自己都無法注視了。

我在公寓中四處走動，先測試裡面的電源與水流，確定一切正常，便在簡易的單人床上躺了一下。床墊很軟，這是好的開始，一躺上就湧起朦朧的睡意。

不知躺了多久，我從舒服的床上起身，走到外面的陽臺上，抬頭望著公寓街道後頭，那座寧靜悠遠的小山。

傍晚時分，天空被灰濛的烏雲遮蔽，一群低聲鳴叫的麻雀飛過，陽臺下方有幾臺機車經過，排氣管的聲音由近到遠；幾個穿著家居的女孩從下方走過，細碎的嬉鬧聲從底下擴散開來，有種不明確的安祥在空氣中醞釀著。

這裡真的如同老人說的，一切都往正確的前方前進著。

到處是欣欣向榮的氣氛。這裡的人臉上都帶著一種滿足的表情，很隱約地藏在迅速走過的身影中。在家鄉，也有可能在其他的國家也是，不管哪裡，都會有相似的風景與雷同的街景，整個大體地理環境都很相近的地方，但是從那之中孕育出的氣氛，只要處在其中，就會發現微妙的不同。

我站在陽臺上，一邊聽著細微，從遠處傳來的匯聚聲，一邊仔細地回想家鄉與這裡的差異。

或許一塊土地，會自動吸取上面活動的人們所散發出的氣質，或類似影子之類看得見的具體東西。當然，居住的人也會順應著感染而影響土地，然後再去轉化成屬於那個地方特有的，類似本質之類的純粹物。這個國家的本質，就明顯的正在往著更高的質感，與更完美的境界在努力著。

現在我站著的地方，那呼吸吐納都飽含了某種旺盛的生命力，人與土地這兩方面，簡直是目標思想一致地啟動了什麼威力強大的運轉器似的，為了達到更好的層次而奮力著。

我對這個也沒有什麼意見。看見強大的生命力我也頗高興的，但畢竟，我不是為了這個旺盛的什麼而特別來這裡的，我是為了失去與正在逐漸頹喪的什麼而來的。這兩者之間有很大的差距。

我從口袋裡掏出一根菸，點上，然後翻開從車站那裡取來的街道地圖，大約瀏覽了一下，便決定明天一早，要在這個新的地方安定下來。

找一份工作，確定大致的生活方式，然後看能不能在什麼地方，把自己給拋進一個規律還算嚴謹，讓日子可以流動快一點的縫隙中。

第六章　自我：世界上有三個長相一樣的你

距離我的妻子把東西打包好，堆置在角落說會請人來拿，然後她就從世界上蒸發，已經過了一個月的時間。

整齊乾脆的三個硬殼式銀色行李箱，很巧妙地擺在客廳玄關的左邊角落。既不常被注意到真實行李箱的身分與其中的涵義，也不會影響生活作息。它們好像已經變成這個家的某種裝飾。

每天只要走到客廳，眼睛就會瞥見那堆漸漸流失掉生活溫度的箱子，每天都在消褪著它們身上飽和的色彩，發散著愈來愈明顯的孤單氣味。

我曾在幾個禮拜過後，她依舊沒有任何消息時，偷偷把行李打開來看，我想知道一起生活了五年，在眾多的回憶裡，她會選擇帶走什麼東西。

一個箱子裝滿了衣服。既不是她喜愛的名牌也不是洋裝，而是些很不起眼，居家穿的薄長袖幾件，還有一些休閒服與膝蓋的地方都磨損破的牛仔褲。其餘的衣服也不知怎麼處理掉的，只剩下空空的衣櫃。

另兩個箱子裝滿了過期的文學期刊。

這讓我很驚訝，我以為她在結婚，搬來這個家前，便已經把這些雜誌都丟掉了，原來都還在這裡。每本皆乾淨得像是沒有翻過般，頁面的邊角沒有折損的痕跡，頂多有幾本泛黃，還有幾本在內頁裡作了記號。

我嘆了一口氣，從客廳那堆行李箱旁邊離開，走進廚房開始煮咖啡。這個老舊的美式咖啡機也是妻子買回來的。把磨勻的咖啡粉放進濾網裡，再把開水倒進去容器中，等個三分鐘，一杯不怎麼樣的咖啡就好了。我在等待的時間中，無意識地望著廚房的窗子，對面大樓的窗戶沒有闔上，透出些許黃色的光線。我盯著另個窗子裡的廚房看。等到咖啡機發出熱烈的沸騰聲時，對面的黃色燈光仍舊亮著，一個陌生的女人走進光線裡，面對窗子低下頭，開始忙碌地做起晚餐。

妻子與我認識前，在一家雜誌社當編輯，私底下很喜歡寫詩，還有一些小品文之類的創作。那時候，她接派的專欄需要採訪法律業界的律師，便繞了一圈，找到了我的公司，繼而採訪了我。

我還記得好多年前第一次見到她，是個陰天，整個空氣瀰漫著懶洋洋的氣氛，做什麼事都提不起勁。吃過午飯，進入下午的工作時段，這樣慵懶的氣氛更是明顯得誇張，每個人幾乎都癱坐在位置上，不是隨便在座位上發呆，便是無力地望著電腦，腦袋一片空白。

內線電話這時響起。我的秘書在電話那頭說，有雜誌編輯要做法律業界的訪問，是為了專欄裡介紹各行各業的人所需要的訪問，不會問到多專業的問題，是比較接近做這行的心態採訪。

我聽著秘書甜美的聲音說明，心裡想這過程應該不會多複雜，現在要我在渾沌的氣氛裡，回答實際工作內容我可能也無能為力，便答應了那個雜誌編輯，也就是我後來的妻子。

妻子當時才剛從大學中文系畢業，一出來工作便應徵上雜誌編輯。從外表看上去簡直跟大學生沒有兩樣，稚氣的臉頰裡還有女孩的青澀，留著一頭直長及肩的黑髮，穿著一件樣式簡單的白色襯衫，底下是件深藍色的牛仔褲，但是她的眼神很認真，炯炯有神地幾乎讓人很容易信任她，這眼神也直接地說明了她工作上的態度。

她面帶笑容地與我進入會客室，先很簡單地跟我講述前幾期裡的專欄中，大致的內容與要點，還有就是接下來她會想要知道的問題答案。

「比方說在接到一件比較棘手的刑事案件，知道有可能會耗好幾個月，你們通常會有什麼心情？有站在當事者的立場想過嗎？」她拿出筆記本，翻過已經寫滿字跡的幾頁，準備抄下我要開口說話的內容。

我望著她寫滿期待的臉頰，才有著恍然大悟的感覺……等等，我好像想像錯了，回答這種問題比實際工作內容難多了。實際工作內容有一個標準的程序，幾乎可以不用思考就脫口而出，而這種背後的心情，幾乎是要一再回想，還有先確定什麼才能說明的。

「嘿，等一下，我是要很認真的回答呢，還是照著直覺說？因為當律師的人有可能千百種，所以我是要依照自己這個人的感覺說明，還是在全體律師中找到一個平衡點，再說出大略的心態？」其實我根本不知道自己在說什麼，只想多說些話，讓渾沌的感覺趕快過去。

「不好意思，您是名叫海蔚的律師對吧。」她盯著我看，我給她一個無力但善意的微笑，點點頭。

「那就是啦，我要訪問的，也就是名叫海蔚的律師心態。不管有多少跟您不一樣的律師我都不在乎，我現在要聽的，就是屬於你這個人的心情。」

她的眼神堅定到我開始有些臉紅，思緒也比剛剛清楚多了，便開始仔細思考她的問題。畢竟她看穿了我還在打馬虎眼的迂迴，讓我感到非常的不好意思。

回答問題到最後，不得不佩服起眼前這個還像女孩的編輯了。首先是她不怕生的態度，還有便是犀利的目光與堅定的自信，這好像重重地敲醒了我什麼，於是我假裝保留了一個問題要回去思考，跟她要了電話。

後來我們約會了幾次，就決定在一起，並且在交往一年後，走進婚姻生活。

我拿著剛煮好的咖啡回到客廳，又在行李箱前蹲了下來，翻開那些被塞進行李箱裡的文學期刊。裡面大部分都是文字，排序整齊地塞在有限的空間裡。裡面有幾張醒目的黑白照片，大都是一些作家的近照。我無意識地拿起幾本隨便翻翻，卻看見了妻子的名字出現在其中一篇文章的標題底下。由雜誌的出版時間對照下來，是她在大學時代寫的短篇小說。

我把目光停留在那頁，把咖啡放到茶几上，順勢坐到客廳冰涼的大理石上。

小說的內容是一個很悲傷的故事。

描述了一對雙胞胎姊妹，從小為了適應有個一模一樣的對方而盡了最大的努力。

故事一開始，先講述所謂的雙胞胎，應該會在某種程度上彼此喜愛，像尋常的姊妹，或許抱著更多的情感，因為雙胞胎畢竟是獨特的兩個相同個體。但是，這也是我們沒有另一個雙胞胎的誰，在那憑空想像所謂的雙胞胎情感，絕不能充分作為她們必須喜愛對方的理由。

故事的內容便是朝著情感的反方向發展。

兩人對於彼此相似的另個自己感到厭惡，從小爭著父母的喜愛，然後長大爭著相同男人的愛情，相同朋友的注視，直到最後，兩方都被逼迫到極限了，就在不同地方的相同時間內，算計著如何讓對方或自己消失。

小說裡提到的消失並不是毀滅生命，而是另外一個意思。姐姐選擇離開家，從此改名換姓，對所有之後認識的人宣稱，自己是獨一無二的個體，從小到大都是一個獨生女。妹妹則是在姐姐離開原本的生活後，說服自己相信，姐姐已經消失，已經像是死了一樣的不存在，所以從現在開始我是個獨立的個體，沒有雙胞胎的另一個自己。

故事的結局是兩人從此在不同的地方展開從此截然不同的人生。很平淡的結束，但是之中的孤獨與遺憾，卻深深地隱藏在看似無謂的語氣裡。

我把小說看完，仍然坐在地板上，開始努力地想把這篇小說與印象中的妻子連在一起。這真的很困難，就像去想像另個陌生人心裡的世界一樣的不對勁。

在我們交往的期間，她提過關於自己的家庭。很平凡的四人家庭，父母都在公家機關做事，到她大學畢業那年一起退休。父親退休後，熱衷在家裡種植物，還在公寓的頂樓弄了一個小花園，裡面大多是蘭花，還有各類她說不出名稱的花草。母親則是迷上了烹飪，會去社區大學裡定時上些烹飪課，學許多新的菜色回來做給他們吃。而弟弟與她的年齡相差一截，正在讀高中。很內向的個性，無法與時下叛逆的年輕人做聯想，每天都窩在房間裡玩電腦，見到陌生的女孩就臉紅。

我回想了她的家庭與她。從未見過面的姻親家族，婚前她總是拒絕我去她家拜訪，結婚時她則推說外公病重，其他人要輪流看護而無法出席，婚後更是沒有機會見面。儘管如此，我還是選擇相信她所形容的家庭。

妻子不算是開朗的人，但也不陰鬱。她很獨立，並且習慣面對問題，不管是工作上，或是任何生活上的不如意，她絕不會逃避，反而會挺身到問題的核心中，做出她能夠盡的最大力氣去解決。

此時，妻子的模樣在心中鮮明了起來。

我記起我們開始交往的一次約會，她穿著桃紅色的毛衣，底下一樣隨性的牛仔褲，正站在餐廳門口，等著遲到二十多分鐘的我。我那時忙著手上幾件民事訴訟案，晚出了公司，又遇見塞車，快要抵達時就看見她的身影，在人來人往的餐廳門口旁邊，一個人低著頭，出神地望著腳上的帆布鞋。

那身影處在人潮洶湧的街道旁，一不留意似乎就要被淹沒了，但看起來卻不孤單，沒有被什麼寂寞的氣氛包圍，相反的還有種自得其樂的感覺，正奮力地從流動的空氣突顯出來。她臉上帶著淺淺的微笑，對於遲來的我沒有生氣也沒有多問，只是很自然地拉著我，問我晚餐想要吃什麼。

她的模樣吸引了我，好像突然撼動了我的世界一樣，直到約會完回到家，心裡還是殘留著那種無以名狀的喜悅。

這種喜悅不是因為她體諒我的遲到。這個世界上驕縱的女孩很多，但是能夠體諒人的女孩也不少，應該是佔了機率裡的各一半吧。我常常聽見男性朋友抱怨這類的話，我想如果遇見的女孩都是驕縱的誇張，那或許是自己的問題也說不定。

我想我被她完全不孤單的身影給深深吸引。只有很充分地能夠與這世界連結，展開自己每個部分的人，才能一個人獨處時，感到平靜與喜悅，甚至影響旁邊的人。

那麼她又是用什麼心情去寫下這篇小說的呢？全部對外開展的人，又怎能把憎恨另個自己的心情描述得如此傳神？

我不知道，或許學法律的人無法想像條文規範以外的世界，無法體會置身在沒有規範下的世界，會是如何。我默默地把雜誌闔上，留下了有刊載她的小說那本，其餘的全部放回行李箱中。

我從小就對有制度的事物特別感興趣，這也是我會選擇進入法律界的原因。在還小的時候，保母唸故事書給我與海敏聽，海敏會問故事裡的王子與公主的長相，還有他們是如何被對方吸引，以及故事裡的人物心態。我則是問許多關於故事裡的國家，有什麼大的特徵，國家有規律地在過著什麼樣的生活，還有便是王子與公主的愛情合法性。

現在想起來就覺得，或許保母面對我們兩個小孩，都有快要被逼瘋了的感覺。「不要再問些奇怪的問題了，讓我好好地把故事講完好嗎？」我想她大部分的時間可能都有這樣的想法，但始終還是笑容滿面地忍耐著，回答我與小妹無聊的問題，一邊努力地把故事說完。

前陣子是保母七十五歲生日，我與海敏不約而同地送了禮金過去，人並沒有出現祝賀。其實我們都知道，我們並不特別，不論保母對我們或我們對她，都只是一個曾經在生命裡，必要出現的人。時間到了，就可以彼此離開對方的生命中。永遠有禮貌且略帶著懷念，但絕對不深刻。

我把已經涼掉的咖啡喝完，走到廚房清洗。對面廚房的燈光已經熄滅，窗戶依舊沒有闔上，裡面分束在兩旁的窗簾，一起被晚上的風吹往左邊。手腕上的手錶響了幾聲，我舉起手，十二點整。

說起來很諷刺，我與妻子剛開始被對方吸引的卻是這個極感性與理性的不同。好像兩個一向平行的世界，看見不一樣的彼此而決意突然彎曲，試著重疊在一起，然後又因為走慣了原本的平行軌跡，又分了開來。

但是，兩個人有沒有可能真的了解對方？也就是說已經有了特定好的對象，不管是朋友或情人，甚至家人，都設定好要進入對方的內在核心，然後為此一步步地進行所謂的了解。步伐沒有在中間偏掉，也沒有放棄過這個心情，那麼最後，真的會接近那個對象的本質嗎？還是只是一直在自以為了解的尷尬地帶打轉呢？

我不知道。我在妻子一聲不響地消失蹤影，然後寄來了離婚協議書這件事上，就很徹底地否決掉了解本質的這個說法了。再怎麼努力就只停留在你盡力到達的那個位置，或許就是這樣，再多就沒有了。

馬斐醫生的追悼會辦在這個週末。就在我看見妻子的小說隔天，我的秘書通知我，她接到的白色邀請函裡頭，時間與地點被做了明顯的記號，在這邀請函寄到的前幾小時，有個陌生男子打來的電話，要我一定要出席這場追悼會。

「陌生男子？你沒有問他哪裡找嗎？」我的臉色略顯不悅。

秘書怯怯地靠近桌子，把手上的邀請函放下，又退到桌子後方。「有。但他不肯說，只說如果你不去喪禮，他就會親自來這找你。」

「好，我知道了。」我點點頭，把目光移回電腦上。秘書低著頭，退出我的辦公室。很多猜測閃過我的心中。

我想有可能是我謀殺馬斐醫生的事情被發現了，也有可能是關於那個複製計畫的事情。不知道除了那三個醫生與科學家，還有我與海敏之外，有沒有別的人知道這整個實驗？父親與馬斐醫生已經過世，剩下名叫羅冠偉的科學家不知去向，我的母親與那兩個複製人也失蹤多時。

然後呢？事情應該要怎樣繼續發展下去呢？

這問題跟馬斐希望我與海敏找出那兩個複製人一樣。找出一樣的另個自己，然後與他一起生活嗎？還是符合他們的實驗，兩人坐下來好好驗證彼此的不同？但是如果馬斐醫生只是想向我們表達抱歉，事件重新洗牌再來一次，我想我還是會毫不考慮地把他殺了。

他已經做了最不應該做的事，就是把我的人生與家庭在很小的時候就毀掉，這是說再多不好意思與做任何事都無法彌補的。

我把電腦關掉，躺到後方鬆軟的皮質座椅靠背上，拿起桌前的白色邀請函看。桌上的燈還大亮著，四周靜悄悄的，辦公室外頭也沒有聲音。整個律師事務所應該只剩下我一個人，剛剛秘書進來時，就已經過了下班時間，其他人也都很規律地按照時間上下班。我把桌前的燈調暗，一個人默默地繼續坐在桌子前。

聽見這個複製計畫，是在一個月前。

當時因為情緒激動，而出手把馬斐殺了的那天晚上，回到家裡，就看見妻子一個人趴在餐桌前，像在小睡一樣，沒有開燈，也沒有任何以往晚餐的香味。

冷冷的房子裡飄蕩著空曠的氣氛。

「妳怎麼了？身體不舒服嗎？」我把客廳與餐廳的燈打開，走到她的身邊。

「沒什麼。」

她的聲音混合著濃濃的鼻音，悶悶地從手臂下方傳了過來。我把手放在她肩膀上，她抬頭好像想說什麼，又馬上放棄般地，有些不耐地撥開我的手。她坐起身，撥掉黏貼在她臉頰上的頭髮，微微的熱氣漂浮在她的臉頰四周，暈成一團模糊的光圈。

「我懷孕了。」仍低著頭的她突然開口說。

我拉了她旁邊的椅子，順勢坐了下來。身邊的她正散著一股溫暖的熱氣，很直接地由她那個方向傳遞了過來。我意識到自己回到了家，這個有我的妻子與所有生活堆積成的家。現在可以放鬆了。我輕輕地吁了一口氣，慢慢低頭，望著自己張大的手掌看。手裡還殘留著殺掉一個人所需要的力氣。馬斐脖子上鬆軟的皮膚質感，以及他臨死前，頭無力垂吊在頸子上方的模樣，此刻非常鮮明地刻印在腦子與身體裡。

很超現實的感覺。我在不久前才殺了一個人，而現在我妻子裡的肚子裡，有個生命正在成形。

「什麼時候知道的？」我闔起掌心，晃了晃腦袋，想要集中注意力。

「今天，我的經期遲了一個月，中午去醫院檢查，才知道懷孕了。」她抽了幾張旁邊的衛生紙，放到臉上擦了擦。

「那我們開始來計畫接下來的生活吧。」我越過桌面，想要緊緊抱一下她。

我只是很想用這個動作表示另個想法：我很開心在聽了一堆詭譎的往事，還有在情緒不穩定的狀況下殺了人後，回到這個熟悉的地方，而這裡有她這個人陪著我。

懷孕的事我沒有太多的感覺。我當這是婚姻生活的一部分，只是來臨的時間沒有一定。我們當然也有討論過生個孩子如何，但我們都只是開玩笑地說說，比較像是那個我們的孩子，還在想像中，而實際真的來臨，我好像也沒有多意外。

不知道，我的感覺還停留在那個多出來的複製人身上。現在在這裡，我對屬於我自己另一種意義的模子與生命，沒有什麼現實感。

我的頭有些發疼，事情一下子像是滾雪球般的拼命滾過來。

實際上的經濟狀況，讓我們的生活再多幾個孩子都沒什麼差。從大學法律系畢業後，父親運用他在政經界的龐大力量，讓我開了這家律師事務所，並且讓許多政治與經濟上較聳動的案子，中間隱晦的利益與權力交換，由秘密的輸送帶直接遞送過來事務所中，而我再照著程序好好處理，所以在短短開業的幾年間，就賺了不少錢。

目前我只想得到這個，對於生活裡憑空多出一個成員，我在這方面還是欠缺現實感。

「不要，我打算拿掉這個小孩。」她側過身，躲開我的擁抱，用著鼻音仍舊濃厚的聲音對我說。

「為什麼？你不想要嗎？」我突然感覺她的不對勁，便很認真地仔細盯著眼前的她看。她的臉寫滿疲憊，回看我的眼神有些遲疑，黑色的眼珠子跳動著陌生的情緒。

「我根本不想要小孩，那不是『**我這個人**』可以擁有的部分。」妻子很努力地望向我，但我看出她的不安，我越靠近她，那隱藏的不安與閃爍的情緒更加激烈。

「什麼嘛，你知道你在說什麼嗎？以前你不是還很興奮地跟我討論小孩的事嗎？怎麼會真的有了卻不想要？」我再次努力地接近她，希望可以軟化她。

要是她真的不想要我也不會堅持，只不過我發現，她現在似乎只是為了執著那個莫名的情緒，而不是真的不想要小孩。簡單來說，我覺得她連自己在說什麼與準備做什麼都不清楚。

「我不想討論這個問題。總之，我明天就要去醫院把小孩拿掉。」她放棄抵抗，把身體與姿勢縮回剛剛我一進門時的模樣。

「好，如果你真的想要這樣的話。」我也賭氣地走離開她的身邊，把燈關上，用力把溫度調回我剛回家時的寒冷模樣。

就這樣，妻隔天就去動了手術，把三箱可悲的行李，還有醫院的單子像要證明什麼似地留在家裡，人很乾脆地離開了我們的生活。

我站起身，把馬斐追悼會的邀請函收起來，關掉桌上的燈，收拾一下自己的公事包，離開事務所前，依照慣例檢查了門窗。安靜的空間裡，大聲地響著膠質皮鞋踏在地板上所發出來的堅硬聲。

我不只一次回想過這個已成為回憶的場景：

妻坐在餐桌旁，我坐在她的對面，兩人為了還未成形的孩子堅持著；然而，她眼睛裡所擁有的陌生情緒，變成這個記憶中，最深沉且最無解的一個深刻畫面。

我在週末的下午，馬斐的追悼會最後一小時，才決定出現在會場。

這場追悼會辦在馬斐與父親服務的醫院附近，一家大型的西式餐廳裡，會場被馬斐的家屬與親友包下，佈置得簡單隆重。

成排的白色百合堆滿了長形空間的兩旁，沒有傳統喪禮的哀歌與煙霧裊裊，會場也看不見任何馬斐的遺照相片，只有穿著黑衣，坐滿座位的親友家屬，一一魚貫地走上臺來，說出印象裡的馬斐醫生。

我靜靜地從後門進去會場裡，站在最後面的座位上。看著前方一個老婦人，正緩慢地走上臺，不停地用白色的手帕拭著淚，聲音哽咽地讓人聽不懂她在說些什麼。

四周的氣氛嚴肅哀痛，沒有人在臺下竊竊私語，他們垂著頭，把最沉重的心情，留給了這個已逝者。我突然感覺有點噁心。

「你就是海蔚先生吧。我是來自警察局刑事調查單位的李大文。」

一個穿著整套黑色西裝，臉上戴著一副相同深黑色的墨鏡，約莫三十出頭的男子，先走到我的後方，聲音低沉地附耳對我說。

「嗯，就是你打電話來我公司，要我一定要出席這場追悼會的人吧。」我轉過身，盯著他那副略大得有些好笑的墨鏡看。

「經過調查，我們懷疑馬斐醫生的死亡不是自然現象，有他殺的嫌疑，不知您對這個調查，有沒有任何可以提供的線索？」他挑了挑眉，又靠近我一步。我聞到他身上，有股廉價的古龍水氣味。

「沒有。據我所知，馬斐醫生是自然死亡的，對外發布的消息確是如此。你可知道你再多跟我說些話，我就可以告你毀謗？」

我看見那男人露出墨鏡外的臉色，泛起一陣如同豬肝紅的噁心顏色。

正當我們不發一語，彼此瞪著對方看的同時，馬斐的女管家從會場內走了過來。她就是我與海敏先前去馬斐的家，替我們開門，也是我叫海敏出去通知她，馬斐已經去世的女管家。她先走到那個警察面前，不知跟他說了些什麼，那個警察不甘願地點點頭，瞪了我一眼，隨即轉身走出會場。

這個婦人似乎在馬斐過世後，迅速地消瘦了一大圈，眼框旁邊盡是明顯的烏黑印子，身型與氣色也不如那天爽朗。她對我露出一個疲倦的笑容，比個手勢，要我跟她一起走出會場。

「其實整件事情我都很清楚，包括那個複製計畫，以及之後發生的一切。在馬斐通知兩位來，並且決心把這個沉潛多年的秘密告訴兩位時，他就已經吩咐過我，不論發生什麼事，都是他的錯，他願意承擔一切的後果，所以，不會再有類似的警察來找你的麻煩了。」

婦人一走出會場，便回過頭，用著細柔的聲音，對我說出這一連串的話。

會場餐廳外，正下著細細的雨絲。我往不遠處眺望著，那棟距離會場不遠的全白色醫院大樓，在濛濛的細雨裡，有種奇怪且不真實的存在感。

大概是我的父親與馬斐醫生，曾在裡頭工作，曾經置身在裡頭生活著，而現在，兩人都已經離開，這棟建築物似乎也因此喪失掉了原本的熟悉感。在小雨中，小心翼翼地流失他們曾殘留在那裡，如微光閃爍的溫度。

或許我的模樣，一發不語地看著遠方，眼底洩露出些許感傷的情緒。原本離我有些距離的管家，走到我的身邊，輕輕地拍拍我，然後用著一種我從未見過的柔軟眼神，凝視著我。

「我知道，你們一定很不好受。馬斐醫生跟我說過，這個秘密一旦說出來讓你們知道，其實也就是讓你們自己做決定。

這個秘密已經把你們這個家庭弄得支離破碎，不管是你們的母親，帶著兩個複製人遠走他方，還是你們心靈因此受到很大的折磨，他都會一個人努力承擔的，所以，最後也就把這個決定權，交給你們。」

我轉過身來看著她，她堅毅的模樣，把那身迅速枯槁的頹喪硬撐了起來。我想起許多部電影裡頭，偶爾會出現年邁的女明星，在裡頭客串年輕貌美的女主角的母親，或者阿姨之類的角色。她們身形裡，還未脫去昔日年輕時的大明星光環，總有一些不合時宜的眼神與動作，在細微的地方宣示著那些曾經有過的注視。

女管家站在細雨中，灰白的頭髮迎著風面，看起來像在無聲地盛接著什麼。或許這些聯想是因為關於這個秘密，只剩下她可以清楚地告知我，接下來應該要進入哪一個部分；彷彿迷宮走到了無法前進的地步時，那一扇最後的門，必須要有人開啟，才會有繼續往前的可能。

她就這樣在我的面前，閃著耀眼卻不合時宜的光芒。

「當初你父親會選擇你與海敏當複製人，其實是因為你的性格裡，有一部分非常特殊。」

我沒有回答她，只是瞇起眼睛，很仔細地把腦中的聯想與她擺在一起。

「馬斐醫生曾經告訴我，你的父親跟他說過一個往事。

在你大約六歲的時候，就很喜歡一個人在黑夜裡玩耍，不管天色多黯淡，有沒有人在你身邊，你都可以無懼地進入漆黑的夜中。

某一天夜晚，你的父親發現你還未回家，但是海敏已經在房間裡準備就寢。你的父親問她你在哪裡，她說你似乎還留連在房子外面的庭院中玩耍。那時候，剛好外面一整排的房子在進行整修，附近的電源都被切斷，只剩下房子內部的電源依舊明亮著。

你的父親拿著手電筒出外找你，發現你一個人坐在庭院後頭的坑洞那，像是白天那樣的玩著泥巴。你的父親默默地按掉手電筒的開關，一起與你隱身進黑暗裡。

他站在你的身後看了很久，原本只是好奇你手邊的遊戲，但總覺得有些不對勁。幾分鐘後，當他的眼睛終於適應了黑暗，可以在漆黑裡抓住你隱約的輪廓時，突然發現了一個事實：那就是你不怕黑，不像一般小孩甚至大人那樣怕黑，所以能在黯黑中來去自如，這表示你沒有想像力，無法想像在漆黑裡會有多少看不見，卻足以撼動人心的可怕事物。

這不是勇敢，是更大的缺陷。因為看不見的恐怖，是絕對需要去畏懼害怕的。

當時你的父親決心要讓你成為複製人的本尊，就是希望可以從複製的繁雜科技裡，看見這部分的形成與有可能改變的延伸。」

「所以呢？我接下來應該怎麼做？去找出那另一個我，然後問他怕不怕黑？還是驗證他的想像力，是否跟我一樣薄弱？」

我直直地盯著眼前的女管家看。她還是一樣虛弱地微笑，想要把她剩餘的善意傳遞給我。

我並不想要，經過這件事情之後，所有人無謂的善意與虛偽的情感，我都不再需要。

「不是這樣的。或許站在他們那邊的立場，怎麼樣都說服不了你們被複製的心情。因為立場的不相同，所以那邊的私心，無限制地被你們怎樣放大也不為過；但我想說的，是他們當初對於這個實驗，是懷抱著多大的期待與盼望，我其實只是希望你可以從別的角度，看待這個實驗。

你的父親不是為了驗證什麼而進行複製，他是為了看見在人生長河裡，所謂環境影響的重大性才投入實驗。這是前所未有的開創，不管你明不明白，他們都在為了這個而接近執拗地堅持著。

總之，所有與這個實驗有關的醫生與科學家都消失了，我與你在這次談話過後，我也會把一切擱在心裡，當作從來都不知道一樣。你與海敏，可以裝做不知道這件事，也可以藉此去尋找你們的另外一個自己。

我想，我的責任，到這個部分就已經完全結束了。」

女管家說完這些話後，精力似乎全部用光似地，虛弱地閉上了嘴巴，然後走向前，無懼我冰冷與漠然的目光，僵硬地給了我一個擁抱。再緩慢地回過頭，邁開步伐，進入馬斐醫生的追悼會場。

我曾經聽過一個說法，也可以說是某種傳說：在這個世界上，會有三個人跟你長得幾乎一模一樣，他們可能身在別的國家，也可能是生活在你附近的人。我不曉得從哪裡聽來這個說法，但是我很肯定，似乎很多人都知道這樣有些無聊，卻又有趣的傳說。

我從會場離開，一邊把車子從停車場裡倒出來，心裡一邊想著。如果這說法是真的，每個人對於擁有另個相似的自己，究竟會有什麼感覺？

先前下班後從事務所回到家裡，為了放鬆心情會長時間看著電視上無聊的節目。我通常不會選擇新聞或談話性的節目，職業上需要縝密與絕對理性的思考，回到家後，這部分的功能就被我自動放棄，塞到大腦最後頭的角落。我會把頻道停在娛樂性質的綜藝節目，隨意地看著裡面的主持人與來賓，彼此無聊的對話來放鬆心情。

我想起有個現場直播的綜藝節目，在長達一小時的內容中，裡面有個主題單元，是尋找相似大明星長相的民眾。

這個節目有很多人上過。裡面的民眾會把臉遮起來，回答主持人一些問話後，再像做足娛樂效果地把面具拿下來，由現場的民眾評比他與哪個明星相似。

通常面具拿下來時，失望與覺得好笑的成分居多。

此時，主持人也會大聲地叫鬧一些風趣的字眼。那是對於百分之五十，或是更少相似度的民眾，效果十足的詼諧話語。當然也會有令人讚嘆，符合節目要求的，與明星的相似長相出現；也有少數不像誰，卻擁有獨自非常漂亮的臉蛋，那個時候現場就會驚呼一片。

所謂臉頰上的五官，排列組合起來的整體感覺有非常多種。

有些人的五官拆開來看都很亮眼，但是湊在一起便有奇怪的不協調；有些人五官非常平庸，但是組合成一體便有種說不出的美感。節目裡的大多數人，通常都是某種微笑或仰角成什麼弧度時，有些神似的韻味才會出來，或是其實相像，但是整體卻少了什麼。

我印象最深刻的，是節目的其中一集。

那天是個假日，節目像是壓軸般地推出這個主題單元。整個前面的節目過程，就一直籠罩在一片不自然的氣氛中。先是現場的來賓與觀眾，完全不像以前那樣，非常容易哄堂大笑或者集體鼓掌叫好，氣氛很容易集中煽動，像是沸點很低的悶鍋般易燃；這次，他們皆意外且奇怪地保持沉默，回答問題也十分簡短。而這樣的氣氛，連帶影響了主持人，他似乎盡力在維持什麼看不見的平衡似的，很費力地想要突破這樣的氛圍。

那種持續性的拉扯到了最後，主持人臉頰上的微笑弧度，已經明顯地彈性疲乏，表情僵硬地仍在上揚，嘴角兩旁的法令紋卻在他側過臉時，迅速回到沒有表情的位置上。

主持人說話的聲音仍慣性地提高，但是可以聽得出來，他的話語裡已經有種竭力的疲憊。裡面的壓軸，也就是等著前面終於結束問話，被排在最後的女孩子。

當她拿下面具的當下，現場氣氛變得非常詭異。

我在電視機前面也倒吸了一口氣。

怎麼形容那種奇異感呢？我想正盯著電視看的人反應都一樣，就是那位明星來到了現場。這絕對不是一般性的相似而已。

但是，所謂的明星會有一種特殊的氣勢，一種壓倒性的絕對氣勢，在出場時集中這個人的全部能量，所以，當你看見那位女孩就會知道，她身上缺乏的便是致命性的氣勢，那麼她真的不是那位明星。

眼前好像有什麼東西紛紛落下來，嘩啦嘩啦地橫隔在我與電視中間的距離。

很奇怪的感覺。原來看見如此相似的另外一個人，感覺真的非常詭異。彷彿有什麼類似不祥預感的氣氛，由著那女孩的激烈相似而瀰漫著整個空間。主持人不知道該說什麼打破氣氛的話，我想他的彈性疲乏到此時也徹底斷裂了，所以他一反往常地只是呆滯地盯著女孩看。

節目裡的來賓，有些開始認真對著鏡頭說，是製作單位在耍大家吧，一定是那位明星到了現場吧。但是我看見鏡頭特寫中的來賓，浮現出某種不協調的疑惑表情，我知道他們也明白這是前所未有的奇異相似　　女孩並不是那位明星。

由於是現場直播，節目對整體失控般地陷入緊張的氣氛也束手無策，後來像是被截斷般生硬地進了廣告。廣告後，便似乎鬆了一口氣地進入了下個單元。

我記得隔天，所有娛樂媒體皆大肆地播報了這個女孩的背景，還有許多追蹤報導。當然也有採訪那位本尊明星的看法。明星似乎不太當一回事，只是很像被教導要如此說明般，面無表情地說了不排除與女孩見面的可能性。

那麼，如果傳說中，世界上相似的三個人同時出現時，所有長期緊守著的自我意識，會不會因此崩潰？

我把車子開進家裡的停車場時，突然有了這個想法。

印象中節目裡的氣氛，因為這樣的不自然而紛紛垮掉了原本的輕鬆愉快；綜藝節目變得比新聞與懸疑電影還要緊張，那種一碰即碎的表面張力似乎已經到了臨界點。而其他人也沒好到哪裡去，都先比裡面相似的主角，還要先截斷了日常維持的平衡感。

大家在這種詭譎的時間裡，反應與感受力好像都莫名其妙地降了一級。

女孩把面具摘下來的那一刻，鏡頭特寫著她的臉頰，時間似乎就凝結在這裡，被強迫地停止在此。四周瀰漫著類似不祥預感的東西，這樣的預感是無法用語言形容出來的。這種感覺總是在突然的時刻來臨，然後瞬間就抓走了你所有的感受能力，你不能思考也不能說些什麼，更無法預期這樣的感覺來臨，只能安靜地感受著。

回到家後，我把所有的燈光打開，再動手把領口的黑色領帶抽掉，丟到角落去。

女管家虛弱的微笑，與日漸消褪真實感的醫院形象頓時又回到了眼前。她似乎真的是在盡頭處開了一扇門，我不僅不用負責與擔心馬斐醫生的死亡，也可以擁有決定另一個自己的生死主權，但是，這樣就真的可以平撫一切嗎？

我躺回客廳的沙發裡，在按開電視開關之前，重新盯著放在玄關地上的三箱行李看。那三箱無言的行李，正在一點一滴有形地流逝掉妻子在這裡生活過的溫度。

我想起自己曾經在一個多月前，殘忍地把趴在餐桌上的她，推回了冰冷的，我不了解的她的痛苦裡；而現在，她也相同地用另一種方式來證明，可以任意流逝掉溫度的不僅只有我，不在場的她也一樣做得到。

我連自己的妻子，與未出生的孩子都留不住，究竟還想要世界怎麼運轉？

我縮到客廳的沙發上，連原本想要煮杯咖啡來喝的念頭都無言地消退掉。嘆了一口氣，那小小的嘆息聲，先緩慢地繞著空蕩的屋子轉，然後消失。

第七章　彼端：羅傑的相館

我在黑暗中醒來好幾次。在完全漆黑的夜裡驚醒實在不是件好事。如果當時在作夢，腦子會把夢裡清晰的片段，自動剪輯到實際醒過來的時間裡。要弄懂哪個部分是夢，哪個部分是現實要花些時間。不需要太久，但是之中的渾沌，總會使我莫名地在現實，繼續夢裡繁雜的情緒。如果沒有作夢，那麼閉上眼的黑與實際的黑便會交錯在一起，這種時候反而更令人難受。

我刻意地什麼都不想，只是單純地揉開眼睛，把窗簾拉開，玻璃後面沉重的黑色像是流水般地向我滑行過來。我嘆了口氣，原本想要起身下床，但是後來想想如果這時候起床，今天晚上可能就不用睡了，於是又順從這個想法而躺回床上。

屋子裡冷冷的。我把大條毛巾捲裹在身上，恍惚地望著房間黑暗的身處，好像蹲縮在某個密閉的井底下方。

這是我在這城市裡，找到工作與真正開始工作後，頻繁地在黑暗裡驚醒的其中一次。

一個月前，我在位於城市的鬧區中央，找到一個沖洗照片的工作。

每天從家裡出發，前往公司必須先坐上半小時的公車，行駛過一座陸橋與其他彎曲的街道，到達主要的定點後下車，再沿著馬路走上十分鐘的路程。馬路旁邊種植了一整排安靜漂亮的樺樹，從路的迄端像是沒有盡頭地延伸下去。我在中間的地方便要轉彎進另條較小的巷弄，所以從沒有走到那排樺樹的尾端。

從那個方向望過去，高大的樺樹無限滿溢了整條道路，漸層的綠意擴散到四周，好像某些漂亮到不自然的風景明信片曾經出現過。

我住的地方位於城市鬧區南方的另一頭，算是較偏僻的一個小城鎮。就像是每個國家的地圖裡，從中間位置往旁邊擴散出去，逐漸越來越稀疏模糊的道路、交通，密集度也逐漸遞減的城鎮。那裡的房子建設，確實低矮疏散了些，但是仍會有許多民生上必要的商店。

而位於城市的鬧區，從一開始拿的街道地圖上看，可以看見主要的大條街道，分別包圍在四周，由縱貫橫列的方式整齊劃開。鬧區裡林立著各式的商店與百貨。這個國家的中央政府也設立在此，灰白色高大的平房式建築，很有魄力地在鬧區偏左的中心點豎立著。

剛開始我原本想在住家附近找份工作。但不知是時機不對還是其他問題，所有的商店與店面都沒有徵人，外面沒有掛上招募的牌子，進去詢問也只得到搖頭微笑的回應。

後來，我去距離鬧區較近的一家咖啡館裡待上兩個星期左右，便開始與裡面的熟面孔說起話，認識了後來工作上的沖洗店老闆，他便邀請我去他那裡工作。

說起咖啡館或酒館，是每個城市都有的一項共通點，就像城市的肚臍眼般，不是必要，但絕對會存在。那裡總會把周圍的居民，以及城市裡的人全拘了過來。於是從這肚臍眼為基準，大家只要一有空閒的時間，就會自動靠近，在其中一起以各種形式轉動許多時光。

我常想，如果在城市的咖啡館裡，仔細紀錄著所有人的對話，那或許可以成為這城市一部分的歷史也說不定。

這家咖啡館的裝潢很簡單，工整方形的格局，幾乎全都一貫性的米白色，牆上簡單地掛幾幅照片與電影海報。木質桌椅的擺設距離也很恰當，裡面的咖啡煮得比家鄉的咖啡館好一些，咖啡味與奶泡都不錯。

音樂放的幾乎和以前家鄉的咖啡館相同，都是爵士樂。有時候是較搖滾與灰黯的旋律，有幾首歌常常聽見，好像是不會出錯的咖啡館專輯似的。

只不過在這裡，不像以前那家咖啡館一樣，總有長期處在六〇年代的感覺。這裡的氣氛比較像是戰後時期，民生與經濟開始復甦，人們心中又開始重現希望。每個進來咖啡館裡的臉，都洋溢著屬於自己個性的模樣，這跟服裝打扮沒有什麼關係，是屬性的問題，他們都鮮明地區隔開自己與別人的不同，在模糊的印象裡爭取突出的機會。

在咖啡館吧臺後方，是一個年約四十出頭的老闆，總是手上的事忙不完地動個不停。人很親切，有時會點根菸與客人在吧臺旁邊聊天。

這家店沒有服務生，也沒有算時間的工讀生，人一變少，老闆就坐在吧臺裡看書，把音樂放得更大聲。如果人多，就會看見老闆像是不停旋動的陀螺一樣，拼命地站在咖啡機前煮著咖啡。

但也有人多到位置不夠時。當店裡的人一多，吵雜的聲音便會蓋過音樂，鬧哄哄的氣氛卻有種意想不到的溫暖。人多時，我就坐在吧臺最底的位置，喝著咖啡，想像著失蹤的米菲亞如果站在這個吧臺裡，會是什麼模樣。

「你知道這張海報是什麼電影嗎？」這個名叫羅傑的沖洗店老闆，第一次跟我說話時，我正坐在咖啡館的角落位置，與身旁這張他所詢問的海報十分靠近。

我記得我們先前在咖啡館遇見，總會點頭打招呼，但是從未好好說上什麼。

他是一個高個子的中年男子。年紀大約快要四十，整個人充滿了安定的沉穩，走路與說話方式皆十分節制，好像很值得信賴。長相上面算是有個性，下巴的鬍渣濃密且有秩序地只留一小撮，眼睛大而有神，身材修長挺拔，算有些略瘦。

他拉了我對面的座位，微笑地比比右邊牆上的海報。海報上有兩個身影，在街道的兩旁相互停下腳步，回過身來對看時，一剎那所抓下來的影像。

偏暗黃色調的朦朧氣氛，整張海報有濃厚的神秘詩意。

「那是一個義大利導演，在一九八〇年所拍攝的電影。電影公開放映後的兩個禮拜，那個導演就死在自己的公寓中。

有人說這部片讓導演耗盡心力，甚至是生命；也有人說，這部電影有不可思議的力量。當時我接到這個案子，把海報上面的字體翻譯出來印刷時，確實有感覺到些微的異狀。

那影像自己有力量。這也不是男女主角的問題，是湊在一起的時間與空間，一起組合起來的龐大能量。這樣擁有自己生命力的影像很少碰見，但確實存在。」

「你是說連拍攝的人都無法掌握？」我說

「是啊，他們連想都沒想過會出現這樣的力量。這東西說不準的。

嗳，你有興趣待會可以來我的工作室，我拿幾張類似的照片給你看，你大概就可以了解我說的是什麼。」羅傑似乎愈講愈開心，滿臉笑意地站起身邀請我。

「好啊，我覺得好像挺有意思的。」我與他一起站起身，到旁邊的吧臺結了帳，兩人並肩走出咖啡館。

羅傑說從這裡走到沖洗店大約二十分鐘的路程。我們順著咖啡館位於的巷子內走出去，再慢慢地沿著馬路走，兩人幾乎沒什麼說話，只是在意著自己步伐的快慢。

此時是傍晚九點多，初秋的微微寒意感染了街道的氣氛，四周都是腳步加快的人群，夏夜那種悠然的散步節奏大致消失的差不多了。不知道為什麼，天氣一冷，大家的腳步便會加快，好像藉此抵抗什麼一樣。

「這個城市很妙，大家都忙著前往自己的目的，然後依照地區的位置，那些一同擁上相同方向的人群，在我看來就像分屬了不同匯道的河流。一些往東，一些往西……聚集起來產生一股動向，很像人生走向的某種譬喻。很少數是沒有在固定方向裡的，那些岔開主要方向的人，在我看來，似乎人生也比較不一樣。

你到這裡後，感覺與之前的城市有什麼不同的地方？」

羅傑把手插在外套兩邊的口袋。他仍舊維持著低著頭走路的方式，平均幾秒抬頭看一下四周，然後又低下頭。

「咦，你怎麼知道我從別的地方來到這裡？」我有些驚訝，心裡趕緊確認自己的長相還有行為，是否有哪些地方洩漏出這樣的痕跡。

「我是做影像的，對於人的細微動作有些心得。我固定去咖啡館的時間已經一年多了，也是這幾個星期才看見你。

其實你就是我剛剛說的，從大支流裡分岔出來的小河。雖然安靜，但是好像不了解自己即將要走的方向，還有，你的眼神時常有些不一樣的波動。這個東西很微妙，一般人應該看不出來。這樣說好了，原屬這個城市的人，不管情緒上有什麼高低起伏，但是眼神上不會有遲疑，而你的也不是遲疑，好像因為不了解什麼，而有些困頓的感覺。

但我相信你不久後會適應的很好，這部分大概就跟個性有關了。」

說到這裡，羅傑停下腳步，把口袋中的一串鑰匙拿了出來，蹲在旁邊一扇白色鐵門旁邊，把鑰匙插進圓形的鑰匙孔中轉開，用力地把鐵門拉了起來。

「到了，這就是我經營的照相館。裡面有一間暗房與房間，是我的個人工作室。」

這裡的上方，只有一個「R．J」英文字樣的白底黑字壓克力招牌，從任何角度看去，都沒有透露出這裡是家沖洗店的訊息。鐵門後面是一大扇透明玻璃，中間隔出一個可以進去的透明門。

我站在他身後看了一會，再往兩邊打量著地理位置。

這裡位在鬧區主要巷道，一整排商店餐館的右邊位置，也可以說是擠在那排熱鬧街道的中間。每個商店上方的招牌，顏色也比家裡附近的商店招牌鮮豔活潑，往上方瞧去，那樣絢爛的燈光裝飾了整個空間的熱鬧。

沖洗店左右兩旁的商店有些已經打烊，路上還是有許多走動的人群。不管是哪裡的鬧區，只要是中央聚集地帶，總會有類似奢華擁擠的氣氛。這好像是商店與人交互的作用，大家一同釋出知道這裡是熱鬧地區的體會，所匯聚成相同的認知；街燈因此特別明亮，招牌也特別多樣花俏。走過的人群，似乎都有特別的打扮才會在這裡出現。

羅傑把鐵門拉開，進去把裡頭的燈打亮，才招手要我進去。

這家沖洗店跟我想像的完全不一樣。

家鄉或者每個城鎮都會有幾家照相沖印店，但是幾乎都是很普通地放了一個不怎麼樣的大櫃檯，牆壁上貼著不知名顧客的大頭照與生活照，一些標語與底片名稱，勉強裝飾著貧乏的蒼白牆壁。裡面瀰漫著沖刷照片的化學氣味，還有莫名的節奏加快。或許大家對於沖洗照片的印象便是愈快愈好，連帶著把所有的照相館內部節奏都改變了。

羅傑等我進到裡面後，便把透明門關起來，鐵門重新拉上。

這家明亮的沖洗店看起來，比較像是藝術空間或展演場地。首先是空曠的場地，沒有任何沖洗照片的痕跡與可能性，連站到這裡，印象裡的快節奏似乎也慢上許多。底下灰白色的大理石瓷磚，隱約地透著寒冷的氣。

大約十坪左右，工整方正的空間，右邊角落裡的木頭茶几上擺著一個透明花瓶，裡面插著約十來枝雪白色的百合，花的香氣淡淡地飄散在其中。左邊用一個看起來非常厚實，由淺灰色條紋的大理石所打造的工作臺，正對著大門，望過去什麼也沒有，平滑的桌面顯得非常冷清，與腳下的大理石一起發散著疏離且冷調的感覺。

「我獨自在這工作了大約五年。」

羅傑一面把身上那件黑色的大衣脫掉，一面走過去那個工作臺後，摸出一串鑰匙放在手上。他身上發出細瑣的聲音，才讓我察覺這裡的隔音設備很好，一關上鐵門，外面鬧區的一切馬上被隔離在外。裡面靜悄悄的，一旦停下動作，連呼吸聲都聽得見。

「五年前，我曾經到過許多國家旅行。旅行的過程中，物質上的使用很簡陋，幾乎帶著帳棚與睡袋到處睡，身上唯一最值錢的就是一臺單眼相機，拍攝我所到過的許多地方。」

羅傑走到茶几與工作臺的中間，一樣雪白的牆壁上，有一個不會注意到的鑰匙孔，他把鑰匙插了進去，轉開，雪白的牆突然像是變成一扇門般地，往內開出一條通路。他很自然地走進黑漆的通道裡，身影隱沒到黑暗中。

「結果我帶回將近二十捲的底片，沖洗出來的結果非常糟糕。應該說當然看見了重現當時我有意識所拍攝的景色，但是因為沖洗技術的不高明，幾乎破壞了所有的感覺，連一點點都沒有捕捉進去。」

羅傑的聲音從漆黑裡傳了出來。因為視覺上的看不見，連聽覺都開始顯得有些模糊。我仍舊站在洞開的牆壁前方，遲疑著是否要進去。突然前面亮起了光線，是暈黃色的微光。

我瞇起眼睛，看見一條狹小的走道，前方展開的是兩個房間，羅傑站在其中一間已經打開門的前面，背對著我，正在整理著什麼。

我跟了進去，那裡是一間很簡約的工作室，約十坪大，相同雪白的潔淨色調，裡面有張長方形的大桌子，上面放滿了一疊疊堆好的照片，還有深棕色未沖洗的底片與光碟，有秩序地堆置在桌面上。

「非常失望的結果，簡直浪費了我多年旅行的時間與心情。於是我就自己從攝影，跨到沖洗這行去，研究這門專業大約兩年。

這真的很妙，你看，裡面的景色確實捕捉進來了，但是卻缺少了一種緊扣人心的素質在其中。很多人看見劣質的照片，很多時候都會說是拍得不好，幾乎都是抱怨拍攝者的技術，很少有人會想到，其實沖洗的技巧，有時候佔的因素更大。」

他走到桌子旁，隨即拿起上面兩張照片。「比方這兩張，你看看有什麼不一樣？」

這是兩張一模一樣的觀光照。相片裡有兩個近距離拍攝的臉，正對著前面微笑。在他們的後方有一整排漂亮的房子，整體顏色與感覺都很燦爛。但是我發現雖然裡面的內容相同，其中一張卻比較吸引人。

這種感覺是，這張照片裡的兩個主角，他們開心的感覺似乎很輕易地就傳達出來讓我接收到。傳達的方式很直接，簡直就是視覺一到笑容上，便直接可以感受那歡樂的程度。而另一張雖然也是開心的微笑，但是看上去平板得多，頂多只是某種事實的確認，就只是笑容而已。

我把這樣的感覺告訴羅傑。

他歪著頭，眼睛很認真地盯著我看。然後也沒有說什麼，只是嘴角輕輕一撇，點點頭。滿不滿意這個回答我也不清楚。

他把照片放回原來的位置，走到桌子後方，示意要我隨便找張椅子坐。

「這裡的顧客幾乎都是朋友介紹來的，比較算是個人的工作室。我的工作範圍很廣，除非有重大的案子接，否則一般平常的沖洗我都接受，但是價格是其他人的二倍。而大案子的範圍也很廣，諸如明星的寫真、高成本雜誌的平面、攝影師與藝術家的作品，或是一些稀奇古怪的要求都可以被稱為大的案子。這收費要看內容而定。

還有一種我一年前接到，現在持續都有在進行，比較古怪的合作對象：警方與調查局。他們透過老顧客的介紹，把刑事案件的現場拍攝交來這沖洗。

說真的，我只是負責把照片盡本能與專業沖洗出來，沒有任何個人意識。但是依據他們的說法，很多照片就照你剛剛所說的，似乎有很多東西可以直接傳達意念，或是重現現場的各種氛圍，所以因此破了一些案子。後來他們就很習慣把許多懸案，或是沒有頭緒的兇殺案現場照底片，送來我這裡沖洗。」

「是不是就像你在咖啡館裡說的，影像自己會有力量？」我很仔細地聽著他說的話。羅傑的聲音屬於低沉略帶些沙啞，在安靜的空間中，那音質最底的啞音更明顯，但似乎非常適合描述這樣的話題。

「沒有錯，就是這個意思。其實我跟你說了那麼多，絕對不是跟每個人都可以這樣坦白。我想你剛解釋那兩張照片的不同，形容得非常精確，所以我想問你有沒有興趣，來我這個工作室一起工作？」羅傑很真誠地看著我，我有些驚訝。

「可是我對拍攝與沖洗都沒有經驗，你說的我的確有興趣，照片的不一樣我是可以說出自己的感覺，但是我怕我真的來這，你需要重頭教我，應該很麻煩吧。」我對他突然提出邀約顯得有些不知所措。

興趣我是有，但是做不做得來應該更重要吧。我抓了抓頭，對他尷尬地笑。

「我想得到你沒有經驗。但是我想關於照片的不同，一般人一定是可以感覺到，所以我的案子才會接不完，但是沒有人可以用具體的語言形容出來。我想，你有這樣的能力就夠了，就足以讓我費力教你，把你帶進這裡。」羅傑從桌面上伸出手與張開手掌，等著我回握他，表示願意。

我沒有考慮，馬上也伸出手掌。他對我的答應顯得很開心。接著大略跟我說明了工作的時間與內容，並且決定從明天開始，他要把工作室的事情，一樣樣地教我。

於是，我有了在這個城市裡的第一個工作，擁有了第一個工作夥伴兼老闆。

我的工作很簡單，先學習整理顧客資料，面對上門要求服務的顧客，還有一些雜事的處理。在最忙碌的時間過去後，羅傑就會跟我一起待在暗房中，教我最基礎的沖洗技術。

我曾在家鄉那裡的傢俱工廠工作過。

在工廠中，每一個人都是模糊的，大家戴著相同的白色口罩，一一站在自己負責的模具前，有些是裝上小型的零件，有些是在模具上加工，有些則是最後步驟的檢查。在工作時，沒有人交談，也沒有人離開自己的崗位。不知道這是不是硬性規定，總之工廠裡很安靜，一百多個人站成兩大列，很沉默迅速地操作著手邊的工作，氣氛僵硬地讓人無法喘氣。

基層製造部的工作性質一星期輪流一次，但不論分配到什麼，我都覺得我們只是人形的機器，魚貫地做著反覆的動作，有沒有個人的區別都很難形容與記憶。大家聽著牆上的鈴聲休息或吃飯，然後再回到工作上，日復一日。

在羅傑這裡，我被上門的顧客確認了是羅傑的助手，有個明確的身分與完整的模樣。

不知道是不是這個極大的差異，我在這裡工作的一個星期後，每天早晨起床，看著鏡子裡的自己，好像有那種臉頰的輪廓愈來愈清晰，五官也逐漸從深暗的什麼裡頭，浮現出清楚樣貌的感覺。

有時候也會想起以前隱藏在許多人之中的日子，其實會有些安心的矛盾心情。不用決定什麼，也不會有所改變。自己這個個體與其他人無異的感覺有時候也頗安逸，我這個人換成是誰都無所謂，但是僅只維持這樣淺薄的安全感，想要從一樣都是白口罩中突顯出來，或是記取旁邊一樣的白口罩與自己的不同，都是件極為困難的事。

我在羅傑這裡，除了似乎終於敞開自己，平板的模樣漸漸地立體之外，我還有種終於看見另個生活流動的方式，而這個方式跟我產生連結。或許也可以說，我開始藉著這裡，與這個城市有了交會。

平時在照相館裡，做得最多的是與顧客的相處。這其實不難，有些人會跟你說底片的故事，還有旅行的心情，也有人是把沖洗的要求簡略地提出後，便馬上離開。

當然也有難纏的顧客，跟你爭論著沖洗技術的各種可能，或是抱怨價錢。但是我努力地記取鏡子中清晰的自己，再由這個深刻的印象，投身進任何事情與問題的核心中。不知道為什麼，這樣的步驟讓我更快解決許多事情，所以顧客對我的評價都很良好，也得到不少的稱讚。

然而，在那裡工作了一個多月後，我卻開始在黑夜中的沉睡裡驚醒。有時候只醒過來一次，有時則是整個晚上輾轉難眠，睡了又醒，反覆這折磨人的過程好幾次。

原因沒有別的，那就是我看見了米菲亞。

在工作上軌道的一個多月後，羅傑開始試著讓我沖洗一般的底片。暗房的工作流程，還有沖洗照片應該有的基礎技術我都具備了，所以在特殊案子比較多時，一般顧客要求的照片，就由我來負責。

那天羅傑要去一個攝影師那取底片，所以傍晚打烊後，要我把手邊剩下的普通底片先洗出來，等他回來後，再繼續進行特殊沖洗技巧的教學。

我把鐵門拉上，把外面與顧客接洽的空間燈光關上，便回到工作室中，整理出三捲未沖洗的膠捲底片，進入暗房內，進行工作。前兩捲都是一般的風景照，穿插一些生活照。我一邊沖洗，一邊在黑暗中，認真的看著影像由模糊到清楚的過程。

我會喜歡這個工作，或許跟我的面貌，由工廠到這裡的轉變有關，一樣的由模糊到清晰。但在我身上的發生，與現在可以在一旁從最初到最後地守候著，靜靜地觀看著微妙的向前推，裡面的圖像逐漸呈現出來的一切有些不一樣，這讓我覺得好像可以更接近我這個人更真實，與更深層的什麼。

等到沖洗第三捲底片時，才發現這捲底片似乎沒有拍好，前面好幾張放進藥水浸泡後，都還是灰濛的一片。我把失敗的底片放到一旁，心裡想這顧客花了比一般沖洗店多一倍的價錢，不會就想洗這捲都拍壞的底片吧。

我繼續把剩下的四張底片一一放進藥水中，結果這四張是勉強唯一看得出在拍什麼的最後希望。

黑白照片中，是在一個很多人的空間裡，拍攝的主角是遠方臺上的一個女人。那是個類似發表會的場合，女人站在臺上的左手邊，從拍攝的角度到女人之間，有一堆往前眺望的黑色背影。

我好奇地把已經沖洗好的這四張，夾在旁邊的工作架上時，再一次地仔細看著照片裡，那個拍攝者想要捕捉的模糊女人。因為是黑白照片，所以看不出顏色，只能依照明亮度的差異，來辨識原本的色彩。女人穿著一件全黑緊身的即膝洋裝，肩膀露肩的剪裁，使女人的美好身材展露無疑。

她應該是一個明星，或是模特兒之類的角色，那種巧妙震攝人心的氣勢，一般人絕對不會有。站在臺上的女人光芒四射，我可以感覺到，照片裡的舞臺下方，目光全都集中在她身上。

我把最後一張，應該是鏡頭最努力拉近距離的唯一一張，拿到手上看。那明星有些模糊的輪廓，還有遙遠的五官，都讓我覺得莫名的熟悉。

我把照片抬高，再一次地仔細看著……米菲亞，她是失蹤的米菲亞！

「海敏，本國優秀的女演員之一。

以平面、舞臺模特兒起家，在二十歲那年與一個專拍紀錄片的導演合作，演出了那個導演首部電影，得到空前絕後的成績。除了囊括了所有的女演員獎之外，在國外的影展參展紀錄，也成績非凡。之後陸續演出的電影評價都很好，目前還沒有女演員可以突破她的紀錄，包括以年紀輕輕就得到全部的女演員獎之外，還有就是公認的好演技。是現在國內最紅的女演員。

但是據說因為精神狀態與身體因素，近年來很少出現在螢光幕前。最近有預告她在另個導演的作品擔任主角，這照片應該是在預告電影的記者會上所拍攝的，我想明年初就可以看到電影了。」

羅傑回來後，我們一起坐在工作室裡，我把相片拿給他看。他揉了揉眼睛，很疲憊地接過了相片，漫不經心地看了一眼，卻說出了另一個我完全沒有想到的答案。

「海敏？她是誰？她從小就是模特兒嗎？還是近年竄出頭的？」

我從羅傑手中，幾乎是以搶奪的力氣，把那張照片拿了回來。他看起來很驚訝，臉上寫滿了不解的表情，把原本的疲累給掩蓋了過去。他怔怔地看著我，呈現一種恍惚的狀態。

我想，也有可能是米菲亞的失蹤，就是來了這個國家當起明星，就像很多人都聽過的，哪天在某些地方，就被星探一眼相中，而挖掘出來。

「算是從小吧。海敏大概在十四歲左右，就開始當起許多雜誌的平面模特兒，大概在十七、八歲左右，走上每場服裝秀的舞臺。我有個朋友是服裝設計師，當時的每場秀都請海敏幫她走秀。她跟我說過，海敏是天生的衣架子。

嘿，你要不要喝咖啡？」

羅傑伸手拍拍自己的後腦杓，從位置上站了起來，走到工作臺旁邊的雜物桌，站在那臺前陣子才買，嶄新的美式咖啡機前，開始煮起咖啡。

「那她現在幾歲？」我還是維持一樣的姿勢，把照片緊緊地握在手上，沒有理會他的問話。

她是米菲亞，我現在非常確定那盯了很久的照片影像，與在腦海中的印象相疊在一起，確實是完全吻合的沒錯。

「我記得沒錯的話，應該是二十六、七歲吧。」他的聲音混合到咖啡機所發出的沸騰聲裡，兩種聲音交雜在一起，把空間弄得十分熱鬧。

濃濃的咖啡香從後面飄散到我的身邊。羅傑沒有感覺到我的情緒起伏，悠閒地從雜物桌那邊走過來放下兩杯咖啡，突然又想起什麼似地，轉身回到雜物桌那，從堆置在那裡的雜誌與攝影作品中，抽出一本老舊的時尚雜誌，翻了幾頁，把它放在我的面前。

那是某知名品牌的春季服裝廣告。佔領雜誌跨頁版面的大幅作品，背景是在一座充滿濃霧的石橋上。裡頭的海敏站在照片的正中央，穿著一件紅藍相間，從上漸層到下方的淡色薄紗，棕色的及肩長髮被風吹到後面，看著鏡頭的眼神裡，有些迷濛的性感。

「海敏那時候大概二十歲，要去拍那部電影前，與雜誌社的最後一次合作。我當時還沒有這個工作室，平時便接了些攝影的工作，其中便是參與這個雜誌拍攝一系列春裝的特約攝影。

那是我第一次看見海敏。這個地點後來才聽說是海敏建議去的。就在城市鬧區的南邊，通往最南方的山區附近，有一座古老的石橋。到了那裡，我才發現原來這個城市還有這樣一個地方，把一些古老的想像還有傳說，以及神秘的氣氛全部囊括進去，開展出來的寧靜居然如此廣闊，好像是與這個城市截然不同的另一個世界。

總之我們一群人，凌晨四點多就從雜誌社一起出發，在那裡拍下被濃霧瀰漫的山城與風景。你不說我還忘了，那真是一個拍攝合作以來，非常美好的一次經驗。」羅傑指了指雜誌，拿起桌上的咖啡，喝了一口。

「我們沒有人到過那，去了才知道這個城市居然也有那麼寧靜，如同獨自存在的一個地方。

海敏似乎與那裡融為一體。車子一停，她從車上走下來，我看見她的臉上，浮現了某種了然於心的表情。感覺像是一個人在外地奔波，終於回到家鄉的那種無法言喻的釋放感。

除此之外，她真是一個天生的演員，也可以說是一個天生就會抓準鏡頭的模特兒。我們一擺好攝影機，與她溝通了大致的感覺，她馬上就可以抓得到，不論是表情與肢體，拍了兩捲底片，洗出來的效果都很完美。

現在想起來，絕不是沖洗技術的頂尖表現，或是拍攝手法的異常出色，而是海敏，她有補足缺陷，把美好再提升到另外一個境界的魔力。」

羅傑很讚嘆地吁了一口氣，把手上的咖啡放下，用手指輕輕地撫摸著雜誌中，海敏那張美麗的臉龐。

此時，我的心情不知為什麼地，沒來由地感到一股憤怒。

正確來說，應該是驚訝與不可置信的成分居多，但是雙手卻開始莫名地發顫，手上的照片隨著雙手的抖動起伏著，想要瞬間把它捏皺的力氣不斷地由內心底部湧出。

那樣的憤怒讓我不解，也讓我沒有承受的能力。我盡可能地控制自己外在的模樣，不要讓羅傑察覺。小心翼翼地把照片放回桌上，然後背對著羅傑，調整胸口起伏過大的呼吸，再發抖著拿起桌上的咖啡。

她不是米菲亞。她是一個大米菲亞八歲，卻長得一模一樣的人。

我的憤怒來自於彷若瞬間發現她的光芒，突然照亮了我的眼前。她曾對我提過的期待的聲音，在看見她的身影時，叮噹叮噹地在耳邊響起了好大的聲響，悄悄地把什麼給推起來似地，卻隨即又垮掉散落了一地。

我勉強深吸了一口氣，喝了一口手上的咖啡，沒有加任何東西的咖啡，苦澀與微酸的味覺充滿了嘴巴。加速的心跳又逐漸地恢復平穩。

這樣的機率又有多少？我想過總會有相似的可能性，今天不止米菲亞，每個人都會有遇見跟自己長得相似的人。但眼前這個海敏，除去天生的明星架式，無法靠近的氣勢，還有較成熟的表情與模樣之外，她簡直活脫脫的就是米菲亞。

這是我開始會在黑暗中驚醒過來的第一天。

我在黑暗裡張開眼睛。感覺似乎還身在工作室的暗房中。

那特有的深紅光線混雜著濃稠的暗黑，交雜著所有顧客要求沖洗的各種繁複圖像在眼前，一一從模糊到清楚，慢慢地在黯色中呈現出具體的形狀。

所有複雜的圖像最終都會變成一張臉。

　　那是母親躺在冰涼的殯殮室的檯子上，緊閉著雙眼的模樣；而意識隨著睜開眼睛，逐漸清醒的前一刻，躺在那裡的臉，就會轉變成米菲亞的美麗輪廓。我再次從黯黑的夜裡睜開眼睛，腦海裡依舊停留著米菲亞的臉，在那張臉的後面，響起了唯一那次見面時，清澈無比的下雨聲。

　　我在床上翻轉了一會，還是從床上爬了起來。拉起床邊那扇大窗子的窗簾，外面正下著小雨，細細的雨絲把距離這不遠的路燈光線，框起一個圓形的光圈。

　　我盯著光圈一會，眼前的景物緩慢地往後方深黑色的地方前進，渾沌的睡意又爬進我的腦中。我再度爬上床，躺下來閉上眼睛的同時，把今天看見照片裡的海敏，與心裡的米菲亞放在一塊。

　　再仔細把兩者靠近一點，會發現好像有什麼微弱的啟示正在悄悄萌芽，也或許什麼都沒有。

　　我又掉落進深沉的睡眠中。

第八章　自我：黝黑的本能惡質

在馬斐醫生追悼會結束後的兩個多月，我又接到了一張邀請函。

上面用工整的字體詳述著電影首映會的時間與地點，以迅捷準確的限時快遞送到我的手裡。這是海敏的第十部電影，也是她沉寂兩年後，重新出發的一個起點。

我坐在辦公桌的後方，手指頭來回摸著邀請函雪白色的高級紙張，還有用燙金字體的浮雕文字。字體凹凸的細微觸覺在指尖擴散，我一邊撫摸著，一邊仔細盯著上面的文字看。邀請函做得很高級，樣式相當漂亮，紙張的質感也好的沒話說，但是我的心情卻隨著這張漂亮的印刷品而開始煩悶了起來。

我把邀請函放回桌上。站起身走到辦公桌旁的落地窗前，把深藍色的厚重窗簾拉開，讓外面的陽光照射進來。初冬的季節，早晨從家裡出門，走到後面的停車場時，呼吸進來的空氣都是寒冷的，冰涼的溫度充滿了胸腔。即使有陽光，但在冬季，溫暖中總還是帶著一絲寒氣。我向下望著窗外的街道看，讓流動的人群與車輛不帶感情地由我面前經過。做了幾次深呼吸，又勉強喝了幾口秘書煮得難喝的美式咖啡，再慢慢地把目光移回桌上的邀請函。

海敏在這沉寂的兩年裡，不止對外沒有聯絡，甚至對我這個哥哥也音訊全無。由於她徹底的銷聲匿跡，許多細瑣的狀態與生活，我還必須可笑地翻看著八卦雜誌與報章，才能知道她的下落。

很多消息都把這消失指向她的精神狀態。有人說因為海敏長期服用安眠藥與鎮定劑，所以對藥物產生強烈的依賴，導致精神方面的疾病。也有雜誌指出，海敏將要把全部的演藝事業放到海外的國家，消失匿跡只是她的第一步。

翻看著這些報導，心裡有時會嗤之以鼻，有時一笑置之，但更多時候，我望著上面繪聲繪影地描述她許多生活細節，依此揣測出來的結論，都會動搖內心底對這個親妹妹的了解。

儘管描寫誇大或有些不屬實的地方，但我相信人一旦在生活中逐漸喪失了最初、最原本的信念，其他附屬在旁邊的東西，很容易就會因此瓦解潰堤。

我還記得兩年前，在海敏消失的第一個月時，在我的律師事務所外面，總會聚集大批的媒體記者，一面敲打著玻璃門與窗子，一面大喊著：「海蔚先生、海蔚先生，海敏究竟去哪了？」海敏怎麼消失了？或是我要出去處理案子時，一打開門，記者們便會群起而上，把五顏六色的麥克風堵到我的面前，希望我說出海敏的下落。

有時我會不耐煩的搖頭緘默，有時我會毫不留情地推開麥克風。更多時候，我會一面往停車場走去，一面仰著頭說恕不奉告。

恕不奉告什麼？我其實什麼都不知道啊。比起那些費力去挖掘所有關於海敏消息的記者，我所擁有的訊息更是少的可憐。但我還是在記者多次的詢問下，最喜歡用「**恕不奉告**」這四個字眼來裝腔作勢的回答。

沒有別的，我不想讓別人知道，其實我也與你們相同，是被海敏排拒在外的其中一名。

直到前些日子父親過世，還有馬斐醫生的出現，海敏才終於與我連絡，兩人一起去處理這些事情。她沒有什麼變，一見到她就知道雜誌上寫的消息皆是空穴來風。她沒有精神上的問題，身體狀況也維持的不錯，但是海敏看上去就是有些細微的地方不一樣，眼神與動作上不斷地顯露出這樣微弱的訊號。我默默地接受，盡量維持相同的態度面對她，不只一次把幾乎要脫口而出的驚訝勉強壓制到心底。

她已經輕微地開始轉變了。昔日如同天生明星的氣勢已經從她身上剝落，那驚人亮眼的鮮豔色彩，已經被黯淡的眼神給推擠到不知名的地方。她變得蒼白怯弱，以往的自信也從中透露出不堪一擊的衰竭。

我掩蓋在心裡不時發出的感嘆，同時也對她抱持著相當大的擔憂。但我無法問她，我知道這樣只會使事情變得更糟，更加速她退縮回繼續消失的狀態。

我還清楚記得，海敏當上國家首席模特兒與女演員的發跡過程，那對她的人生而言，簡直是難以言喻的激烈煎熬。我常想，如果再來一次同樣過程，她還是會毅然地選擇這條崎嶇的道路走吧。

海敏剛上國中，而那時我正準備考高中時，她變得非常叛逆。她一直都是一個非常早熟的孩子，我跟她相差兩歲，她在很多時候說的話，早熟到我都沒辦法想像。

我還記得大約我們都還在念國小吧，某一天的午後，我與她趴坐在客廳的沙發上，正看著那時段重播的卡通。家裡靜悄悄的，底下的大理石瓷磚散著一種清冷的氣氛。父親這時在醫院，保母出去買東西，電視裡發出的吵雜聲，恍惚地流竄在家裡的各個角落。

螢幕裡的英雄，又順利地擊敗了每集都出現，怎樣都死不了的惡魔時，我與她發出了無聊且無力的呼聲。

「好無聊喔。」我起身把遙控器摔到桌上，身體癱軟回沙發中。

「對啊，真的超無聊的！所以我一直在想，有沒有什麼可以維持不無聊的遊戲。」海敏坐在我旁邊，聲音輕微地呼應我的話。

「那有沒有想到？」我眼睛一亮，從沙發裡起身，轉頭望著她。

「你真的要聽？」

「要啊，妳趕快說！」

「就是現在我們一起走出家裡，在這條大街上隨便選個人，然後合力殺了他，待在原地等人發現或逃走，那麼我們的人生就會開始截然不同，再也不會無聊了！」她的眼睛閃爍著一絲光芒。

「唔……這樣啊。」我搔搔頭，沒有順應這個話題。

當時在這看似冷卻下來的氣氛當中，我的心跳莫名的加速，突然被這話題中具有的暴力與誘惑性給震攝住，開始設想這事情如果發生，那不是不同的人生，簡直是莫名地開啟了一個地獄之門。

海敏當時綁著兩根辮子，順從地放在肩膀的兩側。朦朧的水氣在她臉上暈開，儘管我當時年紀也很小，但是我還是覺得有種透明的稚氣在她的臉頰上打轉，再加上少女不應該有的冷靜眼神，那樣的衝突放在甜美的臉上，卻不知為什麼的那樣恰到好處。

當她到了國中時，僅有的稚氣卻消失無蹤，取而代之的是她性格中接近毀滅的一面。

那時我也正處在焦慮不安的年紀中。很早就定下目標要當律師的我，每天起床睜開眼睛就是唸書，拼命的把書裡的知識塞進腦袋。讀書對我來說一直都是輕而易舉的事，原因沒有別的，我就是喜歡在規律範圍下可以控制的一切，只要不超出範圍，我都欣然接受。

然而海敏一上了國中，卻與周圍的環境格格不入。剛開始先逃學，再來就是夥同班上的同學，一起在學校裡犯下勒索與群毆的過錯。

剛開始的幾次翹課逃學，父親沒有放在心上，班上的導師打電話來說明情況時，父親嘴裡會說要好好地管教她，實際的行動並沒有改變。他依舊忙碌的在醫院裡上班，偶爾口頭上詢問我們學校裡的情形，要我們好好唸書之類的。我想，彼此親子關係的習慣性疏遠，當必須要大聲訓誡與責備時，反而更是困難。

直到海敏第一次在校外與同學群毆了一個女生，整個情況開始急轉直下。那女生被送進急診室，後來送入加護病房好一陣子。肋骨斷了兩根，面目全非的臉上充滿指甲抓痕；呼吸都是雜音，肺部有傷口，全身的瘀青與傷痕讓她只好當下休學靜養。

在父親還未處理好這件事時，海敏又接連地在學校犯了勒索與恐嚇的過錯。校長與主任某天一起來家中，跟當時是學校家長會主席的父親，面有難色的說可能要開除海敏，才能給其他家長一個交代時，父親才恍然地覺悟事態嚴重，並且已無法彌補。父親給了出事的同學家裡一筆錢，又向學校捐出前所未聞的金額，但也無法阻擋必須要面對的現實：海敏因三大過已滿被勒令退學。

在這段時間裡，她似乎安靜了許多。每天睡到下午才醒，關在房間裡做自己的事，然後晚上的時間偶爾會出去，半夜回來，就這樣過了一陣子。

父親後來也只是溫和地叫海敏反省自己的過失，然後依舊張開雙臂歡迎她待在家裡。我對海敏的態度也如往常，兩人偶爾聊聊當下流行的事物，朋友之間有趣的事情，絕口不提那看似溫順的她，竟會作出如此殘暴的行為。

小時候那件因為無聊而產生的對話，從這裡便逐漸從記憶深處打撈上來。我想起當時小小年紀的她，說出那樣參雜朦朧的暴戾與毀滅的想法，便覺得海敏在那個時候，已經有不知不覺地為自己開啟地獄之門的念頭。

我不知道父親是怎麼想的，而我當時在驚駭之餘，曾經有想過是否要好好與她談談，但是一看見面前的海敏，所有的話就從嘴裡吞了回去。

海敏看起來很悲傷。那種往日冷靜到近似殘酷的眼神，已經退縮了其中的猛烈，轉而成為某種像是困頓的小獸的眼神，安靜地伺伏在平靜臉孔的後方。我明白她很徬徨，不知道自己可以往哪裡走去，也不知道她自己與我和父親之間的連結，是不是哪裡出了差錯。我很想跟她說不要緊，青春期的躁動不安原本就是如此，只要好好冷靜下來，一切都會沒事的，但我終究沒有說出口。海敏做出這一切脫軌的行為，並不是單純的只想引起我或父親的注意，也不是對這個世界還有什麼話要說。

她的惶恐不是來自我們，也不是外在環境，是她不曉得該把自己擺在哪裡。班上、同學之間、學校、家庭都是，那樣的格格不入她簡直無法想像，她害怕的終究是自己，那裡面有著深淵般黑暗內心的自己。

直到她十四歲那年，自己報名參加了一個甄選模特兒的活動，意外地打敗了所有參賽者，跟當時最有名的經紀公司簽約，成了一名專業的模特兒，命運才從此改變成她期待的模樣。

之後的海敏就非常忙碌，在家裡的時間也變得非常少，跟著經紀人到處跑，參加了很多訓練，從平面走到伸展臺，再從服裝秀場走上演員之路。

在她二十歲那年，決定參加一個新銳導演的電影演出前，她跑來找我。

我記得那時我正在大學學校裡期末考，她站在教室門外的一公尺距離，穿著一身黑與戴著一副比她臉大上一倍的墨鏡，安靜的等著裡面的我。我後來是被同學之間的騷動驚擾，才看見站在不遠處的她。

同學們驚呼連連，耳語著這不是現在最紅的名模嗎？她為什麼出現在這？我從人群竄動的身影中瞧見了她，湧上心頭的感覺雖然參雜著驕傲，與一些不應有的虛榮，但更多是感嘆，打從心底深深的感嘆。

海敏真的不一樣了。

我看見被人群包圍的她，散發出我未曾看過，一種閃耀無比，卻又極度內斂的光芒時，心裡的感覺真的很感慨。那是一個真正站在頂端的人，才會擁有的氣質；與一些如同孔雀開屏般，到處炫耀著自己身上炫麗羽毛的小模特兒根本完全不同。但是，誰又能知道海敏是如何從地獄之門登上這個頂端的？就連我一路看過來，也無法真正了解。

「哥，我有話要跟你說！」

我一走近海敏，她馬上拉著我，口氣裡有著異常的急迫。我點點頭，背著書包跟著她離開學校。我們來到了學校附近的一家咖啡館。她坐下來後，點了一杯黑咖啡，便把墨鏡從臉上摘著下來。

她瘦了一圈，雖然當模特兒的她從沒有胖過，但是這樣的瘦是接近病態的，以及短時間內消瘦的疲憊都清楚地寫在她的臉上。我訝異地望著她的臉瞧，海敏沒有看我，她心事重重的把眼神投向落地窗外。

店裡沒有什麼人，吧臺距離座位很遠，裡面的老闆正沉默的看著桌上的書。裡面放著小聲的古典音樂，燈光暗暗的，落地窗曬進午後的陽光。

「我前陣子第一次決定接了部電影，飾演關於一個面臨痛失親人，而且沒有未來的女人一生。我的經紀公司對於我的決定很不滿意，他們說如果我一意孤行，決心還沒準備好便要跨界到演員那去，便要毫不留情地在所有媒體前封殺我，讓我回不去模特兒圈中。」

海敏抬起頭，用著我沒見過的堅毅眼神望著我。

「你有好好考慮過了嗎？」我說。

海敏把眼神從我臉上移開，沒有回答問題。兩人沉默了一會，落地窗外的陽光好刺眼。考完期末考就要放暑假了，暑假應該會與同學出國玩上一個月吧……我現在思考的是這樣簡單的問題，但海敏已經直接進入人生下一個階段了。

等到咖啡送來，她回過神，一口氣喝掉剛送來的咖啡。

「哥，你知道我是如何從這行中生存下來的嗎？」海敏皺了皺眉，低下頭，從大衣口袋中掏出菸盒，點上一根。細密的煙霧迷繞下，我發覺眼前的妹妹好像成熟到我幾乎都不認得了。

我對著她搖搖頭，恍惚地發覺時間過的真快。

「這行的競爭非常激烈。所以媒體都說我是模特兒界中的奇蹟，或是驚喜之類的，但是背後的代價卻超乎所有人的想像。

當時我在第一次模特兒大賽裡競爭，裡面有多少女生美得像是洋娃娃一般，大眼睛挺鼻子長腿……我站在裡面都不自覺的自卑了起來。其中有一個比賽項目是情境模擬，也就是依照主辦單位的要求與設定，每個人在那主題是未來世界的空間中，依著那個設計，全身的肢體語言就要符合那個情境。

我是在這個項目脫穎而出的。其他不管穿泳裝或是走臺步分數都很普通，連基本的長相甜美與身材姣好的分數也一樣平凡。

但在那個項目，評審們終於看見了我，說我有靈魂，有隨著環境變色的能力，在空間裡就是會散發出其他人沒有的亮眼與質感，所以預測我將會成為詮釋所有服裝設計師的最佳代言人。也因為這樣，我從激烈的比賽中拔得頭銜，並且在擔任平面模特兒一陣子，順勢與許多服裝設計師合作，走上伸展臺。」

「這樣在別人眼裡還是算幸運吧？畢竟妳就是注定走上這條路的料啊！」我看見她身上散發出的光芒，那樣內斂又耀眼，閃爍著獨特的氣質，我不相信其他人經過訓練，也會溢散出相同的光采。

海敏瞪了我一眼。「那都是我自己努力來的。我知道自己先天條件比不過很多人，當然在一般人眼中我很出色，但這就是所謂一山還有一山高啊！一定有比我更漂亮、更美麗的女孩，站在我的前面或後面等著時機竄出頭來，所以我能做的，就是維持自己無法取代的那部分。

我在每一次的拍攝時，都花許多時間進入那個情境中，即使是很小的雜誌封面，或是很簡單的春裝單元，我都要求自己到嚴刻的地步，在臉上與身體上聚集內在所有的注意力，長久下來，我覺得已經有點精神耗弱的傾向了。」海敏聳聳肩，語氣輕鬆地說著聽似嚴重的話。

是這樣啊！我真的想像不到。我自己沒有這方面的困擾，或許這就是所謂的才能吧。

在求學的過程中，班上總會有一些人也是名列前矛，他們都戴著厚重的眼鏡，個性嚴肅，在上課與考試時好像傾了全力般的盡力，沒有一刻是放鬆的。現下流行的話題與東西他們都不知道，只為了好成績就好像已經少了半條命。

反觀自己，優遊自在地唸書與休閒，也可以輕易地考取前三名的優秀成績，雖然達到的高度相同，但這就是天賦與後天努力的不一樣吧。我以為只有內在的才能是如此，沒想到印象裡，只有外在競爭的模特兒圈也有所謂的天賦與後天的不同。

我把咖啡拿起來喝了一口，坐在對面的海敏對我露出虛弱的微笑，我想起她小時候綁兩根辮子的可愛模樣。

她又點起了一根菸，我跟她要了一根，兩人沉默地抽著自己的菸。背後小聲的古典音樂依舊細細地在空間裡順暢的流動。

「關於一開始說的接下電影的演出，我考慮了很久，我想我自己在捉住瞬間內在感覺的能力，已經非常熟練，接下來的挑戰可能就是當演員吧。

哥，我今天找你出來只是想跟你聊聊。我的經紀人為了這件事跟我爭執許久，經紀公司也準備開出封殺令，所有合作過的服裝設計師，當他們知道我有可能踏上演員之途，我好像背叛他們似的連署在今年的服裝秀一起隔離我。

看起來似乎除了把電影演好，已經有走投無路的危機了。」

「可以讓情況不要那麼極端嗎？感覺好可怕啊！」我把菸捻熄，認真地看著海敏。

她說這話的表情並不難過，也沒有她說的走投無路的危機感；相反的，我在她臉上看見一種微妙的自信，淺淺的笑容弧度浮現在嘴巴的周圍。

「我有自信可以把電影演好，而且一定可以做到比導演期望的還要高。但這不是重點，重點是，我喜歡挑戰，我喜歡好像要爆裂周圍與自身的什麼，以絕對的激烈換來的結果，我非常喜歡這種感覺。

這跟我當時會在國中，把同學打傷，還有鬧了層出不窮，傷腦筋的事情有關啊！」

「說到這個，我現在還很疑惑你當時怎麼會如此殘暴？消息傳回家裡，我都嚇傻了，感覺你好像不是我認識的小妹一樣！」

一聽見我這麼說，海敏就笑了。天真的笑容在她臉上綻開，雖然討論的話題根本不美好，但是她那單純的笑容又非常符合她一貫冷冽的眼神，這可能就是我所不知道的她的另一面吧。

「那個女生坐在我的隔壁，其實我們的交情還不錯。當時我會把她打的這麼慘，只是因為她說了『海敏還不就是空有外表罷了！』

我從別人口中聽到非常生氣，但是也沒有想要把事情鬧得那麼難堪。我想，當時唯一的動機就是我知道我只要把她打傷，那是當時僅有可以施力的點，生活與事情就會變化，一層不變的學校日子就會蒙上我想像不到的陰暗色彩，光想到這樣就足以讓我興奮地動手了。

其實我只是藉著欺負她來改變罷了，說穿了，我只想改變沉悶的日子，想要挑戰看不見的危機，所以，我喜歡待在模特兒圈裡，我喜歡永遠處在需要挑戰的感覺中。」

我又想起了小時候那件往事。

她在當時小小年紀，就已經透露出這樣毀滅的性格，為達到挑戰的感覺，不惜一切後果。她會決心走上演員之途，撇掉過往模特兒圈中的經歷也是可想而知。搞不好全部的人封殺她，徹底達到那種決裂的境界，她反而更是衝勁十足。

只不過，我不曉得這樣極端的個性，會不會真的就成為她生命的色彩？或許待在一個永遠需要競爭的圈子中，對她而言是適合的。

在這個時候，我似乎已經瞧見了海敏一生注定紛擾的未來。

落地窗外的天色黯淡了下來，我們付了帳，一起走出咖啡館。我轉身回到學校，她去找那個導演。然後接下來我考完期末考，放了長長的暑假，升上了大學三年級。在這段時間中，除了重要的節日之外，很少看見海敏。她回家也是吃個飯，大約說了一些生活近況，又消失無蹤。

後來，海敏拍攝將近一年時間的電影，演出的結果出乎意料的成功，海敏得到了國內外所有的女演員獎項，又踏進了另外一個演藝領域的高峰。這樣的高峰持續了將近十年。只要是海敏主演的電影都有極好的評價與票房，國際裡知名導演爭相跟她合作，也成為國際中最紅的女演員。

直到前兩年的消失匿跡，海敏似乎在走慣的挑戰裡，慢慢地喪失了那股猛烈的力氣，逐漸開始流失了與眾不同的自信。我想，就像走鋼索的人，再怎麼輕巧流利，也會有失誤的時候，也會有摔下來的一天。只不過，我不曉得以海敏的個性，會如何重新爬回鋼索的頂端。

我照著邀請卡上的時間，排開了所有工作上的事，準時地出席了電影首映會。

那天的天氣瀰漫著冬天的氣味。氣象報告著從東南部北上的寒流，已經使四周的溫度驟降，連綿的細雨不斷。打開窗子，一股寒冷的空氣便吹到臉上，外面的街道因著昏暗的天色，滲透著蕭條的氣氛。

我穿上從衣櫃裡找出的厚重大衣，戴著深咖啡色的皮質手套，把車子從家裡後方的停車場中開出，開往城市裡的國際大型會議廳。

進場時，我看見裡面已有大批的媒體記者集中在前方，爭先恐後地問著臺上的人。前方的舞臺空出場地，放了一張木質的大桌子，擺了麥克風與幾個水杯，後面的紅色布簾緊閉，襯著閃光燈與昏黃的舞臺燈，流洩著妖媚的氣氛。

我走進會場，坐到後面一排排橫列上去，其中的一個位置。坐定位後，看見下方的舞臺中央坐著海敏，旁邊的位置上坐著幾個西裝筆挺的男人。一盞盞刺眼的閃光燈，不斷地閃耀在她面帶微笑的臉上，追逐著她的一舉一動。笑容與印象裡的雜誌還有電影中的一樣，揚起的弧度有著抓住人心與眼光的閃爍光芒。

我不禁倒吸了一口氣。她又變了，徹徹底底地轉變了。

前陣子在馬斐醫生那裡見到的她，那種已經耗竭內在的疲憊不堪，明星風采逐漸消褪的痕跡，現在完全見不到了。我彷彿看見當時二十歲，閃耀著內斂光芒的年輕海敏，重新站在舞臺上。

我揉揉眼睛，覺得時間順序好像被搗亂了般，非常不可思議。

「海敏小姐，請問您這兩年都去哪了？影迷們都很期待您的出現啊！」

「我在國外的一座小島修養。人都需要充電，我也不例外。」

「海敏，海敏，有消息指出，你的重心將轉移至國外發展，請問是真的嗎？」

「沒有的事。我一直都把重心放這，這裡有我的家人與朋友，短期內沒有這樣的考慮。」

臺下的記者發出了很多這兩年來的報導消息問她，臺上的海敏始終面帶微笑地回答。她穿著一襲全黑的洋裝，自信的挺直身體，精神與樣子都神采奕奕，耀眼動人。記者後方聚集了一大群她的影迷，每當海敏回答了什麼，他們都熱烈地拍手叫好，場面激動熱鬧。

我坐在後方的座位，波動的情緒一直無法穩定下來。沒有人發現她改變了，雖然依舊光采奪目，但是只有我看見海敏的變化。

其他人是瞎了嗎？我在心裡發出一連串的驚嘆與疑惑。

等到記者發問完，臺上的導演與相關人士致了詞，四個工作人員由後面走出，把長形的木質桌子撤掉後，紅色的布幕漸漸拉起，後方的投影機開始播映這一部電影。我耐著性子看了前面的三分之一，便在黑暗中起身，默默地離開了首映會場。

會場外面的街道上亮起了路燈。雖然接近傍晚的時間，但從黑漆漆的會場走出，我還是覺得刺眼。走到對面的停車場取車，沒有回公司，也不打算再去任何地方，腦中只有一個急迫的念頭：直接把車子駛向回家的方向。

這是妻子離開以後，我第一次沒有流連外面的酒館或咖啡館之類的地方，也不想回公司察看手上的案子。手裡緊握著方向盤，試圖讓車子擠進下班的車流中。類似疲倦的感覺從心裡浮現，但我明白這不是疲勞，而是從一進到首映會場，積壓過久的情緒所引發的倦怠。

我隱約覺得事情不對勁。

不好的預感從接到那張高級的邀請函後，就在心裡隱約地佔了片陰影，直到前幾個小時見到海敏的第一眼，那樣不祥的模糊感覺才真正清晰。

回到家後，把家裡的燈打開，連衣服都沒換的直接走到屋子最底的儲藏室。

這間儲藏室約有三坪大，靠著右邊牆壁的是從天花板延伸下來，與整個空間平行的一個大櫃子，裡面依照著東西項目分層擺放。而左邊的空間則是堆放了一個我前幾年買來，擺在客廳角落有一陣子的健身器材。這健身器材的功能發揮不到一年，我就放棄使用這反效果，讓身體更累的大型累贅，與妻子一起把它搬來堆在這。器材上原本嶄新發亮的銀灰色金屬光澤，已經結了些密實的蜘蛛網。

我站在一整個房間的雜物前低頭思考著，沒有多久便想起確定的位置，蹲下身子，把櫃子最底下的一箱紙箱拖了出來。

深藍色的硬殼紙箱，手掌碰到的觸覺，帶著些灰塵的不潔感。我拍拍雙手，又用手胡亂地抹了抹紙箱表面，盯著封好的箱子看了一會，才把箱子抱起身，走到客廳中，把箱子堆在那三箱銀色的行李箱旁邊，再站起身走到廚房裡煮咖啡。

耳裡聽著波嘍波嘍的沸騰聲，四周安靜得出奇，咖啡的香味與熱氣舒緩了些許情緒。我不加糖與鮮奶地直接把咖啡喝掉，苦澀的味道淹滿了喉頭深處，再從舌頭的底端溢散開來。苦澀與略酸的味道提振了我的精神，我站在窗邊深深地吸了一大口空氣，轉身回到客廳，那箱封底的箱子前。

我動手把粘緊在箱子四周的膠帶扯開，打開箱子，裡面整齊地放了許多照相本。一式雪白的照相本封面角落，寫明了日期與地點，還有裡面紀錄的內容活動。我看見最上層的第一本相本後，心跳便漸漸加快，手裡翻找的速度也隨著心跳而加速動作，終於在最底下的倒數第三本，看見了我要找的相本。

『海敏十四歲的生日派對』

我顫抖著把它從箱子裡取出，放在手中。

沉甸甸的紮實重量集中在手心裡，封面的雪白已經有些泛黃，斑駁的歲月痕跡滿佈在相本上。還沒翻開前，腦子裡便已經瘋狂地搜尋著關於那天的回憶。海敏十四歲，國中二年級。

海敏是在秋末冬初的季節出生的，所以每當天氣轉冷的時候，她便會興奮地對著父親與我，或者升上國中前還在家裡照顧我們的保母，大聲地宣告她的生日倒數時間，還有她想要一個什麼樣的派對。

我記得有兩次生日是父親帶我們出國去玩，一次請來附近鄰居來家裡歡度，更多時候則是海敏請來自己的朋友與同學，一塊在家裡開生日派對。

海敏在國二的那年秋初，她跟父親說已經約好了同學來家裡，所以只要佈置好需要的東西即可。父親在當天因為公事無法在家陪她，便大手筆的請來城市裡最好的三名廚師，花了幾天的時間預備食物，在家裡的大廚房裡一字排開，讓前來的客人可以即刻點餐，即刻吃到最熱騰騰的食物。

海敏一大早便把自己打扮地跟公主一樣，坐在客廳的沙發中等待。我起床也趕緊把功課做完，穿上最正式的服裝，把玩著那時剛剛萌芽的興趣，也是段考考好，父親給我的獎勵：一臺單眼相機。我揹著相機，坐在海敏旁邊，陪著她一起等待。

時間一分一秒過去。客廳裡的電話先後響起。原本會大聲嚷嚷，跑向前搶接電話的海敏，在第三通電話響起與接完後，便滿臉不高興地陷在沙發裡，閉上眼睛，電話怎麼響都不再理會。我後來開始幫她接電話，都是那天應該要出席的同學，不是說家裡有事，要不然支支吾吾地說著奇怪的藉口，還有幾通接起來又掛掉的電話。

我馬上明白發生了什麼事了。海敏這時已經被退學在家好幾個月，我想那些同學都想避開她，要不然就是家人聽見海敏的名字，被那壞名聲給嚇得不敢讓自己的孩子出席。我知道她一定很難過，想要逗她開心，於是拿著單眼相機拼命地對著她照，對著廚師亂點一些奇異的料理，強迫她離開沙發，跟我坐在充滿汽球與彩帶的飯廳裡吃。

直到傍晚，沉寂許久的大門電鈴終於響了。

海敏當時已經興致缺缺地換下衣服，坐在客廳裡看電視。廚師們也走了，留下許多吃不完的東西堆在餐廳的桌上。當尖銳的電鈴響起，我從沙發中躍起，拿起單眼相機，抓了旁邊的海敏跑到門前，一邊催促著她開門，一邊準備按下快門。

我把相本打開，裡面的第一張是海敏換好衣服，像個小公主般地對著鏡頭微笑。第二張、第三張都是。未褪稚氣的臉蛋帶著興奮的情緒，雙手略拘謹地擺在膝蓋上，微笑的弧度已有些現在在雜誌上隨處可見，精緻且一定吸引目光的迷人模樣。

接下來的照片是開始雜亂無章的紀錄當天情況：從窗子射進的金黃色陽光灑在花色複雜的阿拉伯地毯上、三位廚師分別低頭整理著一包包食物配料，他們的髮絲浸染在金色陽光之中的光輝、特寫廚師的手心裡，揉著深黃色咖哩與翠綠色的孜然香料、餐廳中早已佈置好的繽紛奪目的彩帶與汽球、背對鏡頭的海敏低著頭講電話、以及許多張後來我們對廚師亂點，所製作出來的各種食物特寫……相片照著當天時間的順序排列，從每張相片主題與光影變化，便可以馬上回想起那一整天，我們一起被莫名的期待綁縛在家中，滿溢的興奮逐漸流失了其中的色澤，直到最後的失落。

我一邊翻著，一邊在腦海裡瘋狂地把當天的過程依著相片，重新由心裡深處打撈起來。右手的手指夾到了相本的最後一頁，我揉揉眼睛，混濁地吸了一口氣，翻開。

電鈴響起，我們站在玄關，海敏秉住呼吸，把大門打開。

外面站了兩個人。其中一個穿著卡其色工作服，上面沾了些許的白色麵粉印漬，滿臉笑容，手裡捧著一個插上「14」數字的蠟燭蛋糕。另外一個人穿著學校制服，拄著枴杖，右臉頰的顴骨旁邊，還貼著一塊面積頗大的紗布。

一個是父親早就訂好，糕點店的工作人員準時傍晚送來16吋的生日蛋糕。另一個人，則是意想不到會出現，被海敏打傷的同學。

當我終於會意過來這兩個奇妙的組合，同時間巧合地一起出現在門口時，已經來不及了。還不知情的我退後幾步，快門對準他們三人按下的同時，從相機的觀景格中，看見海敏面無表情，但是動作俐落的伸手接過蛋糕，毫不考慮地用力砸在那位同學的臉上。

相片裡紀錄的是已經發生的那一瞬間：糕點店的工作人員瞪大眼睛，不可置信地直視著海敏。女同學則是狼狽的一臉白色奶油，胸口前的白色制服襯衫，也全都是白花花的蛋糕殘骸，正滴落下細碎的糊體碎片。相片裡的海敏已經砸出蛋糕縮回雙手，抱在胸前，眼睛透露出一種事不關己的冷漠神色。

海敏當時的眼神像電流一樣，一觸及便竄流全身地令人印象深刻。彷彿在瞬間冰封了這個人的所有善意，而讓內心底原本就存在，屬於本能上的最劣惡質物，一下子全湧現出來。

儘管沒有表情，儘管時間在那刻霎時凍結，我還是看見了屬於我親生的妹妹，毫不猶豫地展現了這世界上大部分的人，一輩子都觸摸不到，自我最深層的邪惡本質。

我把相本闔上，放到前面的茶几，虛弱地躺在沙發中。閉上眼睛，那彷若在黑暗中仍獨自發著亮光的眼神，穿透了幽遠的時光阻絕，如玻璃中折射的崎嶇光影，在我閉緊的雙眼面前幽忽地晃蕩。

今天，在電影首映會場裡，隔著一整排往前延伸的座位，距離遙遠地看見了海敏，也同樣散發出十幾年前，那令人心頭為之一凜，害怕到顫抖的本能惡質。

第九章　彼端：揭開惡之島

世界上有各式各樣的城市與國家，就會有各式各樣的圖書館。

如果說咖啡館像是一個城市的肚臍眼，那麼圖書館便是城市的手指頭，十指，不多不少。可以晃動手指，輕易地開啟某一扇門，進入城市過去的任何一個時光點；也可以輕輕折彎指頭上的關節，打開如預言般的小說與傳記，裡面寫盡了城市裡無數的想像與繁衍。

當然，如果十指並用，便可掀開並且碰觸到這個世界上的任何一個地方。

來到這國家的第三個月後，我問了羅傑這裡的圖書館在哪。他說要坐上半小時固定繞到前面街角的公車，在車子行駛到的最後一站，便是這個城市裡唯一的圖書館。

「圖書館應該都要位在城市的重要位置吧？要不就是在中心的附近啊！你說的位置好像很偏遠。」

「是啊，那裡離鬧區真的頗遠的。

我想可能是因為這個島國的年份不長，能夠讓人緬懷的記載與實質存在的理由不多，才會把圖書館擺到偏僻的位置。說不定只是想讓人沉迷於眼前的繁榮，而盡量忽略城市歷史的貧乏吧。」羅傑停下手邊正在整理照片的工作，抬起頭望著我。

他的聲音平板，腦子應該還停在手上的照片中。很簡略地望著我回答問題，又低下頭去。

我向羅傑請了下半天的假，準備去圖書館瞧瞧。

會想去這城市的圖書館的原因很簡單；除了以前習慣在家鄉的圖書館裡活動之外，還有就是想知道這個分裂飄遠的島國，會用什麼方式，去記載下這兩個原本緊密連結的一體，某天居然從此分裂的真實過往。

上公車後，我坐到公車的最後面長條座位，沉默地望著窗戶外，不斷流穿過去的街景與道路。車上的人很少，前方有對情侶，距離我大約有三個位置。他們沒有對談，從後方看過去只是安靜地坐著。在前面單人座位上，稀疏地分散著一些年紀較大的婦人，還有一個穿著時髦的年輕人。整體氣氛拘謹，但隨著顛簸的車子前進，仍有種午後的悠閒輕鬆。

我來這裡已經有三個月了。這段時間仍舊還是感覺得到這城市旺盛的生命力，大家集中美好想望的驅動力量，使得不管多灰暗的天色與氣候，都能使這裡仍細微地吐納出活躍的生命能量。

但是，那只是城市的大部分樣貌。我每次從鬧區坐公車回家，越靠近這城市南方的地段，還有望見那座不知名的小山，心臟就莫名其妙地被糾緊著，站立的平坦地面似乎露出了一條裂縫。

等到到達公車站的最後一站，也就是圖書館的所在地時，車上已空無一人。只有準備下車的我，以及才下午就呵欠連連的司機。

「唔，已經好久沒有人陪我坐到最後一站了！」我投下硬幣時，年紀頗大的司機突然在一個呵欠後，開口對我說話。

「所以很少人來圖書館嘍？」

「是啊，根本沒有人想來這裡吧。很荒涼的地方啊！我想晚上來這裡心裡會發毛吧。」司機搖搖頭，對我招招手。我下了車，公車便往左邊方向轉彎，緩慢地開進了旁邊大門敞開的總站裡。

我站在原地往四周觀察了一下。

當公車由城市的中心往南邊移近時，街道兩旁的房子從高聳的大樓與大廈，逐漸轉為低矮的平房或公寓。然而經過我居住的地方再往右邊轉去，從平坦寬闊的道路駛去，更南邊則開始沒有了房子的蹤跡，剩下的只有兩旁茂盛的雜草與大樹。

現在在我眼前是一個廣闊的平原，除了旁邊簡陋的公車總站之外，在總站的右邊則僅有一棟如十七世紀巴洛克的建築物，很孤單地高聳豎立在草原的中間。而在這棟建築物的後面，則是一長條綿延朦朧的高山。

這個圖書館遠比我想像的還要壯觀。

我慢慢地移動腳步靠近它，心裡不禁發出讚嘆。我知道巴洛克建築原本看起來就像一尊大型雕塑，但在天色不明朗的視線中，更像一個雄偉的巨人一般，高傲地站在我的面前。

所謂巴洛克建築是把文藝復興時期的建築畫成平面，其共同特點是利用正方形、圓形和十字形來做變化。而它的典型特徵是橢圓形、橄欖形以及從複雜的幾何圖形中變化而來，成為更複雜的圖形。

在我面前的這棟圖書館，則用了複雜的幾何圖形，結構奇特但卻協調的外觀。挑高許多的兩層樓相疊，除了突出的八根石雕圓柱之外，更在大門四周放上了石雕的小型宗教雕像。

我站在這棟建築物面前看了很久，深深覺得這真是一件了不起的藝術品。或許在這荒涼的草原中不應該出現這樣精緻複雜的東西，所以居民才會覺得詭異而不敢靠近吧。

我想起了前幾個月，從船上下來，第一次踏上這個國家的感覺。這國家有用心地規劃城市裡所有房子排列順序的深刻印象，似乎成了這裡的鮮明概括。一切都井然有序地被放置在應該與正確的位置上，嚴謹且認真地在建設上做足了往前邁進的努力。

但為什麼把這樣一棟漂亮的圖書館擺在這呢？我的心裡產生了很大的疑惑。如果把它擺在市中心，應該可以增添整個城市的氣勢，而它的壯觀也遠遠超越了市中心的中央政府啊！

我無法理解。再往前走近灰白色的石雕大門，上面鑲了一塊透明的壓克力版，用黑色的字體寫明了圖書館開放的時間。再過兩小時圖書館就會休息，而每個星期一公休，開放與休息時間與其他的圖書館一樣。

我走進明亮的圖書館裡。裡面的壯闊又讓我再度驚嘆。

裡面很高，挑高的上下間距遠遠大於寬度，延伸的圓形空間旁，皆鑲進了一扇扇的拱窗。窗戶很乾淨，透明的玻璃上反射出外面昏暗的景色。

從大門直直走進，中間空出了一條走道，底部是一扇關閉，看起來厚實的深棕色木頭門；而走道的兩邊，便可以看見與天花板還有木質地板相連接，一層又一層，且往兩邊延伸的書櫃。書櫃與大門之間的距離，則是擺了一張長方形，如底部厚重的木質門般一樣色澤的桌子，發散出溫暖的氣氛。

頭頂上距離遙遠的古典懸燈，把昏黃色的光線照射在書櫃上，反映出一種奇異又深層的光芒。

好安靜啊！除了我呼吸的聲音之外，外面其他的雜音都被抽空，清冷的空氣裡，有種來到了一個被隔絕的世界之中。我下意識地放輕腳步，走進龐大的書櫃之中，開始依照每個書櫃上，貼著裡面藏書的分類，認真地找起我想要的書。

這裡的藏書量很大，每種文體與各種資料幾乎全部具備，作者與國家的分類也很清楚。在歷史與地理的分類中，我從最上頭的書櫃找起，前三排是世界其他國家的歷史記載，有穿插幾本介紹風土民情的書，但大部分是連名稱上看起來就不怎麼有趣，可以歸類為教科書或參考書之類的書籍。

我把書櫃瀏覽了一遍，只有幾本記載這國家的整體介紹。翻開則是由工整精密的地圖作首頁，接下來的文字敍述就如一般的地理介紹，很平板地說明面積大小還有居民與氣候。後來，在最底層的櫃子中，終於看見了幾本有關家鄉島國的書籍，但也很平常地說明了一樣的平板內容，沒有我想像中，有可能會透露出的分裂過往。

我耐著性子，把那一區塊的書籍皆取出來，輕輕地放在地板上。其中一本名為《**惡之島**》的書，很新穎的封面，用著大面積的鮮紅色當作底色基調，中間放著一塊沉著的黑灰色島嶼圖形，不協調地隱身在老舊泛黃的書籍中。

我好奇地拿起來翻開，大略瀏覽了一下。裡面的文體非常奇怪。雖然一起被擺在歷史與地理這樣刻版的書櫃裡，但是裡面卻用了好像是報導文學，也有些像是散文小說之類的敍述，很詭異地共同結構這本書的內容。

我把其他的書放回原來的位置，拿起來這本《**惡之島**》，走到書櫃外頭，準備在那張木質桌上閱讀。

「咦，你拿了什麼書看？」

我聽見聲音嚇了一跳。原本已搭上椅子的右手，像被雷電觸到般顫抖了一下。是個低沉女人的聲音，從桌子的後方傳出。

「啊，不好意思，我好像嚇到你了。」

我轉過身，看見在桌子的左側前方，站了一個滿臉笑意的女人。她側身指了指後面的桌子，我才明白她是圖書館的管理員，而是我忽略了擺在大門旁邊，一張小小的，專門辦理借書與還書的桌子。

女人從後面走到我的身邊，低下頭來看著我手上的書。她大約三十出頭，身材中等，很溫婉的長相，甜甜的笑容配了一雙有神明亮的眼睛，幹練的動作與模樣讓人感到專業。

她在嘴裡默念著書名，微笑地抬起頭看著我。

不知道為什麼，她好像因為走近才突然看清我的長相一樣，臉上閃過一絲剛剛沒有出現的神情。有些詫異，或者說是驚訝，很迅速地從她維持微笑的表情中傾倒出，又急忙縮了回去。

「噯，這本書算是近期出版的。出版社相當知名，都是出版些文學類的作品，也獨樹一幟地喜歡出版無神論的書籍。作者的名字與背景頗神秘，好像也是用筆名出書的。我翻過這本書，對與這裡原本連結在一起的惡之島，有詳細且特異的描述。」

她掩藏了瞬間的情緒，看似費了些力氣維持著平穩的口氣。因為陌生，我不敢向她詢問她那突然的情緒。我在短時間內盡量釋出最大的善意，微笑地向她點點頭，說自己想要在這裡看這本書，她點點頭，轉身回到工作桌那。

我翻開書的第一頁。

書的前頭有幾張空白紙張，沒有序也沒有前言，作者用了聖經故事裡，著名的天使之戰作為開端，慢慢地逐漸拼湊出他自己眼中詮釋的惡之島。

我大略地翻了一下，便放鬆心情，鑽進書裡去。

『

一個人決心要離開自己的家鄉是很困難的。

那意味著必須切斷長久以來日常中的聯繫，冷漠地對待自己天性的需求，並且把熟悉的一切從生命裡隔絕。

老套的說法是沒有根的浮萍，但我卻覺得更像是被迫拔除了奔跑天性的野獸。

我的家鄉，這個惡之島的歷史與地理位置據說無法考察。

有文獻說明，這個島在近世紀以來，因某次強大的造山運動，海底陸塊的劇烈推擠所形成的；也有資料顯示，這個島國在好幾世紀前就已經存在，卻卑微地恍若處在世界邊境般的隱約模糊。沒有人摸得透它確切的位置，也沒有辦法從高空中偵測到它的明朗經緯。

從費力查詢許多地理資料所得到的結果，島國大致的位置，是位於地中海中部的小島國。

也有地理書籍說明，這個島國，極有可能是位於北部離義大利西西里島僅95公里，南部距北非突尼西亞海岸約288公里的馬爾他群島的其中一個。馬爾他群島是由3個有人居住的島嶼與另外2個無人島組成：主島馬爾他島，戈佐島，科米諾島，以及無人島菲弗拉島和聖保羅島。

但是沒有書籍可以證明是其中的哪個島；也沒有人確定，這個島是否真的就是夾處在這些群島的中間。

但是以我曾經以它為家鄉的背景，來做概略的解釋，也只知道惡之島是處在兩個大島國的地帶中間，隔著反差極大的海洋與世界。其他再詳盡一些的地理線索，就超出我的能力範圍所及。

在地理位置上，位於惡之島東邊的國家，是靠著海運出境內大量的金屬礦產聞名，近年又因挖掘到豐富的石油原料，成為經濟強盛，可謂上天厚愛的海島國家。島上的文化與發展皆達到已開發國家的標準。

而惡之島西邊的國家，則是境內滿佈砂礫灰塵的貧窮小國。貧瘠的土地醞釀不出任何可供外銷或生存的任何資產。全境沒有高山也沒有河流，地理特徵為一系列的低矮山丘與梯形坡地；群島本身為石灰岩地質，呈現出喀斯特地貌。陸地坡度平緩，海岸卻崎嶇高聳。島內居民只能微薄地靠著僅有的少數土壤，種植出自給自足的稻田與農作物維生。

強盛與衰敗的兩邊各自為政，互不干擾也從未有過聯繫。

惡之島模糊的身世，與天生就處在差別巨大的兩島國中間，使得地理學家也無法清楚分析的經緯度地帶。我卻在地理書籍的殘篇斷簡中，意外地聽見了關於這個眾說紛紜，為何無法確定惡之島位置的怪誕原因。

就在大約六年前，如同刻版印象裡的奇遇一樣，我在一家隱密的地下書店角落裡，發現了一本二十年前出版，名為《成為世界背景的邊境之國》的書。這是我第一次走下來這家地下室書店，而這本書夾在眾多的堆積中，對我閃著隱晦卻又耀眼的光芒。

這書店外面沒有任何招牌，很孤獨地隱身在一棟廢棄的工業大樓的地下室裡面，隱形在這個城市中；它偷覷著這裡每個人的生活，但是也同時徹底地隔絕任何生活中的氣味與聲音。

很像一個隱者，但是更像一個悄悄屏住呼吸，蹲踞在角落，某種城市裡缺了角的冰冷風景。

這裡是時常一起喝酒聊天的朋友，在一次醉醺醺地爭論許多漫無邊際的哲理時，他說到有次意外地發現在這附近，有家隱形於城市生活裡的書店。裡面藏匿了大量已經絕版的書籍，書店似乎是以這個特殊點，來支撐開此家書店的最大動機。不論是政府國家禁書、名不經傳的學者傳記、名氣非凡的作家初版書籍，以及介紹這個島國，奇異又詭譎的身世藏書，這裡都不會讓人失望。

隔天傍晚，我依照著朋友的描述，找到此處。

這棟廢棄大樓的外觀，一見就知道已經荒廢多時。除了毀壞的牆壁與內觀，還有便是一點人的氣味都沒有。

建築物與人關係是很微妙的。人建築了所有的屋子與空間，就是生活中需要有個屋簷與地方生活，然而一旦從中間拔除掉這層關係，房子與所謂的家便沒有任何作用，不像大自然的產物，在循環不息的生態中，不管有無人類都有著一定的重要性。

建築物失去人便喪失了存在的意義。簡單來說，就退化成一種大型的垃圾或累贅。

這棟廢棄的工業大樓，現在就是個無用的城市累贅。我推開沒有鎖上的門，先被彷彿不甘成為垃圾的大樓，所散發出比荒涼還要更清冷透明的氣氛給震攝住了。

奇怪的是，在大門後的右邊，那個深褐色的生鏽鐵門，就是一個隱藏許多稀有書籍的地下書店。這表示至少還有個微弱的生活氣味，悄悄地蟄伏在其中，那麼為什麼這裡還是湧出強烈的廢棄感呢？

我推開鐵門，走下階梯，就聞得到很濃的霉味，還有一股說不上來的腥味，有些像是發臭的動物屍體。眼前腐朽的幾近敗壞的兩旁牆壁，還有破舊到形體已經變形的階梯，讓我幾度產生掉頭出去的想法。

幾盞古老的復古煤油燈，苟且地亮著昏暗的光線，就掛在階梯下方，敞開眼前的正方形空間裡，在四個角落的天花板旁。一道道區隔成狹小空間的大型書櫃，正正地依照一定的距離，共有四個，有次序地擺放在空間中央。

不知是氣氛還是裝潢，這個地方的壓迫感很重，很有種中古世紀，私密進行的刑罰場所。

我曾在一本書上看過以前在歐洲國家，對付擅自散播預言奇想，以及行巫術醫治疾病的女巫，就是在進行火刑之前，都會把她們帶到類似的地方折磨與逼供。這些記載旁邊所附註的圖片，用著笨拙的筆觸所描繪出來的，她們都是在這樣悶閉黯淡的空間裡，讓肉體與精神備受凌虐。

兩者的共通點不只是昏暗狹隘，而從莫名的壓迫感與惡臭著手，有某些講不上來，異常地攪動著身體與心裡潛在感官的恐懼。我從階梯上走下去，在書店裡走動時，書店裡停滯的氣氛圍攏著我，還有在動手拿出書櫃中的書時，這種壓迫的感覺更為強烈。

我走到書架旁，覷眼瞧了一下窩在角落邊的老闆。

這家書店的老闆很老，如果他不出聲，只是待在書店的一角，便會很自然地與後面斑駁的牆壁融為一體，狼狽骯髒的猶如整個殘破的書店背景一樣。老闆像是活過好幾個世紀般的老人，看不出實際年齡。人好像一旦過了某些歲數，那衰老的模樣會如同由同個模子印製出來的一樣。

我瞇起眼睛，大致瀏覽了書架上的書籍。《寰宇奇航》、《命運與巧合》、《神秘航海記事》、《背著世界流浪的人》……。大多的書籍名稱我幾乎都沒聽過，書皮側頁大多泛黃，也有幾本仍舊嶄新的書夾在其中，但是名稱與封面設計仍怪的讓人不敢領教。

我捂著鼻子忍耐著難聞的氣味。眼光隨著書架移動，直到走進第三個書櫃中間，便發現了這本書。

老闆告訴向前與他詢問這本書的我，這本書早年因內容荒誕不實而被國家列為禁書，但是他十分欣賞作者，所以千方百計的弄到了幾本。

這本書列出世界十大模糊地帶，其中的惡之島便為其首。書中的內容由神話與佚聞，以及僅有的屬實資料穿插。老闆詭異地對我笑了笑，用著被深刻皺紋給掩埋的小眼睛望著我，跟我說他就送我這本書，因為會和他一樣，欣賞這本書的人只有我。

我從這詭異的書店裡帶走這本書之後，便再也沒有興趣踏進那家書店。

在這本書裡，所提及惡之島身世模糊的原因，最主要是因為傳說通過海洋地帶的兩邊，同時是被受過詛咒的海岸。

這個被詛咒的經歷，是由於早年太多船隻在附近海域被狂風暴浪捲走，也有風和日麗時，卻意外撞上莫名突出的礁岩；更有橫越此海域上空的飛機，遭遇各種狀況之外的機器失衡與人為因素，而全部巧合的在此摔落墜毀。或許因此，冤死的靈魂不得平撫，才有了受詛咒這一說；但不可否認這多年累積的噩運名聲，讓惡之島更加陷入了絕世孤立的境界。

當然，也有好幾批地理學家不信邪，往島國勘查的路上，卻命中詛咒般地紛紛喪命在附近的海域中，屍首不明。到目前為止，惡之島確切的經緯位置還是個謎，更加深了深邃神秘的迷霧。

作者在這裡，下了一個形容惡之島的詞：身世注定模糊，卻又極具吸引力。

彷若島嶼自己選擇召喚強大的冥界力量，一開始便鼓足所有能量銷毀龐雜的一切，在不甘願的幽魂與未安息的怨念飽足到某個極致，所有惡質的什麼皆聚集在這裡的條件下，惡之島卻出乎意料地在詛咒的後方，土地的本身，孕育出全世界最美麗細緻的山景與海洋風貌。

這裡的山景不是以壯觀遼闊取勝，它的美在於層層疊遞出不可思議之層次，翠綠與深綠中又揉進淺淺的芥末黃，在陽光充足的時候更是令人讚嘆。

你會懷疑自己是不是踏入童話世界裡所形容的，可以親近且一直隱藏在記憶深處，某塊符合所有美好想望的風景。望著山景出神的同時，絕對在腦中搜尋不到任何相似的景色，足以匹敵。

而海洋在這裡，與其他地方的海域開了一個玩笑。

站在惡之島上，望向海洋，這裡似乎把全部的藍色有秩序地作了漸層與渲染的技巧，每當光線充足地照射在其中，那規律到奇幻的層次與深淺，便足以讓在海邊的每個人把整個心靈與靈魂給全都掏出。

我在惡之島的每一天，幾乎都沉浸在美好到令人屏息的山景風光中，美麗到甚至讓人久久凝視著，有種現在死去也不足為惜的嘆息。

但是，所謂的海洋之美，我始終沒有福氣看見，因為發生了我接下來要述說的事情。

是的，惡之島在這樣謎似的位置與怪異的身世景觀中，似乎緩慢且詭異地，擁有了自己獨立的思考，可以決定自己命運的力量，在一百年前，產生了絕決的土地分裂。像是之前說的造山運動，或者地殼變化那樣，或許，就真的像我形容的，身世詭譎的島嶼，也注定有不安定的未來與紛亂的靈魂。

一百年前的某一天，分裂就這麼發生了。

但是極為詭異的是，所有的分裂皆不激烈。一切一切的斷裂過程，平靜沉默的非常異常。

惡之島／第二章節

我吁了一口氣，把書本闔上。就要揭開島國分裂的過往了，我的心跳莫名其妙地加快。安靜的圖書館裡，空氣中好像漂浮著一些看不見的沉靜粒子，輕輕地在空間裡碰撞，稀釋掉所有聲音的來源，碰撞分裂下來的粒子，只是讓這裡更加安靜的出奇。

我望了一下手錶，發現圖書館快要休息了，便站起身，決定把這本《惡之島》借回去繼續看。

「你要借這本書嗎？好，等我一下。」

女人看見我走向借書臺，匆匆地站起身，從我手中取過書，低頭做登記與紀錄的工作。她好像一直處在緊張的狀態中，我與她面對面站著，都能夠嗅見她不安的氣息與心跳。

「你看過這本書嗎？」我對著她舉了舉手上的書。

她看著我僵硬地微笑，點了點頭。我撇見她握著借書單的手正微微地顫抖。不曉得她看見我為什麼要那麼緊張，但是這樣直接的問題我還是問不出口。

「很有個人特色的一本書。我在去年發現這本書的，有細讀過一遍。跟其他像地理雜誌與教科書不一樣，比較有趣也比較有故事性。」她又對我微笑。這次沒有那麼僵硬，但是我仍然可以強烈感覺到她的不安。

我感到有些尷尬，女人的不自在悄悄地在安靜的空間裡擴大。於是我迅速地把借書單填好後，離開了圖書館。

外面的天色昏暗不明，遙遠的公車總站處閃爍著微小的亮光。我邁步走向公車站牌那，再一次地回頭凝望，剛剛我進入的那棟巨大華美的建築物。此時，天色明朗時所見到的高傲巨人，已經隱身在晦暗的視線裡，披上一身漆黑混濁的黑袍，散發著寒冷疏離的溫度。

回到家後，我打開冰箱，隨便弄了點東西吃。冰箱裡空蕩蕩的，只剩下半罐牛奶與幾包微波食品，還有幾顆邊緣已開始腐爛的水果。

在城市鬧區附近，離工作室約走十分鐘腳程的距離，有幾家大型的超商。商家裡白亮的日光燈，把每個商品食物都照得十分清晰，食物似乎透過這些明亮的注視，變得更加美味可口。每個轉角與角落都塞滿了新鮮的食物，與些許包裝或實物流洩出的氣味。這裡擁有十足的生活片段，每天每天都是要讓這些東西給填滿的。

我常在下班之後過去晃晃，留連在充滿生活氣味的許多東西中，仔細緩慢地挑選自己生活所需，再抱著超商給的黃褐色紙袋，從慘白的日光燈走出。這樣固定如儀式般的結束一天，都會覺得自己真的又靠近了明天與未來一步。

我一直這麼相信著：只有實際地在生活的細節裡放慢腳步，才會有真實貼近生活的感覺。但是微波食物的味道老是一樣：咖哩雞的湯汁稀薄，燴飯則是太鹹，義大利麵的料理更是不用說的難吃。但是既然它能照要求的省下時間，我也就沒有什麼好抱怨的。

我吃過飯後，就坐到桌子前，把那本《**惡之島**》拿出來繼續閱讀。

『

沒有人會討厭自己的家鄉吧。我在這裡只是大膽的假設這個可能性的機率。

通常家鄉都有自己童年的回憶，成長的經驗，還有父母們尚未衰老的臉。我總覺得一個人可以與家鄉或者土地緊密連結的時間，便是在童年。

只有小孩子會花上很長的時間，沉浸在自己無知懵懂的小世界裡很久。就是那樣如同時光靜止的時候，恆常流動的日夜，皆被既寬廣又狹小的目光給濃縮成單純的，只有眼前的注視。

站立與蹲坐著的土地，呼吸吐納出的氣息，便在一片朦朧中全面地接收進身體裡。

那樣的點滴時光，在日後，隨著身體與心智的成長，逐漸變成某種不可能回去的夢境與超現實。成人不是單純的孩子，這是再如何希冀都無法讓時光倒退的某種過往異境。

人都是如此吧，還是因為我出身於惡之島這樣奇異的島國中？好，我暫時不去討論這之間存在著什麼差異，因為這樣的比較沒完沒了也沒有意義。我想，在這裡就開始描述出我從年邁的長者，有名望的學者，以及長期努力在殘破欠缺的史料記載中打滾，所聆聽而來的島國分裂。

在一百多年前，當時的惡之島所長久背負的噩運，以及慣於毀滅靠近者的強大力量，似乎還隱藏在深厚的土壤與山層裡。而在惡之島的兩側，橫列在東西兩邊的國家，原本在習慣上就不互相往來，但是必要的船隻經過這個海域時，仍得以平靜地渡過。

惡之島在這裡，似乎擁有篩選毀滅的目標能力。

原本抱定其他目的，僅通過海域的船隻皆安穩無事。但是如果，一開始便打算探察這裡，或者行經到此改變主意，想要上去島上一探究竟，那麼各種不幸的噩運便會降臨到這些船隻與人的頭上。

現在我想來談談最開始，惡之島上的居民。

說起在惡之島上居住的人，據說最開始是海域的兩邊，也就是處在惡之島東西兩側的國家居民，因為在自己的國土上有些紛爭，或是被大環境淘汰掉生存下去的機會，甚至是逃犯與被驅逐者，便往中間這個島國上發展。

換句話說，惡之島最開始的老祖宗，是一群在另外兩個國家活不下去的淘汰者。

很奇怪的是，只要你是抱持著要去惡之島上生活，準備從這裡展開新人生的人，恐怖的噩運卻不會因此將你吞沒。惡之島天生就只能接受這些在原來國家，以不同的方式，毀滅自己人生的人種；這似乎完全符合這個島本身的惡之意念。

所以，惡之島上充滿了各式各樣，以異常或簡單的方式，喪失活著的競爭能力的各種廢人。

這樣說起來很令人喪氣，但事實好像就是如此。

我還記得有個學者跟我說起惡之島的祖宗，淚眼汪汪地望著我說：「你相信嗎？我的祖譜上寫著的老祖宗，竟然是東邊國家逃來，鼎鼎有名的連續殺人犯！」

我相信古早以前的混亂世代，會有種族與血緣複雜的情況，但是，我不迷信這樣的基因問題。那大多只有細微瘋狂的因子亂竄在血液中，我不覺得在一代代持續的繁衍裡，敗壞的基因仍然可以培育出相同的罪犯。

或許，這也只是我安慰自己的藉口。

在這裡，我想提一下我的祖父，相同也是屬於被國家遺棄，瘋狂恐怖的家族往事。

我在十歲的那年，有次在熟悉的教堂裡，與那個最常跟我說聖經故事的老教士聊天。那天他把昏睡中的我敲醒後，在我以為他要開始講起另一則有趣的聖經故事時，他卻沉默地盯著我看，異常地問起我的身體狀況。

我在學校每次的健康檢查項目中，除了視力在很小的時候，不知怎麼地就近視很深，其他的都很正常。好像每次一個學期的開始，在量視力時就會發現，平時並沒有特別地操勞到眼睛這部分，但是它好像自己有意識般地，一直往愈來愈模糊的地方邁進。

我記得先前開學時的視力測量，近視已經高達六百多度。取下眼鏡，眼前光影與實體皆暈散得誇張，簡直跟失明的人沒有兩樣。我對此很喪氣，視力算是我身體的唯一缺憾。

老教士點點頭，跟我說他想告訴我一個不屬於往常的聖經故事，而是一個真實發生過的往事。

許多年前，惡之島東邊的國家，也就是那個擁有上天厚愛的金屬礦產島國，在一次世界經濟變動劇烈的影響下，產生了第一波大型的失業潮。

在這個部分，教士大約描述了所謂全球世界的礦產業，都是互為需求，環環相扣的原理；通常經濟崩壞是其中一個地方失調，還有一旦市場處於供需不平衡的缺口下，所會造成的經濟波動。

這裡的描述我大多聽不太懂。老教士則笑笑地說沒關係，全球經濟是這故事的起因，但不是重點。

而在這波失業潮中，原本有個在公司為高級主管，擔任金融顧問的男人，聽說原本在數字與財務運用方面相當在行，但是在這失業潮中，這家公司被波及到嚴重地破產倒閉，對外還悲慘地欠了一堆債。

男人為了繼續負荷家裡的開銷，便決定用鋌而走險的方式，維持生計。

剛開始是偷竊，這是當時很普通的例子。

受到整個大環境的影響，全國的治安變得非常差，街上能夠繼續存活的商店不多，很多人因經濟變差，喪失了消費能力，很多行業逐漸蕭條冷清。政府這時開始提撥出一部分的國庫資產，對社會發放出微薄的補助金。

這部分卻沒有多大的作用，治安的敗壞就從經濟壞毀開始走下坡。大家連生活都無法過了，便逐漸喪失了道德感，而城市裡的各種平衡也因此被打破。

靠著補助金是無法過日子的。這男人也相同面臨到這個問題。男人有妻子還有三個孩子，雖然過去也沒有過得太奢侈的生活，也還有些許的存款可用，但是，失業大約半年後，連基本的三餐都成了問題。

男人被生活逼急了，一開始從鄰近城市的商店著手偷竊。先從一些建築壯觀漂亮的住家下手，然後範圍擴充到珠寶銀飾店。不知道怎麼回事，這些住家與店家可能是遇見這個經濟波動，在生活態度上，都顯得意興闌珊，失去原本的鬥志與希望，所以男人下手偷竊了好多次，皆順利得不可思議。

而在這時，男人的整個個性也發生了變化。

有可能是因為雖然偷竊過程很流暢，但畢竟是頭一次違反道德，還有需要承受行竊的壓力與緊繃，男人一旦得手後，回家面對在睡夢中的妻子孩子，盯著看他們緊閉的雙眼，陷進無憂的睡眠中，熟睡的臉上露出甜蜜的笑容，便很不能接受。

他自己在每個黑夜裡，潛入另個家庭或商店，在這些熟睡的狀態下偷竊，而回到現在這個他熟睡的家。交錯兩個睡眠狀態之中，他把金錢從這一方運送到那一方，自己好像幽靈鬼魅般地游走在兩個不同的夢境裡。

「而我到底為什麼需要這麼做？為什麼在應該熟睡的時間我要去當幽魂呢？」男人開始怨恨起家中，需要他這卑鄙行為才能活下去的妻子與孩子，感覺自己好像快被這一切給逼瘋了。

男人為了生活，除了持續行竊之外，他開始毆打妻子。

先是從身體四肢開始，然後便是臉；有時候是徒手握拳就揍，有時則是用木棍或藤條。男人後來簡直像是瘋子般地迷戀打妻子與孩子的臉。直到最後，發生了這起東邊國家轟動的家庭暴力案件，男人長期偷竊的罪行才跟著曝光。

當時男人的家被警車包圍，雙手被反銬在腰部後方，押出門外時，他妻子的雙眼，已經被他揍到完全失明，兩隻眼睛凹陷到眼窩裡，從中不斷冒出鮮紅的血，沾滿了兩邊兩頰。三個小孩裡面，有兩個也遭到同樣的傷害；最後，是由事發的當時，躲在衣櫃裡不敢出聲，年紀最大的小孩，趁母親起身阻止父親繼續打兩個弟妹時，打了電話報警。

「你知道眼睛代表什麼嗎？」老教士看著坐在他對面的我，已經縮進自己的臂彎中，便停下繼續敍述悲慘的故事，溫和的摸著我的頭，問了我。

「不知道……我只知道眼睛是可以看見一切的根本。」

「沒有錯，眼睛在某些意義上，代表人與這個世界接觸的一個重要介點。」他點點頭，清了清喉嚨。

教堂兩邊的窗子，此時被湧上的暗夜給染黑。

這故事與我所聽見的聖經故事完全不同。前提是明確地知道它是一個真實的往事，經由教士緩慢敍述故事的曲折，聲音穿透進來，在我腦袋裡流動著，那轉化的想像實景也更為清楚快速。

我用手抹了抹臉，身體不自覺地打了個寒顫。

「那個男人後來被捕，行竊的事跡也曝露出來，法院便判決永久驅逐他到這個島上，甚至因重大傷害的罪行，連在這裡的行動也被限制，有些像是被軟禁般地必須在這個教堂裡懺悔，永生不得走出教堂。

當時還很年輕的我，就被最大的教士長老，派去負責接收這個案子。

那個男人剛來的時候，我記得模樣很可怕，頭頂上的頭髮，被他自己抓得剩下一撮撮稀疏的髮根，兩個眼睛暴突出眼窩外大約三分之一的程度。身型憔悴瘦弱，乾枯的只剩下一副骨頭。整個人殘留下來『人』的特徵非常少，比較像是基因突變的動物。

他一開始來到這教堂，完全沒說過半句話，也很少進食，整天只窩在那間荒廢的告解室裡，在狹小陰暗的空間裡蜷縮著身體。

大概三個月後，我有一次進去告解室的另一頭，整理裡面堆放的雜物。我記得我好像急著找一本書，把積壓在雜物下的東西全部翻出來，正當我忙得焦頭爛額時，他說了第一句話。

『教士，我想告解。』

我抬頭，便看見他把整張臉湊到告解室中間，互相連結的小窗子上。異常突出的眼睛緊盯著我，眼神裡有種極接近瘋狂的東西正跳動著。

我很驚訝，但是馬上被他眼神裡的專注給吸引住。他全心全意地盯著我，眼神幾乎可以把我整個人都吞噬掉了。現在想起來，應該說是我的好奇心作祟。我從別人口中聽過關於那件慘案，數百種不同版本的故事內容，聽本人說還是頭一回。

我點點頭，在他面前坐下，他用著低沉的聲調，告訴了我這個故事。

他還說，堅硬的拳頭觸碰到柔軟的眼球其實感覺很好，非常美妙，有著在手心捏碎一朵顫開的花蕊的黏濕觸感。尤其是握拳向前，中指那點突出的關節，感覺特別強烈，整個過程好像從不明確的語言，或者向渾沌的意識裡伸手進去，掏出其中唯一清晰的部分。

那節關節頓時會被美好到無法言喻的感覺所麻痺，這個時候，他總喜歡把整個拳頭放進大張的嘴巴裡，含著那種麻木。

當初還未嚐到這個甜頭時，也仔細想過他自己為什麼喜歡攻擊親人的臉，在妻子未被揍到失明前，他也非常喜歡攻擊眼睛，只是情況都沒有這麼嚴重。

我記得他說：『明亮的眼睛讓我在夜裡，可以來去地穿梭在各種熟睡中，把各式闔上關閉的眼睛後面，最重要的東西給偷竊過來；所以後來不甘心，不甘心就此墮落成一個小偷大盜，才會下意識地痛揍，瘋狂攻擊親人的眼睛吧。

但是我想，長久以來，我心底最希望失明的人，其實是我自己。』

這時候，那男人對著我抿抿嘴，臉上透露出一種前所未見的輕鬆微笑，接著就在我的面前，隔著小小的告解窗，叉開右手的中指與食指，奮力戳向自己的兩個眼睛。

我被一連串的動作給嚇得完全忘記反應。耳朵只聽見了清脆地『噗』一聲，鮮血便從他的眼眶裡冒出，再沿著面頰還有指頭的方向，混濁地流淌下來。眼前的他，原本兩隻炯炯有神的眼睛，已經順著手指頭，眼皮頹喪地陷落下去，能看見的剩下血紅色的圓形窟洞。

我後來終於從驚嚇中回神，把他從告解室裡拖了出來，他的手指頭還用力地插在自己的眼窩裡。後來男人被送進郊區的精神病院中，隔年便在裡頭自殺過世。」

老教士停下來，很認真地看了我一會，便告訴我這是我祖父的故事，屬於我的家族悲劇。

後來，仍留在東邊國家的祖母，以及我的長輩們，因為眼睛失明，因此下半生過著相當悲苦困頓的生活。而我的父親，也就是唯一一個躲過災難的大兒子，剛開始的就業還算順利，但後來卻因為與生意上的夥伴互相起了衝突，演變成一場激烈的攻擊混戰。很詭異的是，當時大約同時有五人後來送進醫院，詳細地檢查包紮了身體上的傷痕，便發現在那場混亂的打鬥裡，除了父親，其他人都失去了視覺功能。

有的是一隻眼睛的視網膜剝落，有的是一雙眼睛，眼球皆受損到沒有視覺能力；也就是說，父親在這場算是沒有秩序，也沒有任何規則的打鬥裡，無意識地只攻擊每一個人的眼睛。

而父親則是在這場打鬥裡，失去了一隻腳，以及殘留下被重傷到永久喪失功能的腎臟。

法院將每個參與打鬥的人都做了適當的處分，僅有父親，因為有祖父不祥暴戾的案底壓著，便對我們全家做了最嚴厲的處分：父親、母親還有排行家中長子的我，被永久流放到惡之島來。

「孩子，其實我不相信關於基因遺傳的說法。

很多不管惡質或善質的東西，都是靠著人的心在存活的。所以我現在，完全沒有顧忌地告訴你，就是從未懷疑過，你良善的，美好的那部分。

我擔心的是別的事情。

我在這裡居住得越久，就越覺得有件事終究會發生。橫列兩邊海域的國家，每年不斷地把毀壞者、叛徒、殺人犯、以及充滿惡質的人流放來這裡，儘管後代不會遺傳到血腥的基因，但是我想，這個島國土地，一定會有它承受惡質部分的能力，一旦這個海綿吸收到一定的程度，對人的反噬力一定無法想像。」

老教士說完，疲憊地眨了眨眼，接著把他老朽，充滿皺紋的手伸過來，撫乾我手心上大量滲出的汗。

這個令人驚駭的家族史，一直都是隱藏在我心裏的巨大恐懼。當時我在腦子裡重建了祖父狠揍了祖母的眼睛，以及自己再把雙眼戳瞎的恐怖場景，直到我長大之後，血腥的場景仍舊清晰地在我的記憶深處裡徘徊。那像是一個沒有底的深淵，就在我生命中的核心位置，只要我一個不小心，便很容易跌進其中，萬劫不復。

老教士後來真正安撫我的，是瘋狂的基因不會遺傳，而我也在心裡堅信不移。或許，也因為這樣的堅信，讓我始終沒有墮落到家族的恐怖輪迴裡。

而老教士這個像是預言般的猜測也沒有錯。

每個從兩邊送來，可以稱為人生戰敗者的罪犯，一起集中在這個島國裡，表面上看起來平靜無波，暗地裡卻緩慢地膨脹發酵的恐怖惡質因子，在某一天，一定會出事的。

回到我要述說的島國居民上面吧。

總之，這些淘汰與被驅逐者，便想盡辦法在惡之島中建造出自己重頭來過的家園，並且和相同逃來這裡的人和平相處，一起慢慢發展島國上的經濟與城市，就這樣過了好幾年。

就在惡之島分裂一百年之後，有個長輩告訴我，他的曾祖父曾經告訴過他的爺爺，他在分裂的當天晚上，見到了前所未見的奇景。應該說是那些平時就美麗的山景與海景，在此刻似乎集中了所有能量，讓原本就美好的風光，竟耀眼地讓人覺得非常不可思議。

據說這個美到讓人不敢相信的奇景，頓時讓那些心靈殘留著極惡的毀滅者，全都流下了眼淚。

在這裡我就不再詳述。我沒有親眼見到，所以頂多把觀者流傳後世的這件插曲明白地寫出來。總之，這美景釋放出全部的能量後，隔天就發生了惡之島決定性的分裂，也可以說是一場極嚴重的大地震。

根據所有的資料顯示，分裂的時間是下午三點，過程沒有很久，大約到晚上十點，整個惡之島就非常簡潔地一分為二。

分裂的中心點在島國北邊高山的另一邊平原，從面積廣闊的平原中間裂開，地層下的堅硬土壤與層塊堆積的岩石，因分裂而曝露出長久以來，被過往的時光所交遞日復一日層疊的歷史堆積。

地震的發生從開始到結束完全安靜無聲。

這是不太可能的事，但是根據所有聽來的描述，以及殘破的史料記載，皆指向這個詭異傳奇的沉默。島國裡的歷史記載，其中一段對此的形容，便是悄然無聲地讓人膽戰心驚，讓人完全處在整個震撼的狀況之外。

這樣的說法可以比喻成若有天在你面前所熟悉的大樓，突然之間坍崩碎裂，破瓦殘骸如雨點般紛紛落下，你卻聽不見任何聲響，應該出現的重物摔落，因倒塌而造成的撕裂與搖晃，紛雜且應噴發出震耳欲聾的恐怖響聲，皆摒除在你的聽覺之外時，你一定會出現一種幻覺：

眼前發生的事情，是真的嗎？

若非有東西真的砸到你的身上，而還要留下難看疼痛的傷痕，否則你將很難說服自己，這個樓的坍塌是真實在眼前發生，不是任何恍如現實的夢境。

又或者，更簡單的例子。當有天你在家中，拿起一個水杯正要仰頭喝水，水杯從你的手掌中滑落，掉到地上摔裂成玻璃碎片時，這僅有一秒的過程裡，你聽不到任何碎裂的聲音，你會相信腳邊的碎片真的是從你手中掉落下去的嗎？這個破碎真的是你造成的嗎？還是你一進來就看見了玻璃碎片，而你，只是站在碎片上方的可憐蟲？

一切摒除掉應有的聲音便會真偽難辨，真實與虛幻瞬間會混淆在一起。越重大的碎裂卻消失聲音的情況，越是會更嚴重的分不清真假。這如同處在夢域般的不真實情況，地震的慘狀將所有聲音隔開，惡之島上的居民便同時間陷入了迷濛模糊的狀態。

視覺與聽覺同時被這場地震割開，真實與夢境互相瓜分著意識。

非常巧合的是，分裂中心是個還未開發到的地方。那裡人煙絕跡，所以沒有人受傷，但是因為震波的動盪太大，以致於另外一邊的城市倒塌了一些城牆，水泥做的牆壁出現裂縫，電源與水力的來源被迫中斷，還有許多不大的地方受到傷害。

這場分裂地震絕對沒有要讓任何人滅亡。從這點看來，那震動的微妙之處抓得非常恰到好處，簡直就像經過縝密的思慮，卻顯現出如同把桌上的蛋糕，漂亮的切成兩半一樣　既工整又輕易的結果。

沒有人相信這是大自然或者宇宙的變化，所有惡之島的居民，都堅信這是我們的宿命。

宿命的渾沌與注定總是兩面一體。長者們不久便發現，這宿命的說法真的不假，那也就是為什麼我堅持稱它為惡之島的原因。

而沉靜地處在南境的海洋，竟因此也成為了只能隱藏在傳說中，無法再明朗的一種美景。分裂過後，從此便沒有人可以觀望到海洋，只能到達城市外圍的邊界點上，聆聽遙遠海洋的浪潮聲，從回憶裡掏出曾見過的海洋面貌。

因為，在這場地震帶來的最大陰影，不僅只有真實地殼的破碎，還有想像不到，也如幻境般，不真實的，善與惡的分裂。

」

我把關於島上的居民成員那段又重複地看了一次。對於作者明白地寫出自己家族史的殘敗感到相當震撼。

我闔上書本。腦子裡冒出許多想法。

如果說家鄉那裡的居民，都是極惡之人所組成的，那麼這樣根深蒂固的惡質，是否會像書中裡的教士描述的，在無形中，影響了島國基本的結構，再隨著惡質的不自覺，緩慢地吞噬掉原本的善意，甚至是島國原有的空白，待開發的本質呢？

儘管作者在裡面也說明了自己的想法。基因的混亂，所擁有天性上的邪惡，他不相信這種惡質的東西，會隨著一代代的繁衍而流傳到後代的身上，但，或許那原本天性本然的惡劣質地，不是傳輸到下一代的人生裡，而是緩慢地藉著孕育，而是一點一滴地傳輸到土地上。

我揉揉發酸的雙眼。

那龐大且無根的惡質本性，應該會在哪裡著根發芽呢？

所謂的分裂，實際的分裂與無形的分裂是不一樣的。我仔細回想惡之島曾經經歷的島國分裂，還有就是之後所產生無形的，在每個人身上剝落出動物，那體內惡質性東西的脫落分離，根本就是一起把所謂的分裂，全集中在惡之島上啊！

我想起了老人說的，關於惡質本性，隨著島國分裂而產生選擇性的殘存，甚至在後來，會隨著南方的鐘聲，實行所謂的惡質想像力剝落的儀式。

但那不是意志力的問題，意志終究是不能分割的，不是百分之百的傳遞過來，便是百分之百的毀滅，所以說……我在桌子前深深地吸進了一大口空氣，所以說，島國的居民是自願性與出於自己有限的意識，選擇了讓惡質的東西留下來。

就跟我在邊界上，所遇見的老人說的一模一樣。

我閉起眼睛，感覺好像無法繼續順暢的呼吸。

「**惡之島**」，這個名詞馬上在我腦海中無限擴大。沒有錯，如同作者說的，沒有別的名字更適合它了。

不知過了多久，我又睜開眼睛，眼前出現了些視覺殘留的奇異色彩。已經深夜了，家裡安靜得出奇。遠方有些不明的引擎聲，一些斷續的貓與狗的吠叫聲，細瑣地穿插在安靜的空間中。我從桌子中把椅子往後推。椅子的四支腳，在瓷磚上摩擦出乾燥的聲音。我站起身，把桌子上的檯燈關掉，走進浴室淋了澡，再對著鏡子仔細地刷牙洗臉，回到了房間。

躺在床上時，我沒有馬上閉上眼睛。纏繞我夜晚的每個夢境，就是在這種恍惚模糊的時候，偷偷潛進我的意識裡，隨意地跳躍著順序，也任意地剪裁畫面。

我究竟來這裡要尋找什麼？這是我第一次問自己這個問題。

第十章　自我：命運的骨牌效應

一個人會從小酌開始，逐漸變成大量性的習慣喝醉，有各種不同的理由，但是最後的結果卻是大體相同。

跟專業的品酒師，或者天生喜好濃酒裡，那種純粹天然的醞釀不同的是，品嚐酒是人與酒的關係呈現上對下，維持在一定程度的穩當控制中。而所謂的酒精中毒，或者酒鬼，則是相反過來，酒精裡的一切操控著你，讓你只能全面性地開放自己，無條件地吸收，到最後甚至變成唯一活著或毀滅的理由。

五年前，這家律師事務所剛開業時，我的合夥人，也是大學一起攻讀法律系的同班同學，從開始的偶爾小酌一番，到一年半後成為難纏的醉漢；而三年後，我們說好解除彼此的合夥關係，公司全權交由我處理時，他已經成為一個不折不扣，每天依賴酒精才能活下去的酒鬼。

在每天傍晚的六點多，陽光逐漸隱沒時，他體內的酒癮便自動啟動開關，排除掉所有的事情與電話，打開辦公桌的抽屜，取出一罐罐偷藏好的威士忌，就著口喝起來。而在傍晚六點之前，他還未喝醉，未開啟自己來吸收酒精的時間內，絕對都算是一個討人喜歡的傢伙。他幽默風趣，雖然在工作上不算敏銳，有時也會犯些粗心的小錯，但是基本上十分好相處，而且相當聰明。

說起我們的友情，在大學時代，我們一起住在學校附近，一棟專出租給學生的大廈中，那裡成為我們變成好朋友的立基點。而現在，他也變成我出了社會，唯一有聯繫的學生時代的朋友。

那棟大廈是由一個專炒房地產的商人，在這個學區範圍裡，所投下的其中一筆投資。租金頗貴，只提供給家境較好的學生出租。其他一般小康家庭的學生，則選擇繼續待在學校的宿舍裡，或者搬到離學校更遠的便宜公寓中。

我與他剛好是班上唯一住進這棟大廈的其中兩人。

他的家族嚴格說起來算是這幾年，靠著炒股票而暴富起來的。原先是書香世家，父母親皆在另一所大學裡任教，後來聽他提起過，好像是接到親戚中的小道消息，毅然決然地把積蓄全部砸進那支突然竄起的股票，而意外地發了一筆橫財，才能讓他整個大學時代在揮霍無度中渡過。

我記得我們巧合地選擇了對門的套房，打開門，對面那間就是他的，每天不經意地就會遇上幾次，從尷尬地點頭問好，到時間久了便約著到對方的房間裡聽音樂或者聊天。

我記得他很喜歡酷玩樂團與電臺司令，一回到宿舍便大聲放起他們的歌，讓外面共用的走廊上，充滿了主唱克里斯夫憂鬱的嗓音。

閱讀品味則反向地喜歡歐洲老派文學的毛姆與褚威格。用餐時間我們偶爾一起約著出去吃飯，熱烈地交換著近期看過的書與電影內容，有時則會講起班上的女孩子，或者是討論上課時，對於教授新教的律法與憲法心得。之後兩人越走越近，開始了解彼此是怎樣的人，成為莫逆之交，就這樣共同度過整個大學時代。

後來離開學校，進入真正的社會與工作裡生活，在一些奇怪的時間裡，腦子會突然出現以前的片段。有時是酷玩樂團的聲音，被厚實的水泥牆壁隔間，壓縮到只剩下傳出單音旋律的重複，細碎且單薄地環繞在有限的空間裡。

有時，腦中的片段，則是憶起他說話說到激動處，會停頓下來，眉頭仍然扭皺著，眼睛卻清澈地平視著前方，或者平靜地望著我。但我在那種時候，都知道他其實不是在看我，而是跳躍橫跨過我的形體，落到更遠的地方。

眼神裡有淡淡的陰影，比平時更稀薄透明的顏色。

我想起大學四年的這些日子，他這種似近卻遠的眼神，好像成為一個很好的，對這些時光的某種唯一性註腳。我無法用具體的句子說明，但我知道我們共有的大學時刻已經過去，殘存下來的，或許就只有這樣的眼神足以形容。

有時候，想到我的大學時代，有另一個人與我擁有的是相同的時光，就覺得那個時間，其實應該在實際的生活裡，作更多創造性的活動才對；畢竟，能夠這樣純粹，與另個人共擁相同的記憶的可能性並不多，甚至是沒有。

那段時光似乎僅只為了我們而發亮，發出年輕才有的熠熠光彩。

這也是我到最後，拼命容忍他成為酒鬼，逐漸邁向自我壞毀，而沒有任何話說的原因之一。

畢業後的第三年，父親決定出資讓我在市中心開律師事務所時，我就想起了久未聯繫，而向四周打聽畢業後馬上結婚，下落不明的他。

當時社會上的經濟，正巧遇見股票上的全面性崩盤。他的家族先前幸運搭上最後的順風列車，維持如曇花一現的爆發富有，車子與房子不斷地往更高級的地方攀爬去，卻也沒有好好投資或者儲蓄，然後便自然地隨這個大崩盤，而整個潰散瓦解。

當我花了許多力氣找到他時，他的狀況已經非常糟糕。據說到處找法律相關工作皆碰壁，只能靠零散的工作維生。我打了好幾通電話，詢問他的下落，後來聽其中一個同學說，曾經在某家咖啡館裡看見他坐在角落，像是猥瑣的老頭般的穿著破舊，桌上放著從櫃檯那摸來的糖包與奶精。

我記得我終於循著消息，在咖啡館裡找到他時，他整個人瘦了一圈，還未三十歲的年紀，頭頂上的白髮紛紛冒出，原本不高的身型，更顯得衰老矮小。他一看見我，便露出慘白無奈的笑。

那種勉強微笑的弧度在聊過天，問候過彼此的近況後，仍然清晰地凝結在嘴角的四周。

我明白他極度渴望我能夠為他帶來好消息，最好是實質上直接的幫助，而我也確實是為了這個而來的。我要找他當律師事務所的合夥人，這是我花費心力找他的原因。但是看見昔日原來才氣甚高，甚至氣焰與志氣皆勝我一籌的同伴，今日已被困頓的生活，慢慢折磨成一個平庸且落魄的傢伙，內心感到極為震憾也十分傷感。

聚會到最後，我便說出原意與他商量，兩人開始正式合作，成為工作上的合夥人。

「你知道嗎，我前陣子，大約是三月份的時候離婚了。」

夥伴仍穿著上班時的深灰色西裝，探身進來我的辦公室中。手裡握著一瓶紅酒，隨手放在桌子右側，坐到辦公桌對面的位置上。

他對還在看文件的我微微笑，接著把注意力集中到那瓶酒上。先像是高級的品酒專員，用兩個手掌仔細地摩擦酒瓶，看了上面的說明一會，接著把口袋裡的開罐器掏出，用裡面的小刀旋開瓶蓋上面的金色包裝，再把整條螺旋狀的尖銳刀子插進軟木塞裡。

他一面轉著，嘴裡一面哼起披頭四的黃色潛水艇。

辦公桌旁的窗戶外，天色已經昏黃黯淡，透明的玻璃上，緊緊貼著一層白色的霧氣。我撇頭望了外面淺灰色的天空一會，聽覺裡全是夥伴渾厚緩慢的嗓音，隨著氣音的拉長壓扁，把這首輕快的潛水艇，給埋進更深更底的海域似的，有種奇怪的淒冷感。

他把開好的紅酒倒出來後，先放在鼻尖前，一邊搖晃一邊閉起眼睛陶醉地嗅聞著，然後睜開眼，用動作示意我要不要喝。

我搖頭道謝，他自己隨即仰頭含進一口酒，在嘴裡漱著。

這一連串漂亮俐落的專業動作僅到這裡為止。他吞進了第一口酒後，那口酒精似乎啟動了他內在強烈吸收的慾望，隨即馬上又倒了第二杯，沒有如此精細品嘗了，喉頭隨著他的大量吞嚥，不斷地上下移動。

咕嚕咕嚕的喝酒聲，充斥在整個空間中。旁邊的灰色天幕落下，披覆上更濃濁的黑夜。

我記得他告訴我他離婚，是發生在他開始習慣喝酒的第二年，也就是逐漸變成酒鬼的初端。

他先是大方的在我面前喝酒，有時我也會跟著他一起喝，或者兩人下班後，去附近的酒館中小酌一番，聊著生意上的事，或者彼此生活的近況。

直到有一次，我們一起與委託人在會議室開會，他拿著報告書的右手抖個不停，我眼神銳利地盯著他看，他刻意用左手托住右手臂，想要阻止這個輕顫的繼續，但是來不及了，我們互相對視的同時，從彼此的眼神中都知道了，他已經成為一個沒有藥救的酒鬼，而我是最不應該，卻同時是第一個發現的人。

手臂的這種輕顫很微妙。先是最頂端的手指部分，五隻手指頭互相上下的顫動，很像在稀薄的空氣裡企圖想要抓到什麼，類似某種絕望的，無力的抽搐。再來是接連手指頭的手腕，像控制不了連接的手掌，在最渺小、肉眼看不到的距離中，輕輕的來回流暢轉動。手臂的顫抖也不像從骨頭與內層的神經控制，反倒有點類似肌肉莫名的躁動。

他已經從小酌變成真正的酒鬼了。他的身體都知道，也確切地接收到這些微小的變化。

實際上，這顫抖只是明確地把他，還有與他一起開會的人，包括我，一起隔絕開來。兩者中間畫出了一條正確的界限。他從此回不到屬於正常的行列中，而我們也不會想，甚至是強烈避免進入到他那個世界裡。

於是，從那天開始，他不會在我面前喝酒，兩人下班後的地點也不再去酒館；但是，只要一進到他的辦公室，便會聞見濃厚的酒氣。這無法掩飾，而身為酒鬼本身，也不會知道他刻意隱瞞的事，其實就是那麼容易隱藏不了。

「三月份，是三個多月前的事嗎？你說離婚是怎麼回事？你是不是喝醉了？」我皺著眉頭，沒有阻止他接下來的第三杯。

望著他滿臉通紅的模樣，眼前這個人，在酒精緩慢蔓延在他的體內時，不管說話的聲音與語調，好像被挪動了似的。不是不好相處，也不是從斯文變成粗暴，說不上來，就是不一樣了。

或許是他變得容易發笑，而一旦停止說話，眼神的聚焦不像平日銳利堅定的模樣，目光會渙散地隨著浮動的眼珠轉。我到現在還說不上來一個確定的感覺，從清醒與喝醉的中間，那一格格畫定清楚不同的界點，我也許只明確抓到前面一些，或者更少，其他的只是抽象的印象。

我也曾經在過去的日子裡，差點或者自以為就踏進了酒鬼的行列。但是在他這活生生的例子出現後，我才明白那昔日我所恐懼的陰影，一旦真實地放大到這樣，明白我再害怕也只踏入前面那種模糊的界點上而已，實在讓人非常心驚膽跳。

我記得他與他的老婆是在畢業後就結婚，當時系上的全部師生都到場祝賀。他們談了四年戀愛，期間一路平順甜蜜，沒有任何爭吵或雙方出軌的事件出現。

到我聽見他說離婚這話之前，他們是大學裡公認的一對模範夫妻。

「我沒有喝醉，我與她前天協議好，一起簽了離婚協議書。

那天天氣很好，我們一起出了家門，走到巷口那招計程車。我還記得路過的巷子那條整齊的行道樹下，被陽光篩下明朗的深灰色樹影，那些零落的樹影就印在她的身上，一點一點的，朦朧透明的灰色影子。她的眼睛被陽光曬出閃耀的光芒，這影像讓我永遠難忘。」他把喝完的紅酒放下，雖然滿臉通紅，但是盯著我看的眼神很認真。

「嗯，真是遺憾……我可以問離婚原因嗎？」我順手把桌子下的椅子拖出來，瞥見他輕顫的手指，發散著不受控制的絕望。我在心裡沉重地嘆了口氣。

「離婚的半年前，也就是我們兩人一起接了那時鬧很大，城市首富的離婚訴訟案。我因那案子出差去另個地方，就在那時發生了一個外遇。」

我點點頭，表示記得這個案子。那大約是在三年前，城市裡有名的金融鉅子，發生了前所未見的金融貪污風暴案，同時，他的妻子對我們提出要求，要我們這家律師事務所擔任她離婚，爭取大筆贍養費的辯護律師。

三年前，女人大約是在中午的用餐時間一過，便通知了外頭負責接待的秘書，敲響我們下午渾沌昏睡的意識，闖進我們的生活中。

她一踏進我們的辦公室裡，我心裡的直覺就敏感的亮起紅燈：這不是個好惹的角色。

她是個約三十出頭的年輕女人，身材姣好，穿著緊身的全白洋裝，戴著一頂帽緣寬大的草帽，頂上鑲著白色小點的黑絲緞帶，整體像是從電視或雜誌上跑出來的一樣。微仰垂眼看著我們的臉蛋，也精緻立體的像個明星。

但在她摘掉墨鏡，我們對望著的同時，我便從她的眼神裡感受到她實際的份量。那丰姿綽約的外在，是為了頂住外面光鮮亮麗的光環，實際上的她沒有氣勢，但是我卻從這沒有任何氣勢的這方面得知，她會為了這個光環，願意犧牲一切。

這比天生有自信的人還要可怕。因為她隨時可以把一切掏出丟棄，就為了要護住長久虛幻的光環。這也表示，在這個案子，她要求的勝利不僅僅是名義上的贏家而已。

我記得我們在心裡評估著接下這案子，勝算有多大之前，那女人便像亮出最後一張底牌，氣勢驚人地在我們面前，丟出一堆那金融鉅子的外遇照。

我盯著桌上那些照片，驚得一時間不曉得該說什麼。

一張張下流猥褻，兩個，甚至多個肉體糾纏在一起的照片。淺黃帶著曬黑痕跡，或反差很大的白皙肉色橫流在感官的表層，整體鋪平攤開在眼前時，平日女體對男人所擁有的深邃神秘感瞬間消失無蹤，只剩下很純粹噁心的感覺。

純粹噁心的感覺比複雜噁心的感覺更恐怖。

那似乎是直接到達腦袋裡，控制感覺不舒服的那條神經，輕易直接地就觸動那個區塊的全部，好像很乾脆地就把調棒插進一杯乾淨的液體裡，在裡面瘋狂攪動。或像是大力吸上一口阿摩尼亞的濃烈腥臭氣味。我想吐。我想把胃裡所有的東西全吐在這些照片上。

我的夥伴在下面踢了我一腳，要我把已經皺起的眉頭縮回，回到正經專業的模樣，去面對還緊緊盯著我們的反應，強烈要求我們幫她的女人。

就是那個案子。是我一開始就對這案子抱著很不理性的反感，所以細節與後續聯絡的動作，甚至要賭上那女人不顧一切的執拗，全都委託了合夥人全權負責。

「我記得接下案子的一個星期後，我先到南邊的飯店登記住宿，約了時間，與那女人開會，重新確定在整個離婚訴訟案裡，我們與她都佔了上風後，便與她道別，走出開會的餐廳，時間已經是傍晚了。

我搭計程車到飯店附近的一家酒館裡喝酒，在快要喝醉，甚至站起來的雙腳都在發抖時，那裡的服務生跑來扶我，說可以送我回旁邊的飯店。

她的臉與樣子看起來都像是還在念大學，晚上偷跑出來在酒館打工的小女生。年紀很輕，瘦小的身型幾乎沒什麼存在感，但臉蛋上屬於年輕獨有的透明光澤，在一盞盞昏黃的燈光下，看起來很誘人。當然，我當時對她沒有產生立即的慾念，只不過覺得這女孩的心地真好，願意扶我這個酒鬼回飯店。

於是，我狼狽地被她攙扶著回房間，倒在床上後就沒有記憶了。

醒來後已經隔天中午。

我被旁邊窗戶照進來的太陽曬醒，一看牆上的時鐘已經中午十二點多了。印象裡的女孩消失蹤影，頭也因為宿醉而痛的要命。

我在那飯店裡用過餐，去了地下室的游泳池那游了大約三小時的泳，換上高級的西裝，晚上與那女人約了一起吃晚餐，同時討論案子的進度。一切到這裡都進行的很順利，女人負責案子進行時的全部開銷，而人也意外地比起第一次印象，還算是好相處，我打這場官司的過程就像多了個假期度假一般。

我當時就是在心裡這樣盤算著。那金融鉅子是目前政經界上的當紅炸子雞，被捲入最大的貪污風暴，而他的妻子，那女人在這個節骨眼上來委託我們辦理離婚訴訟，她手中握有的證據又是強而有力，勝算在握，等於是我們只要打贏了這場官司，這個律師事務所便會一炮而紅。

接下這燙手當紅的案子，不管從哪方面來評估，簡直是完美的無話可說。

當天晚上，我與女人開完會，我禮貌地與她道別，送她上計程車後，我又走到前晚的酒館裡。」夥伴咂咂嘴，喉頭間發出吞嚥的聲音。回過身，終於把紅酒的軟木塞翻過來套塞上，放到底下的抽屜中。

我不知不覺鬆了一口氣。全身緊繃的關節，也在這個時候鬆開來，小小聲地發出喀搭喀搭的摩擦聲。

我們兩人中間，放著一瓶實質意義上的酒，氣氛就是不對勁。那時他還不是名副其實的酒鬼，但這種預言式的動作與行為，就已經半揭開了他往後的命運。我連在這個時候都可以嗅出他傾壞的可能性，但最底層的心裡，還是不願意相信他會這麼輕易就往那深淵跌落進去。

這個三年前的案子，從開始到結束他都沒有主動提過。

後來事情全部結束後，我要求他提出完整的報告書，但我在一星期過後，才終於看見躺在桌上，在燈光下看起來貧乏可憐的書面報告。翻開來看，裡面仍有很多不清不楚的地方。這報告書連這個人一點點的模樣都顯現不出來，你看不見該有的誠意，也看不見任何聰明漂亮的修飾語。整篇論述乾枯的可以，我想在路邊隨便拉個人來寫都比這好。

我一邊搖頭一邊想，真是要命，要是他大學的報告也那麼單薄的話，肯定是畢不了業，現在也不會站在這裡的。但是，在那段時間裡，我選擇從頭到尾都支持他。我可以對他這個報告書大發脾氣，也可以把之後的爛攤子丟給他一個人，但是我沒有這麼做。

除了這是作為合夥人最基本的條件之外，還有就是我隱約敏感地感覺到，他已經盡力了，只是事情不知道為什麼，在某個轉動的情況下就是叉開出原本的想像，而他，或者我們都無能為力。

的確，事情都發生了，互相埋怨只會讓日後的合作關係更糟糕而已。這個原則一開始在我心裡就用力咬和住般地堅定下去，到後來事情往前滾去，不論哪個方向，我們彼此的合作關係便不會改變，兩人對對方的好感也不會消失。

我知道，我的態度是主導兩人關係的關鍵點，一旦我放棄了這原則，我與他就會分道揚鑣，甚至彼此怨恨。

當時，這個案子的確引起軒然大波。

不只是搖撼到整個政經界的注意，甚至牽扯到另外的許多案件出來。媒體新聞不斷地播送挖掘所有相關的附屬事件，就連我與他，身世背景也被掏出來曝光，一切皆往無法預料與控制的地方掉去。

這案子也讓我們這家律師事務所，非常紮實地跌了一大跤，灰頭土臉了好一陣子，可以說是開業到至今，最嚴重的一次失敗。

當時，事件鬧得轟動時，一翻開報紙，就出現我們的名字，律師事務所的全名，甚至還有清晰的，不知在哪偷拍到我去停車場牽車、逛街的側面照。老實說，明明就是自己的模樣，但是一大早起床，翻開報紙便輕易就能見到自己出現在各個大小版面上，就覺得沒來由的噁心，反感，無法有勇氣踏出家裡的門，把自己再度拋向躲在不知名角落的媒體。

最後，居然還是回到最原點，必須再一次可恥地靠著父親多年累積的人脈，非常勉強地穩住陣腳。而在這案子之後，接下來的官司與案子，才逐漸順利平穩，我們的公司終於從此步上軌道。

這些經歷現在說起來，不管多慘烈與丟臉，都已經埋到之後接踵而來的生活記憶底下，那曾苦苦糾纏我們現實中的思緒，事件過去，時間一久，就像湖面上偶爾掉落骯髒的灰塵或葉片，沉沒到深不見底的繁複記憶裡，幽綠色的水面之下。

只是，我不曉得我們當時輸掉了聲譽與面子，居然連他的婚姻，在這曲折反覆的過程裡，也默默地一併犧牲在其中。

「當時我來評估這案子也確實如此。但現在想想，哪有那麼好的事？好像天上掉下來一份大禮，而且還是免費送給我們的！」我笑笑地回答，試圖想要把突然從心裡又湧出的反感給稀釋掉。

夥伴嚴肅地點點頭，繼續說著當時沒有交代清楚，沉沒到湖底的案子。不知道為什麼，夥伴打撈這回憶的模樣很無奈，嘴角一直鑲著下撇的痕跡，這動作讓法令紋在那張風霜的臉上更加明顯了。

「第二天晚上，女孩仍在面積不大的酒館裡忙碌著。替客人送餐點飲料，還有不時進入吧臺裡舀冰塊與倒飲料。我喝了第三杯加冰塊的威士忌後，眼神就開始渙散，便想起身跟她道謝，回到房間睡覺。

但是女孩用急迫的眼神示意我等她，我在吧臺前又喝了兩杯調酒，等到她塞紙條到我手中時，我又如前晚那樣意識模糊，大腿的肌肉與關節開始抖動，我很清楚自己喝醉了，所以把那張紙條塞進口袋後，就集中全身僅剩的力氣，緩慢地走回飯店房間裡。

直到半夜，我被一陣陣連續急促的敲門聲吵醒。

當時我頭痛的無法思考，沒有想太多就本能地起身走到門口，打開門，是那個女孩。我看見她小小的臉上有著一種很奇怪的平靜，抬頭望著我，詢問我可以進去嗎？

我那時已經清醒了，只剩宿醉的頭痛，卻也沒想太多就讓她進來房裡。她一進來就很自然地拿了房間冰箱裡的啤酒，坐到床上喝了起來。我拍著渾沌的腦袋，很多疑問從心裡冒出，但是我不動聲色，只想看看女孩究竟想做什麼。

她把一瓶啤酒喝光之後，便開始沒頭沒腦地說起關於她以前的很多事。包括她的男友都在家裡不出去工作，兩人縮在五坪不到的小套房裡，僅靠著她在酒館裡打工的錢生活；她從十五歲就逃家，為了生活不停地到處打工賺錢，也曾經碰過許多光怪陸離的事，但是都沒有她的家族發生的事更怪了……

『妳半夜來我房裡就是來跟我說這些的嗎？』我在她講到一個段落，忍不住插嘴問了她。現在三點半，整個城市都沉浸在熟睡的夢境中。我不想要一個陌生的女孩，像是鬼魂般的出現在我房裡，對我說些我根本不感興趣的話題，來打斷我的睡眠。

她搖搖頭，沒有回答。我坐到離她有些遠，床的另一頭位置，把床頭旁邊的菸拿起來，抽出一根點上。

房間很安靜，甚至連彼此的呼吸聲都聽不見。

我抽著煙，仔細地盯著火紅的菸頭看著，耳邊細小地傳來燒燙的劈哩剝嘍的聲音，這一切都讓我感覺很厭煩。即使前晚她曾經好心地扶我回來，也不表示現在就可以無理取鬧，莫名地打亂我的睡眠啊！

我暗自下了決定，等這根菸抽完就把她趕出房外。

因為房間裡靜得出奇，我把菸熄掉，便回頭看看她在做什麼。女孩維持著低著頭的姿勢，安靜地把兩隻伸出床邊的腿，輕輕在床沿邊晃了起來。白皙且可能因長期站立，而顯得有點臃腫的小腿，在慘白的燈光下有種奇怪的肉慾。

不是男女之間的情事，而是更靠近本質上，屬於很純粹肉體的慾感。

她停下晃盪的腳，抬起頭來看我。我看見她臉上清空空的，什麼情緒都沒有，但是她卻對著我微笑了起來，跟我說她很喜歡我，前天我推開酒館的門，她第一眼就喜歡上我了。

我搖搖頭，對她說小女生你一定腦袋不清楚，現在幾點了，趕快回到你男友身邊吧。

我說完走到她的身邊，想要把她從床上拉起，她也沒什麼失望的表情，只是輕輕推開我的手，緩慢地將手放到胸前，慢慢地，一顆顆沿著白色襯衫的鈕扣，像是做什麼精細的手工藝，把上面的鈕扣解開，敞露出與小腿一樣白皙的胸部。

她沒有穿內衣，所以當鈕扣全部解開，整個胸部就完整地顯露在我的面前，我不禁倒吸了一口氣。

她只有一個乳房，另一個被切除掉了。

橫隔在上面的縫線肉色疤痕十分清楚。那傷痕仍帶著切割時，依然隱約存在的殘忍感。那視覺像是慢動作的花朵，綻開每一片細微的花瓣，一點一點地從眼前顫抖地打開，花朵最後露出裡面的花心。

她還是沒有表情，只是一直在嘴裡喃喃地說著多喜歡我的話……我突然有種想哭的衝動，這畫面直接地衝擊著我最脆弱的部分，我再也忍不住地上前擁抱了她，與她發生關係。

後來，這案子正式開庭沒多久，我就收到一封匿名信，裡面什麼字也沒有，只有我與這女孩當天晚上發生關係的清楚照片。我才明白於原來這些都只是一齣戲，女孩是那女人派來的，是為了完整控制我所佈下的劇碼。

之後再去那酒館裡找那女孩，老闆宣稱女孩僅來打工三天就消失了，連最初的個人資料都是假的。

這案子一開庭情勢就直轉急下，金融鉅子的妻子告丈夫外遇，但是那鉅子手裡更握有對女人不利的證據時，我連放棄打官司的權利都沒有，因為我當時真的掉入女人佈下的圈套，與那個女孩發生關係。

後來我的妻子，更是不知從哪裡輾轉地知道了這個插曲，便不顧一切地與我離婚。」夥伴很無奈地笑了笑，又彎低身子，把剛剛開的紅酒取出來，拔開軟木塞，就口喝了起來。

我沒有說話，只是靜靜地聽著這個遲來的答案。

「只不過，在這個圈套中，其實還是有所謂真正的同情心存在。

我到後來案子爆發了無可挽回的逆勢，整個人變得非常消沉與絕望。那時天天失眠，有段時間還必須要看心理醫生，還有吃下許多醫生開的藥物。

有天又是一個失眠的夜晚，我躺在床上翻來覆去地睡不著，便起身隨便套了衣架上的外套出去買菸，便摸到了女孩先前在酒館裡遞給我的紙條。

我很詫異，一時間想不起來這紙條的由來。在便利商店那慘白的日光燈底下，紙條已經皺爛的不成樣，泛黃破損的痕跡，讓紙條看起來更像是一團早該丟棄的垃圾。但藉由紙條粗糙的質感，我想起了女孩，也想起了那在昏黃酒館中，女孩遞紙條給我的怯弱模樣。

我打開來看，竟一時間全身起了嚴重的戰慄。」

「裡面寫了什麼？」我抬起頭來盯著夥伴看。

「裡面寫著：『**不論如何，請您千萬不要理我**。』」

他低頭避開我的注視，把手中的紅酒一口氣喝完。吞嚥的聲音從安靜的空間裡停止，夥伴把空了的酒瓶丟到底下的垃圾桶中，滿臉通紅地微笑看著我，說他要回家休息了，於是跟我道了別，走出我的辦公室外。

人的命運說起來實在奇怪。因為我一開始沒來由的對整個案件的反感，讓夥伴全程單獨處理，而對方便高竿的利用了他的同情心。現在知道了其中的過程，我在心裡想，當時如果是我接下了案子，對方派出了或許是那集團中看似最無殺傷力的女孩，我也一定會落入圈套，畢竟不可考驗的同情從心底湧出時，什麼都無法想像。

也或許我一開始與他一起進行，便不會有後面的事情發生。他現在不會離婚，也不會變成酒鬼，而我們也會繼續合作的關係。

但，或許更糟。

在一切都結束的兩年後，這天，我接到了這個現在必須稱為「前夥伴」或者「前合夥人」的電話。一如我仍熟悉的簡短說話風格，低沉沙啞的嗓音，在話筒裡很乾脆地說明了他知道了一件與海敏有關的嚴重案子。

我在電話另一頭愣了好久。

先前見到海敏時，就隱約地察覺了事情的徵兆，只是沒有想到，這一切不是單純的想像而已，是事實。更令人驚訝的事，居然是由他，這個已經變成酒鬼的前夥伴來告訴我。

但，一切真的出乎意料地來得太快了。

「你今天難得沒喝醉啊！」我帶著些揶揄的口氣對他說。

「喂，不要鬧了！你還有心情說笑？你還記得兩年前讓公司將近垮掉的女孩嗎？那個我跟你提過，只有一邊乳房的女生？」

「當然記得，怎麼可能忘記？」

我很驚訝他一打來就提起這個女生。這個算是間接地毀掉了那時候的他，還有我們當時的整個生活。這像是一隻哽咽在喉嚨的魚刺，我與他都明白，當時我們沒有能力，就這樣把魚刺從生命中拔出。

或許這只是那女生的工作責任之一，但是我覺得能夠把自己最脆弱的地方，當作自己最強大的攻擊項目，這樣的人是最恐怖的。

「前幾天我接到一通未顯示號碼的電話，接起來是女生的聲音。她沒有說明自己是誰，只是很簡略地說，她從現在所附屬的集團中，由偷聽最上層單位電話內容所得知的，現在還沒有什麼人知道。她說她明白當時我們因為那案子滑倒的慘狀，她希望透露這消息能夠補償她當時的罪過。

她還一再強調，這個新聞要是真的披露出來，一定會上所有媒體的頭條與牽扯上官司，而且，也絕對會徹底的毀掉海敏。

我掛上電話想了很久，才想起這聲音的主人是誰，也因此確定了這消息的真實性。我現在很認真的跟你說，事態非常嚴重，你必須要馬上去找海敏。」

他的聲音此刻聽起來異常清晰，好像就在我的耳邊大聲喊著，音質裡有一種壓扁的，神經質的尖銳。

「我知道！總之，謝啦！」我盡量維持著平常的語氣，卻馬上想起了記憶裡，已經模糊的他當時失業，悽慘落魄的模樣。不知道離開律師事務所的他，是不是又回到先前的那個樣子。現在我沒有心情開口問他。

「不要客氣，那麼，再見了。」

「再見。」

我把電話掛上，望著在白亮燈光下的黑色話筒，仍發著一抹冷靜的光澤。

我走到窗邊，拉開窗簾，看得見道路對面排列整齊，樣式一致的建築物。每棟建築都像被一層灰蒙住了似地髒兮兮的，光眺望著就聞得到排泄物的難聞氣味。已經將近晚上九點了，還有幾處窗口燈還亮著。

我把窗簾拉上，回到沙發中，躺在軟綿綿的墊子中想著我失蹤的妻子。

我試著想想她有可能會去哪裡，還有她的生活面貌會如何改變。但是無論怎麼想像，我無法在腦中勾勒出大致的模樣，好像她一脫離我的生活，我們就失去了彼此互相流通的語言，我無法只是單獨地，坐在這裡想像，她單獨一個人生活的面貌。

我想她堅決拿掉我們的小孩，一個人從我們共有的生活中消失，就已經明白，她一旦離開，就決定徹底隔絕我們曾共有過的生活痕跡，我與她，兩人無論怎麼努力，都已經進不到對方的世界中。

我歎了一口氣，從沙發中爬起身。

我明白現在的我，已經被捲近一場恐怖的風波中；正確地說，是我唯一的親人海敏，已經深深陷入某個複雜曲折的地獄裡頭。然而這些何時會結束，會以什麼樣的方式結束都無從想像與掌控。

命運總是像骨牌效應，一個輕輕推倒，全盤盡輸。而很多人在生命中，是面對萬劫不復的一刻卻完全不自知的。

第十一章　彼端：靈魂祭

在秋末剛開始吹起刺骨的寒風之前，我收到家鄉位於中央廣場旁的咖啡館中，時常在吧臺後方，一個人掉入沉默裡的老闆所寫來的信。

在半年前，我剛抵達這個島國，安頓好住的地方，並且常常進出在鬧區的咖啡館時，我曾經在店裡拍了照，連同信件寄回惡之島，把近況很簡約地報告給咖啡館知道。

「你們好嗎……這樣開頭的問候有點糟糕，而且不聲不響地走掉實在也出乎我的意料，但有時候命運就是這樣讓人心浮氣躁，無話可說。

我想過華特可能會邊喝著啤酒邊抱怨：『他這小子真是誇張！』，而西蒙則是聳聳肩，表示這世界上什麼事都有可能發生；我也想過雷迪會坐在吧臺上，一邊聽著爵士樂，一邊會提及以前我聽見這首歌時，都會再點一杯咖啡的老習慣。

空氣裡總是泛著一股接下來就會改變的氣氛，有時候也會非常悠閒，幾乎是無所事事地看著窗外廣場上的人來人往。

我很想念你們，也想念那裡的一切。

我現在身在別的地方，也就是島國最初分裂的另一半國家。

這裡與家鄉很不一樣。老實說我無法用文字具體形容，是個連內在構造都不同的世界，徹底的不同到我想大家都應該無法想像。

我已經在這樣不一樣的國家安頓下來了，請不要擔心。

這張照片是這國家位於鬧區的咖啡館，連氣氛也與那裡不同，簡單來說，應該就是戰前與戰後的差別吧。

P．S請雷迪幫我喝掉我的份的咖啡，在那首爵士樂響起時。」

把信寄出去的同時，我不期待有任何回音。這只是一封純屬報告近況，希望他們不要擔心的信。在家鄉那裡，我的生活幾乎都在咖啡館中，也許因為我沒有任何家人，所以一直把那些朋友當成家人般對待。

這種關係很微妙。只要有空大家就窩在一起，但是對彼此的關心又比親人沒有壓力，有時候我想是大家都有自己的煩惱吧，聚在一起就把最放鬆的那一面露出來。

信寄出去大概兩個月後，我在鬧區的咖啡館那收到回信。

「有你的信啊。」我一進咖啡館，吧臺後方的老闆，從底下掏出一個白色的信封，然後模樣慎重地穿過吧臺遞給我。

「信？」我一時還有些會意不過來。

「是啊，我想應該就是你的吧。」老闆對我點點頭，什麼也沒說的又轉過頭，進去吧臺裡繼續煮著咖啡。

我點了一杯常喝的熱拿鐵，一個人坐到咖啡館最後面的位置，打算好好來讀信。信封上面的署名很妙，果然是沉默咖啡館老闆的性格，他寫著：「整家咖啡館看起來最孤獨的人收」。

我喝了一口熱騰騰的咖啡。現在咖啡館裡正放著文溫德斯的一部老片：巴黎德州的電影原聲帶。一曲曲孤寂的吉他聲很符合電影裡，荒涼沒有盡頭的公路。我把裡面三張信紙掏出攤平之前，下意識地摸摸自己的臉。

「收到你的來信了。

果然是要寫回來告知我們你的近況。（你寄來那邊的咖啡館照片，我看了很慚愧，真的要找時間來重新粉刷一下自己的店面了。）

如你所說，華特對你的失蹤簡直不能諒解啊。一開始天天在我面前抱怨，但是聽久了這些責備的話，也開始習慣了；畢竟這樣才讓我和你知道，他是非常關心我們大家的，沒有像平時見他的那樣漫不經心。

我們這裡一切照平日那樣的生活著，沒有發生什麼特別的事。現在進入到島國最寒冷的氣候，尤其午後吃過中飯，在濕冷的天氣裡又下起大雨，廣場上浮現一個個黑色的深水窪，透明玻璃上的霧氣也濃厚的看不見外面景色，心裡的悶澀這時更是灰暗的無以形容。

我時常一邊和雷迪閒聊著這個惱人的天氣，一邊聽著爵士樂等著玻璃上的霧氣散去。你離開後，我下意識地更常放著你喜歡的那張爵士唱片，比莉哈樂蒂死前最後一張專輯。但是當霧氣逐漸揮發後，外面的景色也就灰濛濛的一片黑漆，這時聽見比莉已經壞損掉、倒嗓到沙啞的聲音，心裡更有說不出的孤獨感。

就如我記憶中的你的模樣。（怎麼樣！信封上的署名，應該會順利地讓別人把信交到你的手裡吧。）

說說我們一起看過的灰色眼珠的老人吧。

我在上個禮拜這樣寒冷的季節，午後下著大雨的時間看見他。一樣穿著厚重地長大衣，戴著破損的黑色禮帽，一個人撐著把黑色大傘，在廣場邊緣停停走走。

冬天裡看見他很怪，眼前是一幅很奇怪的畫面。也許在我的記憶裡，他應該永遠都停留在春天剛來臨的那個時間點吧。

我放下正在清洗杯子的手邊工作，站到咖啡館的門口認真看著。

他的動作仍舊如你以前所見，那樣鈍重遲緩，很不靈敏的一個人，就這樣笨重地繞著圈子，像是唱片故障般的停頓在同一個音節中。這個時候，只有我一個人在店裡，雷迪與華特，還有一些老朋友都還未下班，清空空的咖啡館中只有我與一堆寂寞的咖啡杯與咖啡豆……喔，對了，還有你喜歡的比莉哈樂蒂的聲音而已。

我沉默地盯著外面的老人看，看了非常久一段時間，等到他離開廣場，往東邊的街道走去時，我才驚覺時間已經移到了晚上，好像直接跳過下午的時間，瞬間到達傍晚。

我突然感覺到，在島國的時間，其實一直都是這樣斷續不連接的。當心裡的某個感覺，不論是悲傷、快樂、或者寂寞擴大時，時間感在這時候是會完全消失的，無法伴隨著感覺一起往前流動的。

我今天看見老人，才發現這裡的時間，是如此破碎的令人心慌。這也難怪，我轉身走回吧臺裡面，心裡就出現這個想法：這也難怪你會一聲不響的離開，難怪米菲亞會失蹤。

你可能會想，我究竟在說什麼啊！老朋友的信應該要寫些明朗快樂的事啊，諸如咖啡館生意好到讓我賺到可以開分店的本錢，或者每個人，包括老愛說大話的華特，與頹廢的雷迪都積極的面對生活之類的話……但是你也知道，這裡似乎從未有這樣全面性的光明，以上說的事當然有可能發生，卻絕不會從我這裡聽見。

這跟我的個性無關，是身在這個島國，隱約從心裡泛出的無力與無奈。

我想這就是你們會離開的原因吧。不知道為什麼，總覺得你們失蹤的時間差不多，一前一後的消失在這個島國上，（寫到這，我必須要強調，我不知道米菲亞究竟去哪了，但是我很肯定她已經離開了這個島國）一定有某種關聯性吧，我是這樣大膽地直覺到的。

我一直都未跟你提過米菲亞。

米菲亞是在失蹤的三個月前，一個人來咖啡館應徵。

這很怪，因為你也知道，我從未貼過要應徵服務生的告示，或者跟誰提過我需要另個店員幫忙之類的話。那天，她一進來店裡，詢問這裡是否缺服務人員，我連考慮都沒有考慮，直接就要她第二天來上班。

為什麼呢？老實說我只是覺得她有種非常特殊的氣質，不是亮眼也不是吸引人，好像隱藏在底層的，某種會讓人安心的氣質。只要她不說話，幾乎可以順利地隱藏在所有的人與東西的後面，等到需要她時，那一現身的極重存在感，又讓人覺得可以放心。

講到這，我開始非常想念米菲亞那張美好且平靜的臉蛋。

後來，與她開始熟悉了之後，她跟我提過她的身世。當時我們兩人正一起在吧臺裡收拾著，準備打烊的工作。我在關掉唱片盤，音樂停止後，隨口問起她的背景，她便很認真地把她的一些過去跟我分享。

或許也是這樣吧，我覺得她在講述過去時，我的腦中一直想到你。

你們很像，不論背景或者奇怪讓人放心的氣質。你是擁有無法說明的孤獨感，而米菲亞呢，則是擁有一種說不上來的獨自存在感。

她和你一樣，是個孤兒，從小被一對在東邊村鎮中，開雜貨店的一對老夫妻收養。他們從未對米菲亞隱藏過身世，自她懂事了之後，就很老實地跟她說明他們不是她的親生父母，沒有兒女的他們，在寄養中心認領了米菲亞，並且一起把她帶到大。

他們對米菲亞的態度則不好也不壞。應該說，一切沒有像童話般，因為長久沒有兒女而對她溺愛的不得了，也沒有像邪惡的小說裡，養父母總會欺負不是親生的女兒。

這是真實的世界，他們也就很真實地盡了父母基本的本分，不多也不少。

米菲亞跟我說，她從小在這樣的環境中長大，便培養自己獨立的習慣，習慣身邊沒有人，習慣獨處，習慣忍受這個島國的一切，怎麼樣，這些也跟你很像吧。

現在回想起這些，我只能說，這三個月米菲亞很盡責的幫助我，協助經營一家咖啡館裡的任何雜事，她的工作是服務生，也就非常盡本分的當一個稱職的服務生。我想起她，只能說很感謝……我想我對她的情感，有點像是父親對女兒那樣，可能也沒有過多的溺愛與呵護，但是她的確就像是我的人生中，突然出現的一個貼心的小女兒。

我們之間也很快就培養出一種說不上來，非常舒服、體貼的默契。不過問太多對方的私事，但是只要一個眼神，就可以明白對方的心情與感受。所以，自從她失蹤之後，我也覺得生活裡好像少了些什麼，而感到非常落寞。

咖啡館實質的事務上就不用提了，連凌晨一起打烊，可以彼此聊聊天，最後再待在吧臺裡抽一根菸的對象都不見了。一開始的確很不習慣，有時候會有一種在熟悉的空間裡，所處的地方莫名其妙地被切割成兩半的感覺，在沒有她的時間中，彷彿一切流動的特別緩慢。

我想因為她總是在外場忙碌著吧。

但是，如果我現在，想起她的失蹤，感覺是她就開始另一種不同且幸福的人生的話，我會非常祝福她，但是，我必須非常誠實地跟你說不是這樣的。我既沒有感覺到米菲亞幸福，也沒有感覺她開創了什麼不一樣的人生，相反的，我感覺到她活在一個奇怪的世界裡，一個顛倒、扭曲的古怪世界中。

待在那個世界裡的她，是完完全全停頓下來的。

嘿，我想先說明，我絕不是要故意讓你擔心或者煩惱，我明白你對米菲亞的心意，但是，我現在所寫的，是我真的感受到，也非常擔心的一個混亂的狀態。

這半年來，她用一種微弱的頻率，只屬於我們之間培養出來的默契，蒼白傷感地告訴我，她現在身在一個她連控制自己的心意都做不到的冰冷的地方。很荒涼的世界，簡直就像從未下過雨的乾枯沙漠。

但是，我卻不確定她希不希望逃出來。

在這裡想跟你說聲抱歉，那樣久的日子沒有見面，我卻寫給你這些毫無頭緒的話。

我想，在這個失蹤的事件裡，我只明白一件事，那就是如果說她希望可以離開那個世界，憑她自己的力量是做不到的。她現在既無力又渾沌，甚至是連思考的能力都沒有。除了你，已經沒有人可以把她帶回來這個世界了。她需要的不是任何一個可以救她出來的人，而是你，擁有跟她一樣特質的你，才可能喚醒她求生的本能，還有過往一切的記憶。

記不記得我曾經跟你說過，一本我看過的小說，關於遺棄的做夢與不做夢的人？我想，米菲亞現在就像身處在一個接著一個的夢境中，無法清醒，也走不到這繁複夢境的盡頭上。而這個夢恐怖的是，那裡沒有氣味，也沒有聲音，更看不見任何她所熟悉的事物，她就被當成一個物品，毫無知覺的物品，被空蕩蕩地擺置在那個扭曲的世界裡。

身在這個島國的我，無能為力為她做任何事，只能接收到她虛弱的訊息，再誠實地傳達給你而已。

回到本來正常的信件中，應該有的近況生活報告吧。

我很開心你在那裡一切安好，我們這裡也是，如果有機會，很希望你可以回到這裡，與我們一起聽你最愛的比莉哈樂蒂。

P．S雷迪時常用你的藉口，一天喝進過多杯的咖啡。我很擔心他的健康，想先跟你說一聲，我會假裝收到你的信，藉此來控制一下他的咖啡癮。」

這封回信我讀了三次。讀信的期間，我喝掉了兩杯咖啡，抽掉了一整包菸。現在是晚上八點多，我六點從沖洗店下班後，就來到咖啡館，而花了快要三個鐘頭的時間，反覆讀著這封家鄉寄來的信。

店裡原本荒涼單曲調的巴黎德州，這時候換成了有點浮躁的搖滾樂。咖啡館裡的人也開始變多了，座位大概已經八成都坐滿了人，四周充滿了雜亂的說話與嘻笑聲。

老闆所形容的米菲亞的處境，我想我可以想像。我在潛意識中，也覺得米菲亞需要我，也正用微弱的訊息在呼喚我，但是，我到了這裡已經有些時候，時間不斷滴答滴答地往前流逝，我卻始終都在外面繞著圈子，進不到事情的核心，也踏進不了她所在的世界。

我把信工整地折了起來，放回信封中。我把右手手指放在藍色原子筆寫的「**最孤獨的人**」上面，輕輕摩挲著粗糙的紙張，然後深深地吸了一口氣。

重頭想起這全部的過程，我對整件事情好像不由自主地在意的不得了。從決心離開家鄉，跟隨著動物隊伍開始，我似乎進到了一個漆黑渾沌的空間。我手上有的，僅只是一個小小的，亮著微弱光線，已經點燃的火柴，照亮的地方僅是空間的一小部分，再怎麼努力卻也看不見空間全部的面貌。

而在這個空間的最底處，我聽得見米菲亞細微的呼吸聲，我似乎一腳踏進了我根本不了解的謎團與世界中，不只是米菲亞，好像連我自己在內，都有被深深牽引到某個未知的地方中，手與腳與身體，都不屬於我意志力能操控的軟弱世界裡。

但是我沒有失去希望。當然不是那種光明的不得了的希望，但是也有如果沒有找到她，我絕不放棄的信心。

隔天下午兩點整，羅傑推門走進工作室裡時，我正在整理工作桌上的底片。他看起來一臉疲憊，用虛弱沙啞的聲音跟我打了招呼，然後像是自言自語般地，跟我說起影像的力量。

影像自己會有力量。那是誠實地顯影出在某個時間點上，剛好流動過去的氣氛、空間裡微小的，正在碰撞的情緒，還有如細絲般延展出畫面裡的無限想像。每個影像不只是瞬間的畫面，還是一個個持續進行，無止無盡的故事。

「你還記得嗎？」他歪著頭，順手把大外套脫了下來，掛到工作室門口後面的掛勾上。

「記得，這大概是我答應來這裡工作的最大吸引力。」我笑著回答他。

「是啊，這也是我開這間工作室的原因。」羅傑點點頭，深邃的五官裡有著複雜的表情。

我看著正低頭叼著菸，底下的雙手，正流利地像變魔術般整理著一疊疊底片的他，心裡想著如果把他這時候的模樣，拍進一張照片裡，那麼沖洗出來的影像，會留有多少這個時間點上的情緒？

或許很多，也或許畫面乾淨的只留有羅傑兩條眉毛上，明顯的糾結。

這天羅傑一臉沒睡飽進來工作室後，便跟我說起先前第一次提及的，關於特殊案件的攝影工作。他說起最近城市裡最大的私人企業找上他，需要他拍攝與沖洗一連串的活動內容與推銷的產品近照。

「工作內容沒那麼簡單，他們要求我要把產品的靈魂拍出來，要能看見特殊的影像力量。」

「聽起來很困難啊！」我順手接過他遞過來的一疊底片，把它們放進工作桌旁邊，那堆分類完整的資料夾中。我想要求人像的拍攝，有自己的靈魂似乎比較容易，而產品的拍攝，我沒有什麼概念，畢竟是有無生命的差別。

「是啊，我剛剛到他們公司那參加他們內部的開會，不知不覺有一種自己好像換了行業似的！影像本身所賦予的力量很大，但是每次真正嚴重到需要倚賴它時，我又開始懷疑起自己，是不是僅是影像卑微的媒介，而不是傳遞影像力量的真正原因。」

羅傑抬起頭來，無奈地對我搖了搖頭，又繼續低頭整理底片。

我沒有回答羅傑拋出來的問題，因為我不曉得如此相信影像有力量的他，會有這樣的心情。他應該曉得如果不是他當中間的媒介，影像只是平板單調的時光紀錄罷了。

羅傑有一雙化腐朽為力量的巧手。我不回答也不刻意說出，是因為我相信他自己比我更清楚，然而現在的他，只不過是反應他身體與精神上的疲倦情緒。

他把手上的煙熄掉，仍皺著眉說等會企業內部的人會過來工作室，有可能會忙到很晚，所以提早先讓我下班。

我把手邊的工作結束，泡了杯很濃的咖啡給羅傑後，便離開工作室。

當我走到前面街角的公車站牌前，心裡想著那本《惡之島》，剛好看見前往圖書館的公車正從不遠處，緩慢地朝這行駛過來，便很自然地坐上了公車。

車上沒有什麼人。坐在最前面的司機，駝著背轉著手上的大方向盤，在停紅燈時，不時慣性地抬手摸著自己兩頰的落腮鬍。前面單人椅上，只有一個穿著西裝正在打盹，年紀約三十五歲的中年男子。

我選了靠窗的座位坐下，把臉貼近窗子，讓眼前移動過去的街景，清楚地印在我的視覺裡。

今天是個大晴天，但已經進入冬天的時節，寒冷的空氣仍環繞著刺眼的光線。冷風順著車內敞開的窗子，迅速地灌了進來。窗外下方，沿著馬路的人行道上，稀疏聚集的人群從眼前晃過。一棵棵排列距離整齊，就立在人行道外側的行道樹，交錯在經過的人群中間。那些行道樹的樹幹高矮相同，上方的黃色帶些枯萎的葉叢形狀也一樣。

有時會眼花，以為在原地打轉般。我盯著外面一晃而逝的街景看得入迷。

我還記得很久以前，搭車去殯儀館看母親最後一眼時，寄養中心的老修女也是這樣與我一起坐在公車上。當時我什麼也不敢想，盡可能地把整個精神都投注在窗外的景色上。

現在對母親的印象已經很模糊了。

有些粗糙的手掌線條，從頭頂慢慢往兩頰撫摸下來的觸感、我的皮膚摩擦到她絲質洋裝，那種輕輕由滑溜的衣服表層，感覺到沁涼光滑的溫度。母親的笑聲，具體的聲音質感已經模糊，但是她笑聲的尾音，總是拖得長長的，好像一首不願意結束演奏的輕快小調。

還有就是灼熱的體溫。這個感覺最深刻。

在每個有母親印象的回憶點裡，我體內的溫度總是很高。這不代表我時常發高燒，或者是有異常的體質反應，但所有關於母親的腦海回憶，都包含著我不尋常的皮膚表層，時常處在一種溫暖到接近炙熱的感覺。

有時候皮膚真的會滲出些許的汗水，少許微溼地覆蓋在毛細孔上。額頭與頭髮的交界處，偶爾也會流下幾顆小小透明的汗珠，沿著眉毛滑到眼睛裡。

公車此時停在一個十字街口前面。窗戶外邊的右手馬路上，急速從眼前行駛過兩臺黑色的轎車，還有幾臺顏色鮮豔的摩托車。淺灰色的車子廢氣，從消逝的車群後方，往兩旁散去。陽光下的行道樹，依舊散著陽光閃耀的朝氣。我瞇起眼睛，想著關於灼熱體溫的奇怪印象。

後來，我終於明白了是怎麼一回事。

前幾個星期，有次在下班後，與羅傑兩人相約去看了一部電影。是部很無趣的電影，整部片沒有特別吸引人的地方，很平庸呆板的劇情，主角們的表現也像是背著臺詞，對著攝影機毫無感情地朗誦著一樣。

在電影的最後，裡面的母親與孩子被迫分開時，那母親向前去摟住她的孩子，鏡頭特寫了兩個人的臉部表情。當我看見從母親的額頭與眼睛上，滴落下汗水與淚水，晶瑩剔透地像是切面漂亮的發光鑽石時，我才恍然大悟般地在位子上久久不能回神。

母親一定很常緊緊摟著我。

這個擁抱使我與她的身子貼緊，要把所有的情感融進這個擁抱的動作，所以我的體溫在印象裡總是那樣溫暖，那樣灼熱到要從皮膚裡滲出汗水；像是那母子在生離死別的最後一刻。

但是很奇怪的是，每次思緒一到達這裡，心裡湧出仍龐大的期待時，卻無法完全地讓我的心，真正的激烈波動。

這感覺很複雜，好像是終於了解的擁抱，似乎不是那般踏實的純粹。在我十分模糊的記憶裡，母親好像不只緊緊抱著我，在我們貼緊的身子中間，還隔著另一個人。

或許就是這另外兩個人，擁有同樣高度的體溫，才能讓我在懷抱中滲出汗水。

但是，當我一沉浸到這個記憶裡，卻只有母親緣邊已經溢散開來的輪廓。另一個人究竟是誰？為什麼會有這一個人在我與母親之間，我卻怎麼樣也記不起來。

公車停在廣闊的草原旁邊。坐在最前面的司機回頭喊著「最後一站到嘍！」我才從層層重疊的記憶中清醒，晃晃沉重的腦袋，趕緊起身下車。

空氣很冷，四周的景色因為冬季，也顯得孤寂許多。我跨越過乾枯的草原，進到如巴洛克巨人的圖書館裡，便看見那個圖書館管理員，站在書櫃與大門中間，那張長方形桌子的旁邊，低頭正專注地在整理桌上的一疊書。

圖書館內部的圓形空間兩旁，那一扇扇往裡面延伸的拱窗，此時正曬進刺眼的金黃色陽光。亮澄澄的光線籠罩了兩邊的木質書櫃，讓整個空間，呈現出一種橘黃色的柔和。現在是下午三點整，即使是冬季，也是陽光與溫度最熱烈的時間。但是沉浸在最刺眼奪目光線中的圖書館，卻只有視覺跟得上溫暖的溫度，裡面實際的溫度卻沒有那般溫煦，甚至有種沁冷的涼意。

我一邊往圖書館的桌子方向前進，一邊動手把外套的拉鍊拉上。站在桌子旁的她，聽見我故意加大音量的腳步聲，還有細碎的雜音，便輕輕地抬起頭。她的眼睛對上我的臉時，卻又是一樣驚訝的神情，然後勉強擠了有些不自然的微笑，跟我打了招呼。

我禮貌地回應，坐到桌子的另一邊，從包包裡拿出那本《**惡之島**》，認真地讀了起來。

有個老師曾經告訴我，在地理科目上表現傑出的學生，通常除了擁有優良的背誦能力之外，對於條理整合的處理，與邏輯建立的觀念，一定也非常有自己的一套，可能有別於一般人的理解能力。』

我的地理成績一向很差，理解能力也不行。

我始終對於世界全球裡，大大小小，面積不同形狀不同的島嶼國家沒輒，還有複雜的氣候人文也完全沒興趣。

現在，是不是覺得由我這樣的人來寫惡之島實在很沒有說服力？

好吧，那麼我先用條理明確的方式，概述一下惡之島的外在條件。

惡之島：

面積約二三〇平方公里。地勢北高南低，以森林為主，島嶼中間的盆地以及環繞的低矮丘陵，則是人口密度最高，也是唯一聚集最多居民的地方。南方則佔有四分之一的廣闊草原。缺乏淡水，境內的河流與湖泊屬於小型，橫跨的地區面積很小，皆須仰賴下雨季節的儲存水量。

島國氣候屬地中海式氣候。冬季多雨，高山地區會下雪，夏季則高溫乾燥。

惡之島自然資源貧乏，礦產資源僅有石灰岩，又因為土層淺薄，缺乏灌溉水源。而在農業也不甚發達，農副產品尚不能自給，糧食以大麥小米為主要食物，仍依賴跨越南方的草原，直達沿海地帶的海洋船隻，進行國外進口貿易。

島國從事畜牧業的人口很少，集中於東南方，城市與草原的交界點上，勉強自給自足。

在經濟上，依靠加工製造業的外銷（主要是電子、紡織、木質傢俱）維生。城市中的建築與其散佈方式混亂，在城裡信步而至，可看見高聳的科技大樓與低矮平房比鄰，或木頭工廠與琉璃房社相互對比。

宗教信仰不一，一部分為無神論者；而大部分，則迷信於惡之島歷史中，流傳下來的怪誕的民間傳說，與大自然之神。其他少數居民則為基督教與摩門教。

這樣如同普通的地理書籍論述，我覺得根本無法使惡之島，透過這些平板的話，讓看這本書的讀者，從腦海裡畫出概略的地形。我也看過許多類似的書刊，很無趣，這些話語條列根本沒有魅力，從中牽引不出任何屬於這奇異之島的想像空間。

所以，在決心著述這本書之前，我就決定要用自己可能有些雜亂、謬想，還有大量的民間軼事、小說奇遇、聽聞或親身感受的種種，進一步去構建出這本書的主要章節內容。

我想能夠讀到這個章節的讀者，應該從我的敍述方式，早就明瞭我在這部分奇怪的堅持了吧。

現在，我想來談談惡之島上的宗教信仰。

我提過惡之島裡的居民，有一部分是無神論者。他們不知道狹小的世界與封閉的視野中，究竟蘊藏了什麼深不可測的冥界或神界的力量，好供他們懼怕畏怯，甚至是尊崇仰拜。

的確，惡之島上的成員本來就是多屬兇神惡煞之人，他們趨鬼殺神地犯下滔天大禍才來這裡的，在信仰方面本來就會比正常人淡泊無感。

而另外，大部分的人，他們相信傳說，也就是迷信於像是希臘神話故事，裡面曲折複雜的傳奇。但他們信仰的不是如天神宙斯，或太陽神阿波羅那樣具象的人物英雄。在這個信仰裡，沒有可供膜拜信服的模擬對象，也沒有明確的脈絡來延續他們的尊敬與恐懼。

根據惡之島上的傳說，人的靈魂除了依附在本身的身體裡，還有另一個魂魄，是跟隨著可變動的身體，附著在身體下方所位於的土地中。土地一方面容納在其上生活過日子的人，一方面吸取每個人的第二個靈魂，來茁壯與強大其中的豐富資源。

這算是一種相互各取所需的相信。

在他們之前所居住的家鄉，也就是分隔在惡之島東西兩邊的國家，就是因為在其中的土地，已經背棄了他們的第二個靈魂，甚至連第一個靈魂都唾棄地不願意接受，所以才會可悲的擁有被驅逐的命運。

在這個信仰裡，人們相信把自己的第二個靈魂給了這個土地，然後藉著土地裡生生不息的能源，養活自己與其家人。這種以物易物，彼此交換的信仰，非常符合惡之島上的居民，原本所擁有的，貧乏又惡劣的本性。

我個人對這個信仰沒有多大的好感。

我想，唯有自私自利的人，才會把崇敬的信仰，去依託在這個傳說上；也唯有不會反省的人，才會覺得那些錯誤與被流放，是因為土地的背離。

這樣想起來其實很有趣。好像因為這些原因，來到惡之島的罪人們，似乎都會相信這個似乎為他們打造好的信仰。

那到底這個信仰是在惡之島上形成的呢？還是只專屬於自私的人的特別信仰？

土地與人類互依相存的狀態，原本就是一種大自然的定律，與規律的循環律動；我想，信仰這個傳說的人，他們特別把大自然中的一環，挑出來賦予其中的意義，或許在某個心理層面上，只是逃避自己被遣送到惡之島上的罪行罷了。

關於這個奇怪的信仰，我曾特別去問過北邊城市裡的宗教學者。

這個學者住在北邊一個大學的宿舍裡。那大學以宗教還有政治系所聞名，裡面授課的教授都是年過六十的老學者，在島國內擁有大量豐富的著作發表，被政府當成是一群極有價值的國寶級人物。他們平日在學校授課之外，定時也會在報章雜誌上的專欄發表文章，以及在私下組成研討會，與年紀較輕的學生們討論全世界的宗教信仰，還有從探討中，延續關於惡之島的傳說軼事。

這位宗教學者是學校的專任教授，年紀約五十五歲。專攻西洋與希臘傳統的神話宗教論述，也在這個領域中擁有權威性的地位。他的樣子很有威嚴，個子高䠷且瘦，頂著一個大光頭，鼻樑上則托著一副金框的鏡架；講話時雙眼兩旁的皺紋會清楚浮現，眼神在專注凝視前方時，則流露出一種，屬於這個人的堅強意志力。

據學者自己的說明，他的曾祖父在西邊的國家是一個農業學者，但是因為一次失敗的農業研究，導致仰賴農業維生的西邊國家，發生嚴重的糧食短缺，甚至影響土地原本的繁殖能力，因此從曾祖父當時被流放到惡之島後，世代皆居住於此到這代。

學者說起這個名為「**靈魂祭**」的信仰，根據宗教學的記載，緣起於東南亞島國中，以農業為主的國家。

原先以農業與畜牧維生的國家，為了回饋與感恩土地賜予他們活下去的資源，便在豐收的季節裡，聚集所有部落裡的居民，大家唱歌跳舞，象徵性地把食物奉獻給土地之神。除此之外，人們在心裡也確信自己是把其中一個靈魂，跟土地做了一種程度的交換，所以他們才能夠與土地互相仰賴地生活著。

後來這個習俗傳承到了後代，曾在某個時期，被扭曲成一種恐怖的祭祀活動。

因為許多生態環境與氣候問題，不可能永遠都是豐收，土地也不可能永遠如人們對它的期待，生長出多於期待與需求的農作物。但是，以前的人們不懂生態問題，也不了解氣候變化，無可避免地會對農作物造成損害；他們以為是有些人所獻予的無形靈魂不夠純淨，所以土地之神才會震怒地吐出焦黃的稻作，與一片荒蕪貧瘠的草原。

愚蠢的人們在這時，就出現一種愚蠢的想法：如果土地之神憤怒，那麼我們就真的殺死一些人的第一個靈魂，把命都奉獻出去來澆熄憤怒，來換回原本的豐饒之地吧。

這就是以前靈魂祭的原型。

學者說，現在這個年代已經沒有這些無知的念頭，但是惡之島中的靈魂祭，實際信仰的涵義，與古老的靈魂祭已完全無關，真正起源要追溯於第一批罪人惡徒。在這個信仰的教義，只有交換靈魂的抽象概念類似，但是背後的心情與懷抱的期望，都和原始的靈魂祭截然不同。

他們被自己的家鄉流放到異地，身心全部重新接受另個國家的信心很薄弱，便從中創造出這個土地信仰，相信把自己的第二個靈魂交付出去，來換取在惡之島上活下去的決心。

他們信仰的，其實不是土地之神，而是他們對著惡之島交出第二個靈魂的這個想像。在這個信仰裡最主要的，是他們於其中所執著堅持的，奉獻給土地的第二個靈魂，是屬於他們本身，內心與本質中，最純粹善良的精華。

惡人罪犯們皆相信：唯有交出自己內在最脆弱美好的這部分，才有在此存活下去的可能。

然而，在惡之島一百年前，遭逢嚴重的國土分裂時，這個島上的所有人都堅信，自己的第二個靈魂，已經隨著遠去的那半國土，漂流到不知名的遠方中。

惡與善的分離崩解，就是從這個島國的分裂，這個屬於罪人的信仰原型開始。

「第二個靈魂承載的東西，超過我們的想像。」學者說到這裡，凝視著眼前的我的瞳孔裡，閃爍著一種奇異的光芒。

後來，我花了好幾個月的時間，在島上的圖書館內查詢分裂過後的紀錄。我自動把像是紙上紀錄片的記述版本淘汰，還有去除類似報導文學的文章，剩下的書籍與殘留的小說散文，以這為主題，整理出一個大的方向。但是，這個大的方向只有一點深深地吸引著我，讓我在發現它的書櫃前，全身發著強烈的顫慄。

那就是島國分裂過後，產生出一種將近不可思議，極度超現實的動物隊伍。

在許多書裡，提及這個動物隊伍的異象，皆說明了當惡之島居民的惡的本質，滿溢到島國幾乎容納不下時，就會像是去蕪存菁地進行一次脫落，目的是要讓這個國家表面上的安寧得以維持下去。

而膨脹的惡質逐漸成長，再從居民的身上，幻化成獨立且有形體的動物時，牠們會從分散的四處集中起來，排成一列往南行的沉默隊伍，一同到達海域前方的森林邊界點上，然後在其中釋放出所有的惡質。

我心裡想起先前老教士跟我說的，當惡之島如海綿般，吸收了如此眾多的惡質，對人的反噬力便是從這裡開始：隨著動物隊伍的釋放，這個島國便在邊界形成一道堅實的牆，阻絕了所有人的視線，不只無法觀望到海洋之美，還有徹底切斷每個人對自由的想望。

關於惡之島的動物隊伍，在這裡，我擅自擷取了一段，在眾多書裡最有意思的一篇記載：

「很難說我究竟知不知道自己在這裡坐了多久。

一小時？兩小時？還是我已經花了大半輩子的時間，就坐在這個距離森林不遠處的攤子裡，那張充滿刻紋腐朽的四條木頭板凳上。

這會我看上去應該像是個遺失記憶的痴呆老人，也或許像某種紀念碑的石頭雕像，嘴角淌著唾液，眼睛兩旁充滿混濁的液體眼屎，不發一語地望著前方。

在這草原中，唯一一個販售簡餐的小攤子前方，距離約十公尺的方向，是一片終年被廣大高聳的樹蔭遮蔽，濃密樹林的起迄點，也是森林開始的地方。有時候，我會笨拙地站起身，離開攤子那紅白相間的遮雨蓬，走到外面靠近草原與森林中間界限近一些的地方。

眼前開闊的綠地草原，在這裡總會有一種低矮的雜草蔓生到前面為止，突然拔根抽長地生成令人詫異的高大樹木的錯覺。

『你不要東西沒吃完就在那裡發呆！』我聽見柯斯吼叫的聲音。回過神，他正兩手捧著滿滿的酥炸薯條與洋蔥圈，跨過旁邊一對情侶伸長出桌下的腿，在我前面的座位，那張油膩膩的桌子上粗魯地放下食物，眼睛卻直勾勾地瞪著我。

我趕緊晃晃自己不中用的腦袋，收回遙望的眼神，集中精神低下頭，杓起冷掉的玉米濃湯喝了幾口。濃稠的湯汁已經過久受冷地凝結成塊狀的奶油粒，含進我的嘴裡後，粉狀的奶油味從味覺裡溶化開來。

柯斯是一個也跟我一樣老朽的老人。

人長得很高大，年輕時擁有足以嚇人的魁梧體格，在邁入衰老的年紀後，那副雄健的肌肉卻瞬間與歲月一起流失掉，混攪入我們一同消失的時間裡，成了許多皺褶難看的鬆垮皮膚。

十年前，他決定在這草原上架設簡餐攤子時，我還曾訕笑他不服老。到現在這個年紀了，應該開始在城市的某個角落裡尋找落腳處，一個寧靜的聚所，好好地安頓老邁才是。

我不敢想像油膩的培根漢堡和馬鈴薯泥，以及燉煎薄片牛排的油漬，隨著火熱的油鍋，噴灑在鬧烘烘且骯髒廚房裡的情景。燥熱的體溫與終年在身上揩不去的油脂味，會佔據往後殘存不多的光陰中。

『那你倒說說看，究竟是誰想要靠近那個邊界線的？你不在那擺攤子，難道要蓋個房子住在那裡嗎？』柯斯老大不服地瞪著我，甚至還用力地拍了下桌子以示自己的決心。

我回望了他一眼，不甘心地悶哼了一聲，沒有回答。

我當然還記得十年前兩人為了一個未成形，鬆散且不甚模糊的小吃攤，幾乎扯開彼此的嗓門，辯論了整個晚上。是我挑起這個話題的，柯斯只是因為彼此的交情，當然也有對森林與草原邊界的深感興趣，才會這樣在爭論的一年過後，堅決確實地執行了這個想法。

『我都想好了。在南方草原靠近森林的界線，就是每天黃昏時太陽從西邊落下，站在那裡從中突起來的大石塊旁，不是可以很清楚地看見整個橘紅色印染在綠色草地上嗎，就是那了，我想過很多次了。

買個簡單的攤子器具之類的來擺，販賣一些美式食物，就是很簡單的薯條爆米花之類的，當然還有些可以吃得飽的牛排漢堡。』柯斯說完，仰頭把手上的啤酒喝光，打了一個飽嗝。

我沒有回答，默默低頭抽著手裡的菸。他在之前隨口提過幾次，我不知道他是這麼認真看待這件事的。他話裡想要成形的美式攤子，似乎點燃了一個明亮的希望，重新打造一個擺放我們衰老身軀的地方。

但我還是不看好。

不是因為不信任柯斯的辦事能力，覺得他沒有當一個老闆應具備的魅力，或者是絕望以後的時光都要浸泡在暗沉的油膩中。對攤子持反對意見的最主要原因，是我無法想像，接下來的漫長日子裡，在這個沒有名字，我們的家鄉，接近最混亂的邊界點上，默數著奇景的顯現度日。

屬於島國的奇景，不會以固定的時間出現。

但是我知道，柯斯也知道，在某個時光與想像宇宙軸道並行交疊在一起時，縈繞在我們腦海裡，始終揮之不去的恐怖奇景，便會在面前清晰地印在放大的瞳孔裡，再度烙下對那長久的，深鑿在記憶裡的恐懼印象。

『我的天哪，居然是今天！』

我還在奮力咀嚼塊狀的奶油粒，卻聽見柯斯高昂的驚呼聲。我轉頭望向他，看見他把手上的鍋鏟扔到一旁，從攤子最底的櫃檯後跑出，笨拙地扯掉了身上的深色圍裙，疾走到我的座位旁。

『上一次是什麼時候？對了，兩年前，我妻子過世的那天傍晚。我永遠忘不了運送著我妻子遺體的喪車，就與這個奇景並列前進……沒錯，就是兩年前！』

我趁柯斯自言自語的時候，艱難地扶著桌沿站起身子，走出攤子外。

印象裡仍清楚的奇景，那巨大的動物群，此時正緩慢地從北邊的位置，朝南方的這裡邁進。

這次，隊伍裡為首的，是一隻斷了右邊細長關節的白鷺鷥，正狼狽地用兩邊的白色翅膀，一上一下地拍打著控制行進的頻率。後頭跟著的是一長排高矮不一的動物：有渾身精光，沒有任何鬃毛的黑色駱馬；有兩隻同時截斷了各一邊腳，正用手搭著彼此肩膀前進的雪白人猿，也有幾隻瞎了眼睛，正一頂一撞地撲倒在前面動物身上的黝黑羔羊。

我的心臟發出猛烈的撞擊聲，撲通撲通，聽覺裡全是混亂的心跳聲，以及全身關節發出不尋常，喀噠喀噠的顫抖響聲。在我身旁的柯斯則是屏住呼吸，不發一語的瞪大眼睛。儘管他看上去十分鎮定，我仍能瞧得見，柯斯那雙滿佈著鬆垮皮膚的腿，上面全是瞬間豎立起來的雞皮疙瘩。

此時我無法思考，只能可悲地讓眼前的恐懼，以及被內心底處洶湧衝出的戰慄給佔領，全身上下充滿了一種接近暈眩的發抖。

黯淡的黑白動物隊伍，正背對著逐漸隱沒下去的昏黃夕陽。

碩大殘缺的陰影遮蔽了前方的光線。如同從深幽的冥界大門裡，踩出一支龐大的死亡隊伍。周遭明亮的空氣隨著牠們前進的緩慢步伐，慢慢凝結成一種強烈的肅殺氣氛。四周吵雜的聲音也在瞬間，被這樣的幽黯的奇景給抽空。

牠們經過每個地方，便會一塊把歡樂與愉快的氛圍給吸收吞噬掉，而牠們映照在地上的影子，也總是顯得特別的醜陋不堪。

前方濃綠昏暗的森林搖晃著強風吹撫過的痕跡。不知過了多久，我聽見自己的手裡，原本緊握的湯匙，掉到地上發出清脆的哐啷聲。

我不曉得我們到底多老了。

當年紀過了七十歲之後，你的記憶力便會開始衰竭，原本在腦子裡清楚的事情逐漸開始退後。年邁的感覺猶如生命裡的一個分界點，在你不知不覺時，把過往與現在的記憶切成兩半。很無奈的是，在記憶裡開始退後到模糊的，往往是現在發生的一切。過去的故事隱藏在腦海裡的某個夾層中，始終亮著如初的光芒，好像被籠罩了一層堅實的不壞之身，精神與肉體再如何衰敗都侵蝕不了。

而現在進行式，也就是每天的生活內容，卻相同到無法辨識的地步。

分不清是昨天還是剛剛才喝過玉米粒湯或海鮮燉飯，分不出湯裡究竟是植物性還是動物性奶油，讓你的喉嚨總有種被濃稠的痰，卡得老是要咳嗽。今天洗過澡了還是根本沒洗，身上皺巴巴的深綠色外套究竟穿幾天了？

天空那一層層遞疊翻折的橘紅色，是夕陽的昏黃，還是剛要亮起的日初？

在眾多隨即遺忘的生活習慣裡，最讓我苦惱的，莫過於我究竟是昏睡了整個下午，還是其實都只是呆滯地望著天花板，躺在床上，窩在溫暖的被窩裡，任憑時間一分一秒地流過而已。

儘管生活風景裡的許多我都已全面渾沌，但是只有兩件事我深刻地記得：

第一，命運裡的各種巧合，擁有著強大足以壞毀整個人生的力量。

第二，我深深佩服著柯斯。有時候，能夠與自己的恐懼相處，真的是唯一面對這恐懼最好的方式。」

擷取自《傳記小說——衰老的肉身》（第十五篇．一〇八頁——一一〇頁）

在發現這段與其他關於動物隊伍的記載時，我以為看起來像是一百年前，分裂不久的時間裡（當然也有可能持續十幾年），才會出現難得一見的奇景與異狀。不管是駱馬或人猿，怎麼想像都如同逼真的夢境，或者只出現在充滿瑰麗色彩的電影裡，也像是故事小說裡的其中一段。

我相信這一切真實發生過，但，如果不在眼前出現，那些記載都像在描述夢境的不真實。不久，這個猜想便被推翻，因為我曾在之後，親眼目睹了從我身上剝落出動物。

非常詭異華麗的場面，在我面前活生生的展開。

這是懲罰還是宿命我不清楚，我明白的只有這兩者的關係：分裂後殘存的惡之島，與剝落下來的惡質想像動物，將會如同日與夜，海洋與大地般地，可恥地互相依存，永遠存在。」

惡之島／第四章節

「看來，我推薦這本書給你是對的。」我一回神，圖書館館員正站在我身邊對著我笑。「有沒有看見什麼有趣的地方？」

「嗯，他的描述很有意思，有些地方甚至比許多歷史記載還要詳細。雖然裡面一再強調，他都是寫雜亂聽取來的紀錄，但我覺得這比其他的論述書有趣得多。」我也對著她微笑。她的眼神從我的臉上掠過，停在這本書上。

我很仔細地望著她看。她今天穿著一件寬鬆的套頭彩色毛衣，頭髮整齊地紮在後面。毛衣毛絨絨的質感，很有冬天的味道。臉上的五官細緻，年紀比第一次見到她的印象小上許多。

她告訴我她叫雷妮，來這個圖書館工作沒有多久，很喜歡這裡寧靜的氣氛。

外面的天色已經昏暗。圖書館裡一扇扇兩旁的拱窗，現在正反射出天花板上，懸吊下來的古典吊燈裡，那幾盞昏黃色的光芒。一點一點的黃色光線，像是鑲在那裡，刺眼的黃色星星。

「你看了關於惡之島上的動物隊伍了嗎？」

她在我身邊拉了椅子坐下。她今天除了剛開始看見我，仍露出無法掩飾的吃驚模樣，現在看起來正常多了。

我點點頭。說真的，對於看見其他書籍，或者聽別人說起那段奇怪的遭遇，還是有很不真實的感覺。但我真的曾經身在那如夢境的場景中，親眼目睹從人身上剝落下動物隊伍。

我仍記得從身上剝落出的那隻漂亮斑馬。一隻帶領著我來到分裂的另個島國，離開家鄉到達異地的七彩斑馬。

「你知道為什麼惡之島分裂後，會產生惡質想像力的動物隊伍嗎？」

「不知道。」我說。這本書裡有寫，而老人也曾經告訴我，一切是為了剔除過多的惡質部分，讓殘存的人繼續可以活下去。但是除此之外，我希望可以聽見別的答案。

「我曾經進行對這個島國的深入研究，有點類似像研究所的學生，定一個明確的主題，研究其中的內容。只有一本書曾經提過一個不一樣的論點：惡之島之所以會有這樣的動物隊伍，是一種創傷過後的視覺暫留。」

「視覺暫留？」

「沒錯，一種不同於顏色對眼睛的作用。應該說沒有人可以想像自己居住的土地，會發生安靜的裂開，活生生地分成兩半，一個熟悉的地方就從眼前漂走，這種傷害簡直超出每個人所能承受的。

所以，那發生分裂的瞬間，便以一種奇怪的形式停留在他們的記憶中。

每年到了集體對這分裂的回溯時，大家的身體就自動對這慘痛的記憶，產生另一種分裂方式，於是才有這種如同儀式的分裂動物隊伍。」

「如果這推論合理，那為什麼會把動物隊伍說成是惡質想像力呢？」

「因為那是他們對這分裂記憶的最大抵抗。人本來就會對自己無法想像的事情，在腦中把它自動編列到最惡劣的地方。人害怕無法了解，無法控制的事，簡單來說是人性的一部分。」她說。

「這推論的確頗合理。」我點點頭，對她的解說感到佩服。

「對了，我可以問妳一個問題嗎？」我對雷妮投以詢問的眼神，她點點頭。

「一般人應該不會對惡之島感興趣，但是從一開始，妳推薦我這本書，還有深入去研究惡之島的種種行為，我想妳應該對這個島相當有興趣。我坦白跟妳說，我是從惡之島上過來的，所以才會興起想要研究的興趣，妳呢？妳研究的原因是什麼？」我的眼神仍然緊緊盯著她。

她從剛剛就拉了旁邊的椅子，坐在我旁邊。此時，她眼皮低垂，長長的睫毛，微微地覆蓋住眼睛，橫擺在桌面上的雙手，正不安地來回翻動著《惡之島》這本書。

寧靜的空間裡，只剩下翻飛的書頁聲，輕輕劃過我們的聽覺中。

「如果我說，不過是想研究現在這個島嶼，它被迫分離的原生兄弟……這是不是無法說服你？」她抬頭，回應了我盯著她的眼神。

「我不重要。」我對著她認真地搖搖頭。「我的想法不重要，重要的是能不能說服妳自己。」

雷妮低下頭，輕輕地嘆了一口氣。

「老實說我跟你一樣，我也是從那島上逃出來的。」她看著我，第一次異常平靜地看著我。

她大大的眼睛裡，正毫無隱藏地反射著圖書館兩旁，那透明玻璃上面發亮的光芒。我突然覺得四周變得更加安靜，我們兩人好像同時一起墜進一幅古老泛黃的靜物畫中。

第十二章　自我：萬中選一的絕世名模

要找到海敏不是件容易的事。

這個事實在海敏十四歲那年，贏得了模特兒甄選，展開她在城市裡的名模生涯之後，隨著名氣的越響亮，行蹤開始受到滴水不露的保護。即使是我，她的親哥哥，也時常聽著手機裡，傳來的「**此手機已暫停通話**」的訊息感到一陣空虛。

或許名人需要一再更換手機號碼來確保隱密性，但是我想不通她是怎樣記下來，自己平均一、兩個月就換的號碼？不會忘記或者搞混嗎？這樣頻繁的淘汰更換率，時常會讓我聯想起固定脫去舊殼的蝦子，不是厭倦原有的身軀，而是為了活下去而必須具備的本能。

一開始，不定時地還會收到一封簡潔的限時掛號信，海敏用仍像小女孩歪扭的細長字體寫著近日的行程與工作內容，當然還有些問候的句子。後來，這種信出現的頻率越來越低，可能好幾個月，才能看見一封，裡面只簡單寫著幾個號碼的便條紙，連信都稱不上了。

我有時會想，她現在的字有沒有進步？還是維持極像小孩子不成熟的字跡嗎？那歪扭且不自覺從中央部分拉長的字，還深深地烙印在我的記憶中。我對這個字體有種特殊的情感，它某部分連結了海敏還是小女孩的模樣。

海敏不僅聯絡困難，到處工作的行蹤也很難掌握。她身邊固定有個形影不離的經紀人，一個名叫明美的四十五歲幹練女人。海敏跟我提過，明美一開始與她是相同經紀公司的模特兒，成名很早，極富盛名，當初那場甄選大賽她也在場，是競賽裡的其中一位評審。

每三年舉行一次的全國模特兒選拔，是我國最華麗的盛事之一。贏得比賽的模特兒除了有高額的獎金領取，還可以從這個起點迅速飛上枝頭，打進最頂尖的時尚娛樂圈中。接下來的媒體雜誌、服裝發表、廣告片商與電視電影宣傳，只要是需要曝光的機會，從這比賽脫穎而出的模特兒就能擔任其中的工作。

當時大約三十出頭的明美，是當時模特兒界中的第一把交椅。這場比賽雖然是她第一次擔任評審，但她心裡很明白，像這樣以年輕美貌為出發點立足的生態，注定要一代代如同天擇般地淘汰更換，年齡比一般行業更低，且競爭更為殘酷激烈。

眼前這些仍處在青春正盛的女生，每一個都是理所當然地來取代她的。這場比賽對她的意義而言，就是公司擺明殘忍地要她選出誰來取代自己。

有天終究會被不知名的誰擠到後頭去，與親自選出那個推下自己的人——哪個比較殘酷？明美心裡沒有答案。

她當時為期將近三個月的選拔，幾乎每晚都需要吃安眠藥才能入睡。很多幻覺都在夜晚與夢境中偷偷潛進，大多包裹著厚重的絕望與難堪。她在心裡下定決心，一定要趕在被取代之前，找到另個適合自己的工作。可以遠離這個圈子，或者待著，但是都不能喪失原有的自尊。

在多次失眠與頭痛後，她得到這個結論，而之後的發展，卻也意外地符合了這個結論。

明美第一次看見海敏時沒有多大的印象。

當時來參賽的女孩們，都漂亮地如同羽毛大開的孔雀，或者一隻隻皮毛發著亮光的年輕雌鹿，在眼前伸展臺上一字排開。那種炙烈的華麗氣勢，還有自她們身上不時傳遞過來，酣快流暢的青春流水，彷彿在眼前，不停地舞動著光澤亮麗的光芒。

如果年輕是一條輕響著歡快的河流，那麼遲暮，便是鈍重不堪的死水，無法流動向前，也無法脫離河道。明美低下頭，強忍著要自己，在這些過程中，絕對不能流下眼淚。

這些參賽者中，有個叫做朵拉的女孩，十六歲，模樣非常出眾。當時的評審一致都被她吸引。不僅只是她擁有擠進模特兒圈中，所要具備完全的高䠷美麗，而是從朵拉身上散發出，幾乎像是會勾起人最心底層的慾望，挑逗極致感官的濃郁費洛蒙，更是在這女孩身上明顯到近乎駭人。

在這個世界上，有少數的人，一出生手中握的就是一手好牌。不管經歷的牌局再爛，對手再如何強大，只要把牌順利打出去，就會贏得壓倒性的勝利。但是，牌的打法有很多種，就如同迎向成功的途徑，有非常多條是一樣的道理。

有些人甚至不知道如何打牌，就空有一手好牌直到牌局結束。

這種天分，就是人對於自身擁有的優勢，懂得如何運用到淋漓盡致，擁有足夠把自己，推向巔峰的能力。這種天分如果運用得當，甚至會比優勢更勝於自己的人，還要容易贏得最後的勝利。

朵拉這個小女生就是擁有一手驚人好牌的幸運兒，同時，她對於如何依序打出這些牌，與如何維持在牌局漫長的時間中，持續不衰的刺激迷人感，也具備極高的天賦。

當時明美也被這個小女孩迷惑。深深覺得朵拉簡直就是難得一見的名模，注定要成為媚惑這個國家的一名妖精。只要她的臉一亮相，一登上舞臺的中心，絕對會是所有廣告界、時裝界中的寵兒，天生就是吃這行飯的極品。

她甚至絕望的在心裡產生個念頭：要是自己最後被這樣的女孩取代，也敗的無話可說。

在模特兒選拔的前兩個月裡，朵拉果然以一種驚人的氣勢，贏得了全部的勝利。

不管是臺步、才藝、身材長相、或者是任何競賽項目，沒有人是她的對手，任何人站在她的身邊，光芒就是注定會被削弱許多。她好像有種強大的魔力，會瞬間吸取走對方全部的亮眼燦光，來投射轉借到自己的身上。

直到比賽進入尾聲，進入最重要的項目，也就是資助的大型服裝廠商，指名要求的情境模擬競賽，情勢才發生不可思議的逆轉。

這個項目是模特兒甄選裡，另一種方式的挑選。

也就是舉辦甄選的這些廠商，藉由金錢資助的名目，介入這場競賽中，從中挑選下一季大型服裝發表會的主要名模。在過去的比賽裡，有時候廠商喜歡的模特兒，會與評審選出的名模不同，這時候會做些調整，廠商喜歡的名模最後終究會是冠軍，然後便在下一季的服裝秀裡看見她們的蹤影。

這次的情境模擬賽依照當時時尚的潮流，預備的主題是未來進化論。

這部分的佈置與安排，完全由服裝公司負責。比賽規則是，參賽的每個名模，被指定輪流到已經架設好佈景的舞臺中央，穿著規定的服裝，順從地跟隨著主題的情境，來改變身上原有的色彩與肢體語言。

這個主題是唯一沒有任何限制與教導，要完全發揮自己特色的項目。

明美當天一大早就到達會場。會場裡，這幾個星期皆全程跟拍的媒體記者，此時都已到達定位，正在舞臺旁邊試著拍攝用具，也有幾個人正站在紅幕簾緊閉著的舞臺前，反覆試著麥克風的音量與音響的音質。

明美與工作人員打過招呼，很自然地坐到舞臺下面後方評審席桌內，與身邊其他的評審隨意地聊天。在她身旁的是公司的負責人，自己的頂頭主管上司，也是模特兒裡的管理者，是一個年紀約五十出頭，平常打扮很光鮮亮麗的男同志。

他看見明美坐下，便迫不及待地壓低聲音，與她說起上屆的情境項目。

「上一次的是大自然狂放舞曲……我的天，想起來就一身汗！你知道服裝廠商多費力，居然還搞來四隻活的斑馬，就把它們栓在舞臺旁邊的柱子上！對了，還有一堆巨大高聳的椰子樹，要所有的模特兒，去跟這些東西融為一體……嘖嘖，有夠困難的！」負責人搖搖頭，表情很滑稽。

「那上一屆的羅莉是怎麼表現的？」明美把身上的大衣脫掉，掛到椅子後方。很感興趣地回過身，繼續聽著負責人生動的說明。

羅莉是上一屆的冠軍，後來幾乎包辦了所有的廣告與服裝主秀，是印象裡表現頗傑出的名模。

「喔，羅莉好像從小跟動物玩在一起。她是在南非長大，後來才移民到這裡來的。我記得除了羅莉，其他人都臉色發白，動作僵硬地勉強做完表演就匆忙下臺。羅莉的分數本來就高，所以順理成章地奪得冠軍。」負責人大動作的聳聳肩，有點不以為意。羅莉後來變成高曝光的模特兒，有些自負，對他的態度也越來越傲慢。

「噯，你猜今天的未來主題會有什麼？」

「我想應該是很多流線型的道具吧。比方說金屬光澤的椅子或者桌子，或是像天線與星球體的東西吧！」

「嗯，我猜也是這樣。就是那種線條簡約，構造不複雜的東西吧。我覺得這主題不難，那個朵拉應該又是最高分！」負責人用右手推了一下耳朵旁的鏡框，瞄了一眼現在舞臺前，開始魚貫入列的名模，以及仍緊閉的深紅色幕簾。

主持人此時正在對模特兒們說明今天的比賽規則。會場的燈光漸漸黯淡下來，紅色厚重的幕簾緩慢地往兩旁拉開。

負責人與明美同時停止對話，低下頭，看著桌子上的評審單。

如果沒有意外，應該就是朵拉了。明美用手上的原子筆，把朵拉的名字圈了起來。

過了幾秒鐘，紅布簾終於完全掀開，舞臺集中全部光源，照射到中心位置時，不只她自己，連身邊資深的模特兒公司負責人，還有幾個看過大場面的經紀人，也同時發出小聲的驚呼。

這次的主題佈置什麼也沒有。

偌大的舞臺空無一物，被大片金屬薄片包裹起來的舞臺背景，此時印襯著舞臺燈光，散發出刺眼的光芒。

這光芒不是純粹的銀色或金色。刺眼的感官下，又帶著閃爍躍動的分子群粒，在中間隱約地發出小小的折射。如果要形容，絕對不是黎明或夕陽的明確，而是在日與夜，中間點分界的漂亮切割，一般肉眼無法掌握的〇•〇一秒。

屬於從未見過的分界線，無法形容的，寬廣的壯觀與灰暗的幽冥同時間一起存在。舞臺上除了絕世的金屬光澤，沒有任何東西。

已經進入決選，此刻坐在舞臺正下方的十名模特兒，有些人看見淨空光亮的舞臺，馬上低頭掩面哭泣。高低不等的啜泣聲，還有驚呼嘆氣的聲音，從那排模特兒群裡傳了出來。

很顯然的，主持人也被這稀有的空曠佈景，給震攝的不知該說什麼才好。會場持續一片沉默，空白的時間裡，塞了滿滿的鈍重氣氛。負責人在底下用手肘推了推旁邊的明美，臉上的表情很古怪。

「我謹代表公司的服裝廠商，跟各位說明這次的佈置由來。」

在評審席桌的最右方，一個西裝筆挺的中年人從位子中站了起來，拿起桌上的活動麥克風，主動地打破沉默。

「為了這個盛大空前的選拔，我們董事會召集了旗下所有的名設計師，開了為期一星期的會議，討論出這個『未來進化論』的主題。

我們主張，一個好的模特兒，不僅有天生絕佳的條件，更要知道如何讓自己不只展現設計師的創意，把自己藏匿在服裝的線條中，更要擁有使全部設計發亮的天分。

這是天分。而且我們明白，這種天分萬中選一。」男人清清喉嚨，用鎮定的眼神環視了現場一圈。

明美維持著側身仰頭的姿勢，看著現在正在說話的男人。男人坐在評審桌的最右邊，一開始就聽負責人介紹，是服裝廠商派來，當今最火紅的設計師。他很簡約地穿了一身俐落的暗銀色緊身西裝，坐在位子上時，細長的腿從窄管略短的西裝褲中伸出。他的五官輪廓很深，聲音低沉，這是明美自這幾個星期以來，第一次聽他說那麼多的話。

「這次的佈景是我決定與設計的。我的用意很簡單，萬中選一的天才，就只有靠空無一物，還有從未見過的異境，來發出她稀有的光芒。各位，擁有上天寵愛的模特兒們，」設計師此時微欠了欠身，朝前面深深地鞠了一個躬。

「請妳們發揮最大的想像力吧。」

現場響起零落的鼓掌聲，評審與全程拍攝的媒體記者們，對這解說與佈景無不拍手叫好。但是前面那一排的模特兒們，仍然處在一片寂靜中。從後面的評審席桌望過去，交頭接耳與唉聲嘆氣的情況已經消失，取而代之的是更凝重，彷若大難臨頭的低壓氣氛。

經過了現場抽籤決定順序，情境模擬競賽正式開始。

第一個出場的是一個十八歲，先前得過城市許多選美比賽的女生。高眺亮眼的外型，成熟穩重的身體語言，是分數緊追朵拉之後，極具冠軍相的模特兒。

她先流暢地以專業的姿態，在空曠的舞臺上走一圈，甚至擺動著十分柔軟的身體，企圖展現全身優美的曲線。每個舉手投足之間，看得出她很用心地在顯示身上的服裝，還有想盡辦法，讓自己融入這片刺眼的金屬光線裡。

很漂亮的演出。當臺上的模特兒對著評審席一鞠躬，轉身進去後臺時，明美心裡發出了一句讚嘆。但她又同時有些困惑，儘管已達專業的水準，但是好像少了什麼。

沒有錯，這演出真的缺了重要的東西。

第二個、第三個模特兒接著上臺，明美只覺得眼前的舞臺好像越來越小。

原本寬敞的半圓型舞臺，在沒有任何東西支撐，包裹著密實光滑的金屬薄片下，視覺效果非常寬廣，好像一個開放的炫麗星球，但光芒不刺目，如滿天繁星的隱約耀眼，或者像一個有光澤的黑洞，從亮度中反射出多種切面的延長性。

但是當這些模特兒一一上臺，很奇怪的，光是視覺上，這舞臺竟像是會自動縮小似地，在模特兒一站定舞臺中央後，舞臺便從邊緣的地方開始往中間擠壓，看起來像是啟動了什麼機關，把兩邊的圓弧線條拼命地往中間拉緊，整個感官就陷入一種緊繃的狀態。

舞臺這時被包覆著金屬薄片，似乎擁有了前所未有的生命力，好像從裡面延展出一種空無的海浪波紋，徹底吞噬掉無法掌控它的人。

這場面說實在的，非常詭譎與難以形容。

當明美發現舞臺在視覺上真的越來越小，中間的模特兒仍在狹窄的空間裡搔首弄姿，身體上的顏色卻一點一滴地被兩旁的光澤給一片片吃掉，甚至到後來整個身體，呈現詭異的透明感。

眼前的視覺效果，在此刻達到了某種奇異的境界：實質的空曠與虛幻的滿漲。一開始還好，但是隨著輪流上臺的一個個，被背景吞噬掉身影的畫面愈來愈多，明美閉上了眼睛，手指按住了額間兩旁的太陽穴，感覺非常不舒服。

現在不是模特兒在主控舞臺，而是舞臺在篩選模特兒。

這個設計師非常聰明。萬中選一的天才，往往競爭的對手不是同類，而是更龐大強壯的力量。

旁邊的負責人似乎也非常不自在，從喉頭不斷發出難以吞嚥的聲音，乾乾的刮過明美的聽覺。現場的空氣變得更稀薄了，鈍重悶窒的氣氛滯流不前，好像從舞臺那擴張出一張看不見的薄膜，把在場所有的人，使他們與自身的現實感用力區隔開。

明美開始覺得呼吸困難。她好幾次轉頭偷覷旁邊的設計師，但令人訝異的是，這設計師與他們相同，似乎也無法專注地盯著眼前的異境，焦躁不安的小動作不斷地出現；撥頭髮、低頭整理衣服、十指不停地像在彈著無形的鋼琴般，在桌上跳躍個不停。眼睛的視線，也沒有真正的凝視前方。

連身為創造者的人，都無法親眼目睹眼前，可以稱為慘烈的吞噬情況，難道要試煉出所謂的天分，竟是那樣的痛苦不堪……。

這場甄選，背後一定有著超乎想像的重要。應該是服裝廠商決心在這次，要發掘出前所未有的璀燦之星。當明美心裡滑過這個念頭，再次抬頭，勉強把眼神移向舞臺的同時，眼前出現了極不可思議的場面。

此時站在舞臺中央的女生，正在做著所謂標準的服裝走秀姿態。她從後臺緩緩地走出，定點在舞臺，修長的雙腳一步步跟隨著音樂節奏，往前踏著穩當的步伐。沒有任何花招來裝飾她的動作。不同於其他模特兒，幾乎在這空曠的舞臺，把身上的絕活全部使了上來。有的走完臺步就跳起芭蕾，有的則一開始便舞動全身的肢體，不停炫燿著高難度的體操與舞蹈，企圖想把最美的姿態，融入到光芒萬丈的舞臺中。

這模特兒卻什麼都不會。只是專注地，走著最簡單的臺步。

但是隨著這女孩的一步步，眼前舞臺的壓縮封閉感，卻慢慢地，隨著她整個人往前的步伏，一點一點地被推開。

很像從月色迷濛的海面上，極其緩慢地，從深海中露出頭鰭，在月光中快速閃躍一個漂亮的旋轉，卻在最炫目的地方靜止下來的海豚；讓平靜無波的海平面，因那小心翼翼的光華顯露，而閃爍著一環接著一環的波紋。

也像在漆黑一片的暗夜中，從最深處的幽黑裡，披著微弱的光芒，慢慢地向最黯黑的中心核心點靠近。光的亮度不強烈攝人，但卻以準確無比的姿態，切開最濃稠黝黑的地方。

她的光亮掩蓋了舞臺上的絕世光芒。

很美，美得無法形容。

明美以為自己眼花，便轉頭觀察其他評審的反應。但其他人也與她相同，微瞇著眼睛，沉溺於終於戳出破洞的空間裡，瞬間流敞進來的新鮮空氣。場面壯觀的讓明美聯想起聖經中曾記載的一個神話：摩西破紅海。

女孩有種很強大的力量，隱而不現地藏匿在身體裡，所以先前平庸的比賽項目，都無法衡量出她那股能量，只有這奇異詭譎的舞臺，彷若為了她而發光。

那萬中選一的絕世名模終於出現。

她連忙低下頭，看著手邊這個模特兒的資料：「**海敏，十四歲，**177**公分，**55**公斤。中輟生，目前無任何代表作，也無任何相關工作紀錄。**」

完全不輝煌且平庸的紀錄。

明美記得，她是所有參賽者最不起眼的，但，就是她了。此刻不只評審，所有在場的人都鴉雀無聲地從原位站起來，觀望這一顆璀燦之星的出現。

這是明美第一次感覺到，原來時間是可以被瞬間龐大的力量，給撼動的停止流動。

海敏在舞臺上發出第一道極限光芒，明美就在臺下完全地接收到了。於是比賽結束後，便向公司表態，宣稱自己的年紀已到達可以讓接班人取代，並於同時間，亦步亦趨地跟在海敏身邊，當她絕佳的經紀人，為她與自己，打造出第二個燦爛的演藝盛世。

她們的合作關係已長達十三年。從未拆夥，也互相從未離棄過彼此。

海敏跟我說過，明美就像她第二個母親，我想找海敏，第一時間就只想到明美，便打了電話給她。

「明美，我是海蔚。」我清了清喉嚨，盡量讓自己的聲音聽起來穩重。我其實很慌，在前合夥人那裡聽見消息後，我的心情就一直處在混亂的狀態裡。

「我知道。您找海敏有什麼事嗎？」一樣穩重溫和的聲音，但中間帶著一股不容忽視的嚴厲。我相信只要是不夠份量的公司打過去，皆會被這嚴肅給逼的自己掛上電話。

「有很重要的事。你知道現在如何可以聯絡得到她嗎？」我假裝客氣地詢問她，但是我知道她永遠都只有一種回答。

「她現在很忙，為了最近這部電影，每天只睡四小時。你先跟我說是什麼重要的事，我再跟她說。」

又來了，每次都這樣。我明白明美很重視海敏，海敏的傑出等於是挽救了明美的事業，但是我是她的哥哥耶。

「我聽見一個消息，很嚴重甚至有點恐怖……完全關乎海敏的前途，這個夠重要了吧！」我說。

電話那頭沉默了很久。我在這之中，無聲地大口呼吸了十次，雙手捏緊鬆開膝蓋邊的褲子三次，抬頭望著客廳牆上的時鐘，順著圓形弧度移動的秒針五次。

「嗯，海蔚先生，您明天下午三點有空嗎？如果方便我可以去您的事務所找您詳談嗎？」電話那頭仍然穩重地回應我丟出去，如同決定性的這顆炸彈。

我重重地吁了一口氣，應答了這個約定。我感覺背上的汗水滲了出來。

隔天下午三點整，她透過外頭接待的秘書，進到我的辦公室內。我終於見到了久違的明美。曾經身為城市中最頂尖的首席模特兒，明美的模樣絕對擁有吸引人的目光優勢。她戴著一頂圓弧狀，帽簷邊紮著黑色緞帶的小禮帽，以及掩人耳目的必備深色墨鏡。俐落的齊耳直髮，一襲緊身的淺灰色連身洋裝，外面配了一件深棕色的貂皮大衣，把175公分，經過歲月的洗鍊，仍然沒變的高䠷身材表露無疑。

明美天生就是美人胚子。我記得她當時的封號，就是模特兒界最閃亮的一顆星。這是她年輕時，第一次出國替時尚服裝界最紅的牌子走秀，獲得設計師的大力誇獎，一戰成名的稱號。

她走到我面前，慢條斯理地把帽子與眼鏡摘下，對我露出一個內斂好看的笑容。儘管時間在她的眼角與皮膚上，留下小小的破綻，但是仍無法損害到她亮眼的美感。有時想想，或許要這樣曾經燦爛的一顆星，收起自己輝煌的過往，替另一個女人，打造第二條與自己相同的道路是十分殘忍的。

但，或許就只有海敏可以。這是我對自己妹妹的自信與事實的證明。

「明美，好久不見！」我紳士地替她拉開辦公桌對面的椅子，同時做手勢要秘書離開。我打算在這個短短的會面，趕緊弄清楚這一件事情。

為了這個消息，我失眠了快要兩個星期。

「海蔚先生，我還沒弄懂你想要說什麼，但是，在你說出這件事之前，我想先開門見山的跟你說清楚。」

明美脫下了身上的大衣，安然地坐到我的對面，皺著眉頭，喝了一口桌上的熱咖啡，清清喉嚨。她伸手撥了撥頭髮，把齊耳的短髮撥到耳後，一張漂亮的鵝蛋臉整個顯露出來。她手腕上的銀色手鐲，隨著她的動作，輕輕地在安靜的空間裡響著，讓我聯想起寧靜的午後時間，風吹響了窗戶外垂吊著的清脆風鈴聲。

她仍舊老樣子，不喜歡浪費時間，也不喜歡話裡的客套與迂迴。不只會開門見山的把來意說清，也要求與她對談的人如此。如果不符合這樣的乾脆，她會直接請你離開，不要浪費她寶貴的時間。

「好，那你先說吧。」我對她點點頭，完全同意，同時坐回位置上，與她面對面地對看著。

「第一，我想你應該明白，海敏不只是我旗下唯一的藝人，她除了是我最重要的事業以外，她也是我的生命。」

我再次點點頭，這部分我很了解。

「第二，不管現在我們正在進行什麼，或者破壞什麼，其實都是為了海敏好，請記住這句話：為了海敏，要我付出什麼我都願意。」

當她說完這句話時，我正想插嘴，她馬上又把右手舉起，示意要我閉上嘴巴，讓她先說完。

我馬上聽話地閉上嘴。明美從黑色亮質的包包中取出一盒菸，遞給我一根後，自己點上，深深吸了一口。

「我記得海敏在八年前，也就是她二十歲達到如日中天的模特兒生涯，想要跨行到電影圈的當時，我與她發生了劇烈的爭執。這件事我想你也很清楚，她有跑去找你詳談，把她當時的決定跟你說。」明美把只抽了兩口的菸捻熄，又點上一根。

這是她的習慣，精神焦慮就會有的下意識反應。我記得海敏告訴過我，她第一次登上國際舞臺前，明美在後臺就是這樣一根接一根地抽菸，把看的人都弄得一樣不安；所以接下來她要講的話，在她一貫冷靜的外表下，是很重要且令她緊張的。我在這時，居然可以看穿她鎮定的氣勢裡，其實夾帶著極不安的情緒，便慶幸自己記得海敏說過她的這個習慣。

「在這之中僵持不下，無法達成共識的過程裡，有天夜晚，我喝得非常醉地跑到海敏租屋的地方找她，當時已經半夜兩點。

那天真的好安靜啊！她敞開的門外街道上，像死城般的死寂一片；遠方朦朧的車子引擎聲，還有夜間蟲鳴的叫聲，此刻隱藏在我呼吸急促的雜音中，皆漸漸地模糊。我當時喝得很醉，看見海敏劈頭就對她說：『妳知道自己擁有多大的天分嗎？這要多麼珍惜的妳懂不懂！我把自己的全部，全都投注到妳的身上了啊，我絕不容許任何人破壞這個賭注的結果，包括妳本人也是一樣！』

海敏一直照顧喝醉的我，還有盡最大的力氣安撫我狂亂的情緒，等到狀況穩定之後，便跟我說了一句我永遠也忘不了的話。

我想，海蔚先生，這之後不管你聽見什麼或看見什麼，也要跟我一樣，清楚地記住這句話，也永遠相信這句話。」

「什麼話？」我有些詫異地問。

在這之中，明美已經熄掉又點上了五根菸，她低沉的聲音環繞在我偌大的辦公室裡，很有種奇異的威嚴感。

我記起過往許多記者會的畫面。一開始，明美就像隻鋒利無比的刀刃，替海敏劈開所有渾沌不明，定位混亂的前途與規劃，等到後來，海敏擁有自己的身價，明美便退讓到後頭，垂簾聽政。就是這樣的聲音與態度，傲然但不亢不卑，話中有種撼動人心的力量，使人屈服。

「海敏說，她愛自己，超過我們與她自己的想像，但是，她內在所擁有的能力，也絕對超乎我們與她自己的想像。為了這個，要犧牲所有的一切她都在所不惜。」

我愣了一會，便馬上理解她說的話。

「妳的意思是，在她使用這能力的過程，只要有阻礙，她便會盡一切力量的守護或破壞？」

明美迅速地抬起頭看了我一眼，眼神銳利的讓我不寒而慄。

「看樣子你真的很了解她。」她盯著我看了一會，便把手上幾乎完整的菸給乾脆地捻熄在桌旁的煙灰缸中，站起身，拍拍身上的洋裝。

「我想你也應該明白，她對我的重要性，還有兩人彼此依賴對方的程度。你不用擔心，我會盡自己最大的力量保護她。海蔚先生，容我先告辭了。」她態度傲然地轉過身，穿起大衣，走出我的辦公室。

我仔細聆聽著她零碎的高跟鞋聲，等到漸漸模糊時，再探頭出辦公桌旁邊的窗戶外，看著明美優雅地走到右後方的停車場，打開自己開來的紅色保時捷車門時，馬上抓起椅子後面的外套，追了出去。

「不用等我回來，所有事務上的案件你先回絕！我明天來公司再處理。」

外頭的秘書瞪大眼睛望著我，我飛快地越過辦公室外面的桌子，櫃檯，拼命地往外頭衝去。

到達停車場時我蹲低身子，橫越過明美的車正停在事務所的外面路口，等著開進前面車流中的後方，再小跑步接近我的車子，按開車門，迅速地鑽進車內。

一切都很順利。

我與紅色保時捷維持在兩臺車子的固定距離。我吁了一口氣，把脖子上的藍灰色領帶拿掉，隨手摸出放在旁邊座位上的漁夫帽戴上，眼睛仍緊緊跟著前方十分顯眼，火紅色的保時捷。

我一邊注意不讓中間的車子拉開我們的距離，腦子一邊轉著許多關於明美的事。

在前兩個星期的電影記者會上，我沒有見到明美，但我相信她一定全程坐在後臺，從掀起半邊的幕簾後方，以及現場轉播控制臺裡，棕黑色的眼珠全程緊緊盯著舞臺上的海敏：她的第二個事業高峰與她的全部。

在兩人合作的十三年中，明美曾與一個廣告製片戀愛結婚，在一年半後，兩人生了一個男孩。但，就在看似美好的婚姻生活中，發生了一起嚴重的意外。在結婚過後的第七年，炎熱的夏季時分，兒子的幼稚園那放了暑假，原本打算全家人一起出國到夏威夷找親戚，順便度假遊玩。

但是因為海敏的一場大型服裝發表會，發表會的重要，是主宰整年流行服飾的走向，時間跟出國的日子相牴觸，於是夫妻兩人就說好，由丈夫先帶著兒子出國，明美處理好海敏這個發表會，便會搭飛機到那與他們會合。

沒有想到丈夫與兒子根本到不了夏威夷。

中午出發後，直到下午大約兩點多時，從機場那傳來飛機失事的消息。沒有多久，電視中的焦點新聞，便全面性地播放這起意外。往夏威夷的飛機，並沒有墜毀在海洋裡或是爆破粉碎在天空中，而是內部失火，就被迫迅速降落在一個沿岸的小島上。裡面的傷亡不多，但是離奇失蹤的人卻很多，他們兩人就是其中之一。

明美非常痛心地看了好幾個月的新聞。當時國內派出緊急搜救隊，是有幾個失蹤的人回國，卻有些連蹤影、屍體都沒有找著，這份令人絕望的名單內，又有明美的丈夫與兒子。

就這樣，很無奈且悲痛的，他們這兩個明美最親的親人，就被置身在生與死的縫隙中，存在與生活的痕跡，完全被失蹤這曖昧的字眼給掩蓋了。在現實裡，她瞬間沒有了丈夫與兒子；而明美的身分證上的配偶欄中，也因為失蹤的無法確定行蹤，無法消去那個令她痛徹心扉的名字。

在建立婚姻到夢想整個破碎這過程裡，明美老邁的父母也相繼在這期間過世。就是在那個時候開始吧，明美的個性變得異常剛毅到接近殘忍的地步，她不相信再有什麼足以打倒她的事情了。

現在，除了海敏，她幾乎失去了所有屬於自己的人生關聯。所以，現在的海敏，不僅是她的事業，也等於是她生命的一部分。她不用強調，我也相信她絕對會盡全力守護著海敏。

我一邊回想著關於明美的一切，一邊隨著紅色的保時捷，右轉進入到高架橋上，隨著隆起的橋面坡度，改變車子的排檔。下午時分的夕陽，鑲在右上方的湛藍色天空中，斜斜地從旁邊的窗子照射進來。

我瞇起眼睛，從一條縫的視覺中跟著火紅的顏色。

明美的回應我早就預料得到：不說實話，只表明態度與立場。簡單來說，就是請我不要插手多管閒事。但這也不代表今天的見面沒有意義。我就是在等著與她見面過後，她一定會抽空到那個我不知道的地方：她與海敏的秘密基地。

不是公司，也不是兩人一起租的房子。根據前合夥人的通告，這個正在進行的秘密實驗，也就是絕對會毀掉海敏的消息，是需要一個龐大的秘密場所才能實施的，我就是在等機會跟蹤到那個地方。我隨著她的車子，開到了高架橋另一頭，漸漸離開鬧區，進入最南邊的山區。

四周的天色漸漸黯淡下來，淺淺的灰黑色蒙蓋上旁邊的景色。車輛幾乎減少到只剩下迅速呼嘯而過的兩三臺，我默默地把彼此的距離再拉得更遠。

明美錯了。

我揉揉發酸的眼睛，繼續緊緊跟隨著她的車。

她只看得見的海敏與她自己的未來，卻看不見也不明白，屬於海敏這個人，全然惡質毀滅的恐怖部分。

第十三章　彼端：東邊島國的滅絕

這天我很早就來打開工作室的大門，準備進行一天的工作。

先把工作室桌上，堆滿近期顧客要求沖洗的底片資料，一一分類收好，再用電腦打出照片的名稱與日期。底片的分類依照羅傑要求的，先把普通與特殊要求的分成兩類。普通的分類裡，通常風景與生活照佔了大部分。而特殊要求的，最近接到的底片，是分屬兩家不同性質的雜誌社，所委託沖洗的服裝廣告內容，還有一份則是某個名攝影師，最新一季的作品。

我整理的差不多後，便走到外面的櫃檯。透明的玻璃門上，映照著許多來去匆忙的人影。一個接著一個，紛雜的顏色被陽光照得更加鮮豔，隱約還能夠聽見外面街道上，混亂交錯的聲音。

今天一整天來拿沖洗的照片的客人不多，而大約也接了將近十個老顧客要求沖洗的底片。我和她們寒喧了一會，其中一個老太太則態度興奮地告訴我，她如何與她的女兒一家人度過週末。有幾個女生則是來拿照片時便急迫地在櫃檯那翻看起來。我在這些人自己對話的時間，或他們與我說話，其中過久的停頓空檔時，仍帶著微笑，安靜地凝視著門外的街景。

到了接近晚間打烊的時間，羅傑才從外面進來。他面帶著笑容，整個人神清氣爽的，心情似乎很好。

「今天有什麼重要的事嗎？」他走到我的身邊。

「沒什麼，大約十個人來要求沖洗照片，還有，一些人來拿回自己的照片。」我與他報告了今天的工作進度。

「嗯。」羅傑點點頭。「我前天接了關於城市一家私人企業的案子，他們很滿意我們沖洗出來的結果，所以待會有個派對邀請我們參加，你不會拒絕吧？」他用手肘推了推我

「嗯，好啊。」我點頭答應，與羅傑一起收拾了工作室裡的東西，一起拉下鐵門打烊，坐上計程車。

現在是晚間十點整，整個城市都像熟睡般地沉寂下來。

車子晃過去的街道兩旁，全都是鐵門拉下，已打烊的商店。那白日充斥著喧囂熱鬧的聲響，一下子都隱藏到黑暗中。

車子大約開了十多分鐘，先向南離開了城市中心的鬧區，接著轉彎進入另一條街道。這條街道平時我從未經過，從昏暗的路燈光線中看出去，這裡的建築物比鬧區的房子還要低矮一些，但幾乎都是大型的橫式平房。上面的屋頂是用紅色磚瓦搭建，看起來像一整排整齊的工廠，或許裡面早已停止運作，隱約可以看見窗玻璃的破損，外面的太平梯扶手爬滿藤蔓，到處雜草叢生。

車子往這街道平穩地開去，不久，窗外的建築物開始恢復成類似住宅區的公寓與大廈緊鄰著，直到車子再度由街道中轉彎進去一條巷子內，遠遠地就看見一個正在微笑的年輕人正站在一棟大廈前方。

他穿著一套深黑的筆挺西裝，脖子下方繫了一條金色領帶，微笑地靠近車子替我們開了車

門。他長得非常英俊，五官像是希臘石像那種雕刻好的弧度，整體也很有修養的模樣，替我們拉車門的手指頭纖細且修長漂亮，而臉上則帶著好像痛打他都不會改變的笑容。

「是代表R．J工作室的兩位吧，總經理在樓上等你們很久了。」

羅傑付了車錢，回頭對我笑了笑，一起隨著那開車門的年輕人進去大廈裡。

這棟大廈完全不像這年輕人所擁有的華麗氣質。我抬頭觀察，這只是一棟很普通的高樓，座落在遠離鬧區的其中一區住宅區內。整體外形是銀灰色的，現在正籠罩在濃密的黑夜裡。

一進去大廈內，不管是外面的玄關與大廳，只能形容是乾淨與整齊，沒有多餘的擺設，整體也不大。要挑剔的話，好像不僅只是整潔，甚至有種古老的氣味盤旋在裡面。平坦的地板上充滿了已經仔細擦拭過也處理好的刮痕。

走進大廈外廳的管理員身旁，英俊的年輕人停下來伸手按了電梯的開關，我們三人一起走進電梯內。

「是哪一捲底片？」我在底下推推羅傑，開始對這一切產生疑惑。

「就是前個禮拜，我幾乎都在暗房裡沖洗的那捲，就是要求拍攝出產品靈魂的照片啊！」他壓低聲音在我耳邊說明著。

我點點頭，三個人沉默著隨著電梯上升。

14樓，我的眼睛盯著上面電子數字的移動，而電梯門一打開，裡面的裝潢又跟底下完全不同。

首先進入視覺的，是非常冷調與後現代的裝潢。整個空間只有黑與白兩種顏色，正方形的寬敞空間裡，全是慘白清冷的一片，從天花板到兩邊的顏色都是一片白色。而正中央的天花板中，鑲嵌了一具巨大的水晶吊燈。吊燈的光線也沒有多明亮，只是維持剛好可以清楚看清整個空間的光線。

正方形空間的四周，全都是黑色絲質的窗簾垂掛著，我想那拉起來應該都是壯觀的落地窗，可以完整地俯視整個城市的高度。而幾張在空間裡的大型沙發，圍成一個圓圈，兩旁則是鋪著黑色短毛地毯的走道。雖然整體氣質跟底下的大廳差了很多，這裡一看就是頂級的沙龍與類似私人俱樂部的高級場合，但是兩者共通就是絲毫沒有任何多餘的東西。

這是派對嗎？一切都安靜的可怕，連一點音樂聲都沒有，甚至房子內部的空調也只是在角落寧靜地吐著氣。我與羅傑疑惑地對看了一眼，停在電梯口向裡面張望著。那年輕人則直挺挺地站在電梯旁邊，沒有要進去的意思。

原本坐在正中間的圓圈沙發上的四個人，看見電梯打開，便一起笑著起身。

「羅傑，你跟你的助理來啦！」其中一個穿著一套料子高級的黑色西裝，滿臉笑容地走過來。他看起來大約五十出頭，高大挺拔，整個人散發著一種威嚴的氣勢。花白的頭髮整齊地梳到後面，臉上的鬍子則刮得乾乾淨淨，給人十分清爽的感覺。

「對啊，下班沒事就把他一起帶過來。」羅傑對他禮貌地微笑，兩人重重地握了握手，我馬上明白他就是那個企業的總經理。

「歡迎歡迎，就隨便坐坐吧。」另外三個人也跟總經理一樣，身高像是經過挑選一樣的幾乎都是高大的外型，一樣的西裝筆挺，乾淨清爽的外表，讓人第一眼就有好印象。

我與羅傑一起坐到了沙發上，接著我們喝了一些不知名的洋酒，聊了一些話題。總經理氣定神閒地向我們說明了那次活動的意義，還有一些執行上的事務，但是氣氛始終停留在僵硬的地方，甚至是有些壓迫，只要大家同時沉默，那似乎有形的具體重量就會直接穿越空間降落下來。

待了一會後，我感覺有些不舒服，沉浸在無聲的沉默空間中，好像連呼吸都開始不順暢了。我想羅傑跟我一樣，不停變換著坐姿，全身好像起了疹子的浮躁。但是只要我想起身，對那總經理說時間不早，我們該走了，但是眼神一接觸到他那雙銳利有神的眼睛，我的話就自動吞了回去。

他們像是安穩地在等待什麼似的，那四人都有默契地隨便在這時間裡，塞下一些無趣的話題，也毫不在意。雖然表面上看起來都很穩重，不像我與羅傑那樣浮動，但是那等待的感覺好像隨著時間過去，越來越明顯，簡直是強壓過扭曲的僵硬感，任由狂躁的等待直接散佈在這不大的空間中。

直到前面我們剛乘的電梯響起聲響，總經理的臉突然從平穩，起伏不大的表情，換上了一種幾乎是激烈的興奮之情。他站起身，唐突地裂開嘴巴大笑著。那眉宇間的穩重瞬間消失，整個人像是變了個人似地異常熱烈。

「來了，她終於來了！」

其他三人一聽見總經理說的，馬上站起身，也跟總經理一樣，瞬間把剛才沉默安穩的氣質剝去，換上一副興奮難耐的模樣。

我與羅傑驚訝地對看了一眼，一起往電梯的方向看去。

隨著帶領我們上來的年輕人後頭，是兩個女人。其中一個走在年輕人的後頭，高挑的身材很吸引目光，但是她看似美艷姣好的臉蛋，就在左邊臉頰的眉毛到法令紋的地方，有個如巴掌大的暗紅色疤痕，非常顯眼，也直接影響到她原本可能艷麗到不可方物的面貌。

而跟在後面的，是一個穿著簡單樣式，一襲黑色長袖洋裝的女人。身材相同姣好，個子如第一個女人一樣高䠷，頭上戴了頂遮有黑色面紗的小禮帽，看不清楚臉，但是光從身型就明白這女人一定相當漂亮。

總經理幾乎是用跑的到她們身邊，小心翼翼地攙扶著第二個女人到這圓形的沙發中間，然後非常熟練地對電梯口的年輕人比個手勢，年輕人點點頭，轉身關上了電源，上方的水晶吊燈瞬間熄滅，整個陷入一片濃稠的黑暗中。

一點聲音都沒有，我連底下自己張開的手掌都看不見。

旁邊黑色的簾子正緩緩地拉開，後面的落地窗正好把高掛的月光照進來。我瞇著眼睛看著後方一片片的落地窗，那集中的昏黃亮度折射出來的光卻不如記憶中的一樣，好像更柔和迷人，月光的射進角度經過了層層的切面處理，璀璨地照得整個空間光華滿室。

我仔細地盯著整片落地窗，那中間似乎經過特別處理，鑲上了一片如鑽石切面的表層，再經過光影折射，幾乎把整個月光低靡的光線集中到這沙發的中間。而我的視線隨著後方的光線回到沙發中央時，站在沙發中間的女人緩緩地把外面的洋裝褪去，她光滑美妙的裸體就全面沉浸在這月色中。

她褪去洋裝後就只是靜靜地站在月光裡，如同一座月牙色的精緻雕像。

那場面簡直驚人的讓人終生難忘。

我想是女人的身材完美，近乎像雕刻刀細心雕琢出來的藝術品，而再透過集中的月色，那混合出來的華麗奢侈，讓人如同身處在一個不可思議的美夢幻境中。

我很盡力地壓低聲音喘息，心臟的波動讓我幾乎承受不了。我根本忘記了眨眼，連零點一秒的無法看見都沒辦法忍受。我明白這不是慾望，不是那種原始的生理慾望，而是大大地超越了這個，直接到達視覺與心理上的巔峰。

我發覺在場的每個人都與我一樣，望著女神般的女人，一直努力地壓低自己驚駭的喘氣聲。而在我對面的企業總經理，則露出了一種奇怪的表情，一反剛剛的焦急興奮，好像正痛苦地在隱忍著什麼。眉頭皺著，嘴唇則緊緊閉著。他身旁的三個人，也露出一些我沒見過的奇怪神情。

女人站在中間大約十分鐘後，便優雅地伸出自己垂放在身體旁的右手，輕輕摘下了戴在她頭頂上，遮住她的臉的禮帽。她一頭蓬鬆的深色捲髮，柔軟的往赤裸的背部垂洩了下來。我盯著她終於裸露出來的臉看，心臟好像真的要從胸腔裡停止下來。

米菲亞。

我的血液開始凝結在身體的每一處。

她把禮帽往旁邊丟去，面無表情的漂亮的臉仍舊朝著前方，沒有低頭看見驚訝的我。

她仍舊是我記憶裡的米菲亞，身體比我想像中的美好漂亮，但是她同樣精緻的臉蛋，卻蒙上了一層骯髒的灰塵。這不是一種實際的現象，而只是我的感覺。她好像已經奇怪地脫離了她現在的十九歲青春年華，而是臉蛋上細微的排列組合，都透露出她似乎已經在某些環境打滾過，吸取了不少的灰暗經歷，讓我感到非常陌生。

她的整個人似乎處在一個很微妙的地方。應該說她此刻是站在沙發中間，接受著好幾雙注視的眼神，但是她的表情與狀態，與其說沒有感覺，倒不如說好像被一層透明玻璃給隔絕了起來，聲音或流動的氣氛都靠近不了她，而她就始終維持著面無表情的模樣。

不知道為什麼，我確定她是米菲亞，那個在最細微處深深敲動我的心臟的女孩，而不是那個與她長的一模一樣的明星海敏。

隨著時間一分一秒過去，整個情況好像有些許的不對勁。

首先是總經理從原本維持痛苦的表情，緊皺的眉頭漸漸地鬆弛，然後再來是臉上的肌肉，也顯得放鬆，但是額頭上的青筋卻明顯地浮上來。而其他在總經理身邊的三人，也從默不吭聲的專注，到近乎喘不過氣來的痛苦凝視，似乎終於鬆開放掉了緊綁著身體各個關節的模樣。

羅傑也沒好到哪裡去。他開始張口大力的呼吸，竭力讓他的胸腔塞滿空氣，從我這個角度那麼近距離地看著他，他就好像一個快要窒息的人，正在為他僅存的生命盡力。

空間裡凝結起如剛才一樣緊繃的氣氛。我看著大家眼睛盯著米菲亞，然後各自快速地移轉自己多樣的情緒，就隨著臉上不同的表情，一一地經歷了陶醉、痛苦、緊繃、放鬆，還有一些奇妙的我解讀不出來的情緒。

我卻什麼感覺也沒有。

如同希臘雕像的肉體看久了，那種類似刺激性的完結美感已經消失，躍動的心跳也逐漸平息下來，我開始在腦中瘋狂地想著，要如何把看起來被層膜包住的米菲亞喚醒。

我身旁的這些人在這個時間裡，仍舊把許多情緒拼命的拋出來。這已經不是一種純粹的欣賞，而比較像是一種詭譎的，超乎想像的救贖儀式。

大約就這麼面無表情地站了十分鐘，米菲亞開始動作俐落地套上剛脫下的黑色洋裝，戴好禮帽，安靜地隨著有疤的女人一起走向電梯。我趁著大家還在一片沉默之際，起身說我想去一下洗手間。電梯旁的年輕人似乎還沉溺在怪異的情緒中。我偷偷地下了電梯，跟在她們的後面。

她們倆人一起走到大廈的門口，進到了看樣子是等候她們一臺黑色禮車中。我緊跟在後頭，隨手招了輛計程車，跟在禮車的後面。禮車快速地又往更南邊的住宅區駛去，後來也同樣停在一棟大廈樓下。我請司機在距離約兩公尺處等著，然後時間過了沒有多久，兩個女人一樣地匆匆下了樓，一樣地坐上禮車。

「你是私家偵探嗎？」前頭的司機趁停紅燈時回頭問了我。

「沒有，只是看見失散的老友而已。」我隨便找個藉口敷衍他。

「年輕人，不要說謊啊！這一看就知道不對勁。」

司機大約四十五歲的模樣，結實的體格與胸膛，看起來年輕時應該時常做運動，或許現在也沒鬆懈過。方方的臉很配壯闊的身材，用著抽菸過多的嘶啞低沉的聲音對我說。

他對我眨了眨那雙眼皮看起來過厚，一副沒精神的眼睛，又回過頭去，繼續以平穩的速度跟著前面的黑色禮車。

「現在有錢人的花樣很多。我也曾經載過這樣換著地點服務的小姐，每一個都漂亮的誇張，光是她們盯著你看，胸口的心臟真的會停止呢！」

我沒有回應，只是沉默地看著前方。老實說我也不了解剛剛總經理所說的派對，究竟是為了什麼。如果說只是為了掀起生理上的慾望，我想城市的夜生活中，應該也有許多美麗的女孩，提供更詳盡的服務才對。

他們不碰米菲亞，也不靠近她，只是把全部的視覺感官，甚至是內在的全部情感，全都投注到米菲亞身上。

不是為了性，這一點我非常確定。

「不是為了性慾，這點我可清楚的很，」司機像是可以聽見我的想法似的，突然冒出了這句話，「要是那種提供生理發洩的女孩，整個氣氛就完全不同。她們上下車子與走路的姿態，也與這些提供奇怪服務的女孩完全不一樣。我客人載多了，光瞄一眼就可以知道他們在玩什麼花樣。

現在人的心理毛病真的很多啊！我上回載到的兩個女孩，說是專門訓練讓有錢人放鬆心情，只要說說一些專業的話，那些有錢人就開心的不得了。前提是他們彼此有嚴格的保密合約，有錢人會說出他們最隱私的秘密，而聽的女孩們則就完全打開自己的心，說些專業的話來給予他們適當且溫柔的安慰。

安慰的內容她們有說給我聽過。我記不太清楚，感覺像心理諮詢一樣，說什麼你永遠都是最好的，或者是過去的事情就讓它過去吧，秘密是永遠不會被發現之類的話，但是當然沒有我講的那麼粗糙，那些言語從她們口中說出來都美的不得了，像那種我永遠都讀不懂的漂亮詩句。」司機慢條斯理地穩穩地跟著前面的禮車，一邊說著。

「你想前面那兩個女孩是提供什麼服務？」我好奇地問他。

「我想應該也是給有錢人心理上的安慰吧。這個社會就是這樣，擁有越多資產與越多權力的人，心理的黑暗面也越多。

所謂的安慰形式可多著呢，那倒要看有錢人需要的是什麼。那些女孩們擁有的能量也不同，這是交易中最重要的一點。」司機說到這裡，聲音開始變得有些沙啞，音質也比剛剛更低沉晦澀。

我把身體靠向前座，專心地聆聽著。

「有時候，我頗同情這些女孩的。她們不像販賣自己肉體的女孩，但是，在我眼裡啊，她們販賣的可是靈魂，生命裡最寶貴的那部分。

你想想，雖然說只是聽有錢老爺們說話，講點話來安慰他們，但是我相信那些黑暗的秘密被掏出來，就擁有實體的重量，或者是擁有可以摧毀心裡的善良那部分的龐大力量。那些骯髒的往事或下流的過失，甚至是違法的事情，透過這個形式來解放，老爺們說出來心裡輕鬆了，那重量就轉移到女孩們的靈魂上啊！我相信這些女孩的心靈，聽多了這些話一定沒有如以前那樣輕盈了。

就像被折翅斷翼的天使一樣的可憐啊！」司機說完這句話，很難過似地閉上嘴巴，搖了搖頭，安靜地開著車。

我的眼睛仍緊跟著前面的禮車。直到前面這兩個女人進出大廈第三次後，黑色禮車掉了個頭，往城市的鬧區方向開了回去。

已經是深夜了。我抬起自己左手腕上的錶：12點03分。外面一片沉寂，連司機搖下大開的車窗，只聽得見呼嘯過去的急速風聲，街上的聲響都已經暗滅了。禮車開到市區的中心，往右轉進入一條大街後便慢慢減速。

「她們應該是往回程的路上，禮車司機會負責把小姐接回家。喂，小夥子！我看你這個人還挺順眼的，就聽老哥我一個勸告，這種事最好不要插手啊，通常從事這種工作的小姐，後面都有一些恐怖的組織支撐著，那不是普通的黑道或是什麼下流的組織，是頂尖的變態俱樂部所提供出來的訓練與庇護，他們不但壞毀了這些年輕女孩的心靈，也最痛恨別人插手管他們玩的遊戲。

所以，」他停在黑色禮車的後面約五公尺的距離，一邊指著車子，一邊回過頭跟我說。「不要管會比較好喔。」

「嗯，我知道了，謝謝你。」我把身上的錢全掏了出來，司機只象徵性地拿了兩張鈔票，對我咧嘴一笑，等我下車後，探出車窗外對我擺擺手，便往回開走了。

我站在路旁的騎樓邊，在街道路燈照不到的陰影下，盯著禮車看。

兩個女人一一地下車後，臉上有疤的女人又回過頭不知跟司機說了什麼，大約三分鐘後，車子迅速地開走了，只剩下兩個女人站在街道邊。她們完全沒有說話，只是站在那邊。我看見有疤的女人從口袋裡掏出一包菸，點上其中一根，慢慢地在黑夜裡吞雲吐霧。

米菲亞就只是端正地戴著那頂黑色禮帽，默默地低頭站著，藉著路燈的照射下，我看見從她的嘴巴裡，吐出細微的寒冷白霧。

我的心跳這時變得好快。我不曉得接下來應該要做什麼比較好?我的腦子轉過千萬種想法，但是沒有一樣我確定不會失敗的。

這是我與米菲亞的再次碰面。第一次在家鄉咖啡館裡，她那種迷人的開朗笑容與模樣，現在看到似乎完全變了個人，陰沉冷漠，甚至還有點空洞茫然。我光想到她在不久的剛剛，站在沙發中央面無表情地看著前方，心就不由自主地抽痛起來。

我想她喪失的不是她原來的個性，而是她旺盛的生命力。就當臉上有疤的女人把抽盡的菸頭往地上一扔，伸出腳去踩的當下，我知道一定要有行動了，不然如果兩人就往後面的大樓走上去，裡面有些什麼奇怪的人會更難應付。

我走向前，眼睛盯著臉上有疤的女人看，她回過頭對上我的眼神，看起來似乎還記得剛剛在那棟大廈裡，我是那幾個人的其中一個，也就是總經理的客人，便衝著我笑，臉上充滿了驚喜。

在黑暗中，女人的疤痕巧妙地被陰影遮掩住，我看見她顯露出來另一邊美艷精緻的臉蛋，情緒更加緊繃不安。

「那麼巧啊，你也住這附近嗎？」她說。

「是啊，我剛巧從街角那轉過來，遠遠就看見妳們了。剛才的表演真是精采，讓人印象深刻！」我想盡辦法讓自己的臉上堆滿善意。

「喔，當然嘍，相同做這行的女孩很多，但我們的莉卡可是專業的不得了呢！」女人聽見我的讚美，很驕傲地抬起頭，臉上揚起雀躍的笑容，用下巴點點米菲亞。

「莉卡是藝名吧，我想她的真名米菲亞就很好聽了，為什麼不用真名呢？」我故意壓低聲音在她耳邊詢問她。

女人一聽見米菲亞這三個字，整個臉色突然變得十分僵硬，來不及收回的笑容也尷尬地卡在原位。而她臉上的暗紅色胎記，在燈光的照射下轉呈暗黑的顏色。

她先警覺地盯著我看，然後從轉為嚴肅的表情中狠狠地吐出幾個字：

「你是誰？」

「我不是任何人，你不用緊張，我只是認識米菲亞，所以看到她後才覺得奇怪，因為整個表演看下來，我想她只是本能的醒著，隨著你帶著她到各處去表演？」

女人聽我說完，臉上的表情才稍微緩和，輕輕地歎了口氣，又拿出剛才的那包菸，抽了起來。站在旁邊的米菲亞似乎真的像個假人似的，動也不動地只是僵硬地挺直站著。

她抽了幾口菸後，回頭走到後面的大樓，在爬上去的石階樓梯上坐了下來。米菲亞緊緊地跟在她的後頭，我則跟在米菲亞的後面。位置順序是有疤的女人，我，再來就是坐得有些遠，始終不開口說話的米菲亞。

「我會決定跟你說實話沒有別的，因為我聽見你叫出她的真名。」女人右手夾著菸，左手則把綁起來的頭髮放下來，漂亮的長直髮遮掩了那半邊的疤痕。女人的聲音清脆，響亮地圓潤尾音聽起來相當舒服，這時候的她，有一種奇怪強大的魔力，簡直美麗動人地讓人幾乎停止呼吸。

「你沒有以為她是海敏，光是這點，我就完全明白我必須要說實話了。

我與以前還未當演員的名模海敏，是同一家公司的模特兒。我與她同時從那場甄選會中被選出來的名模。那場比賽非常激烈，我相信你應該知道，算是這個城市裡的大事，每個女孩可以飛上枝頭，進入奢華世界的捷徑。」

我點點頭。我曾經聽羅傑講過，這是城市時尚界中最重要的大事。

女人把菸抽完後在地上按熄，又歎了第二口長長的氣，開始說了關於她與海敏，還有米菲亞的故事。

「我是朵拉，是好幾年前模特兒甄選會中的第二名。

而甄選過後，我與第一名的海敏一起參與了好幾年的大型服裝秀。我們在一開始算是搭檔型的一起受訓練，一起生活，再一起到達巴黎、米蘭，有幾場則在美國的紐約，參與的都是最頂尖的服裝發表會。

後來，海敏轉行當起演員，並且成功地成為城市中最紅的明星時，我也毫不遜色地接收了她所有的服裝秀，成為另外一個世界的頂尖角色。

當時，所有的紅牌設計師都指定我成為服裝秀的壓軸名模，出入的場合都是城市裡最好的餐廳與奢華的俱樂部，企業家與大老闆們把我捧在手心裡。我的出現，毫無疑問地就是整個場子的高潮，還有照亮黑夜的一線燦爛光芒。

那個時候，我的事業正在最高峰。就在幾年前的一場海敏的復出服裝秀，當時是電影公司與服裝界的互相結合宣傳，所以安排我與多年沒見的海敏一起走秀。

老實說，我一向與海敏不合。我們兩人在先前一起生活的那些日子，幾乎完全沒有交流也不了解對方。她的出身富裕，個性驕縱，並且霸道的目中無人。我記得當時一起走秀的服裝演出，有許多的延期都是因為她又發脾氣，又情緒不穩定地拒絕演出，我想，也只有她的經紀人明美可以搞定她。

而我跟她完全相反。

我的出身非常貧窮，我父母是在南邊開雜貨店的老實人，他們生下擁有奇異的，絕世美艷外表的我也非常不知所措；所以，我的童年非常地孤單，但是我始終明白，這美貌要給我的，絕對不是單純，且單向的苦難與折磨。

我常想，只要可以忍受與別人不一樣的寂寞，就可以成為反面的，打進另一種奢侈世界的入場券。

事實上我也完全做到了。

但是，就在最後一場與復出的海敏走秀的過程裡，她犯了一個致命的，足以毀掉我一生的錯誤。

海敏當演員過久，多年未碰觸原本走秀的這一個工作，卻自信十足的堅持不彩排不演練，直接到當天上臺表演。而當時的舞臺設計，是完全照電影公司的意思，在長型的舞臺兩旁，放滿一盞盞高掛起來的高壓燈泡，整個舞臺閃亮的讓人睜不開眼睛。

當天，海敏被安排第一個出場，我走在她的後頭，然後就在眾多的鼓譟與歡呼聲中，海敏因已經不熟悉走秀的姿態與動作，所以她整個人走在舞臺的最前端時，突然高跟鞋的鞋根斷裂，往後滑倒跌在我的身上，我的身體也因她的推擠，而一頭撞向旁邊的燈管，燈泡往我的臉砸下，嚴重毀損我的臉部真皮組織，成為臉頰上這個永恆的疤。

在第一時間裡我就被推進急診室，當時大家只知道意外發生，卻不曉得這意外在一瞬間，已徹底毀掉了我的名模事業。

海敏也非常懊惱，她來醫院看我的時候，哭得淅瀝嘩啦……這種感覺非常奇怪，我想一般人都莫名其妙曾有過相同的心情。當一個原本高高在上，霸道十足且毫不講理的人，突然委屈求全地討好你，跟你說些她平時根本不願，也不可能說出的懺悔與溫柔的話，好像比平常做人就非常親切，甚至是卑微的態度的人來得更容易打動人心。

這是人性中很卑鄙的一面。但是，我竟然看著她精緻的臉蛋落下眼淚，居然也開始軟化，甚至還有些心疼。

那原本還很討厭她的心情，莫名其妙的就原諒了她。後來，海敏突然消失在螢幕前，就這兩年裡，我過得非常不好，所有頂尖的服裝秀再也不找我走秀，我勉強賴以維生的，就是靠著二流，甚至三流的設計師，需要整個臉頰或頭部，都上些與服裝搭配的妝的奇怪演出。我原本唯一驕傲的臉蛋，開始被塗上七彩或裝成動物的形式走秀，底下的觀眾也都是些不入流的贊助商。

有時候，我站在舞臺上，心裡會悲涼地想像著，我這生就墮落到要靠著扮成動物或者怪異的妝，才有機會再站在這個舞臺中。

那時我便慢慢地得了嚴重的憂鬱症。

我非常明白，我已經喪失了那張入場券，奢華世界從此關上大門。除此，我也回不去從前南邊村落的平凡生活了。人一旦走進過那扇大門後，會寧可像隻狗一樣地，在外頭嗅聞著裡面的紙醉金迷，夜夜笙歌的靡爛香氣。那是進到那個世界中，整個內在都被移動過的，徹底地改變；一種沾染上便終生擺脫不掉的氣味。

就在人生最黯淡的時間裡，我透過以前的模特兒朋友，進入了這個有些扭曲的行業。剛開始我接受專業的訓練，靠著我的手掌的溫度，去以前把我捧在手心裡的那些老闆旗下的俱樂部中，聽他們隱晦下流的私密，用手心撫摸他們的頭，給予他們最溫柔的安慰。

藉著觸摸，我把我內在所僅存的善意與溫度，竭盡所能地給了他們，而他們也透過手掌的線條，讓那些見不得光的過去給釋放出來。

這行業其實非常變態。我跟高級妓女沒有兩樣，她們出賣肉體，我出賣靈魂，而且幾乎是把自己內在給挖出來那樣的非常徹底。

那些骯髒的企業秘密，不為人知的家庭暴力，變成有具體重量地日積月累地壓在我的心裡，逐漸地腐蝕我原來保有的純粹的內在。有時候，我會覺得自己跟以前不同，明顯的落差出現在身體的每個地方；我熟悉的臉、脖子、身體、還有四肢，怎麼樣再透過自己的這雙手去撫摸都不像是我的了。

就當我的精神快要承受不了時，海敏突然又耀眼地出現在螢光幕前，也就是報章雜誌謠傳她息影，還有生病的一些負面消息傳出來後，她回來了，並且實現諾言地來找我，給了一個我無法想像，簡直不可思議，與她長的一模一樣的大禮：米菲亞。」

「為什麼海敏可以擁有米菲亞？她在哪裡找到她的？」我聽完她的敍述後，馬上問了我最關切的問題。

「我不知道。海敏只跟我說，這女孩是完全屬於她的，另一個她，她的複製人。大部分的時間她們住在一起，我曾聽海敏說過，似乎與她在進行什麼實驗，這部分細節我就不得而知了；而某些時候的夜晚，海敏會讓米菲亞只屬於我一個人，我們兩人就這樣，輪流且非常竭盡地利用著米菲亞。」

朵拉說完，臉上出現有些悲傷的神情。「老實說，我也覺得米菲亞很可憐，我心裡也相當同情她。她的身體擁有一種奇怪的療癒能力，她不用作任何事情，只要赤裸著，所有見到的人都宣稱可以平撫內心的傷痕——那或許跟她本身擁有純粹善良的本質有關。海敏說過，米菲亞是個與她完全相反，擁有如同天使般純白內在的另個自己。

我不曉得在米菲亞的心裡，對這一切是怎麼想的，因為到目前為止，我從未聽過她說話。她是不是不會說話我也不了解，只是，我可以從她眼睛裡的深褐色瞳孔中，看見她似乎被關在一個奇怪的世界中，一個她也不了解的禁錮裡。

你知道嗎，我無法失去她，因為她就像我的另一個能力，一個替代我，去抵抗從四面八方湧上來的黑暗秘密的替身。我明白這很殘忍，但是為了要活下去，我別無他法。」

朵拉說完話後，若有所思地低頭望著自己的手掌一會，然後似乎不曉得該說什麼似地又嘆了口氣，起身向我道別，準備與米菲亞一同進入後面的大樓內。

就在她們起身要離開時，我非常想就這樣拉住米菲亞，這個我找尋許久，終於在我眼前現身的人。

但是我做不到。我在底下緊緊抓住自己的雙手。我知道我看見眼神空洞，連一句話都不肯說的她，我心裡期待與她一同回到家鄉的意志就會被削弱，然後，連在這裡繼續生活的動力，就會被這個碩大的失落，給深深地擊垮。

在此刻，我根本排除不了心中，對一切皆不安的感覺。

眼前屬於記憶裡，米菲亞的影子迅速地拉長，空氣中瀰漫著某種脆弱的，接近淡漠的氣息。我眼睜睜地看著她那雙深褐色的眼睛裡，背後隱藏著巨大的，不明究理的哀傷，卻完全無能為力。

她們離開後，我一個人在那個石階上又坐了好一陣子，呆呆地望著前面街道上的路燈。那些黃色的光線打在黑灰色的街道上，形成一個大的，暈糊的黃色光圈，光圈裡有著一些黑色的影子。我不知在那裡坐了多久，後來便起身，慢慢地沿著那一圈圈的光暈，走回家中。

回到家，我的意識仍舊十分混亂，便坐到書桌前，繼續翻開《惡之島》這本書。

『

那麼，屬於我的想像動物是什麼？

你們會不會很想知道這個謎題的答案？

在揭曉之前，我要先離題，轉向到有深深的關連，但是現在聽來，卻完全沒有關係的地方。

現在我要詳細地說明惡之島裡，政府組織以及學術方面的研究。

惡之島的中央政府位在城市的中心，也就是盆地的正中央。裡面的部門單位依照許多已開發國家的統治方式，擁有明確的司法制度與法律條例，這部分我不多詳述，因為與其他國家無異。

值得一提的是，在科學研究單位裡，附屬了一個沒有名稱的部門，裡面約有二十個頂尖的菁英分子。當初都是東邊強盛島國運送來的醫學或科技罪犯，他們在原來的國家裡，犯下了一項將近把整個國家都要毀滅的重大過失，而被流放到惡之島上。

這些高科技的菁英罪犯，與其他被驅逐至此的亡徒待遇完全不同。他們先透過精密且多層的檢驗與審查過程，確定智商與其專業領域的傑出，再集中於此部門中。在這部門裡，裡面的待遇比先前的國家還要好。

惡之島需要這些菁英們做什麼？

在揭曉謎題之前，我還是要繼續離題，說明在惡之島的東邊島國裡，一項重要科技。

東邊島國是一個經濟與科技的強盛國家。悠久的歷史與文化累積，使得這國家在許多年前，早在全世界的已開發國家中，以頂尖的生活品質和優秀的文化水準著名。這國家的政府花了大量的金錢與時間，來培育出懂得精緻生活還有提升個人素養的人民——這是這個國家最驕傲的地方。

在西元一九〇〇年時，這國家發生了一次劇烈的變動。

根據歷史記載，在東邊島國的各區醫學研究中心裡，多年來實驗人體各種抗體的一批醫學家，忽略了實驗中的氣體與液體的廢料處理，長期大量地以不正常的方式，排放出研究中心之外。

而已重複利用實驗過的微生物和細胞，轉變為廢料的同時，會從中釋放出一種潛在的突變基因，使得圍繞在研究中心的住處居民，長時間慢性地在水質與呼吸品質方面，遭受到這些病毒的侵害，身體的防禦機制變得不堪一擊。這些有毒廢料，甚至在人體中，轉化成一種具有傳染性的恐怖疾病。

西元一九二〇年，這國家遭受到全面性的突變疾病反噬。在這一年裡，東邊島國的居民，因這個醫學疏忽，死亡人數高達千人。

國家名副其實的大災難。

我曾經看過關於這個大災難的文獻記載與新聞資料。那簡直是一場如同真實的煉獄上演，深深的痛苦與絕望，徹底覆蓋了東邊島國的天空。混亂的災難像是黑色的染料，瞬間滲透到他們的眼睛與心裡。沒有人覺得自己可以繼續抱著希望活著，也沒有人可以猜得到，結束的那天會多久來臨。

呼吸道與水源受到感染的民眾，首先會出現呼吸困難，全身皮膚表皮上，逐漸長出像蕁麻疹般，奇癢無比的紅色顆粒。接下來，病毒會沿著皮膚表層以及食道，蔓延至整個內臟。從發病到死亡時間非常短暫，不到一星期的時間。

然而，病毒最後侵蝕的地點是腦部的神經系統。每個受到感染的病人，在死亡的最後一刻，意識便全面瀕臨崩裂，像是身處在極端恐怖的惡夢裡，腦裡不斷有奇怪詭譎的幻象出現。這症狀是由病毒緩緩沿著體內器官爬行，最後依附在腦內最底層的神經系統裡，再從其中打撈起濕淋淋的，全都是死者平日最深層的恐懼。

由恐懼所變化出來的各種形體，將糾纏著這些患者，像一場永無止盡，不會醒來的惡夢。直到他們本身意志力衰落，放棄最原始的求生本能。

這不只是死亡，而是極深度的折磨。

國家頓時陷入一片黑暗的恐懼中，所有原本完整的社會結構，全都被繁衍迅速的病毒給破壞的非常徹底。

只要受到感染的屍體都相同。像是古代未進化的生物，全身的皮膚幾乎沒有完整的一塊，上面佈滿凹凸的大型且爛掉的腫瘤，四肢手腳嚴重蜷曲，纏繞在他們的軀體上。最恐怖的是他們死前的表情，幾乎都像是受到無法形容的折磨，眼眶中的眼珠暴突，臉部肌肉全扭曲在眼睛四周，嘴巴歪斜地形成一條向下彎曲的線。

我看著圖片裡的屍體，一直都無法有具體的真實感。

在以前的年代，因為醫學與科學的落後，一場瘧疾或者大規模的傳染病變，才會出現全國性統一的死亡災難。一旦落到這個年代，張眼望著黑白照片裡，那些街道上恐怖的橫屍遍野，真的很缺乏真實性。

有種時光被動了手腳，整個往回倒退的感覺。

人少了先進的醫學庇護，就全體倒退成原始的生物般，毫無抵抗力。但是，這場災難卻是研究科學的反噬，換句話來說，是某種意想不到的代價。

當時，在中央政府全力地抗衡挽救下，於半年後，受感染的情況穩定下來，但是潛在的突變基因，儘管已經沒有致命的危機，卻隱藏在大部分的人民身上，於是，在接下來的五十年內，這國家的居民為了這個醫學疏忽，付出了嚴重的代價。

政府在接下來的措施中，花了大量的時間檢驗出突變與受感染的人種，移送郊區的大型隔離區後，整個社會的人民結構，因此幾乎完全覆滅了長久以來，政府從基層教育、各種政令、公共設施、還有著手的文化素養，全部變得混亂且破碎。

如同一個費盡長時間鑄煉出來的精緻的玻璃器皿，從高處墜落砸毀。

被隔離的人民結構，包括了醫生、教師、文化機構要員、各領域的菁英分子……最重要的是，這些人都是各自家庭中的父親與母親。

這國家花長時間培育許久的文化結構，會瞬間毀滅的主要原因就在這裡。

東邊島國的首相，從這次的毀滅裡發現，再怎樣從教育做起，培育出良好優秀的文化素養固然重要，之後仍舊照常實施，但一旦遇見了這樣無法預測的疾病與傳染，所有的結構就會從中分裂，之前的努力便完全付諸流水。

後來，等到全部的混亂平息後，全國便集中所有的金錢與資源，改變原本研究的人體抗體科學內容，目標轉向為讓長久被培育的人民延續強壯的生命力。

東邊島國在短時間內，非常迅速地召集所有醫學與科學中的菁英，研究出一個抵禦防治的辦法：研發複製人。

西元一九三五年，東邊島國出現了第一批的複製人。

東邊島國的災難，像一場急速墜毀於天際的隕星，損傷慘重，但是沒有人想得到，等到那片覆蓋在上方的天空，重新升起滿天繁星，那一顆顆璀璨的星星與希望，卻都是人工複製的。

而且，這是一個隱藏於全世界的秘密。

沒有人知道早在將近七〇年前，東邊島國已經研究出完整的複製計畫，越過了探討複製人的獨立人權與爭議，以及所有從中可能延伸的麻煩與災難，直接進化到現在這個世代，完全想像不到的複製世界中。

國家當時的希望是，先從位於國家重要地位的人物開始複製，等技術更臻成熟，就讓每個人，都可以像是保險儲值一樣，在所有的醫院裡，擁有一個屬於自己可以利用的複製人。

他們稱複製人為「**頂級醫療用品**」。

東邊島國根本無視世界性的批判聲浪，因為他們根本不把複製人當人看，他們甚至認為，這些聲浪簡直搞錯了方向，什麼身為人的主權與責任義務，那些討伐的雜音，都是不懂研發複製人的最高宗旨。

複製人不是人。

他們在這個國家裡被製造出來，不會有任何學習的機會，思考的可能。他們被創造出來後，就只能終生待在特別訂做的恆常保溫箱中，從特殊的接管吸收足夠的營養，逐漸讓身體的所有器官長好，等著讓本尊來利用。

我想，這個決定是其他國家無法了解的。因為那場毀滅性的大災難，幾乎是動搖了整個國家的根本，我相信不只首領，其他繼續活著的人，簡直像每天活在深深的恐懼裡。

西元一九三八年，東邊島國開了一場慎重嚴肅的傷害研討會。

在研討會的統一決議下，決定放逐同是製造大病變，摧毀上千人的生命，也同時是創造了無數，可以繼續繁衍另個生命複製人的科學家們。

當時，他們所研發出來的複製技術，已被當時的科學中心完全吸收，不管實際上的操作技巧與學術上的研討，都已在最短的時間內，不可思議的達到最成熟的地步；所以他們原本以為可以戴罪立功的想像，實際上的功用都已發揮後，便馬上墜落到需要擔起製造災難的全部責任：

終生流放至惡之島。

這些頂級的專業分子，被流放到惡之島後，便被惡之島的中央政府，集中於一個秘密機構裡，以毫不費力的方式，從他們身上取得複製人類的方式。

但是，如一開始的疑惑：惡之島要複製人科技做什麼？

「第二個靈魂承載的東西，超乎我們的想像。」

很熟悉的一句話，是不是！先前的宗教學者，也跟我說過相同的話。而我第二次聽見這句話，是我遇見秘密機構中，以熟練複製科技聞名海外的科學家時，他跟我說了相同的這句話。他說這是惡之島的最高首相，跟這些來自東邊島國，被驅逐到這裡，而集中於秘密組織的成員，開始進行的複製計畫時，所說的第一句話。

也是這個秘密組織要做的唯一實驗。

那是一個風平浪靜的夜晚，一隻漂亮大型的軍用艦艇船隻，把被東邊島國驅逐的醫學家與科學家送上了惡之島。

從東邊國家搭船到惡之島，時間需要兩天。犯下過失的醫學家與科學家們，在中午陽光最炙熱的時間，最後在自己家鄉的時刻裡，用過最豐盛的食物佳餚，一一地向前來送行的家屬道別，便被精良的東邊軍事部隊壓制上船。

他們在船上度過了人生中最漫長的兩日。到達惡之島時，已經深夜，於是在夜黑裡下了船，戴著手銬腳鐐的身體依序排列，緩慢地一個挨著一個，步伐沉重地踩著赤裸的礁岩，迅速確實地踏上了惡之島。

據說從道別到前往惡之島的途中與最後抵達，沒有人開口說話。

他們都明白，此刻去惡之島，是永生，或者於下半輩子，都將把餘生給拋到這個落後又猥瑣的島國中。他們當然聽過關於惡之島的很多事蹟，包括自己家鄉的重刑犯、殺人魔、毀滅者，還有其他鄰近國家的各種罪犯、人生失敗者……諸多恐怖不堪，造物失敗，貌似動物的人種，全部都聚集在這個島國裡。

他們正為自己即將遇見的無法想像，整個思緒都給緊緊地箍緊。像是臨死前哀傷的囚犯，也像面對浩劫後的毀敗，無法發出聲音一樣。

令他們最恐懼的，不是即將遇見如同野獸般的罪犯居民，身體與生命，有可能被暴力給撕裂的慘狀；而是，他們身為一個知識分子，在以往的時光裡，高高在上、呼風喚雨的科學年代，現在竟要與這些原始落後的人種並肩生活，這不僅是種最大的折磨，也等同於是，終其一生，這些將不斷地嚴重侮辱著，他們過往所學，所思想，所奉獻一生於科技的靈魂。

但是，哀傷憂鬱的他們萬萬沒有想到，一旦踏上惡之島，等到身後的東邊精良部隊撤離，眼前隆重迎接他們的，是惡之島的最高首領。

首領用了盛大但是非常奇怪的歡迎方式，來面對這一群以為自己將要慘死異鄉的科學菁英。

他先把這群菁英迎接到島國中央的城堡中。城堡前面敞開的石子路上，兩排站立著前幾個夜晚，徹夜臨時反覆訓練著歡迎手勢與口號的部隊，這時響起了驚人的歡呼聲，空中同時夾帶著璀璨的煙火，一起耀眼地噴射出美麗的火花，顏色紛亂地綻放在昏暗的天色中。

這是惡之島第一次，漆黑的夜晚如同白日般炫耀奪目。

這二十個科學家與醫學家，個個都驚駭地張大了嘴巴。他們不明白究竟發生了什麼事。不止他們不明白，島國上也沒有人明白，這樣隆重歡迎他們的目的是什麼，答案只存在於首領一個人的腦袋裡。

等到二十個科學與醫學家都進入城堡中，首領讓他們換了乾淨的衣服，徹底的梳洗過，用過了極豐富的菜色，等到這些人的疲累都恢復得差不多了，便命令除了這批科學家之外，所有人皆即刻撤出城堡。

屬於首領的奇怪歡迎儀式正式開始。他一個人站到他們的面前，清楚有力地講了他所謂的歡迎儀式：一個不怎麼有趣的遊戲規則。

一，他們即將被關進一間密閉的空房中，為期一個星期。有將近上千多題的試題，用來偵測每個人的科學程度與擅長領域。這些試題必須要在時限之內完成，否則一律以平常罪犯對待。

二，除了手寫的試題之外，還有實驗性質的科學研究，也必須在期限之內完成，寫出一份完整的實驗報告書出來。

三，通過的科學家與醫學家們，必須簽下一份同意書，確切自己將為這個異鄉盡自己最大一份心力，接受之後的任何實驗與成果報告。當然，如果不同意者，可以事先提出，將也以一般罪犯對待。

首領說完後，先用眼神巡視眼前這二十個人。

他們面面相覷，對於即將來到的沒有任何概念與想法，此時，只有一片沉默的尷尬氣氛。

他們每個人都低下頭，盤旋推敲著複雜的思緒；這個國家究竟想要幹嘛？是需要我們的專業嗎？要是答應了，算是某種形式上的叛國嗎？因為還不清楚需要他們做什麼實驗，或研發什麼？如果不幸是攻打祖國呢？自己的家人都在那裡啊！

他們沒有低聲討論，只是各自深鎖著眉頭，在心裡盤算著千百種的可能性。

「我接受！我想，祖國已經不再需要我了，但是我畢生所學的一切，我不想就這麼荒廢掉。」

主動開口打破沉默的，是一位年紀約六十歲，頭髮與下巴鬍子皆灰白的科學家。挺直站立的個子很高，歲月與失敗的打擊並沒有讓他的身形變得佝僂。他原先是東邊島國裡，導致失敗研發組織的首席科學家。他這一開口，往回望去，全部的科學家便沒有反對的意見。

他會答應，其實心裡已有自暴自棄的想法。這個想法大家都有，就是直到與家人道別，踏上了前往惡之島的船隻，還是不敢相信祖國竟會判那樣重的罪，真的流放了他們。他們一向完全倚勢自己的才能與專業，靠著這些，擁有了極高的聲望，萬人愛戴的地位。他們始終無法想像，真會有那麼落魄，摔到底部的一日。

那麼，真的到了這一日，幫助誰與背叛誰，其實都已經無所謂了。

「很好！我們這裡非常歡迎你們！那麼，就讓我們開始吧。」首領滿意地點點頭，帶著他們，穿過城堡大廳的川堂，進入右後方的一條長條走廊中。

長廊的最底部，有一間闔閉起來的深棕色鐵製大門，打開鎖，裡面是一個工整的正方形空間。這房間似乎早就為這些人準備好，放眼望去，正中央放著一長條的桌子，桌子上面則放滿了堆疊的紙張。桌子右邊則是購置了許多精密的科學儀器，左邊也擺滿了各種實驗所需的器材。

一個專業的科學研究室，一個可以決定他們往後命運的密室。房間裡透出濃濃的漂白水氣味。

這個實驗時間長達一個星期。

結果不僅這二十個科學醫學家全數通過考驗，甚至還超乎想像的傑出，令首領相當滿意。接著，便是進入漫長的，屬於惡之島的複製計畫。

惡之島的複製計畫，在島國分裂的三十年後開始進行。

首領是信仰第二個靈魂這個古老的宗教，但是卻又想要當其中的造物主，也就是說，他不倚賴看不見的靈魂，他要獨自打造出第二個靈魂。

」

惡之島／第五章節

第十四章　自我：超越時間的極光

當我把車燈開成了遠光，前面的紅色保時捷，在光線下已經縮成了一個紅色的小點，在黑暗的盡頭前閃爍不定。

時間大約是晚上八點二十五分，距離與明美見完面，我開始跟在她的後頭，已經過了兩個小時。這山區異常的壯闊，因為一進入山區就是傍晚的朦朧視線，在眼前敞開的也就是那條曲折的道路，沒有機會站在遠處，眺望著這座山的全貌。或許是高大的令人心生畏懼的大山，也或許是好幾座山貫穿連綿著。

現在除了前面的紅點，我也什麼都看不到。

我把車窗開了一個小縫，一股涼涼的風吹進來，外面的聲音從窗戶隙縫裡鑽了進來，有點像是以橫切姿勢插進的田園交響樂，清澈地環繞在我的聽覺中。

遠光現在調回正常的車燈，頻繁地切換煞車與加油，排檔也維持在兩檔與三檔之間。道路寬度在下了交流道，轉彎進來這座山區，隨著越來越深入山區的裡面，而變得狹小的和對面來車錯車都有困難的程度。

光是聞著從車窗外流淌進來的氣息，還有能見度不高，但仍模糊可辨的景色中，我相信進到這裡，除了我與明美兩臺一前一後的車子，這時候完全不會有車了。

這裡是一個徹底隔絕人與城市這兩種氣味，而獨立存在的地方。

一種陌生的荒涼、蕭瑟、寂寞，還有未曾被佔領過的原始氣味，從一深入進山區就可以感覺到。底下的道路從平坦的柏油，再進來後不久，開始轉變成參雜著低矮雜草的乾泥巴路。四周只剩下旋律單一的蟲鳴聲，孤獨地混著沁涼的微風，濃厚地籠罩著整個山區。這裡的確沒有人煙，排斥所有進入者的意味也非常濃厚。

我默默地盡量維持一定的車速，眼睛仍盯緊著目標。

這種感覺很有意思，有時候，是地方會主動地隔絕所有的人。以前，我看到新聞報導著登山者在征服某座山時，意外失足或在山裡迷路，與遇見山崩或無法預知的意外時，我都會覺得是那座山，不願意屈就於征服。這是某種大自然的力量，遠遠超越我們人類可以想像的範圍。它們的意志力，也遠比我們想像的驚人許多。

而這座山，我會以這樣的方式形容，是因為它的確異常的孤獨。這種孤寂感深深地撼動了我，不是個體獨自萎縮的孤獨，而是具有侵略性的拒絕與排斥。

這麼說還是太籠統了，我搖搖頭，把手中抽到快到底的菸，扔出了窗外。外面的蕭瑟感越來越濃厚，正當我開始覺得眼窩酸疼，而伸手去揉眼睛時，前面的紅色小點突然速度加快，一股勁地往更深的山區開去。我勉強努力集中精神，嘴唇緊閉，眼睛牢牢地盯住前方黑暗中的紅點，右手放在方向盤上，左手則扣緊在短短的排檔桿上。

大概加速行駛約過了二十分鐘，我遠遠地看見紅色的保時捷停了下來，明亮的車燈熄滅在黑暗中，高速轉動的引擎聲也瞬間靜止了下來。一旦停車後，前面指引我跟隨著目標不見了，原本鼓譟的侵入者只剩下我，唯一的光源也只剩下我這臺車。

我仍舊保持一定的警戒心，先關掉了車燈，然後在距離約六百公尺的地方把車停下來。

在寧靜的山區裡雖然有各式的蟲鳴與鳥叫，但是明美手腕上的金屬手鍊，不屬於山區裡的聲音響起時，幾乎以一種奇怪的穿透力，從遠方傳送到我的耳裡。

我悄悄地把車停好，下了車，倚在幾棵樹的後頭，仔細聽著金屬碰撞的聲音。

現在，眼前的能見度幾乎可以說是零，只剩下稀疏的月影與星光，淡淡地灑在地面與樹梢上。我屏住氣息，仔細聆聽手鍊的碰撞，嘴裡因寒氣而吐著濃濃的白霧，間斷地溢散在山裡寒冷的空氣中。金屬的聲音大概在風裡響了幾聲後，便埋沒在一陣喧囂的蟲鳴中間。

我想，只要步行到明美的保時捷附近，再研究那裡的山路，應該就可以找到我所想的地點了。

然後呢……我開始為了即將目睹到的一切，微微地心慌了起來。

我走回車子旁，把身體靠在引擎蓋上，又從口袋裡拿出菸，點了一根。現在我身處在這座排他性極重的山區裡，四周靜悄悄的，只有屬於原始的山的聲音。車子壓過了長到膝蓋的雜草上，沉默地在這山區裡，變身成與我一樣的外來侵入者，一起侵入這片森林中。

我把手上仍未抽完的菸丟到地上，用腳踏熄，回到車上拿出小型手電筒，塞到口袋裡，再深深地作了幾次深呼吸後，便開始往明美的方向走去。

一路上的路徑還算好走，旁邊稀疏的林子與不知名的樹木，不時地被風吹出雜亂的搖晃響聲。往右邊下面的地方望去，遠遠的遠方，大約是城市的方向，透著薄薄的一點亮光，彷彿蒙上一層迷濛的描圖紙。

整個山區好安靜，我似乎可以聽見這座山的地層，有著一個與我一樣屏住氣息，但在窺伺我這個侵入者的潛在心跳聲。

大約走了十分鐘，就看見明美的保時捷停在山路的轉彎角旁，壓上雜亂的長草。火紅的顏色透過月光，反射出一種奇異的亮度，淺淺的如同覆蓋一層細緻的金色鋁箔，像隻巨大的稀有野獸，在樹影下休憩著。

我把口袋中的手電筒掏出，往車子的另個方向照去，在幾棵樹木的後頭，隱藏在結實的低矮山壁中間，有一扇緊閉的鐵門。鐵門藏身得很好，隱約地在深棕色的大自然色系中，如同山壁的一部分。如果我忘了拿手電筒，也只會隨意路過這山路，根本不可能發現這個門。

不對，或許更複雜。謹慎的海敏選擇了這裡，我想基本上她看中的，不是應該藏在哪裡的隱密性，而是這座山的強烈排他性。

我在心裡斟酌了大約的地理位置，便試著抓住其中一棵樹的低垂樹枝，往鐵門的方向攀爬過去。許多乾燥的碎石子在我腳下鬆動，我聽見零碎的石子混合著大量的粗砂，不斷往下方滾落的聲音。困難的姿勢讓我把全身的重心放在上半身，嘴裡的呼吸呵氣，變成更激烈的白色氣體，一呼出便馬上與四周的冷空氣結合消逝。我的雙手一直替換著往前攀爬的樹枝，不同的粗糙質感在手裡轉換著。不到一會，我就已經站在鐵門的前面，大口大口地喘著氣。

這鐵門也是漆了與山壁一樣色系的深棕色。門的前面是一個低矮的石子平臺，看起來像是經常有人踩踏，而自然地形成一個堅實的平坦臺地。

我站在門前，先稍稍平撫著剛出力的勞動，盡量放鬆緊繃的肌肉，反覆地轉轉手肘與手腕的地方。連日的精神緊繃，讓我全身的肌肉已出現容易疲勞的狀態。

我暗自喘了口氣，眼睛始終盯著鐵門看。掏出手電筒仔細地照了照鐵門，這鐵門很普通，雖然看起來跟一般的安全門差不多，沒有任何多餘的裝飾，但是黯淡的棕色調卻不由自主地讓人神經緊張。我想就像埋伏在森林裡易了妝的戰士，身上的迷彩容易讓人模糊焦點，但是殺傷力仍舊異常的強大。

我輕輕地用右手指敲了敲門，傳出來的響音很厚實，紮實地彷彿後面是實心的一般。再試試自己的運氣地伸出手，抓扣上鐵門右下方的門把，一轉，門轉開了，根本沒鎖。

我拿手電筒往鐵門裡頭照，裡面出現了一條低矮的通道。

這洞穴裡黑漆漆的，站在這裡就可以感覺到一陣濕冷的風，比外面冬季和山區的寒冷還又透徹地，從看不到底的深處吹送出來。令人感覺不舒服的風。聽得見裡面好像有流水聲，嘩啦嘩啦地不停響著。

我彎低身子，一隻腳踏進開著洞口的黑暗中，身體盡量往前傾，頭與肩膀試探性的隨著手電筒微弱的光線，先往前進入黑暗，再把整個身體都踏進去山壁深處的洞口中。

進入鐵門內，裡面的空間剛好可以站立一個人的高度。黃色的手電筒光源在黑暗中照出一道筆直的線。我先照自己的腳尖，然後試著慢慢確認腳邊的周圍。我現在站立的地方是一塊乾燥的石子地，淺灰色的石子隨著我移動的步伐，發出細瑣的摩擦聲。前面看起來沒有盡頭，隨著照射的光源露出一條長長的灰暗通道，兩旁都是大石頭與沙子混合的岩壁。

我往前走，大約走了五分鐘，就看見了通道的底部。

也相同是一樣的岩壁，但是在這條單向的通道裡，靠近最底盡頭的右邊，有一個三公尺見方左右的狹小水泥臺，臺子旁邊附有下降用的鋁製梯子。光線照下去似乎也看不見什麼，只能見到梯子往如無底洞的深處延伸下去。

我沒有考慮太多，心裡想著不要去想像底下的情況會好一些。先蹲下身子，用手緊緊攀牢梯子的頂端，把手電筒含在嘴巴裡，繼續攀爬了往下延伸的鋁製梯子，一段一段小心試探著走下去。

隨著質感滑溜的梯子，往下降的聽覺中，水流聲逐漸變得大聲而明確。嘴巴裡的手電筒光源，現在只能看見兩旁是一樣的岩壁，我把心一橫，習慣了往下攀爬的姿勢後，動作加快地不停往下爬去。

走下了三十級左右我停下來，右手把口中的手電筒拿出來，嘴巴的地方微微地發酸，我喘了口氣，左右用力地動了動嘴巴，繼續把手電筒含著，往下走了約二十級後，到達地面。

仍舊是一條如剛剛一樣的岩壁通道，右邊是敞開的，左邊則封閉了起來。我一面確實地照亮腳的前方，一面順著岩盤往右邊走。有時候感覺身體在四周都黑暗的空間裡，好像有什麼東西在旁邊磨蹭似的，但是手電筒照過去卻什麼也沒有。感覺所有的神經在此時都變得敏感異常。

大約走了十分鐘，在通道的最底端，我看見有座完全現代化的電梯，電梯上方有盞鑲在石壁裡的白亮燈泡，亮澄澄地反射了白銀的電梯門，很唐突地豎立在那。如同高級大廈的附設電梯，閃閃發亮的兩個銀色緊閉的電梯門，右下方有一個紅色的按鈕。

我把手電筒關掉，站在電梯前面。

進去了電梯之後會看見什麼……我的心跳突然加快，一邊開始止不住地想像了起來，一邊用手無意識地把玩著手電筒。

沒有多久，最初的水流動的聲響，又緩緩地從遠方傳了過來。我把耳朵緊貼在電梯的金屬門上，沁涼的感覺從臉頰的地方擴散開來。在電梯裡面抽風機的聲音中，確實有一陣一陣流動的水流聲，從很遠的地方，像一條細線般地纏繞著許多雜音。此時，我本想再更貼緊一些，但我的手不小心去觸碰到了紅色的按鈕，噹的一聲，電梯門打開。

電梯裡面什麼也沒有。正常嚴謹的正方形空間，正面的金屬反光，把我正對著臉給映射的一清二楚。似乎有股淡淡的消毒水氣味從裡面飄了出來；顯露出來的方形空間，正對著我招手。

我對著金屬面板拉了拉襯衫的領子，又把外套的拉鍊拉上，謹慎地站進了電梯裡面。噹地一聲，電梯又闔上了。轉身面對電梯的兩扇緊閉的門，原本正常電梯旁邊的樓層按鈕，這裡一個也沒有，空曠的只是一個乾淨的密閉銀色盒子。

電梯在關上門後，開始慢慢地往下面降下。

我照著模糊的銀色反光，一邊按捺著越來越急的心跳聲。以正常的電梯來想像，應該是下到了大約五層樓的距離後，電梯停了下來，噹地一聲，電梯門開了。

我先看見了一條長長的，亮著如白天般明亮的走廊。不像剛剛那樣原始，只是鑿開的石壁通道，而呈現非常現代化，如醫院或者學校般的長條走廊，由整片棗綠色大理石做成的地板，一格格地反射了上面的日光燈。

我小心翼翼地踏出了電梯，依照走廊給我的方向往前走。走廊的兩旁是乾淨的淺灰色水泥牆壁，很安靜，只剩下我皮鞋踏在大理石上的細微摩擦聲。走廊盡頭的地方掛了一幅抽象畫，有點類似蒙德里安的那種顏色方塊構圖，看起來很俐落，很符合這條走廊的裝飾。

在畫的兩邊，走廊的底部，右邊是封死的水泥牆，而左邊則是一樣延伸下去的相同走廊，走廊最底是一扇相同於電梯的金屬門。

我往左邊走去，大概走了兩公尺多，原本是水泥牆的牆壁，變成了一扇扇透明，鑲嵌在水泥中的窗戶。細微的水流聲越來越靠近，從電梯門一打開，水流聲便越來越清楚，就像纏繞在我聽覺旁般大聲響著。

我站到窗戶前，往裡頭張望。乾淨的玻璃先是反映了我面帶些許緊張的表情，眉頭微皺，嘴唇乾裂。我再更靠近一步，把整張臉全貼到了窗戶上。

裡面的場景讓我倒吸了好幾口氣。

底下是一個開闊且挑高三層樓的空間。像體育場或者大型室內籃球場般，驚人的寬敞空間。整體是工整的正方形，四面全只有雪白的如同手術房，近乎潔癖的蒼白顏色。一眼望下去，看不見任何髒污的地方。

與空間一樣雪白的天花板上，鑲嵌著一盞盞黃色的燈光。從最底那裡算起，大約每隔一公尺就有一盞燈。這些燈光不似醫院那樣白亮讓人耗弱的強烈光線，比較像是高級的沙龍或藝術展場裡，所架設的柔和光源。

空間內約有十個左右的人，整齊地穿著一式的白色棉質長袍，戴著青綠色的口罩，有的正站在中間的位置，低頭不知在忙碌什麼；有些則手裡拿著資料夾，忙碌地在旁邊走來走去。

我看見仍穿著相同洋裝的明美，背對我現在站著的正下方，與兩個低著頭的白色袍子人員，不知正激烈地爭辯著什麼。她氣急敗壞地對著他們比手畫腳，雖然聽不見聲音，但她手腕上的金屬手環，隨著她的動作也正激烈地互相敲打著。

空間的正中央，架設了一個真空透明的圓形玻璃箱子，大約三公尺高，圓形直徑大概有一百公分。透明圓形的玻璃四周，不斷地流洩下一波又一波的水流，這應該就是我不斷聽見的細微水流聲，清澈的聲波由這裡緩緩擴散出去。

流水透過玻璃周圍外的好幾盞亮黃的燈光，形成晶瑩的閃亮反射，看下去很像一條條，在微風裡飄揚的漂亮銀白色綢緞。

圓形玻璃前面有一臺大型機器，就如我印象中，在馬斐醫生的研究室裡看見，我所無法了解的大型機器。儀表板上密密麻麻地佈滿正閃著綠色與紅色的燈光。

沒多久，明美停止與其他兩人的爭辯，而其他在附近走動的人，這時候也同時聚到圓形玻璃與那臺大型機器的前方，一起抬頭望著。明美向前一步，伸出戴滿手環的手，按下了某個按鍵，突然圓形玻璃內的水流停止下來，慢慢地露出了裡面的內容物。

我睜大眼睛，在那一瞬間停止了呼吸。

圓形玻璃裡有兩個裸體的女人。

她們的身上同時被許多金色的線所纏繞著。線絲先在頭頂環繞一圈，再延伸下方的裸露肩膀、手臂、延伸到腰部、臀部、以及大小腿，都以非常規律有條理的纏繞方式，佈滿了金色的線絲。藉著這些線絲，兩個在玻璃裡面的女人，看起來似乎是自體可以漂浮般地橫置在其中。

那些金色的線在燈光的照亮下，像是從她們白皙身體裡，現在每個正在呼吸的皮膚毛細孔中，一個接一個地朝外散發出極限的光芒。我揉揉眼睛，胸口起伏著快速的心跳，右手不自覺地捂著張大的嘴巴。

這景象不僅超現實，也美得讓我腦袋一片空白。然而，最讓我震驚的，是纏繞的線絲並沒有阻撓我的視覺。在我眼前，玻璃裡面正散發極限光芒的，是兩個一模一樣的海敏。

我的心跳在那一刻似乎完全靜止不動。

「這是我畢生中，最偉大的實驗！」

當老人站在我身旁，說了這句話時，我整個人因為過度的驚嚇，非常狼狽地往後跳退了好幾步。

「你是誰？」我回過頭，身旁不知何時站了一個老人，正笑咪咪地看著我。

老人頭髮花白，白得跟雪一樣，眉毛也白了，像冰柱一樣覆蓋在皺褶很多的眼皮上方。身高大約165公分，不高，但身體挺直，骨骼粗壯。

他很整齊地把花白的頭髮梳成簡潔的西裝頭，身上套著與底下人員一樣的白色袍子，袍子裡可以看見是白色的襯衫與黑色領帶，底下是一件幾乎已經變形的斜紋寬西裝褲。他戴了副鏡片很厚的眼鏡，鼻子非常大且挺，鼻尖上留有微微的汗水反光。

他瞇著眼看我的表情，像在觀察什麼小動物般，充滿了趣味的巧妙微笑。雖然看起來打扮與穿著皆如科學家的老人，但是他就是有一種奇怪的詼諧，與醫學或科學接連不太一起的突兀感。

「我只是走出研究室，在山壁旁邊站著抽根菸，就看見你一路小心翼翼地進來這，我覺得有趣，就跟在你的後頭。」老人向後打直手臂，伸伸懶腰，再打了一個喝欠。「你膽子還真不小啊！一般人大概能發現這，進到一開始的隧道一半，通常都會打退堂鼓地退出去了，你還能站在這裡，不錯！不錯！」

老人把眼鏡取下來，揉揉眼睛，又把眼鏡戴上。

「我，我只是一路跟蹤明美，才進來這的。」

我本想對老人說謊，隨便亂掰個理由。但是仔細想想，究竟有誰會晚上開車進入山區，一整個路上像是發瘋似地跟隨到這裡。而且，這裡的確可以說是險路。不是路徑的危險困難，而是一路都要持續與某種奇怪的，強烈的山的排他性對抗。我想意志不夠堅定的人，根本連這山區都踏不進。

想到這，就覺得所有藉口都顯得愚蠢。

「你不用說了，你是海蔚吧，海格威醫生的兒子，海敏的哥哥。」老人又再度瞇起眼睛，從上到下仔細地打量我。

我還未回答，老人馬上俐落地向前伸出手。

「我是羅冠偉。我都自稱自己是『**終極複製的最後生還者**』。」老人爽朗地笑了起來，用力地跟我握了握手。

「消失的這幾年，我回到了那個沒有名字，也有人稱它為惡之島的島國。

那時，大約是一九八五年的春天，也就是我與你父親，還有馬斐醫生的實驗最後宣告失敗，你的母親把另外兩個複製人帶走，徹底無消無息，如同消失在這世界上的那年。

真是絕望到令人無法想像的一年。

我帶著一個老舊的行李箱，搭了最後一班前往惡之島的貿易船隻，跟水手船員們窩在底下的船艙裡。當時，往島國出口了大批的汽車與機車零件原料，就層層裝在大型的瓦楞紙與木箱中，箱子裡圍著一堆保利龍顆粒。有幾個箱子在運行過程裡散開，那些保利龍就灑得船艙底下到處都是。

還有，船艙底那悶閉的空氣裡，瀰漫了一種刺鼻的油漆與金屬鈑金的味道，唉，我現在都還忘不了那個恐怖的氣味！」

羅冠偉說完，搔搔腦袋，又推了鼻樑上的眼鏡，突然想起什麼似地，急忙從白色袍子裡取出一臺小型對講機，朝對講機不知嘟噥了些什麼。接著，我看見窗戶下方，裡面相同穿著白袍的工作人員，包括明美，一個個慢慢地往底下右邊的一扇金屬門離去。

空間中央的圓形玻璃內，兩個懸空吊起的海敏，此時正閉著眼睛，彷彿沉沉睡去。

看下去，站在人群中的明美還在生氣，一個人雙手交叉在胸前，鼓脹著十分不滿的表情，步伐快速地離開。

「明美她太急了，一直跟我強調海敏的行程；什麼時候要出席記者會，什麼時候要電影排演……有的沒的搞得我頭很大！」他自言自語地一邊抱怨著，一邊帶領著我，走到走廊最底的電梯內，下了兩層樓，門一開，就是我剛剛在窗戶外，所看見的底下大型空間。

兩個海敏正在眼前發出灼熱的金色光芒。

「海敏她……」面對面凝視著超現實的場面，還是讓我非常喘不過氣來。

「小夥子，有點耐心，讓我把話說完！我最討厭像明美那種急性子，什麼都不問，就只要求結果！」老人不耐地撇撇下唇，慢步地走到大型控制臺前方，對著一堆閃爍紅綠色光芒的按鍵，按下了兩個按鈕，此時，玻璃裡面的兩個海敏，同時緩緩地睜開眼睛，凝視著前方。

我抬起頭，很仔細地看著她們。

她們的眼神裡有種奇怪的空洞。好像夢遊者的短暫清醒，也像沒有靈魂的麻木軀體。我想老人只是讓他們睜開了眼睛，並沒有讓她們真正清醒過來。

近距離的看著兩個海敏，真是耀眼華麗到無法形容。我的腦子裡出現了許多關於維納斯那美之化身的畫像，有雕刻在教堂裡的乳白色石雕，或者處理細膩的皮膚，像是可以擰出水的寫實古典油畫。

這是超越時間的一道極光，緩緩地滑過時光的切面而落下。

我想，一般人看見也會有相同的感覺，無關男人的性慾，因為這美已經超乎你日常所見的任何東西。這不是人，是某種神聖的神物。我張口結舌地站在兩個海敏前面，久久無法回神。

我心裡有底，海敏是找到小她八歲的複製人了。

老人對著幾乎有些迷亂的我，輕輕地咳了一聲後，便在控制臺前坐了下來，又拉出另外一張椅子，示意要我坐到他的旁邊。我順從地坐了下來，把心裡浮出的無限疑問先勉強忍耐住。

空間裡非常安靜，之前的水流一停止，幾乎是隔絕了所有聲音的進入。也因為太安靜了，我覺得自己好像身在一座奇怪的星球上，一座沉默且乾燥的星球上。眼前有兩個一模一樣的人，旁邊的老人，也在這個封閉的空間裡顯得非常古怪。

「我說到哪了？」羅冠偉又捂嘴咳了好幾聲。「對了，恐怖的臭味。那時，我整晚都待在船艙裡，我所搭的船隻，我還記得叫海神一號，在那橫渡惡之島的夜晚，遭遇了前所未有的風暴。非常恐怖，就像大型的暴風雨來襲，整個大海都發怒般的狂風巨浪，把船打得東倒西歪，所有乘船資歷豐富的船員，都吐得死去活來。

當時，我真的以為我會就此喪生在這片海域中。」

「你為什麼不坐普通的船隻與飛機那些交通工具呢？」我歪著頭，看了老人一眼。

「你應該沒有聽過關於惡之島的傳說吧。」

我搖頭，表示只知道這國家以前是與惡之島接連在一起的，其他的完全沒有留意過。

「惡之島有個傳說，只要想在其港口停駐的船隻，都會遭到莫名的噩運，沒有例外。除了沒有飛機與遊覽船隻願意停到那國家，連領空都不願意經過之外，還有我也害怕自己背負著許多罪孽，是不應該回到那裡的。

一開始，我與你父親是逃離惡之島，算是叛國地偷偷來到這裡……你也不知道吧，我的家鄉不是這裡，也不是惡之島，是這兩個分裂島國的東邊國家，我是那國家裡首屈一指的頂尖科學家，而你父親，則是惡之島裡本身的醫學家。

我最擅長的，就是精通複製人體所需要的一切知識，也只有我懂，你父親對這一竅不通。」老人把雙手放在兩邊的太陽穴中，好像很費力的回想著。

「你的意思是……」我非常驚駭地轉過身面對他。「沒有錯，你錯殺了馬斐，他只是幫忙我的一個小助手而已。你最應該殺死的，其實是我。」羅冠偉說到這裡，像是非常疲累地把眼鏡從高挺的鼻樑上取了下來，閉起了眼睛，不到一會，又像想起什麼一樣地突然用力睜開眼睛，把整個身體轉向我。

「不只是你，連我都深深覺得，這過程如同厄運般地，幾乎毀損了我整個人生。」他語氣肯定的如同下註解般地說了這句話。

第十五章　彼端：殘虐記

『

有時候，我看著電視機上，各國的最高統治者在螢幕上演講時，心裡都會想，一般人會對他們轉身後的世界感興趣嗎？

比方說，平時道貌岸然的總統，是不是跟老百姓一樣，生氣時會脫口而出粗俗的髒話？在自己期望的事落空時，也會跺腳惋惜，甚至傷心落淚呢？

現在我要寫的，便是關於惡之島的首領，一個絕對的秘密；一個隱藏在惡之島上多年，甚少人知道的秘密。

在寫出這個秘密之前，我想我有勇氣把它寫出來，也許是仗著自以為這本書不會流落在太多人的手中。畢竟，這世界上沒有太多人真的知道惡之島這個國家，也沒有真的關心惡之島的，不是嗎。不管這是否是我自己的自圓其說，但是我已經決心，要把這一切披露在這本書上，原因很簡單，就是這不只是屬於島國的秘密，也是屬於我這個一直隱藏在後面，當個稱職說書人，畢生最大的秘密。

惡之島的首領，是一個名叫方斯華的八十歲老人。有關他的身世背景，幾乎沒有人知道。就如同惡之島真實的地理位置一樣，神秘模糊的讓人無法親近，並且擁有相當程度的距離感。

那為什麼我會知道呢？你們應該很好奇吧。

我用另一個方法來說明。

我想在每個人的人生裡，都有一塊神秘的角落。不管是多悲傷或多難堪，一定都會有這麼一、兩個小小的秘密，像躲在角落裡的頑皮鬼，樣貌醜陋，難登大雅，你無法讓它浮現出你的生活中，但是當你過得一帆風順而遺忘它時，它又會非常故意地從底層現身，拉拉你的衣角，要你回過頭來看它。

「我在這裡！我在這裡！我會永遠糾纏著你，除非你把我說出去而從此釋放喲！否則我永遠都會在這角落，不時地提醒你我的存在喔。」

怎麼樣？秘密是不是像這種惱人又難纏的小傢伙！而在你承受不了時，你會選擇告訴什麼樣的人？好朋友？最親近的人？還是身邊時常出現的共事者？

我想，我屬於惡之島首領這個人，在他的生活中，可以把頑皮鬼順利丟出來的這些選項裡的其中一個。

好多年前，我剛認識首領時，他剛過五十歲的生日慶典。

身高180公分以上，身上連一公克的贅肉也沒有。修長的手指中間的關節特別明顯，手掌大的驚人。全身略黑的皮膚上覆蓋了許多的皺紋，眼睛細長，容貌非常端正，鼻子與眼睛都像用刀子仔細修過的筆直線型，上嘴唇則習慣緊緊閉著。整體看上去相當有氣勢，甚至可以說是氣派，非常符合我們印象裡，身為一個國家的領袖，所應該具備的所有外在條件。

首領還有個很大的不同之處。就是只要他一說話，整個空間裡的氣氛就會被奇妙的轉換成，他現在意志中所認定的那樣。不管前一秒鐘是否在一片沉寂的尷尬裡，或者一片歡笑掌聲中，首領總是可以很輕易地挪動空間裡的氣氛，微調般地任意改變，這些彷彿根本不需要花力氣。

只是，沒有人可以在前一刻，猜測他心裡在想什麼，他所希望此刻的氣氛又是什麼。

除此之外，這個個性古怪的首領，只要一緊閉嘴唇，什麼話都不願意說的時候，空間中所流動的任何東西，時間、氣氛或者任何感覺，就會被牢牢地釘在地板上，沒有人有辦法改變。

「你曾經看過有關我的任何報導與消息嗎？」

我記得他問我這句話的時候，剛好是在他五十歲生日慶典過後的一個多月。而這句問話被拋出來的前半個小時，我正站在他的面前，畢恭畢敬地向他報告我職務上的要點。

我停止報告，吞了口口水，等著他的回應。他沒有說話，在桌上交疊起那雙修長的大手，讓粗大的關節發出骨頭的喀嚓聲，再搓了搓手心，示意要我在他辦公桌的對面坐下。我順從地在他面前坐下，同時搖搖頭，很謹慎地說：「完全沒聽說過關於首領的任何故事或報導。」

然後，他的秘密就緩慢地從這刻開始，徹底地向我打開。

首領方斯華的爺爺，是位於惡之島東邊國家的政治人物。他其中一個身分是可曝光的首要官員，另一個身分，則是長期秘密從事地下性的民間組織活動位於其首腦的位置。

在當時，東邊島國才剛開始在經濟與政治上獨立，努力地在全世界各個國家中，爭取擠進已開發國家的行列。政府管理則傾向完全的法西斯集權統治，不准任何私下的集會，也不容許不同於中央政治觀念的雜音出現。

而方斯華的爺爺所參加的民間組織，是跟他在當官員前，所擔任大學歷史系的主任教授有關。他脫離學校後，並沒有放棄這一塊，時常抽空回大學裡，與學生們激烈且帶著無比熱情的，討論關於歷代極權統治的演變。他們這種民主討論的風氣，與在長時間集會下所莫名形成的組織，經過每屆學生的畢業與輪替，人數越來越多，甚至達到可任意跨越學校範疇，獨自形成一個混亂的民間組織。

討論話題包含了無數種奇怪的論調，已完全脫離以往只是討論歷史上的政治，其中也開始加入了一點叛國與抗爭的意識，而裡面的成員也相對變得雜亂參差。儘管到後來，方斯華的爺爺並沒有繼續參與，但是他們都已把他當成一個精神指標，最初中心的創始人物。

最後這個組織，被國家的軍事機構查獲，經過長時間的觀察，便默默地允許了處以私刑的決定。

當時方斯華十歲，在爺爺七十大壽的節日，於郊區的獨棟別墅中慶生時，衝進了一整團全副武裝，大約有十來人的軍隊。

「方部長，好久不見！」為首的是一名由島國領袖所培養的，一批秘密軍團的軍官。年紀約三十出頭，身材高大魁梧，黝黑的臉孔上有一道從左眉心延伸到鼻樑，長及至下巴的肉色疤痕。手段以殘忍冷酷出名。這批秘密軍團的功能，就是處理任何被中央發布處以私刑的組織，而私刑的方式，則由他決定，中央完全不過問也不插手。

所以只要被判了私刑的罪名，就等於失去繼續活著的機會，而且，會以何種方式結束生命也不得而知。

方斯華的爺爺，一看見這名軍官，並沒有露出慌亂的神情，相反地只是穩重地要全家人離開餐桌，一起坐到客廳的沙發上。

「看見你我就明白了。最後，我只想問，沒有任何解釋的機會了嗎？」爺爺皺著眉頭，仍然挺著胸膛，一個人帶領著原本站在家中的十個軍人，走到屋子外面的院子中。

嘖嘖嘖……軍官搖搖頭，朝後面的下屬比個手勢。

「方部長，我只想告訴你，這不只是你一個人的事，這個秘密組織已經遍佈全國了喲，這可是件不得了的大事！現在的首領為了你們，可真是天天都坐立難安、食不知味地過了一段艱辛的日子呢。

所以，身為創始人的你聽清楚，你的代價也相對的龐大，非常龐大。你要犧牲的是整個家族，甚至是你的後代，後代的後代，已經不是簡單的把你一個人處理掉就好了噢。」軍官的臉上掛著一種輕輕的，簡直沒有痕跡的微笑。他把原本放在後面稍息的雙手，騰出其中一隻，伸到前面來撫摸著臉上的疤。

而這個聚會很不巧的，方斯華的所有親戚一個也不少的全部出席。

或許秘密軍團老早就打聽清楚，明白在舉行七十大壽的這個時間點上，可以不費力氣地逮到所有的人，所以選擇這個時候執行私刑。客廳此時聚集了方家全部的十五個家屬：奶奶、父母親、大伯父與大姑媽全家，叔叔與阿姨的各自伴侶，堂兄弟姊妹，還有他。

母親一直在底下緊握著他的手。

軍團裡的其中兩人，聽從軍官的指示，從外面的院子進來客廳，把方斯華的堂兄弟兩人，還有堂姐妹三人與他，等於是挑選了家族中的最後輩，一起帶到院子中。他回頭看了母親，母親對他點點頭，在他還未回過頭離去前，他瞥見母親用雙手把自己的臉捂住。

軍官先低頭看著他們，露出一個很勉強擠出來的溫和笑容。

「不要害怕也不要說話，整個過程只要用眼睛看就好了，懂嗎。」軍官蹲低身子，臉上仍留著醜陋的笑，伸出手摸摸方斯華的頭。

他們這六個小孩，平均年齡為十三歲，這時小小的身體都發著不同頻率的顫抖，彼此緊緊地靠攏，什麼話也說不出來。時間是正午過後，正是日曬最強烈的時間。他們面向炙熱的陽光，身體裡的汗水悄悄地滲出，金黃色的汗毛被汗水的黏濕給糾結在一起。六雙眼睛一起瞇成一條縫，小心翼翼地盯著眼前的大人們看著。

方斯華告訴我，當他們被帶出來時，他就直覺，這將是一個非常殘酷，且讓人完全無法承受的考驗。

軍官走近爺爺的身邊，從另一個下屬身上所背著的軍用綠色包包中，掏出一條形狀奇怪的繩索。繩索的上端接連著好幾條相同粗細的繩索，而每條繩索前端的岔口上，綁著一個個的勾子。勾子不大，形狀像是未綻開的含苞百合，細長，尾端形成彎曲的弧度，勾子的尖端銳利異常，在陽光下發出刺眼的銀色光芒。

「小朋友，我還記得大概在五年前，我曾經與其他官員一起來你們家作客過。那個時候，我一進到方部長家裡的客廳，便好驚喜地發現客廳天花板上的吊燈，就是那盞晚上會亮起一個個漂亮燈泡的水晶燈……哇！形狀是多麼的華麗完美呀！一個個的，把一盞盞像是星光，亮晶晶的燈泡給通通架起來，烘上了天，點燃，嘖嘖！真是一個偉大的設計啊！」

面無表情的軍官，嘴角叼著一根菸，像在秤重一般的先把勾子放在手上，一上一下地搖晃掂著重量，再轉過身，俐落地伸手脫去爺爺身上的條紋襯衫。

爺爺老邁的皮膚上，佈滿了點狀的老人斑點，一顆一顆地散佈在棕黃色的，已經呈現嚴重皺褶凹凸的皮膚上。這是個已經完全失去了任何晶亮生命力的身體，只剩下一個老朽且破舊的皮囊，也像塊骯髒，許久未清洗的抹布。

歲月流逝的痕跡，在陽光下異常的刺目。

爺爺沒有表情，被脫去了外衣仍昂然地挺著胸。軍官走近他，像在撫摸著小動物的鬃毛般，用食指與中指輕輕戳著那些斑點。

「當時我就在想，這樣的設計只留給燈飾實在太可惜嘍！有沒有什麼另外的，可以替這設計發揚光大的機會呢？只孤獨地掛在部長家實在是浪費啊。

後來，在你們爺爺的私刑公佈下來後，我就靈機一動，不眠不休地在紙上畫出設計圖，請人幫我訂做了一副五爪勾子。這勾子長約十五公分，尖端的弧度只有五公分，刺進身體的地方也只有這個部分。我曾經在這副勾子完成後，興奮的不得了，便抓了幾個死刑犯來實驗，效果果然與一般的刑罰不同，尤其是聲音，刺進身體裡的聲音，簡直美妙的無法形容！」

軍官一邊說著，一邊走到赤裸著身體的爺爺後方。先吩咐兩名下屬，分別緊緊抓著爺爺的兩條胳臂，再瞇著雙眼，右手先仔細地在坦露的背上筆劃著，像專業的裁縫師般，精準地量著其中的距離與尺寸。接著，把左手上其中一個勾子放到右手中，再迅速俐落的刺穿進爺爺的背部。

這時，他聽到一種從未聽過的聲音。好像從很遠的地方，往深不見底的井底裡，投進什麼東西的遙遠著地聲。飽含重量與水氣的飽和音質，一落地時，不是悶悶的重響，而是發出了滑落平靜水面的清脆。

軍官閉上眼睛，非常享受地側耳傾聽。

「真是好聽啊！以前用普通的刀子，都只是聽見很平常的穿刺聲，肉體悶悶地吃進刀子的聲音，但是這爪子……真是不得了！」軍官很讚嘆地把嘴角上的菸取下，舔舔嘴唇，丟在地上踩熄。接著，六個尖銳的五爪勾子，平均分配到平坦的背上，牢牢地穿過底下的肌肉，巧妙地抓到了脊椎上的肋骨。

這時候，爺爺的雙眼緊閉，露出一種方斯華從未見過的表情。

這就是痛苦的表情嗎？小小年紀的他，看見眼前還有長久以來的記憶中，始終如大山一樣屹立不倒的爺爺，這時衰老且充滿皺紋的臉孔上，五官緊緊地糾在一塊。

但是爺爺沒有發出任何聲音。

從勾子一一地穿刺進去到現在，他只是沉默地，臉上露出接近猙獰的痛苦表情。不知為什麼，也許是未知的恐懼整個籠罩了我們，在這過程中，沒有人發出聲音，連平時最愛哭的堂妹，也縮在姐姐旁邊，顫抖著小小的身體。

軍官先確定六個勾子確實地勾到了肌肉底下，那一根根的肋骨後，再把那條最開端的繩頭，繞過身旁一棵大樹上所垂掛下來的粗樹幹，用力一拉，把整個身體吊了起來。

被吊起來的爺爺，此時終於忍受不了，抬起頭，發出長歎般的，一聲哀涼、長遠的嚎叫聲。

從懸掛在他們面前的身體上，可以清楚看見那一條條肌肉被緊緊的勾子勒緊，露出血肉模糊，皮開肉綻的痕跡。鮮血開始從勾子的深處滲出來。有的鮮血非常緩慢地，沿著晶亮的銀色勾子根部，染紅了六條繩索；有些鮮血則一滴滴地從旁邊的肌肉，滾落到他們的眼前。

被掛起來的爺爺，此時像是一大團棕黃色、赤裸的肉塊，四肢攤平張開，就停止在樹幹與地面的中間。

「哎哎，你們不要閉上眼睛啊！這種精采的時刻，不看實在太可惜了！

有人說，從小孩子的眼裡看出去的世界，都是純潔無瑕的，而且童年時的記憶，會深深地，深深地影響小孩的一輩子，所以我才會挑選你們出來看這精采的畫面啊！怎麼樣，你們的爺爺現在看起來很狼狽吧。」

軍官重新點起一根菸，含在相同的嘴角旁，一邊微笑地說著，一邊踱步到我們前面，朝著正緊緊閉著眼睛，發著強烈顫抖，發出小小嗚咽聲的堂哥，迎面就是一個巴掌。

堂哥弱小的身體，馬上跌趴在後面的草地上。

「就乖乖聽話的睜開眼睛嘛！你睜開眼睛我就不會打你了明白嗎。」軍官輪流在我們面前踱著步，確定大家的眼睛都是張大的，便非常滿意地點點頭。

「精采的還在後面呢，你們以為你的爺爺就會這樣死了嗎？不不不，沒有那麼容易。

這些勾子是相當有技巧地穿過他的身體喔，我還因此在之前，特地選了好幾個犯人練習過呢，所以根本沒有機會傷到他的任何內臟與器官。

你們的爺爺，會在強烈、無法忍受的疼痛裡，昏了又醒，醒了又昏……直到鮮血流光為止。我估計，大概最久也要兩天的時間才會順利死去吧。」

軍官很滿足地摸了摸臉頰上的疤痕，讚嘆般地前後繞著懸吊的身體欣賞了一番，再伸出手，推了推吊在樹上的身體。身體在輕輕地搖晃中，方斯華聽見微弱的，但痛苦萬分的呻吟哀嚎。

那些緊扣住肋骨的勾子，在推力的搖晃下，幾乎是連骨帶肉地從最深層的感官神經，爆發出將近把人推向全部潰堤的境界。

接著，好像遊戲一樣，不只軍官，整個十人的軍團，一一輪流地待在吊起的身體旁，只要爺爺陷入疼痛的昏迷狀態，便輕鬆地伸出手，像推盪鞦韆地搖晃一下，那令人毛骨悚然，彷彿由身體最底層裡，如動物本能般的，發出一聲聲恐怖的嚎叫，就清晰地迴繞在院子中，響在耳際邊。

太陽慢慢地減弱了刺眼的光芒，四周全沾染上一片橘黃色的昏黃色彩。

是誰先開始尖叫與哭泣的？

好像從很遙遠的地方，傳來一聲聲崩潰的叫嚷聲。眼前的人影與畫面，逐漸蒙上一層模糊的印子，好像有團巨大堅實的黑色影子，在前面擋住了光線。

他看見奶奶，倒在院子與客廳中，那敞開的大門中央。軍人們在這個漫長，彷彿時間凝結，冷酷靜止的時刻，來回進進出出的時候，並沒有移開奶奶的身體，反而很自然地把那當作是塊好踩、柔軟的墊布。再來是母親、大伯父、姑媽……大家先後的在混亂中，被整個軍團開槍掃射，有的則是哀慟地奔跑到爺爺的身體下方，昏死在院子裡，逐漸積聚的血泊中。

等到方斯華意識終於清醒，真正回到現實的場景時，只剩下他與整個軍團。他的家族，其他人似乎都安靜下來，一一地倒躺在家裡的各處。身旁的堂兄弟姊妹們，則是分散在院子綠色的草坪中，一個個如同靜默的人形石塊。

正午的太陽仍舊刺目。方斯華揉揉眼睛，有些不清楚時間正確的順序位置。

「沒有想到吧，你是唯一的活口喔！現在看起來，一山還有一山高，果然是後生可畏啊！」方斯華一睜開眼睛，就看見那條明顯醜陋的肉疤，橫跨在他的鼻尖前。一股難聞的菸臭味溢散在四周。他下意識地縮了縮頭。

軍官非常仔細地在他眼前凝視著他。「就是你了，整個過程既不哭也不嚷，沒有昏倒也沒有受不了……小子，我真服了你，我向來以鐵石心腸著名，你可能是唯一一個可以跟我比賽的喔。親眼見到家族的人一一慘死也面不改色，這冷酷就足以讓我放你一條生路！來！你站起來，跟我們走。」

他的兩隻胳臂，被兩名軍人架著提起，一整行十人的軍團排成一列，離開家園前進沒有多遠時，他又聽見了從後面的家裡前院傳出，在自己意識渾沌之前，那一直環繞在耳邊的淒厲哀嚎聲。

爺爺還沒有死。

他心裡泛出一股非常非常強烈的悲傷，那悲傷強烈地吞噬了他，把其他過於激烈的情感，全部吞到深不見底的心底去。彷彿剩下只有一雙流著眼淚的眼睛，其他的感覺，都跟不上這個唯一的、僅剩的悲傷。

方斯華就這樣毫無抵抗且順從地被軍團抓回總部。隔天，就照著軍官所謂的放他一條生路，把他一個人，如包裹般地限時專送運到了惡之島。

就這樣，一個年紀十歲的小孩，一個人孤單地來到了惡之島。

「首領是這場悲劇中唯一的活口？」我略顯驚訝地看著他。

方斯華平靜地點點頭。在講述的過程裡，他看起來沒有特別激動或者悲憤，平靜的程度很讓人驚訝，就像講一部事不關己，昨晚才看過的電影劇情。

「沒有錯，十歲那年，我喪失了所有的親人，一個人被迫離開家鄉，來到這裡。」他閉上眼睛，像在心裡打開一個早已塵封多年的箱子，緩慢地掏出裡面他遺忘許久的畫面與所有聲音。

方斯華到了惡之島，才明白所謂的活路，根本就是另一條恐怖的死胡同，另一種方式的殺戮戰場。

當時的惡之島，剛開始實行「**對外開放**」。所謂的對外開放，就是另外兩個東西邊的島國，剛開始發現惡之島與眾不同的地方：擁有強大毀滅的能量，雖然會使要研究它的學者們一起喪身大海，但他們卻意外發現，惡之島還是會吸收的，而唯一能讓它接受的，便是那些敗壞者。

這個發現讓這兩個島國鬆了一口氣，於是把無法處理的任何罪犯，以及存活不下去的失敗者，便爭相地遣送與偷渡到這裡來。所以，十歲的方斯華來到惡之島，就是要學會與一群不同惡質能量的大小撒旦共同生存下去。

「我在這裡學會如何活下去。這不是單純字面上的意義，比方打架、欺騙、抗爭、殘虐的個性等，這些字辭的意義，還不足以形容我所學到的。

我學到最實用的一個能力，就是冷漠地對待自己，對一切沒有感覺，因為我明白，已經沒有任何東西可以從我的人生裡失去，這是我現在生存下去的唯一籌碼。所以，我就在漫長，恐怖不堪的戰鬥中，慢慢地在島國擁有一定的地位，然後成就了現在的我。」

方斯華說，就是這種沒有什麼好失去的意志力讓他活了下去，直到島國分裂，在那個沉默又駭人的晚上，他才在親眼看見全部家人被殲滅殘殺後，第一次深刻感覺到：自己當時會成為唯一的活口，冷酷軍官口中的鐵石心腸，是在心底曾經擁有龐大的能量。

而現在，隨著土地的分裂，其他人被迫遠離的是善與惡，而方斯華失去的，便是對抗極惡的能量。那能量也等於是方斯華的第二個靈魂。

在爺爺被吊起來，全家人以不同死法在面前一一倒下時，就是這個第二個靈魂拯救了他，讓他全部的感官，發顫恐懼的本能，隱藏到強大的第二個靈魂的底下；緩慢的，以一種空洞無感的眼神與心靈，讓這殘虐的一切，慢慢地從眼前過渡。「這種感覺其實無法用具體的形容詞描述，就好像，」方斯華眼神銳利地看了我一眼，把剛點著的菸，朝著桌上菸灰缸彈了一下菸灰；「就好像你在巨大的，無法承受的壓力與恐懼前，在事情發生的瞬間，你的靈魂，慣性面向外的那張臉孔，為了保護剩餘如殘渣般細微的，讓你不至於全面崩潰的本能，而迅速出現的第二個自己。

就讓這個無感覺、無情緒、沒有五官的面孔，去面對恐怖的現實吧。」

「是不是就像精神分裂者，第二個人格會從心底深處出現，通常都是第一個自我，遭遇到無法面對的事情，要繼續活下去，所必須出現的自我防禦機制？」我對他提出我的看法。

關於這一點，我記得醫學中心裡的精神分析科醫師，曾經有對人格分裂症狀，提出完整的報告。

「可以這麼說，但是我覺得更複雜。精神分裂患者，通常在第二個人格出現時，第一自我是不會察覺的，那是一種連意識都完全轉換的過程，事情過後，第二個人格所承受的什麼，所做過的一切，第一自我是不會有記憶的。

而我的情況是好像躲在什麼龐大的庇護下仍可以進行窺視，窺視當時沒有情感的第二個靈魂，正在面臨與承受恐怖的考驗。躲藏在第二靈魂後面的我，仍會思考會記憶會感覺，但是接收到的，卻是第一自我的一半感官。換句話說，只要遇見我無法承受的任何折磨，我擁有可以轉化的能量。」

方斯華從菸盒裡掏出一根菸，用指尖整理過菸的尖端後含在嘴唇上，點火，再深吸一口。我聞到濃厚的菸草燃燒氣味，這菸草的氣味非常特別，像是清新薄荷中含有某種程度的麝香氣味，讓整個空間都飽含了這個味道。不像一般的香菸的嗆鼻，反而像某種可以燃燒的清香精油。

在這點菸與抽菸的過程中，我們都沒有說話，他很享受地正吞吐著煙霧，尖銳的沉默暫時持續著。

「我建立了一個王國。」方斯華終於把手中的菸抽完，按熄在那個漂亮的玻璃菸灰缸中。「在我統治之前，這裡極其混亂且殘暴無秩序的像是荒蕪的史前時代。你以為所有的失敗者在這裡，看似無害的獨自生活著，就形成了某種和諧的生活方式嗎？那只是表面，隱藏在深海底部的冰山一角，在這背後與下方，每個人都為了非常小的利益，爭奪不休，甚至互相傷害的淋漓盡致。

我把島國統一起來，建立制度規劃，從權力到反權力的一切，盡量平均分配其中的利益；換句話說，我一個人支配著所謂國家這艘巨大的船艦，我只要把船底下的栓鈕一拔掉，船就會整個沉沒，然後裡面的人民，就等著被這些互相傷害給淹死。

然而，國家的統一落在我的身上，而我的意志，支撐著這整體和諧，不至於傾倒毀滅，不至於彼此攻擊而沉沒到平庸海底的組織，就落在這第二靈魂上面。」

現在，那場島國分裂，把他能承受一切的第二個靈魂帶走了。

方斯華說到這裡，疲憊地歎了一口氣，半瞇著眼睛，臉上的皺紋全部在打開秘密後的疲憊來襲時，深刻地浮現在皮膚上。那模樣彷彿是一個生了重病，生命力衰落的臨死老人。

「我會跟你說這些，其實是希望你能幫我忙，一起與那些東邊島國的科技菁英，研究複製人計畫，打造我那失去的第二個靈魂。

我的潛意識非常相信，唯有這個方法才能喚回我失去的那部分。」方斯華現在倦怠的眼神，完全說明了他的年紀。空間裡仍充滿嚴肅緊繃的氣氛，還有讓人由心底逐漸不安起來的凝重。

「首領，我很感激您的看重，讓我身負這個重任，但是我只懂醫學，是國家醫學中心的醫學家，我既不懂複製，也不懂科學。」我疑惑地看著方斯華。

什麼複製人，什麼計畫我完全沒有概念。他對著每個星期定時對他報告醫學中心研發進度的我，突然打開塵封已久的秘密，接著又對我拋出一個沒有頭緒的要求，讓我很糊塗也很不知所措。

「簡單的很，你既不用脫離部門，也不用重新學習，我只要求你，成為複製計畫的第一個實驗品。」

方斯華對我眨眨眼，嘴角掛著一抹淡淡的，幾乎看不見弧度的微笑。我覺得自己眼前突然出現剛剛他在講述殺了他全家，那個冷酷軍官的笑容。沒有溫度，沒有任何情感，只是毫不費力氣地牽動嘴角肌肉的笑容。

一瞬間，他把向我敞開秘密，彼此的那種親密，迅速地關闔上交流的任何可能。我又看見那個異常熟悉，整個人充滿一種無法撼動的權威氣勢的首領。

於是，我毫無選擇權地馬上被送往秘密機構，成為複製計畫的第一個實驗品。

」

惡之島／第六章節

我深深地吸了一口氣。每次看完惡之島的一個章節，心裡的沉重感就越來越重。這章更是，在我眼前快速且赤裸裸地揭開了一個非常大的秘密。而在先前，我打開這本書的時候，我幾乎是有點盲目地，跟蹤一個看不見全貌的過去時光，百分之百地打從心底相信，裡面每個關於島國上的故事，都是曾在家鄉的某些角落真實地旋轉過。

外面是下著雪的星期天。我走到窗邊看著窗外。起先像是準備落雨的糟糕天氣，天空陰霾低壓的連呼吸都好像不順暢，接著從天上掉下來細碎如同灰燼的雪屑，然後一點一點的白色小雪從天空接連落下。

我從窗邊走回書桌前，在闔上《**惡之島**》這本書前，大約往後翻了一下後面的頁數，只剩下五分之一，這本書將在五分之一後就會結束。光是看見後面的書皮，就感覺似乎一個連結我生活轉動的世界，已經徹底地輪轉過一遍，對我敞開又即將關闔上，那種失落彷彿在還未結束前提早到來。

我把書闔上，放進我的袋子中，再打開衣櫃，穿上衣櫃裡的厚重雪衣，順便也套上我前陣子為這個冬天所準備的深藍色毛襪，出了公寓的大門，往城市的邊境，也就是圖書館的另一個方向走去。

羅傑曾經跟我提過，他第一次見到海敏，跟她合作拍攝雜誌的地點，就位在城市鬧區的南邊，通往最南方的山區中央，有一座古老的石橋，他們在那裡拍攝了那張令人印象深刻的照片，而海敏也在那露出如回到家般的甜美笑容。

我撐著雨傘，繞著街道上鋪著紅色磚塊的道路走著。路上的行人很少，經過的都是速度不快的小客車。雙向道的相反方向來車，每臺客車都緊緊挨著旁邊的道路前進。

凝視著這些車子，在瀰漫著白茫茫的雪點中，好像都褪了一層鮮豔的外表，就像在色彩的色階表上，沉默地退後了一個色階。

雪下得越來越大。大多時間我都撐低傘往前走，不曉得自己走了多久，偶爾把傘撐高，眼前晃過的風景一直在改變：不同的高樓形狀，不同的建築物外貌，車子，少數行人的長相，路邊光禿行道樹樹幹的形體，不同外形與質感的東西在眼前變換著。道路筆直的往前延伸，中間沒有需要選擇往哪條路轉彎的時候。直到我發現身旁的景色只剩下單純的，只有由黃紅色所組成的枯葉時，我才停下腳步。

抬起雨傘，石橋就在距離我前方一公尺的位置。從家裡走來這大約花了四十分鐘。石橋比想像中的小，大約可以容納一臺小客車順利開過去的寬度，車子上橋大約只要開兩分鐘，就到了對面。我低頭看見橋下原本深綠色的潭水，雖然還未完全結冰，但現在白茫茫的看起來像有一層反光的深色塑膠布覆蓋在上面。

石橋安靜地蟄伏在前方，在我模糊的視線裡，深灰色的石橋幾乎都要被白色的雪覆蓋住了。我呼了一口氣，白色的霧氣從嘴巴中吐出，然後跟四周的寒冷空氣融在一起。我朝石橋走了過去，站到它的中間。

天上的雪開始激烈地下著。我盯著天空好像正支離破碎地崩壞了大片的天的塊狀，撞擊成雪塊而掉落下來。

我的手心握緊了傘柄，低下頭專心望著深綠色的潭水。我的身影映在上面，變成淺灰色，有點骯髒的一團糊影。聽覺中傳進了吹動水潭旁邊樹林的風的聲音，冬天的風在這裡旋轉，掠過外面的海岸，侵襲到樹林裡頭，搖撼著我身邊的枝葉。

我閉上眼睛，開始回想起家鄉那邊各式各樣的風景。東方平原上如孤獨無依的獸的傢俱工廠、中央圍著一座石雕像的東邊廣場、從兩旁街道的窗簷上落下的翠綠植物、最南端響起沉重鐘聲的深灰色碉堡樓臺，還有那一大片密實的、蕭索到無法進入的草原。

然後我也開始想起在廣場旁邊的咖啡館，在家鄉中唯一密切交集的人，咖啡館中會陷入長長的沉默的老闆，我第一次推開咖啡館的大門，他從吧臺裡抬頭望著我的眼神，華特，還有雷迪……他們的模樣清楚地在我心裡一一浮現，如同從深不見底的混濁的沼，露出自己完整的面貌，正大口大口地呼吸著。

我把手中的傘丟掉，繼續在大雪中閉上眼睛。

周圍很安靜，但不是那種完全靜止的沉寂。我把自己身體與外界接觸的感官全部打開，便感覺到由天上不斷落下的雪飄落到地上，發出輕輕地，好似某種小獸在這時候誕生的小小喘息聲。這片土地在靜止的大雪中仍舊呼吸著，仍舊持續律動著。

我突然感覺到一股悲哀從心底深深地湧上。不知道為什麼，當我來到這裡，越接近這裡感覺就越強烈，好像從心底深處，開始緩慢地接連上從前在惡之島生活的奇怪的生活步調，那種終日都看不清自己面貌的模糊渾沌感，突然又在此時瘋狂向我襲擊而來。

我把手掌翻開，一點一點的白色小點落在我的手上，涼涼的，有些微刺痛的感覺。那些印在瞳孔裡已經變成普通冰水的雪，在這時卻好像變成某種連結的點，一種由視覺接連上心裡的抽象東西，重重地敲打著我的心臟。

我把雙手的手掌用力撐開，調整混亂的呼吸，繼續承接著落雪的這個動作。從結成晶狀的固體，緩慢地從天空落下，落到我的手上溶成了液體。我把手掌放到自己的眼前，我看見了那些透明的液體，仍堅硬固執地接連著我的所有感覺，在液體滴狀由我的手掌心滑落下來時，我明白了，那抽象的意義是有著深邃的，讓我整顆心幾乎承受不了，不見底的絕望。

我深深地，像要把整個胸腔都塞爆氣體那樣大口呼吸著。

我把雙手握緊，心裡也終於明白，這裡，就是當初島國分裂為兩個的邊界線，而這座山區與石橋的這個深潭，便是那分裂的邊界開端。筆直的斷裂線由石橋前方的濃密森林延伸，靠近前面的海，那一條彎曲的海岸線開始蔓延，延伸到另一端的圖書館那邊。

我記起我第一次看見圖書館的時候，疑惑這個島國為何要把這麼壯觀瑰麗的圖書館，擺在離城市如此遙遠的地方，原因沒有別的，他們是無法輕易移動圖書館的，因為那原本是惡之島上最大的圖書館，那裡是惡之島的一部分。

其實這個島國、這片土地，都曾經是惡之島的一部分，但是留下來，倖存繼續活著，繼續呼吸，繼續默默地脈動，沒有切斷中間交會連結時光的地方，只剩下這兩塊土地了。

米菲亞。

我痛苦地睜開眼睛，大片的雪便紛紛落在我的睫毛上。

我伸手撫去，冰涼的水便從我的手掌中往下滑落。我從未感覺到她離我如此近，近到好像她就藏身在這片深綠色，即將凍結的潭水裡，伸出雙手向我揮著；或者就在大聲喧囂的風聲中，一遍又一遍地呼喚著我的名字。

我還未仔細去聆聽時，眼淚就不知不覺地混合了溶化的雪，冰冷地從兩頰流了下來。我聽見她微弱的訊息在這裡明確地告訴我，她根本不想從那個陌生隔絕的地方醒來。

不是無法，是不想。

我掩面痛苦地在石橋上蹲了下來。

第十六章　自我：打造觸摸天際的巴別塔

「西元一九四五年的冬天，東邊島國被流放到惡之島的菁英，每天廢寢忘食地在有限的物料資源裡，重現東邊島國複製的技術。

這是一個應該被遺忘的漫長日子。每天的二十四小時中，待在密不通風，連陽光都曬不進來，安靜的令人發慌的隔離實驗室中，我還是可以清楚感覺到，每日流動過去的時間感，呈現一種奇怪扭曲的形狀。連耳朵裡聽見的，關於正常時鐘發出滴答滴答的前進聲音，也變成一種彷彿被用力擰乾水分，乾燥到即將斷裂的扁平聲。

那些日子裡，我藉著在實驗的過程中，雙手手指與掌心的觸感了每一個軟硬不同，不同物質的接觸點，液體與固體的實驗品上，才能獲得真實活著的感覺。

除此，我有種自己被反覆的實驗，還有空蕩的空間給挖空了，只能憑著本能的反應，勉強苟活在流動的扁平時間裡。」

脫下眼鏡的羅冠偉，整個臉部線條顯得更為蒼老。那副大眼鏡平時把他眼部的皺褶的肌肉都巧妙地掩蓋住了。現在的他，少了不對稱的風趣氣質，卻增添了許多奇怪的，彷彿深深鑿進他臉部肌肉線條的憂鬱皺紋。

我們一起坐在控制臺前，晶亮的按鈕在昏黃的燈光下不斷跳躍著，看久了就好像那些東西干擾了靜默的空間，形成一種潛意識裡的發聲工具。

「這個往事已經距離現在很遠了，卻清晰地好像昨日才發生的一樣！」羅冠偉把渙散的目光集中在控制臺上的按鈕，開始對我說起這個回憶。

在終於完成複製實驗所需的一切後，我記得那是我們這二十個科學家，第一次擁有一個充足睡眠與休息的短暫光陰。我足足睡了三天，在這三天裡，被壓扁的時間又恢復了原來圓潤的形狀，聽覺裡乾枯的一切，也正緩慢地朝原本的模樣前進。

外面的大雪斷續地下著，有時大片大片地迅速落下，有時則像灰塵般地零碎飄落，然後晴天忽然來臨。

我在那樣晴朗的午後醒來，把房間的窗簾拉開，外面古老的街道，被雪凝凍成一片白色的世界，周遭充滿了雪溶的聲音和炫目的光線。我瞇著眼睛，適應著刺眼的光輝，站在窗簾旁，把自己藏身在窗簾深垂的後面，仍能勉強看見結凍的街，像經過精細切割的巨大寶石般，從每個細微的切面反射著太陽，把那奇妙直接的光線送來我的眼前。

這個島擁有獨自思考的能力。我在此刻突然有這種感覺。我們到達惡之島是黑夜，而馬上又被送進密閉的，不見天日的實驗室裡，這算是我第一次好好凝視這個島。

它擁有很強的獨立性，究竟是什麼能量我無法得知，但是我明確地知道，在它上面生活的人，只能被它牽引著生活，不管是步調或者時間感，都被影響的無知無覺。我凝視著光線沒有多久，房間響起了敲門聲，城堡裡的護衛告訴我，馬上動身到實驗室中集合，第一個複製實驗品已經送來了，而這也是我第一次見到你的父親。

你的父親當時比我大十歲，是惡之島醫學中心的醫師，擅長的領域在神經系統方面。我記得第一次見到他的印象很好，高大略壯的體格，充滿一種活躍的生命力，眼神銳利聰明，整體看起來非常爽朗親切。穿著簡單的白色襯衫，底下搭配一件淺棕色的休閒褲，沒有醫生嚴謹的架子，一開口也沒有官腔老套，那種令人不耐的說詞，反倒有種一眼就可以看見屬於這個人完整的個性。

他向我們鞠躬致意，說明他是由惡之島首領親選的實驗品，也幽默地說，他會完全地信任我們，他也想看看另個一模一樣的自己，而這實驗應該還會讓他繼續活著才對。

我當時一見到他就對他產生了好感。這人氣度大方風趣，且讓人一眼就明白他的單純堅毅的個性。我不了解首領是如何選擇實驗品人選，但如果他是想選一個純粹的人當實驗品，你父親是最好不過的人選。

「你有沒有聽過在古老年代裡，關於巴別塔這個通往天堂之高塔的傳說？」羅冠偉突然換了另種口氣，詢問我這個問題。他一邊說著，一邊伸手輕輕地按了按自己下眼瞼的皺紋，似乎想要藉著觸摸，來確定它們是否還待在那裡。

「有。《**創世紀**》裡頭有記載，小時候父親曾經說給我聽過。」我點頭。

「沒錯，你父親真的很喜歡這些關於神的故事。我剛認識他的時候，我們時常躲在實驗室外頭抽菸聊天，他沒事就會提起許多聖經故事。我記得他最喜歡的是在西元初始，由上帝與叛變的熾天使之長，撒旦的大戰，也就是所謂的天使之戰。他老愛說這個故事，我聽到都會背了。

而巴別塔這個傳說，也是從你父親那裡聽來的。當時我一聽，感覺好熟悉，也漸漸地由這個故事裡，生出一種奇怪的，越來越擴大，逐漸無法平撫的好奇。你知道嗎？當時我們正在進行的複製實驗，其實根本就是變相的建築另種巴別塔，企圖想要挑戰上帝。

建築巴別塔想要直通天堂；而複製人類，則是以為自己可以變成另個造物主。」

羅冠偉搖搖頭，臉上的五官沒有什麼變化，但是細看，彼此組合起來又有種荒涼的悽涼感。每個部位都有種模糊的，想要從臉頰原來的位置分散去的朦朧，但是他一繼續開始說話，五官又迅速回到原來的地方。

《創世紀》的十一章裡曾經記載：人類大約在西元前二五〇〇年左右，一起合力建造一座巴別塔，目的是想要傳揚自己的名，彰顯自己的榮耀，代表人類高高在上，而並非顯露神的名。

多年以來，這件事幾乎被指向認為是聖經的捏造，如同亞當夏娃所犯過的原罪行徑，只是用來說明人類天性上的愚蠢。

但是近年來，這個巴別塔的遺址，卻已被考古家發現。原來的巴別塔是四邊呈正方形形狀，面積占地約四萬九千方尺，高六百尺，是用紅、黃、藍、綠四種顏色的磚瓦建造成的。從這種偉大的建築物可以明顯地看出，古人的高度文化與智慧，也足以證明《創世紀》上記載的可靠性。

近年來，由斯密士博士發現古書簡上寫著：這塔的建築違反了神，因此神有一夜將人類所建造的打倒，他們就分散在各處，言語也彼此不同。他們所做的被神阻礙，就大大地痛哭。

世界是神的榮耀與能力所創的產業。建立巴別塔的是一群反抗神的人所聚集的，神怎麼可能容許抵擋祂的人在自己的權柄下謀叛呢？

這正和遠在三五〇〇年前的《創世紀》記載相同。

羅冠偉用著有些沙啞的聲音跟我解釋著。「你父親說到這個故事，不會像書上記載巴別塔的傳說那樣生澀老套，他總會加入自己的想法。他說他相信在塔越築越高，通達天頂的高度慢慢堆砌出來，而未被神發現與打碎時，一定有一部分的人們，從塔的頂端看見過天堂的邊際與世界的邊緣。

而只要見過天堂邊界的人，從此無法遺忘，那記憶會深深地鑲嵌在他們的腦海裡，時間越久，就越可以感受到他們所受到的禁錮。」

在他娓娓道來這些事情的過程中，我不斷想辦法讓自己平靜，儘量不要波動騷擾這個如水平狀持續的氣氛。

我明白這個氣氛跨越了時間，等於是在過去與現在這個時間點上，鋪上了一條通往雙方的道路，也是指引所有謎團的終於解開，我無法不去注視著這條在我眼中，發起刺目光線的途徑。

「你知道複製一個人的過程，最需要的是什麼嗎？」羅冠偉把桌上的眼鏡取來戴上，整個臉上所凝聚的表情也變得完全不一樣，而他也突然變了一種說話的語氣，把娓娓道來的持平語調，像是注入了另一種不明的活力。「我知道是母體。這部分馬斐醫生有跟我說過。」我默默地小聲回答了老人的問題，羅冠偉點點頭。「你父親到達秘密組織的第二天，所需要的母體也被送了過來。我心裡就在想，惡之島的首領真的非常看重這件事，幾乎一刻都不想拖延。」

「複製的科技與科學家、複製的實驗品、複製所需要的母體，一切在我們被流放與到達這裡後，馬上就緒開始。不說明為什麼，也不解釋任何道理，我們只是一群被利用的工具，聽見指令後開始動作，什麼多餘的情緒與疑惑都不被看見。

複製人所需的母體——複製計畫裡最重要的一環。

我記得那是個天氣一樣晴朗的日子，就在見過你父親的第二天中午，我吃過中飯後，就站在城堡二樓的會客室裡，那一整排落地窗戶向遠處眺望著。遠方還有些未溶的白色屋頂，以及正進行溶化動作的許多大型建築物，在陽光下透著耀眼的白色光芒。湛藍的天空裡沒有任何一朵雲，連一朵白色紮實的厚雲朵，或者細緲飄散的條狀雲絲也沒有，是徹底的，一片藍澄澄的名副其實的天空。

突然我看見兩臺黑色的，連車窗也烏黑的大型禮車，混濁地侵入眼前清澈透明的風景，從通往城堡的道路那駛過來。

我不明所以地看著黑色的車子面積越來越大，車子的速度逐漸減慢，停在城堡的門口。裡面穿著黑色筆挺全套西裝的護衛動作一致地走出來，中間跟著一位穿著全身淡粉紅洋裝的女人。她的頭髮閃爍著晶瑩的咖啡色，與遠方的白色溶雪或者上方全藍的天空，有著奇怪的，視覺上的協調感，也把黑色禮車弄濁的景色，推回原來澄澈的地方。

我站在窗戶正出神地看著，便聽見後面有聲音傳出，是城堡裡的護衛，他面無表情的說，請所有科學家到實驗室裡集合。

母體是個與我年紀相當，三十出頭的年輕女性，一到達實驗室後，便落落大方地向我們自我介紹，說明自己是長期擔任首領兒子的家庭教師，前天從首領那裡接獲這個命令，便即刻動身來這裡報到。

她長得非常漂亮，清脆的聲音像是枝頭上的小鳥鳴叫，把悶閉的實驗室灌注了一種全新的活力。一雙動人的大眼睛裡有著慧頡的眼神，鼻樑挺直，說話的當下，兩頰會泛起粉紅色的紅暈。

二十個科學家目不轉睛地盯著她看。但是這並不是件令人開心的事，我們不像一般單身男子，看見一個漂亮的女人，在人群中間私密地竊竊私語，互相開著無傷大雅的玩笑，甚至忍不住吹起低俗的口哨，大方地表示自己的愛慕與欣賞之意。

我們只是沉默地看著她，頭腦裡轉著千頭萬緒。而我們中間的首席科學家，也就是年紀最大，第一個向首領表示願意接受複製計畫的科學家，站出來靠近她，與她握了握手，表示歡迎她的加入。

我們心裡都明白，這無法令人開心。她是來擔任複製人的母體，眼前這個漂亮的女人，即將接連上複製計畫裡最重要的一環，也就是成為巴別塔中，最後通往天堂的雲梯。

這個女人，身上與你父親一樣帶著充沛的生命力，雙眼有神地讓人懾服，我明白首領的複製計畫即將實現。」

羅冠偉歎了一口氣，沉重的氣氛又開始凝結在整個空蕩的空間裡。

「實驗非常成功，畢竟我們在東邊島國的家鄉裡，已經擁有完整複製人體的先進科技與技術。」他又輕了輕喉嚨，停頓了連續說話的語調，眼睛盯著我看。

「你會不會疑惑，為什麼在東邊島國進行複製時，並沒有任何罪惡感，也沒有心裡矛盾的地方，然而到惡之島上就有，甚至還把這個舉動與巴別塔聯想在一起呢？」

「我剛剛有想過這個問題，但是完全不明白，因為同樣都是複製人為什麼心態上那麼不同？」我搔了搔頭，表示不明白。

「應該是動機的關係。我們當時因為處理科學實驗廢料的不當，讓整個國家籠罩在病變的恐慌與死亡裡，犯下了幾乎要毀滅整個國家的罪行，所以如果說這個複製實驗可以在某個部分上，緩慢地把國家推向如初的茁壯，擁有更堅強的生命力，我們一點都不會覺得良心不安。而惡之島的首領在這方面，全部都是私慾。老實說我不明白他想要複製的真正原因為何，但是我卻隱約的知道，幾乎是肯定，那不是為了彌補或者推進或者任何更好的理由，他就是把自己當成另外一個世界的神。」

「那麼然後呢?自己爬到巴別塔的頂端，眺望著天堂的邊際，或者遺忘曾經所遭受的禁錮？」我說。

「不，沒有那麼簡單，他不是想要看見天際，喚醒曾經見過的絕景，也根本沒有東西禁錮得了他。他是想要觸摸神，然後完全取代他。」羅冠偉說。

我震驚地看著老人，他聳聳肩，表示一點都不意外我的態度。

「複製實驗非常成功，幾乎一成功地受孕完後，就開始等待十月後的生產。母體與我們一同住在實驗室中，也就是城堡裡無數個房間的其中一間。在這期間，我與你父親成為好朋友，我們會利用實驗後的時間，跟對方談起許多關於自己的事情，許多聖經故事也是你父親在這個時候，一點一滴地說給我聽。

就在母體安全地剖腹生產出複製人，把剛出生的嬰孩送進保溫箱的那個晚上，我記得是初秋的十月季節，你父親夜晚時跑到我房間裡，急切地敲打著我的房門。

等我睡眼惺忪地把門打開，他便匆促地進來房內，一屁股坐在我的床上，眼神呆滯地先說了一堆恭喜我們複製實驗成功，首領終於如願以償的話，然後，從外套內裡的口袋中的酒瓶掏出，大大地灌了一口。

我看著黃色的液體從他的兩邊嘴角流淌下來，在房間地板的白色地毯上留下難看的水漬，我才知道他來找我前已經喝醉了，這是我第一次看他喝酒，而且爛醉的可怕。他滿臉通紅，口中充滿酒臭味地告訴我，這些看似平靜無波的日子中，複製過程正緩慢地向成功推進時，暗中發生了一些事，一些於他人生中的大事，一些造就後來把所有事推向毀滅的事情……命運有時候真的很曲折。」

羅冠偉像是非常感嘆地搖搖頭，又摸了摸他臉上的皺紋。

「什麼事發生了？」我追問。

「你父親跟實驗中的母體產生感情，那位漂亮迷人的家庭教師，她也就是你們的母親。

我知道她的迷人與美貌，對所有男人所透露出的吸引力絕對強大也絕對致命，但在這種終年低壓，長年籠罩在緊繃氣氛的實驗室中，我甚至覺得，有個光裸著的女神維納斯走在我們眼前，在我們面前搔首弄姿，也沒人會產生正常的生理反應……我遺忘了那只是我們屬於這些身負重任的二十個科學家，建築巴別塔工程師的可悲宿命。

誰會想得到這兩個主要的人物，複製實驗體與母體，只貢獻出自己本身參與實驗的兩者，居然就在此時此地，迸發出熱烈的情感啊！

這件事非同小可，當你父親跟我透露後，我非常惶恐，在他醉倒在我床上不醒人事後，我只能焦慮地在我房裡來回踱步，不斷絞盡腦汁想著任何繼續存活的可能。時間越來越晚了，我聽見牆上的壁鐘，在我無法平撫的急速心跳，還有轉動不停的腦袋之外，已經清澈地響了兩次：夜晚兩點整。

我明白如果讓那個恐怖的首領知道，後果一定非常不堪設想。」

「我不懂，這樣不行嗎？」我疑惑地問他。

「孩子，你想想，母體身上懷著是她情人的複製人，那麼，你父親是不是會對這複製人產生無法克制的情感，等於是他另一個自己，還有心愛的人所生下的孩子，這雙重的，不應有的情感絕對會惹禍上身的！」

「你的意思是？」

「沒有錯，首領不是笨蛋，他是一個精明到十分恐怖的人！對於他們不該有的戀情，他不只會聯想到之後的損失，可能連所有沒有阻止這個情感發生的二十個科學家，都會一併遭殃。

除了逃離，我想到的除了逃離，才能保住他們的戀情，也或許才能保住其他科學家的生命。

後來我們果然也這樣做了。

我搖醒你的父親，逼他灌下三大杯醒解酒液，然後再迅速地收拾行李，躲過城堡中所有的護衛監視，逃離城堡。並不是他們忽視了監禁我們的戒心，而是來這裡將近一年多，我把這裡的地形幾乎都摸熟了。

於是我們三人連夜逃離城堡，在黑夜裡半跑半走地往前進，目的地是南邊境地中的海港，惡之島的邊界。這個逃離的夜晚讓我終生難忘。」

羅冠偉搖著頭，很感慨地閉上了嘴，持續了將近十分鐘的沉默。

「你對惡之島的那片草原了解多少？」他突然換個口氣，有點想要放輕鬆地站起身，面朝著透明的圓形玻璃那伸伸懶腰。

四周仍然是一片寂靜。眼前控制臺上那些發亮的按鍵，大約十秒鐘會變換一次顏色與位置。

「完全不了解。我從來沒有想過這個島國與我的關聯。」我搖頭，我的情緒還在故事裡，沒有放鬆。

「那片草原面積之大，幾乎是占了島國南方土地的四分之一的面積。

在城堡裡，有時候我們會與護衛聊天，什麼都聊，天氣，以前與現在正在發生的所有事，還有整個島國上依賴生存的農作物與經濟。但是提到地形，或地理位置，那就好像一個解不開的謎團一般，我可以從他們呆滯的臉中明白，不是他們不肯說，而是已經超出了理解的範圍了。」

「你是說，那裡的人不了解自己所居住的土地？」

「簡單來說是這樣。所以當我們一離開城市，一腳踏進南邊的草原時，那襲擊過來的深深的恐懼，幾乎把我們三人給震撼住了。沒有土地會擁有那樣強烈的個人意志的。我本來就明白惡之島擁有的神秘力量，那都是隱晦不顯的，除非你把自己的意識全面張開，才有可能感受到的。但眼前這片草原有主動的攻擊性，它在界線的地方就張起一張透明的大網，非常明確地禁止人走過，禁止人踏進。

我們已經沒有後路了。我一邊看著簡直刺眼的草原一邊想著。

我們只能前進無法回頭，如果在那猶豫不決，一到天亮事情全部揭曉就等著接受處分了⋯⋯

所以我們當下只能硬著頭皮，三個人用顫抖的手牽起對方的，勉強自己去侵犯這片有攻擊性的草原。

嘿，你有沒有曾經被恐懼包圍的經驗？」羅冠偉結束敘述的語氣，轉過來對我。

「或多或少都有吧！我想想，比害怕還要更深的感覺……小時候好像比較多，對未知事物的恐懼，每個人都曾經有過吧。」我點頭，開始在腦中胡亂抓起相關的感覺。

「恐懼跟一般的感覺不一樣。

大多的感覺在當下比較強烈，那是正常的喚起一個人的防衛或者其他機制。但是『**恐懼**』這樣的東西是在過後，整個讓你恐懼的事情過後，你的感覺反而比較強烈；不管是身體上的顫慄，或者腦袋仍留有對深度害怕後類似陰影之類的痕跡，比任何其他感覺都要難以消除。」

「屬於後座力較強的感覺？」我說。

「沒有錯，大概就是這種東西。」羅冠偉點點頭，繼續皺著眉頭陷進他腦袋中的回憶。

「我們當時在暗黑的夜裡進入這樣的土地，那從潛意識中，不斷萌生出來的東西根本無法想像。草原上密密麻麻的葉片，伸長觸手去抓緊我們用意志撐著自己踏過去的腳步。每一個跨越的動作，都在腦袋與身體中殘留下一種奇怪的痕跡，如巨大的恐懼刷過由腦袋建築起來的牆面痕跡。

我們踏進這片草原越深，越開始可以明確地感受它。

這草原喚起我們，與築起來的，絕不是恐懼的本身，而是草原本身就佈滿了恐懼過後，那種深鑿在身體與精神上的顫慄。這是一種非常難以形容的感覺，像是你不用真實遭遇恐懼，但是那種已經全面被恐懼侵蝕過後，屬於精神與肉體上凹陷下去的部分，卻在此時放大出現在你的整個感官中。

那是一種終極的，由匯聚眾多恐懼流淌過後的堅實的牆。草原就在每個地方築起高牆，一片片黑色、透明的牆，在你提著自己穿越過時，幾乎都可以感受到，那種無以名狀的痛楚。

我想，當感覺放大到難以忍受的地步，除了痛，其他的形容詞都無法形容了。

我們就這樣咬著牙，一面經歷這些奇形怪狀的恐懼，一面勉強自己緩慢地向海邊靠近。」羅冠偉很努力地想著形容的辭彙，他那衰老的臉整個浮起明顯的皺紋。

「我以為這一切就這樣平息了。

離棄與重生，死亡與復活，過去的不堪，都被我們撇棄在後面。我們逃來這裡，這個曾經是惡之島的另一半島嶼，一個被原本的島嶼切割，卻在後來發跡，形成一個獨立且富庶的國家。

我曾經這樣想過我們的逃離，是一個美好的開始，一個或許可以重新建立新的人生的重大舉動，但是，我從來沒有想過，或許首領那堅毅殘忍的個性深深地侵入到你父親的心裡。這跟他會答應首領，成為惡之島複製計畫中的第一人有關吧。我其實沒有想過，這居然影響了我們的一生。

你的父親到後來，不，不對，應該說幾乎終其一生，都把自己困在一個恐怖的幻覺中。」

「什麼幻覺？」我心裡非常疑惑。

父親在我印象中相當冷漠，不管對我或者海敏，只是一味地給我們奢華的物質生活，卻從未真正了解我們在想什麼，也從未好好地傾聽我們兩人心裡的話。

這樣的人，居然也會有脆弱不堪的時候？

我抬頭望了一下仍靜止在圓形玻璃裡的海敏，她仍舊雙眼睜開，臉上毫無任何生氣與人味。我心裡想，如果小妹這時候有知覺，聽得見我們的談話，她一定會跟我一樣，內心裡對此一定充滿了嗤之以鼻，覺得這根本是無稽之談的想法。

我想笑，我想讓我緊繃許久的肌肉輕鬆一下，但是我撇過頭看見羅冠偉嚴肅的表情，又把鬆弛的肌肉給收了回去。

「把自己的複製人，心愛的人所生下的，所有DNA與他一模一樣的另個自己留下，這種雙重的煎熬，是我們一般人無法理解的；就連我這個全程都參與，甚至在這個複製計畫裡擁有一定份量的科學家，也根本無法想像。

我們三人離開惡之島，到達這裡之後，原本什麼都好好的，我腦海中企盼的重生，另一個人生的重新開始，就漸漸地在這個國家中實現。

首先，你的父親對這裡的二十五家醫院寄出的應徵，獲得回應，成為這個國家最大的醫院中的精神科主治醫師，我也在科學中心裡得到一個地位頗高的職務。我們在剛來這裡的前九年，過著非常順遂平靜的日子。

你的父親與母親來這裡的第一年便結了婚，在城市的中心買了房子，後年則陸續生了你與海敏；而我選擇在離科學中心不遠的郊區那置屋，談了幾場有些時間，但不深刻的戀情。

有時我真的非常羨慕你的父母，那樣相愛，雖然愛情發生的時機很讓人詫異，卻也不能否認，那是承繼起之後幸福人生的開端，是他們一手打造出來的，也把我的一併算在內。

這時候的他們與我的感情，不只是朋友，在某種關係上，甚至比家人親戚還要更親密。我們定時會到彼此的家中相聚，享受著自己爭取來的另一種人生，想盡辦法把被塵封在惡之島上的不愉快給遺忘掉。

儘管你的父親從未跟我提起過，首領為何選擇他當複製實驗的第一人，我想這就像一個無法提起的秘密，隨著我們的離開，應該會慢慢地丟棄到順遂的人生後頭。

這個毀滅的漩渦卻開始在第十年。

這是個讓人不堪回首的往事，一個足以毀壞我們擁有過多的，超出我們所能想像的幸福，也無法抵擋的恐怖漩渦。

你父親有天失魂落魄地跑來找我，告訴我他那天如往常一樣地開車去醫院上班，換上白色的醫師袍，正在替自己日常的早晨，煮一杯醒腦的濃咖啡時，醫院的院長也正巧走來休息間。他滿臉寫著許多複雜的情緒，平日隱藏在威嚴後頭的老態也顯露無遺，花白的頭髮在陽光下顯得更加憔悴。

『院長，您還好吧？』海格威醫生走近院長旁邊關心地問道。

『我的頭很痛啊！我剛聽到關於惡之島的消息，他們今天早晨公開屠殺了十九個科學家，全體在南邊的廣場上公然焚燒。』

『什麼？』他驚訝地把手上的咖啡潑出了一半。

『很讓人震驚的消息對不對！我剛剛接到另一家醫院院長打電話來，在電話裡大力地譴責了惡之島。十九個，曾經從東邊島國流放至那，擅長複製科技的科學家，在今天早晨五點整，公開地舉行了恐怖，慘無人寰的火刑。

這樣的酷刑在現在的國家根本早已廢掉了，沒有國家還像他們一樣原始！』

院長搖搖頭，把美式咖啡機關掉，休息間只剩下空調的轟隆作響聲。

他緊鎖著眉頭，伸出左手，按了按自己的額頭，完全沒有注意到另一個醫生，醫院裡神經科權威醫生海格威，臉色莫名地比他慘白許多。他雙手已經開始起了不可抑制地顫抖，全身皮膚表面狂起了雞皮疙瘩。他放下咖啡杯，把雙臂擱在休息間的桌子上，全身的力量都集中在克制自己瘋狂的顫抖。

『那個惡之島首領本來在國際上的名聲就相當糟糕，現在更是聲名狼藉。這十幾個科學家都是菁英啊！那是需要多少年，多少心血才能培植出一個頂尖的人才！我覺得他根本就是頭野獸，利用了那些科學家把他的複製人製造出來，還有把複製技術傳給了惡之島本身的科學家後，便燒光了所有的一切。』院長以非常不可思議的拔尖語氣，憤怒地表達了自己的意見。

在海格威的腦中，開始一一地浮現了模糊，但是仍舊在他記憶中清晰的十九個面容。他們曾經在封閉的空間裡相處，生活的所有細節都環扣在一起，過了很長一段時間，他們已經擁有了一般人無法體會的革命情感。

那不是單純的革命，而只是接收命令地順從去實現，但是在沒有與對方說明的臆度中，大家的想法與內心，都還是擁有一個完整且高貴的靈魂。

很可悲的是，海格威明白，那十九個科學家，甚至是逃離惡之島的羅冠偉，他們當初在東邊島國，為了贖罪而壓縮自己的所有時間，迅速地一樣地研發出偉大的複製技術，但經過被利用殆盡後，便把他們全體流放到惡之島，而如今，惡之島居然也用相同的方式對待他們……這次更殘暴的，不是踐踏自尊的流放，而是剝奪了所有人的生命！

『對了，』院長突然打破將近兩分鐘的沉默，聲音仍維持憤怒的高亢聲，尖銳的音質瞬間戳破了短暫的安靜。『不只這十九個科學家，我聽另個醫院院長說，死亡人數總共有二十人，其中一個好像是惡之島複製實驗裡的第一個實驗品。』

海醫生感覺自己身體裡的血液全部都停止流動。

『對，沒錯，我記得那院長說，就等於惡之島首領把進入第一個複製實驗相關的人都處死了！』」

羅冠偉此時歎了一口氣。

「惡夢就從這裡開始。起點一旦展開，後面就接連著更多想像不到的噩運來襲。」他對我點點頭，好像有什麼苦不堪言的話無法說出口。

「惡夢就開始了。」我點點頭，表示似乎也開始理解了。

第十七章　彼端：被放逐的失敗者

『我一直對一個問題相當有興趣：人的一生有多長？

我們不要用嚴肅的方式來想，換個輕鬆點的方式。曾經有數據顯示：每四十二秒鐘內，就有十個人出生，而在每六十秒裡，就有十個人，由於各種不同原因的意外導致死亡。

當然，這個數據有隨時更動的可能，但卻已經足夠讓我坐在客廳那張沙發上，一邊盯著牆上壁鐘的秒針轉動，在每四十一秒時起身歡呼，就像看著電視轉播的棒球比賽一樣：「祝賀！祝賀那些剛出生的新生命，以及即將被愛包圍著的新生兒！恭喜恭喜！」

然後再趕緊坐下來，垮著一張臉與換個口氣說：「哀悼，哀悼剛剛逝去的生命，從人世的長河裡被不幸剔除的生命，哀悼啊！」。

我試過在一天裡醒著的十二個小時中，如果持續注視著秒針的轉動，那麼就會成為一個上了發條的玩具，在一種可笑的不斷歡呼與不斷哀悼裡，結束這十二小時。中間沒有休息的時間，一點也沒有。

這可以算是某種縮小，濃縮的人生時間觀。

換個想像方式，不管人生的長河如何流動，我們每個人的人生長河裡，就是會塞滿了各式各樣，狂喜愉悅的新生命誕生，驚喜許多大小不同的喜悅；當然，翻個面過去，同時也會塞滿痛苦悲傷的哀悼逝去，還有愕然於意外殞落的悲痛。

其實我也沒有那麼悲觀。

只不過我在自己四十歲時，似乎已經把屬於我的人生長河，那前面十年的時光，通通任性地填滿了新生初誕的快樂日子，把自己情緒提高到再也不能增添的狂喜與幸福中。我從未想到，那後面的，至少也相同要十年一樣的時光，來償還本來應該穿插在喜悦裡，注定需要的黯淡悲傷。

事情從哪裡開始起頭的？

我一腳踏進悲傷的漩渦中時，我記得我還有多餘的視線，注視在我身旁的那個老人臉上。老人的臉是我熟悉的，我在他底下的醫院部門裡工作已有十年了。我們每天早上會到相同的地方，不同的樓層工作，一一看著不同數據與病歷表，一一過濾相同城市中不同的病人。在休息時間，我們會踏進相同的休息室，給辛勞的自己煮上一杯熱咖啡。

就在某個早晨，他告訴我關於惡之島上發生的大屠殺。

接續上一章所寫下的記述，我沒有選擇權的當了惡之島首領，第一個複製計畫裡的實驗品，然後，我與其中一名科學家，還有複製計畫的母體，一起逃離惡之島後，時間往後挪動了十年，就在這一天，首領放把火燒光了關於複製計畫的一切。

一切的一切。二十個人，裡面所有的文獻資料。

當我正張著驚訝的表情，盯著面前的院長看著，從他嘴巴開始吐出一串譴責惡之島首領的殘虐時，我只是用沉默與驚訝帶過。我既沒有附和也沒有繼續詢問，這不代表我不震驚或者沒有產生而後的悲傷，而是我在前一天的夜晚，就已經知道這一切會發生。

如果說，這是一個惡夢的開端，那麼前晚發生的究竟是夢還是現實？這真的是一個夢嗎，還是只是某種不敢相信的比喻呢？我一直努力回想著，眼前所有飛逝過的畫面邊緣，有沒有夢裡那一點點，像被自己渾沌的意識感暈染開來的痕跡？

我在那裡面，預言與夢境混合的時空中，似乎只是一個被釘在地板上的物體，任由身邊的事物不斷移轉，與變化光影。

就在惡之島發生屠殺事件的前天晚上，我下了班，把車子停到旁邊的停車場去，然後走到家門口，用鑰匙把門打開，黑暗的客廳空間像蜷曲身體的貓般，無聲地等著我。我側耳便可聽見客廳右側方的廚房裡，傳來一陣陣妻子與小孩的嘻鬧聲，裡面夾雜著我熟悉的晚餐的香味。

除了晚餐的香氣，我似乎還隱約地聞到一股很熟悉的氣味。

這氣味曾經在我嗅覺中出現過，但是我卻一時想不起來在哪裡聞過。一種類似稀有菸草的燃燒味，帶著薄荷與麝香的香氣，纏繞在屋子內部四處夾縫的細微空隙間；木板中的夾層，櫃子中擺放著書與書的縫隙，以及傢俱與傢俱的中間……不對，這一切不像平時那般……通常我開了門，客廳的燈光是大亮著，兩個小孩會從廚房餐廳那裡奔向我，像聽覺敏感的小動物，時間一到，時鐘上的時針與分針一停到此刻的位置，他們總會豎起耳朵傾聽著我的動靜。

正當我疑惑地準備伸手把客廳的燈按開時，我聽見一個蒼老的聲音，從客廳的角落那裡響起。

「就別開燈了吧！這樣的亮度不是挺好的嗎。」

我縮回手，就看見角落那裡刷起一道微弱的光線。角落的那人嚓地點起了一根火柴，正把那微弱的小火往自己的臉部那擺去。

「首領！」我吃驚地喊叫了出來，但是我的聲音一從喉頭間蹦出去，聲線卻好像彈進一個軟滑如布丁般黏膩的密閉空間，話語的音頻無法擴張出去。耳朵裡仍可以聽見客廳後面的廚房中，妻子甜膩的笑聲尾音，還有兩個孩子的說話聲。

除了聲音傳不出去之外，我也發現了這時我與角落的首領，我們的身影與聲音，都被隔絕在一個奇怪的包覆完整的密閉空間中。

我突然明白，這個空間是只屬於我與方斯華的。他利用了客廳的黑暗，把自己的身影偷渡到這個空間中，我們現在的對談與會面，其實是獨立於這個房子之外的。

只有我看得見他，而他也只想讓我看見。

當我意識到這一點，冷汗刷地從身體的各處瘋狂湧出，瞬間把身上的襯衫全面沾濕。我的心跳開始不正常地加速跳動，聲音大到心臟好像已經從我的胸腔中蹦跳出來，就在耳邊發出急劇的戰慄聲。

角落裡被小火光圈住的方斯華沒有任何改變。

十年沒見的歲月裡，他的老態如我的記憶一般，皺紋仍舊安穩地停在原始的位置上，嘴唇旁邊的法令紋維持相同的鑿下角度。儘管已經過了十年，但是他那股威嚴的氣勢仍舊炙烈的如同記憶中的模樣，當我一意識到是他，我的全身便開始不自覺地顫抖著。

他挺直著胸膛，舉著火柴，面無表情地看著我。

「好久不見！已經十年了吧，距離我跟你說出我的秘密，我看看……對，今年第十年。」

方斯華手上的火柴像永遠都不會熄滅一樣，小小的火光不只異常地沒有左右搖曳，甚至連燃燒出來的光線，也始終維持著一定的亮度。他左手舉著火柴，右手則輕鬆地放在嘴邊，正吸吐著手上的煙斗。

「我們就略過寒暄，直接說重點吧。記不記得我跟你提過的，關於我第二個靈魂的重要性？我對你說過，我所控制的國家背後的統一，如同一艘大型的船艦，上面栓鈕開關是屬於我這個人可以操控的，一拔掉，嘩地整個島國上的人都得淹死在海底裡。」

我輕輕地點頭表示記得。

我感覺背後的汗已經滲透過襯衫外，一點一點地滴在客廳的大理石地板上。心跳仍持續著快到不像話的跳動，我開始有種喘不過氣來，如嚴重的氣喘一般，從鼻孔與嘴巴的地方，發出壞掉風箱的殘破聲。

「用不著那麼害怕啊！在這之前，我們不是也曾經這樣一對一地談過話嗎？那時你的態度可正常多了。

我從惡之島來到這裡，是用我個人的強大意志力。意志力是我這個人最強悍的特質，我想我也只有這個部分讓自己滿意而已；所以，當我們的談話不順暢，或者有什麼的事情打斷我的集中力，我就會回到原本的地方……不用害怕，先像以前一樣，如一對朋友好好地面對面談談心好嗎？」

方斯華再抽了一口煙，往旁邊放下了手上的煙斗，我站在他面前，緊緊盯著他的所有舉動。

那木質上刻有精細雕花的煙斗，一擱上旁邊的茶几，表面上好像沒有什麼異狀，但是我卻看見了那煙斗如懸浮在空氣中般，不是平穩地躺在桌面，而是輕輕地懸浮在茶几上約〇・〇一公厘的距離。

我困難地在喉頭中吞嚥了一口口水，在心裡默默倒數著時間。

「你離開的這十年變化真的很大，這段時間我可是真的一個談心的對象都沒有啊！記不記得我跟你說過，年輕的我剛被那恐怖的軍官給流放到惡之島時，在這個時間點中，兩邊國家正抓準了惡之島的吸收能力，瘋狂地把所有島上的失敗者都放逐到這裡來，所以才會形成名副其實的『**惡之島**』？」

「我記得您說過的一切。」我點頭承認，這算是我此生絕不會忘記的一席對話內容。

「所謂的失敗者……你覺得那之中包含什麼？」方斯華銳利的目光又回到我的身上。我當然還記得在他未向我打開秘密前，那時候的我每個星期到首領室中，跟他報告醫學中心的許多資料與數據。

在報告的過程中，他總是非常仔細地聆聽著，一點都不放過的睜大眼睛盯著我看。有時會提出疑問，似乎在衡量我的思緒與智商般的，問題都十分尖銳，但我想我的回應讓他很滿意，所以經過他多年觀察後，才會選擇向我這個人，打開他的心防與秘密。

「失敗者的廣義，我想是在原本的國家喪失生存能力的人。」我謹慎地回答他的問題。

方斯華點點頭。

「這個回答籠統，不過我喜歡。沒有錯，就是喪失生存能力的人。

在我剛開始往上爬到首領這個位置時，才發現這好幾波，維持許多年，幾乎像傾倒垃圾般的流放中，有一個讓人驚嘆的隱藏，一個私密的放逐。

那就是於東邊島國而言，失敗者不僅只是重刑犯與殺人魔，還有一個未向我們說明的一個人種：失敗的複製人。多年來，他們研發挽救國家結構的複製計畫中，當然會有失敗的結果，或生產出某部分拙劣的複製人，他們便瘋狂把那些看似好好的人，全部給丟來惡之島上！全部都丟來這了啊！完全無顧所謂的人權或者自尊。」

方斯華說到這，自己冷酷的臉上抹過一絲笑意。我想他自己也明白，會作複製這樣的事，其實根本就從不考慮這一點。

他輕輕喉嚨繼續說。

「我發現那些複製人，或許只是身體系統裡某部分出錯，或神經線路的某點異樣，他們便隨意地扔擲到這裡。直到我當上惡之島的統領人，也無法分辨哪一些人是他們國家的複製人，就任憑這些複製人穿流在正常人之中。

直到惡之島分裂，島國一分為二，所遺留下的惡質動物隊伍的這個儀式，才開始真正的區分出來。」

「你是說……」我非常吃驚地問道。

「沒錯，那剔除惡質想像的動物隊伍，其實在某個部分來說，也算是分辨誰是複製人，與任何人是否為本體的儀式。

原本的人，會從身上脫落出過多的惡質想像，但是，經過複製的方式，會讓這些複製人，不管善或惡的部分都好好地保留著。這些同質性的善惡價值，幾乎是以兩者互相鑲嵌的方式，深深地著根在複製人的心中。

所以，我只能說，複製人在某個意義上，比惡之島本來的居民還要完整，因為他們還擁有善良的部分，整體更像一個完全的人。」

聽到這裡，我已經什麼話都說不出來了，只能呆滯地望著方斯華。

「每個世界由不同人種所組成，國家擁有不同的成分與組織，各式各樣的人種在其中，一起在世界裡取得某種平衡，各取所需。老實說，像惡之島這樣集中純粹的惡質在裡面，還能相互依存且共同生活，本來在結構組成上就非常奇特詭異。

惡之島上的居民，擁有著天性上的惡質，經歷過破敗的人生逃亡到這，卻可以達到某些狀態的平衡，我覺得比充滿對比或互補的國家模式還要難得。所以，我也只能藉由維持如水平般的惡之平衡，而從居民中間區分出他們的差異。

這會危害到整體的秩序。因為有著善與惡兩種本質的人，擁有他們想像不到的另一個境界。這是一種絕對的忌妒，或許那些保有惡質的人，其實也不甘於自己被迫離棄另一個善的部分，只貧乏地剩下簡單純粹的惡質。

忌妒也是惡的本質裡，最複雜的思緒。那是可以把自己的心，攪和的是生是死都有可能。所以我主張把複製人獨立出來，因為這種完整的人，在這個充滿惡質的國家中，具有獨特先天的優勢，更恐怖的巨大能量。這能量不僅讓他們可以活得更好，也讓他們更可以洞澈整個島國上，一切的惡質思想與作為。我的私心告訴我，我的第二個靈魂已經隨著分裂離去，他們不能因為自己的特殊，而沒有任何損失。

我不容許這樣的不公平。

然而，這個區分的動作，卻花了我非常大的心力。這些零碎的階段性工作，只能等著時間不定所出現的動物隊伍，還有透徹的南邊遠方的鐘聲，才能進行下去。

抓起那些複製人，在他們的臉上作上記號，然後放逐到島國的邊界……我在那幾年間，心力交瘁，除了讓一些疾病趁虛而入，甚至使得你們在夜晚偷偷地離去時，我都沒有察覺。」

我收回呆滯的目光，低下頭，心裡大多的感覺是空白，不知該如何思考這一連串的衝擊。

他也沒多意外我的反應，只是把懸空在茶几上的煙斗拿起來，很享受的抽著。我想他這個動作表達的，便是關於這部分的談心時間結束，回到原來他來找我的主要目的。

他向我這個方向吐了一口濃煙。

「在我的世界裡，每個人，也就是惡之島的居民，都保存著一艘自己的船艦在我那。我算是一艘停在惡之島上最巨大的艦艇，而上面則擺放了大小不等的船隻，安分地在我身上停止渦輪轉動，乖乖地過著日子。

而屬於你的那艘船，已經在十年前你背叛我偷偷地離開惡之島，被你自己放逐到我的船艦下的海洋中，拔開了底下的栓鈕，浸了十年龐大且致命的水漬，已經準備要在荒洋大海中沉寂了。

我來這裡是想告訴你，你唯一留給我的一個禮物，跟你一模一樣的複製人，他將會代替你，在我眼前慢慢地沉沒到海洋中。」

方斯華搖搖頭，看起來似乎非常的遺憾。那神態中沒有任何一點的作假與勉強，他在此刻似乎真的抱著碩大的遺憾跟我說話。

嘖嘖嘖……他咬了咬下唇，又大力抽了一口右手上的煙斗。

「這簡直跟我與你說的秘密一樣嘛！我實在想不到會是這樣的結果啊！

那個恐怖的軍官，在那整個悲劇中，我最記得的一句話，便是他對我的爺爺說，他要付出的不只是他的生命，而是整個後代，甚至後代的後代啊！這在當時還小的我聽來，是多麼不可思議的一句話！這種懲罰是慘無人道的，似乎用一條完整的性命來償還都不夠，還要延續到無數的後面生命。

我從未想過，我會讓另一個人來承擔這相同的輪迴，現在，居然由我告訴另一個背叛我的人啊！

而我花了那麼久的精神與時間，等了十年才執行這個結果，原因沒有別的，就是我要讓你看看，已經十歲的你，跟你一模一樣到了恐怖的地步！

複製真是個了不得的技術，你們兩個人，從氣質到神態幾乎如出一徹。

現在，海格威你聽好……」

方斯華這時把他左手上的火柴靠近自己的臉，我看見他那張有稜有角的臉像蠟像般，從頭頂的頭髮開始，呈現溶化狀態地往下面瘋狂滴流著乳白色的液體，然後不到一會，我看見溶化下來的部分，竟露出另一張完全不同於首領，一張年輕漂亮的臉蛋。

那是十歲的我啊！我捂著嘴，驚駭地盯著眼前的人。

在我有限的記憶中，我十歲的模樣仍藏在我的清晰的記憶層中。那真的是年輕的我，從眉毛、眼睛，延伸到下面的鼻子與嘴巴……甚至是我只要閉上眼睛，就可以浮現清晰的這張我十歲的年輕模樣。

他無辜地盯著我，眼神裡什麼也沒印上。赤裸的黑色瞳孔只深深地刻上那一小團不會消失的火光，兩隻眼睛像是著火般地散著橘紅色的光芒。

「你是我這輩子唯一信任過的人，這對生性多疑的我來講真的非常難得。即使你也做到了承諾我的，成為一個複製計畫的第一個實驗品，但是你還是偷偷帶著我的秘密，遠離了你本該終老的家鄉惡之島。

嘖嘖……所以，背棄我的這代價之大，不是你一個人，而是你的後代，甚至後代的後代喔！」

方斯華的聲音一說完，那年輕的我轉頭把右手上的火柴吹熄，整個空間突然像是飽滿的氣球瞬間洩氣了一般，噗地回復到原本黑暗的空間中。

當我終於開始有清楚的意識時，我的身子正如往常般站在自己的家門口，右手已經轉開大門的門把，兩個小孩已經在我面前叫鬧著。

就在我見到方斯華的隔天早晨，醫院裡的院長就告訴我這個大屠殺。

對於這一切，我的記憶仍殘留如作夢般淡淡的距離感，以及好像翻開塵封多年，泛黃書頁的疏離。但我明白，不管我是如何不相信我的記憶或夢境，或肯不肯定方斯華有那樣的魔力，把影像如夢境般偷渡到我的面前，真實的世界運轉便是，惡之島上，屬於第一個複製計畫的人，全部都已經消失在這個世界上了。

我應該痛恨惡之島的首領嗎？還是這個老人開啟人生悲痛的另一面的嗎？不，其實不是的，就在十年前，方斯華無預警地把他最熱烈的目光投注在我身上，告訴我他此生最大的秘密，也選擇讓我背負的同時，就等於預言了我成為這後面一切悲劇的主角。

是我過於任性的逃離過往的不幸，以為就此展開新的人生，以為這逃避的動作可以為我帶來不同的快樂新生命，我實在太過一廂情願了。

然而，我踏進悲痛的另一面的同時，除了打開背面的這個老人之外，我還記得一張臉，那張臉屬於我，與我相同的一張臉。一張年幼初生的細緻臉蛋，我第一次看見他，他正躺在實驗室中的保溫箱裡，平靜地緊閉著眼睛，均勻地呼吸著；粉嫩的小手緊握著拳頭，小小的臉上卻清楚地有著與我一模一樣的五官輪廓。

而最後一次看見他，我記得他的雙眼中擁有火炬一般明亮的光輝。

他是我，我也是他；然而換句話說，他擁有的還比我多了一點，那就是他是我的妻子所生下的。

想到這裡，我的頭開始疼痛了起來，好複雜，就像難解的數學公式一樣對不對？！

我開始不得不佩服起來，有關所有反對複製人計畫的聲浪中，他們全都經過深思熟慮的發出反對的論點，其中一點就是關於這些複製人的身分。

他們的確需要一個獨立的身世，一個明確的身分，一個屬於他們可以在其中獨自呼吸的世界；比方說，他們的父母是誰？是我嗎？我的妻子？研發出複製人的那群菁英科學家？

還是其實根本就是讓他出現的惡之島首領方斯華呢？

如果複製人在我身邊，那麼他讓我的妻子生下，那他究竟是我，還是我的兒子？這個與我身上特徵甚至複雜的DNA都相同的小傢伙，他會不會讓我身邊的人混亂？我們究竟是父子？還是同一個人？

我們是不是同一個人？

他是我的分身，還是只是一個後代？

我的想像從這裡開始雜亂無章地開始放大。就從短暫幾分鐘的夢境內，仍有著銳利目光直視著我的方斯華，還有那個老人，我工作醫院的老院長揭開這個人生的背面同時，所有奇怪的，混亂的想像就無時無刻不斷地侵蝕我，讓我開始對這一切產生奇怪的幻想。

畢竟要有個人出面終結這些混亂的思想的，否則日子真的無法繼續順利流動，也無法繼續往可以順暢呼吸的地方前進。

那個人不是別人，便是從裡面與我一起離開惡之島的科學家羅冠偉。

「如果你開始產生混亂，我想最好的方法，就是重新再來複製實驗一次。

但這次，你要重頭到尾，每個環節與步驟都不能錯過的，一一盯著看。到最後你就會明白，他們不過是複製人，你只是十年前被迫答應複製計畫，被取出精子來進行複製的本尊，你就是你，不是任何複製人。」

這樣就會解決問題了嗎？我點頭答應的當下，其實一點把握都沒有。

一個月後，我與羅冠偉私下開始展開這個屬於我們的複製計畫，但是我們的目的，不像首領那樣與我解釋的，他擁有的第二個靈魂這樣崇高的替代品，一艘駛在惡之島那混濁流域中的支撐體。

我們的複製計畫只是卑微地，卑微地想讓我搞懂我所擁有的人生是真實的，不是屬於任何人，是真切的我的人生。

當複製計畫寫下第一章，除了確定複製的本尊由我的兩個小孩，十歲的海蔚與八歲的海敏來擔任之外，我們還需要另一個助手，我想到了我的學生馬斐醫生。

我第一次見到馬斐時，他剛到這家醫院實習時還是個三十出頭，剛脫離學校體制沒多久的學生。高大的體格，帶著厚重鏡片的眼鏡，但眼鏡後面是一雙灼熱的眼睛，滿臉寫著他對人類充滿崇高的理想與希望。

我記得我們第一次見面，他滿臉與奮地告訴我，他在醫學領域這塊那麼久的時間裡，他最有興趣的，是關於人類面對重大意外與傷害後，所會自發出現的平撫機制或延伸出各種心理的疾病。

他說這種機制所代表的，是人類最強的韌性象徵。

我記得我對他綻放出屬於我這個人最大善意的微笑。我真喜歡這個論文背後的意義，就像我喜歡眼前這個人一樣。

我拉起身上厚重的雪衣拉鍊，把雙手從書的下方抽出，放在嘴邊呵出溫暖的氣息，然後放在膝蓋上抹了抹。

今天相同是一個天氣看來不怎麼好的一天，我如往常一樣把書放進袋子中，穿上厚重的雪衣與所有的禦寒裝備，撐著傘走出公寓。

從公車終點站瞭望過去，壯觀的圖書館尖塔聳立在草原的中央，讓我想起以前在家鄉，我工作的那間工廠。當夜晚快要降臨時，工廠的形狀與整個氛圍，在越來越暗的光線下，很像一隻孤獨無依的野獸。但是一樣的孤立於草原中央，不知是不是圖書館的建築太過華麗了，我總覺得這好像是從天而降的，或者是從地底中冒出來的。這間圖書館對我來說，始終都有一種超現實，錯開真實生活的感覺。

坐在終點站旁邊的石椅上，口裡吸吐的白色煙霧，隨著空氣越來越冷的氣溫，開始變得更濃。我搓了搓手，又跺了跺兩腳。

好安靜啊！踏地的聲響隨著步伐，震動擴散到四周，但只要我一停下來，一切又回歸到死寂的清冷。這裡或許就是這個城市的邊界了。

我與圖書館員雷妮約好要在這個下大雪的午後，一起從圖書館出發，沿著外圍的海岸線走到南邊山區的石橋。在我因為太冷而站起身活動時，看見她站在公車終站的另一頭那，正低頭凝視著地上的積雪。

我沒有出聲叫她，只是站在稍遠的地方看著她。

「你說要跟我談惡之島的事？」她抬起頭，表情認真地看著靠近她的我。

「是啊，我想聽聽你在那邊的事情，還有，怎麼離開惡之島的。」我們並肩地往圖書館的另個方向走去。原本翠綠的草原已蒙上了一層棕黃色的寒冷色彩，把灰白色的圖書館包圍了起來。

「我出生在島國中央的北邊盆地，那裡有個村落，大約有兩百多戶住家。我聽我父母說過，那村落一開始是聚集大量的逃亡者。不是被流放的重刑犯，而是原先在自己的國家，遭逢經濟變動，或者瀕臨破產的人。

我的祖父母則是東邊島國裡，一場經濟風波下的犧牲者。後來被銀行宣告破產，房子與全部財產都被政府沒收，便舉家遷到惡之島上。」

雷妮歪著頭，很認真的回憶著。

「如果跟這裡的生活相比，家鄉的生活簡直就像回到中古世紀一樣。雖然也有大樓或者別墅，但是存在於裡面的生活氣息，在街道上與城市裡，穿越過的行人步伐與說話口氣，還有居民慣性的生活步調，真的像是倒退了好幾百年一樣。

當然，有些第三世界的國家，他們落後的程度無法跟家鄉比，但是，我覺得這是種奇怪的氛圍，不是具體的事物或者國家的富裕程度，而是更深的……要怎麼形容呢？」

雷妮低下頭，眉頭皺了起來。我們一邊說著話，一邊已經漸漸地離圖書館越來越遠。她思索事情時，眼睛會習慣性的輕輕半閉，模樣很迷人。

「對了，就像是惡之島整個被時間之流給遺棄了、忽略了的感覺。

在那裡，連平日時間的流動都不太一樣，不是斷斷續續，而是種被延宕的緩慢感。」她像是終於想到一句合適的形容，開心地在原地用腳踏了幾個圈圈。

「我也有這種感覺。時間似乎過得特別慢，而很多感受，卻在事件其中被放大許多。像是更容易悲傷憂鬱，或者，突然快活起來的程度，更是摸不著頭緒似的，好像可以一直這麼樂，沒有盡頭的發笑個不停。」我非常認同地點點頭。

她抿抿嘴，嘴角露出淺淺的酒窩。

「在家鄉那，除了父母，我還有個雙胞胎的姐姐，長得跟我一模一樣。後來我離開前，她變得比較胖一些，這樣比較好辨識，否則我們真的太像了，這讓我們身邊的人都很頭痛。

我媽小時候會把我們的頭髮剪的不一樣長，但是沒用，大家好像都會忽略這種外型特徵，以為瞄一眼她是誰就是誰，都沒有用心去想自己看見的。」她聳了聳肩，一副不在意的樣子

「我懂，這好像也是某種盲點。」我說

「你呢？你為什麼會來到這裡？」

「其實起因是因為一個朋友的失蹤。那是距離我在家鄉工作的工廠，附近一家咖啡館的服務生，她叫米菲亞。聽朋友說，這也是家鄉第一件失蹤案。」

我很久沒有向人說起關於米菲亞的事了。

我一直都很想念她，也從未忘記她是我來到這裡的原因。但是，時間一久，似乎把所有原本清楚到不行的事物，給蒙上一層厚重的塵埃，我必須伸手去把上面的塵埃給撥拭去，原本的模樣才會顯露出來。

「絕不會是第一件，也不會是最後一件，要看失蹤的人有沒有人關心。」雷妮說這話的語氣有點不太對，好像隱藏了一些辛酸，又有著奇怪的倔強。

「我從來都沒有跟人說起我離開家鄉，來到這裡的原因，主要是因為沒有人找我，也沒有

人在乎，所以才沒有機會說出來啊！你倒是第一個問起原因的人。」她低下頭，眼睛盯著往前走動的雙腳腳尖。

「我想，我也應該說出自己離開惡之島的原因了。」

「我記得我離開家鄉是在十年前，當時我二十歲，正在唸大學。你知道惡之島的大學在哪嗎？對了，就位在市中心的外圍，緊鄰著首領的城堡後方，那間哥德式建築的學校，叫做安德烈大學。還有一間位在比較南方的郊區外，那間大學叫做聖得尼學院。

我讀的是安德烈大學。其中文學院的歷史學系最出名，其他還有包含像是商學院、法學院、管理學院、技術學院等。每個學院的建造都是採用哥德式建築，也就是建築構造上，充滿了尖拱、飛扶壁、花飾窗格、彩色玻璃還有鋸齒狀的尖塔。

我記得一進這學校時，文學院裡有個專門研究宗教建築的教授，他跟我們剛進來的新生介紹，哥德式建築的特徵，是內部的迴廊採用尖拱式的交叉拱頂，將重量都集中在周圍的圓柱上，而外面有扶壁支撐著，這樣使得牆壁可以成為巨大明亮的窗戶，將大量的光線引入室內。而中央的細長圓柱，將不費力氣地頂著向上膨起的天花板，形成一種輕巧明快的氣氛。

也有人說，把安德烈大學建造成哥德式建築，在外觀上，有巨大的飛扶壁用以支撐高大的殿堂，使建築物像是被高高架起來一般。而位於一進入學校大廳，就清楚可見的，那交叉點的上下課鐘聲鐘塔，有如尖銳的長矛，直指天際。

教授在這時，頭抬高約四十五度角，充滿一種神聖的情懷對我們說：塔上突起的點，更是想將人們的視線，不斷不斷地引領向上，企圖更加接近上帝。

我第一次聽見教授介紹學校建築的觀點，心裡就想，接近上帝要做什麼呢？惡之島上的人不都是背棄了上帝與自己，才來到這裡的嗎？

在大學裡，我學的是文學史比較，就是一些國內外有名的文學著作，按照著年代時程，以及作者的個性還有所處的大環境，從中去區分與比較，作詳細的研究，來對照出每個作品的差異性。

而我被迫離開家鄉的當時，是我念大三，一個炎熱的夏天。

那是一個很平常的夏日午後。放暑假的前夕，我剛上完一門比較文學的課，下課時間走出教室，整個學校鬧烘烘的都是喧囂聲。或許天氣一熱，大家都心浮氣燥，也或許快要放假了，大家面臨長假的心情是很浮動不安的。

陽光熱烈地照亮了校園的每一處，校園裡充滿了年輕的氣息；說話與笑鬧的聲音四散在校園中，到處都散發著一種晶瑩且透明的青春躍動。

那時我抱著書本，從文學院的五樓教室走出，想要走到一樓的庭院中間散步，仔細思考我的暑假計畫。學校的樓梯建築，是採用古老的迴旋式，不是完整的迴旋樓梯，而是半邊貼緊白色牆壁，一層連接一層的漂亮石雕樓梯。

當我繞著樓梯，慢慢地走到三樓時，就聽見從極遙遠的遠方，也像是緊鄰在附近的一聲聲，清澈且迴繞的渾厚鐘聲。

那鐘聲既清楚又模糊。

現在回想起來，或許是因為鐘響的迴繞聲音太低沉厚重了，使得連綿不絕的鐘聲，既充滿了模糊的距離感，卻又沒有了具體性的現實感。連鐘聲的頻率震動也很詭異，繚繞著某種恐怖的穿透力，直直地滲透進我的聽覺中。

我的第一個直覺是頭往兩旁轉著，心裡想：奇怪，怎麼那麼快就上課了？

這時我注意到身後有個零碎的腳步聲。聽起來像是低跟鞋踩著步伐的輕快聲，在從四樓樓梯的轉角處，就緊跟在我的後頭。步伐有些急促，如果沒有慢下來，應該很快就會超越我了。

那奇怪的鐘聲一響起後，輕快的腳步聲停了下來。

我又轉頭看著右後方，原本嘻鬧聲很大，一群讀文學院的文學歷史，上課都在隔壁的同學們，大約有六個人，三男三女，此時，全部有默契地閉緊嘴巴，沉默地從正站立的位置中，他們每個人的身上，像影子剝落般地脫落出了六隻動物。

那些動物都是我們曾經在動物圖鑑裡看過的。不特別，但在生活中也不常見到。我不想形容與描述牠們，因為此刻的牠們，都醜陋敗壞的不像我記憶裡，那些斑爛且充滿生命力的動物。

當時，我仍舊不知道發生了什麼事，整個校園突然變得異常安靜。那詭譎大聲的低沉鐘聲，似乎把所有的喧囂與嘻鬧，全都活生生的從中間挖取走了般，非常暴戾唐突的，把聲音抽走，只剩下乾乾的，沒有生命的青春印子。

校園裡的每一個人，都停止了正在進行的任何動作，盯著那些動物群看。整個校園瞬間變成了一座僵硬的蠟像館。

我剛好站在樓梯的隔層，也就是三樓連接到二樓的中間平臺上。我摀著嘴巴，整個空間安靜地讓我連一聲咳嗽都不敢發出。我踮起腳尖，在時間彷彿凝結的片刻，輕輕往後面退著，便看見一整排黑白的醜陋動物，從校園裡的四面八方走出，排成一列，沉默地往這裡移動。

明亮的陽光似乎被這奇怪的靜默，給隱褪了原有的光亮。一格一格詭異的黑暗夜影，隨著不自然的安靜，緩緩地將每個人吞噬。

每隻從校園各地湧出的動物，緩慢地在底下聚集，往著這個樓梯移動腳步。只有短瞬的時間，短瞬間牠們一起包圍了我。

我停止呼吸，大片的空白降落在我的思緒中。

我不曉得這時間維持多久。我站在動物群中，有種強烈的慾望在心底萌芽，然後時間非常迅速的，那慾望在我心裡從萌芽到茁壯只是一瞬間。

我閉上眼睛，在心裡面對這強烈的慾望。這是種極為複雜的感覺，像是大片的烏雲迅速地把晴日遮蔽，完全抵抗不了，只能任由這慾望不知從哪裡著根，接著在身體裡蔓延。我艱困地在原地喘著氣，四肢無法控制地抽搐著。

那是想死的慾望。被烏雲籠罩密闔的心裡，從深處的地方，噴灑出所有屬於我曾經有過的絕望與黯淡，非常強烈且恐怖地佔領了我。我相信，我要是正站在一個山點邊界，或者高樓頂端，此刻絕對會毫不猶豫地，縱身往底層跳躍而下。

我想結束生命。人生中再也沒有比現在更強烈鮮明的慾望了。

不知這整體的沉默維持了多久，我聽見安靜的空間裡，從五樓的迴旋樓梯上，發出了一個巨大的噓聲。

『就是她！從她身上沒有剝落動物！』

我循著聲音抬頭看，看見那小小的半圓型空間，五樓的倚靠石雕樓梯的扶手上，垂露出一個遙遠的臉，以及一隻正指向這裡的手臂。

接著，這聲音好像啟動了什麼機關般的，全部的人皆有了動作，全部轉頭，一起盯著我旁邊，剛剛走路速度比我迅速，正好要超越我的那個女生望去。

我不認識她，但是，我與他們一起轉頭，心裡馬上發出驚駭的叫聲。因為我清楚看見了，距離我身旁不到一公尺距離，這個綁著馬尾的女生臉上，正露出一個非常恐懼的表情。

她的五官糾結在一起，讓我根本看不出她真正的長相。女生大約比我矮一個頭，手裡原本抱著的書本都掉落到地上。瘦弱的她，全身上下開始打著非常誇張的寒顫，這時她尖叫了一聲，捂著那張恐懼到接近變形的臉，倉卒地往樓下奔去。

所有的人回神後就開始追著她，雜沓的腳步聲此起彼落。從安靜到喧囂，這期間沒有一絲一毫的中間值。追喊與奔跑的聲音，一聲聲駭人的尖叫，從各處像大海浪一樣地湧起，直直的從明亮的校園裡破浪而出，形成一種更龐大，更毀滅的恐怖，緊緊籠罩在整個校園中。

這讓我想起在歷史中，古老的羅馬時代裡，四處搜抓逮捕，被趕盡殺絕，想要追殺消滅所有的基督教徒。恐怖的氣氛或許不同，但我總覺得此刻時空好像錯亂般的，迅速移掉年輕正盛的青春，任憑不適宜且突兀的暴戾之感，感官裡最尖銳的恐懼，全都交雜在這個空間裡。

這個空間與時間，卻是現在這個已經進化過，好幾千年以後的年代。陽光與空氣仍舊明媚著，美麗的哥德式學院在陽光中仍閃耀著古典的美感。我想，他們或許也不知道該如何處置那個女生，但是，就因為這樣，過多的疑點還未澄清之前，就已經激盪出如此狂暴的殺戮之氣，**『不相同的人就是異類』**，肅殺的氣氛更是讓人不寒而慄。

這時從我心底，竄出一個恐怖的想法：會這麼做，是因為這裡所有的人，包括我自己，都是屬於生命失敗者，與毀滅者的後代吧。

我趁著混亂，迅速地逃離現場，奔跑到二樓右邊的長廊底，一個相當疼我的教授辦公室裡。我蹲到門的後面，才深深地喘了好幾口氣，掩面痛哭了起來。

我都看見了。其實不只那個女生，我的身上，也沒有剝落出任何動物。

而最讓我難過的，是那在五樓喊叫的聲音，還有那隻指著下方的白皙手臂，她其實是清楚地指著我；而那個遙遠的面容，是也讀著這個學校的中文系，我的雙胞胎姊姊。」

雷妮說到這裡，嘴角抽動了幾下，再重重地吁了一口氣。我伸出手來摟住她的肩膀，我發現她在顫抖，雖然表情很堅定，但是仍不住地發起微微的顫抖。

此刻她望向我的眼睛睜得很大，似乎眼前又重複了一次她所經歷，所恐懼的場景。

「對不起。」我不知該說什麼。我知道她恐懼難過的，不是沒有脫落動物，也不是場景錯亂的追趕畫面，而是指認她的，居然是雙胞胎姊姊。

「沒關係，事情都過去了。」她對我點點頭，欣慰地放鬆了臉上的肌肉，又露出那個好看的微笑。

「雷妮，從你身上，是不是真的沒有動物脫落？」我很專注地盯著她看。她沒有什麼表情，只對我認真地點了點頭。

「那個幫助我的教授，在大學裡是教西洋文學史的，而我在這方面的成績一向表現都很優異，她非常喜歡我一系列德國作家的報告，都給我將近滿分的分數。最後，也是靠教授暗中幫助我，讓我先躲到她的家裡一陣子，然後再安排我躲到出海貿易的船隻，底下擺放貨物的船艙裡，逃離家鄉來到這。」她表情有些疲憊地回答我，這個話題便進行到這。

我們沉默地繼續並肩，一起往南邊的海岸走去。

我想起我在草原的邊界遇見那個老人，與海港邊遇見的那一群臉上作了記號的人，他們雖然擁有著純粹的笑容，但都是被驅逐的複製人，由首領統一捕抓與集中作上記號。

這是個如同傳說中的悲傷童話。我搖搖頭，仍舊很認真地繼續想著。

雷妮的眼神凝視著我，凝視著許多東西的時候，好像那裡的內容物被取出來，乾淨地只存留著視覺所停留的相同外形上，經過時光的大量沖刷，那被她凝視的東西仍空曠的維持原狀，不帶任何感情的透過注視，保留被她凝視的物體純粹性。

而我，則感覺被她的眼神直視到身體內部的芯一樣。

《**惡之島**》這本書上面寫的：他們都是完整的人。

我們跨越過城市中間的街道，一起朝著外圍的海岸線走去。街道往海岸的道路是一條狹窄而塵土飛揚的小路，小路的盡頭連接通往海岸線的森林，再連接一片凹凸的灰色岩灘。

我記得上次自己走到南邊山區的石橋，後方的林中綠蔭深濃，多是樺樹與松樹，還有再過去的一些漆著黃褐色的船塢，以及深灰色的碼頭。我們只要繼續往前走，就可以看見碼頭那邊有小灣，秘密的水道和連接水路的運輸線，有糾結安靜的森林與許多漂流在海上沒有名字的島國。

可能因為天氣寒冷的關係，所以樹木的葉片，大多枯萎與掉落在地面上的居多，而短小的草原也呈現一片焦黃的蒼茫。比起我曾在深夜裡，恐懼地踏過家鄉的草原要平靜多了。

我們一起踏過森林時，我只是寧靜聽著這片森林的聲音，卻什麼也沒有聽見。活在這裡的生物群都像冬眠死寂般地安靜無聲。到達外圍彎曲的岩石海岸線，冬天的海也如冬眠般地一點浪也沒有，以深邃的藍色蟄伏在那。

「我是誰？是本尊還是複製人？」雷妮突然用著頑皮的語調，邊說邊指著自己。

「分裂動物隊伍代表的意義，就是區分複製人的差別嗎？」我說。

「我知道這件事也是從惡之島這本書上看見的。儘管在家鄉那裡沒有人告訴我，但是那一場印象深刻，在大學中造成的混亂也足以證明了，惡之島的首領的確如書上所寫的，正積極地把本尊與複製人區分開來。

我曾說的那個指認我的姊姊，其實是我的本尊。我的母親在懷上她後就讓她進行複製，所以我們幾乎跟雙胞胎一樣的沒有年齡差別。」

「我有想到這一點。我很抱歉。」除了再一次說抱歉之外，我不曉得該說什麼。

「沒關係，但是這點也讓我知道，複製與雙胞胎是不同的。我逃來這裡後，我從未聽見我的父母費心地找我，我想他們可以擁有兩個一樣的孩子，但是沒有必要留下孩子的分身。」

雷妮這時說話的模樣很鎮定，我想這些想法可能在她腦中已轉過了上萬次了吧。她面帶微笑地說著，伸手拉緊了身上的毛外套。

後來，大約到了接近傍晚五點多，天色整個緩慢地黯淡下來，我們也大約走了三小時的路，一起坐到路邊的石椅上休息。

從這裡往遠方瞭望，可以看見圖書館的屋頂，在灰暗的天色裡仍直挺挺地站立著。

「我知道這點後，曾經寫過一篇這樣的小說。故事大意是從前有一對雙胞胎姊妹，她們從小就無法適應有另個相同的自己。姊妹的個性也差很多，姊姊好勝，凡是都要爭奪在別人的心中獨一無二的存在，而妹妹，她當然也想獨立存在，但是她隱藏了這個念頭，所以小說中的她們往兩條不同的路走去，彼此漸行漸遠，到後來在不同的地方繼續生活，都宣稱自己是從頭到尾獨立的人。」

「那你現在覺得呢？自己真的有可能拋棄過去嗎？」

「應該說不管怎樣我都希望能獨自活著。我相信普通的雙胞胎不會有這種心情，因為他們不管怎麼說都是個體，而複製人是另個人的分身，是完全相同的基因，我覺得我不管如何逃，都逃不出這種命運。

我來到這裡後，先運用自己的專長，在一家雜誌社當了編輯，後來認識了我的丈夫。我們結婚，一切好像真的開始正常，開始走進所謂的生活圈子中呼吸著，但還是逃脫不了我心裡的糾結，那是從我知道我懷孕時，所有的生活便開始崩裂。」

「怎麼回事？」

「我不曉得複製人會生下什麼？在確定懷孕後，我開始深深畏懼自己這個存在，我是真的有把握重新過好自己的人生嗎？總之，一個新生命在我身上，卻讓我懷疑起自己這個舊有的生命。

所以，我逃離了家，也把小孩拿掉了。」她說。

我沉默地與她對看了一眼。

「你有沒有過這樣的困惑？」她突然問了我這個問題。

我盯著她那雙會直視到我身體內部的芯的眼睛看著，裡面似乎有種奇怪的力量把我拉到很遙遠的遠方。我記起藏在腦海底層，由身上剝落下動物的那個畫面，依舊在漆黑的夜裡，交錯著母親與米菲亞的臉，一同在複雜片段的夢中出現。

出乎意料的是，緊抓住我的記憶的，不是那即將遠去而頹然的隊伍沙塵，而是各種動物們身上，彷彿天生就擁有的衰敗模樣。印象裡的大象少了象牙，梅花鹿的美麗花斑僅落得一身漆黑的醜陋，全身黑的烏鴉缺了哀鳴喪歌的喙嘴。

這畫面如同在心裡建構了一座虛幻的稜鏡之廊，讓我在現實與夢境擦身而過的每個夜晚，縹緲地隱藏在後面，成為會隨著前方的夢境變色融入的背景。

這場景狡猾地成為讓我一遍又一遍，連呼吸都困難卻必須還是凝視的畫面；而我的意識則與我的視覺成反比，我是如此清楚地看著面前雷妮黑色的瞳孔，意識卻開始逐漸糊成一片，像被打爛在果汁機裡的水果。

「你是說……」我呆呆地仍盯著那雙眼睛。

「就是關於自己身為複製人的疑惑。記不記得我第一次見到你，驚訝地什麼都說不出來？我想以年紀看來，你應該就是比我丈夫小十歲，也就是名律師海蔚的複製人。」

我想起了羅傑說過的，與米菲亞相似的海敏是海蔚的親生妹妹，也就是說，咖啡館老闆在信中跟我提起的，我與米菲亞都是孤兒，我們擁有奇怪的孤獨感，而我們失去的，是同樣的一個母親。

我沒有回答雷妮的話，只是感覺臉上有一些小小的刺痛感，抬頭一看，灰色的天空飄下了一團團的雪。

第十八章　自我：惡之島的女兒

「我真的老了，回憶以前的事，讓我的腦袋簡直像上緊發條一樣緊繃！我現在感覺自己簡直就像在沙漠中，駝著重物行走千里的老駱駝，背上的東西實在沉重不堪啊！」羅冠偉臉上露出十分疲憊的表情。

「我一向都有紀錄實驗日誌的習慣，我想，我把其中幾個章節拿給你看，你應該就會完全明白所有的事，以及我所謂這是此生最偉大的實驗是什麼了！」他說完之後，先伸手按下控制臺的幾個按鈕，圓形玻璃裡的兩個女人，又緩緩地閉上眼睛。

「這是最後的步驟了！」羅冠偉一邊疲憊地操控著控制臺，一邊對我說。

「在之前的時間裡，米菲亞外在年輕的器官，已經順利地一一移植到海敏身上。現在，只剩下內在剩餘的善意與惡質部分、記憶的內容，做兩個方向的調整過渡……你看，海敏身上的金線正吸收著米菲亞的能量；那線裡頭的粒子正往著海敏輸送著，海敏也因為正在吸收而發著亮光。

這些開關的方向是朝著海敏，」羅冠偉詳細地指著控制臺上的幾個按紐，全都是雙向的按鍵，此時發著紅色亮光，且全都按向海敏的位置。

「嗯……我想想，明天，對，應該是明天的中午十二點，就可以宣告完成，等到這個步驟就緒，全新的海敏就會誕生了！」

「那她的複製人會怎麼樣？」我問道。

「成為完全沒有作用的廢料，」羅冠偉看了我一眼，哈哈大笑。「別那麼驚訝啊，這句話是海敏說的，我可沒那麼形容。應該說就會失去生命，因為所有的一切都已經貢獻給海敏了啊！你放心，我們會好好地把她的遺體，運送回她原來的故鄉。」

他說完後，對我露出一個滿意的笑容，彎腰從控制臺的右下方拿出一本深藍色的筆記本，上面蓋滿了灰塵。他用右手臂的袖子粗魯地在上面抹了抹，把那遞給了我後，就從位置上站起身，伸個懶腰，走到控制臺後方的另個房間門口。

「你會不會很期待？」羅冠偉突然在角落那回過頭來問我。

全新完整的海敏……我朝他用力地點點頭，並且對他笑了笑，比出我的大拇指。他對我招了招手，伸手指了指海敏的位置，要我好好盯著看，然後轉身開門走進房間裡。

我抬頭望了一眼海敏，她正在上方，在透明玻璃裡頭如站立睡著般。我胡亂地在腦子裡搜尋了關於我與她的一些記憶，搖搖頭，撤掉腦子中混亂的記憶，把筆記本翻開。

『

複製實驗日誌第一〇一章

西元二〇〇〇年

在寫下這事隔多年後，又是一個完全嶄新的複製實驗章節之前，我仍不斷回想起之前的複製計畫。

一九八五年的初春，我們的複製實驗就在母體擅自帶走兩個複製人，徹底消失後宣告失敗。

儘管忽略母體的內在感受是最大的敗筆，但我還是深深自信著，這個複製計畫一定會符合原本的目標：讓海格威從被反覆糾纏的惡夢中清醒，明白自己是逃離惡之島的本尊，不是複製人。

海格威在平時的日子中，看起來皆無異狀。我們恢復了以前的生活步調，他找了一個保母帶海蔚與海敏，工作上則把重心放在醫院的事務中，一切看似真的已然回復平靜。

我們仍舊維持著頻繁的來往，海蔚與海敏也慢慢地長大。

雖然海敏的性格讓他十分擔心，他也在海敏甄選上名模時，跑來找我抱怨這孩子的難懂與乖張，但我想海敏生性好強，這點跟他簡直從同個模子印出來的。我總跟他說，這孩子不一定是貼心的，但終究會走出自己的路。而海蔚則一向表現都穩重踏實。從法律系以優秀的成績畢業後，就靠著海格威的關係，先在城市裡開了家律師事務所，而後處理案子也非常俐落乾淨。每次談到海蔚，我都十分安慰地告訴海格威，他可以靠這孩子安享終年了。

直到海格威七十大壽那天夜晚，我們兩個老人在書房外的陽臺上，喝著頂級的威士忌，聊著許多以前的回憶。那天是個熱鬧的夜晚，底下的街道塞滿了車輛與喧囂的聲響，一陣一陣猶如波浪般地朝我們打過來。

那些聲響浮升到上方的我們身旁，便化作細微的，帶有著暖烘烘的氣息將我們包圍。我們搖晃著杯子中的冰塊，小口小口地啜飲著冰涼的醇酒。

我們聊到了惡之島。

惡之島在我們的心中，有個特別的意義。

身處在那裡，總會深感壓迫與時間怪異的緩慢流動，仔細回想，惡之島本身土地就擁有龐大的能量，除了會自動篩選人種，我想，這也是唯一奇異的平衡之處，那就是它其實非常純粹地保留了人性上的惡質，沒有任何雜質參雜在其中，就只保有壞毀殘敗，其他的完全排除在外。

這比其他複雜國土還要單純多了。那些墮落的人種來到那裡，一代代地繁衍子孫，心裡的惡質或許仍舊以不同形式隱藏在靈魂裡，但是那比起單純的善意，更是擁有多面向的複雜切面，表現出來的也不會是絕對的惡。

老實說，如果我希望我的一生精采曲折，能夠看盡人類性格不同面向的極致，或許光是待在惡之島就足夠了。

海格威點頭同意我的看法，但是與我說到這，他低下頭緊閉著嘴巴，凝視著他手中的透明玻璃杯。以我對他的了解，他這舉動一定有什麼事瞞著我，或者說發生了什麼事沒說。我一邊望著他那張衰老的面容詢問他，一邊竟默默地感慨他年輕時的意氣風發，已全然搗毀在時光無情的流動裡。

他在沉默了將近二十分鐘後，才緩緩地開口，用乾澀的聲音告訴我，一個我從未想過的秘密。

原來複製實驗失敗的結果，是他一手計畫的。就在兩個複製人出生後，他終日望著那兩張臉蛋，心裡頭始終浮現的是惡之島的面貌，以及過往的許多記憶。於是他告訴妻子，這兩個小複製人是必須回到惡之島的，否則他心裡頭隱約的惡夢，終究無法釋懷。

就在當年惡之島首領，要求他當複製計畫的實驗者，向他打開從未開啟的秘密的時間點上，詛咒便啟動計時，在他的心中埋下了一個無法言喻，彷如靈魂上的永恆裂痕，足以讓他終生永世無法平靜的開關：他將終生無法遺忘惡之島。

而老邁的他，已經喪失了回頭面對的勇氣，他希望這兩個複製人，可以替代某個部分的他，回到惡之島中重新生活，重新贖罪。

但是他沒有想到，他的妻子一到達惡之島，就併發了隱藏多年的疾病，兩個複製人從此流離失所……整個情況失控的讓他一生背負更多的悔恨。

我聽了這些話十分震驚。

這複製計畫就是為了讓他拔除惡夢，才那樣費力實行，但他居然還是沉溺在其中，完全沒有自救的意思。這不是我所認識的海格威。我記得我第一次在惡之島的城堡裡見到他，他天生的自信，既幽默又爽朗，好像足以操控著事情的流動走向，往他希望的方向走去。

那詛咒的痕跡，竟是如此深刻地在他的身上烙下印子。

當時我聽完這些話像瘋了一樣的激動。感覺腦中的血液，一股腦地往四周噴射，無法控制的大量憤恨，從心底瘋狂翻湧著。我把手中的玻璃杯往他身上丟去，衝進房裡把他書房裡的東西全部砸毀，大聲地咆哮著許多攻擊的字眼。我無法就這樣相信，我們辛苦實驗的結果，不但完全失敗，甚至是往更糟糕、更扭曲的地方走去。

我在完全沒有理智可言之際，居然心生一個殘忍的念頭。

我先停下破壞的動作，大口大口地深呼吸，安定好自己混亂的心跳，再沿著已經砸毀掉的花瓶碎片，傾倒的櫃子還有桌椅的空隙繞過去，走到看起來不知所措的他的身邊蹲下，用很小聲的聲音對他說：

「好，我就原諒你吧，這一切其實都過去了不是嗎。

那麼，我也告訴你一個秘密吧。當年我其實是把海格威的本尊留在那裡，而你，只是個複製人，一個殘缺失敗的複製人！」

坐在角落地上的海格威，抬起滿臉淚痕的頭，我看見他的臉上居然沒有驚訝或憤怒，卻淺淺地在嘴角上掛著一絲美好的笑容。

隔幾天，便傳來他車禍身亡的消息。

在他過世後沒有多久，我迅速做了一個連自己都不敢相信的決定。

那天早晨，我如往常一樣地起床，為自己準備早點。烤吐司，煎蛋，還有從瓶子中倒出牛奶。然後，我走到門口，取出塞在玄關門口的報紙，打開，看見報紙上的新聞：

「精神科權威海格威醫生，昨晚車禍身亡，享年七十歲。」

我的頭腦在那瞬間，彷彿有個轟然大作的雷聲劈下，同一時間，我手上的杯子便摔碎在地板上。

我望著雪白的牛奶往四周溢開，沿著地板的縫隙緩慢地往四處散去，腦袋像失憶般地什麼也想不起來；海格威與我的關係，我們最近一次會面的細節……全都沒了印象。我本能望著白色的液體，蹲下來把地板擦乾淨，然後換上衣服出門。一走到外面的街道上，便往平日習慣走的左邊方向轉去，再沿著石子路往前走。

這一路上，我只能用非常慘烈來形容。不知是我的雙腳前進的步伐亂掉，還是我的膝蓋受了傷而不自知，突然間，我似乎忘記怎麼順利地把左腳右腳一一地照順序往前，在這前進的路上，我一再一再地跌倒，就像一個中風的老人，或身體四肢失調的病患，一次又一次笨拙地把自己摔在地上，奮力地爬起，又再摔一次。

不知過了多久，我幾乎是用半爬的進了那家時常光顧雜貨店中。裡面的店員一看見我推開門，眼睛睜得老大地望著我。

我回過身，望著擺在櫃架旁邊的鏡子，才看見自己全身狼狽的傷痕累累，臉上全是鮮血。

「先生，你需要幫忙嗎？」我聽見這句話時，居然不顧在公共場合裡，就這樣掩面痛哭了起來。後來我被送進醫院，躺了一個星期才出院。

在住院的期間，我望著病房裡雪白的天花板，感覺腦子塞滿了東西，很努力地想從渾沌的裡面打撈什麼出來，卻只能想起海格威最後的那個笑容。

那個笑容的弧度很清澈，儘管是在如此老邁的臉上，但是卻天真的像個孩童一樣地讓人感覺甜美溫暖。我想他終其一生，或許真的只想聽見這句話。

出院後，我回到家中，想盡辦法回到原來的生活步調，卻感覺一切都已經不對勁了。儘管工作仍舊進行，手邊的研究也持續在做，但是我就是覺得生活裡，已經有個部分被海格威的死訊，給深深地蒙上了一層黑影。

的確，我從未想過，海格威消失在相處密切的生活中，我竟會感到自己也同時喪失了活著的動力。不管是什麼風景在眼前敞開，都失去了捕捉它們後面的意義，看不見它們原本純粹的美感。我明白我就此陷入了一種不論是工作或者生命，都感到前所未有的乾枯與貧乏的絕望中。

就在我對環球日報的科學版，發表了關於複製科技的深刻心得後，我決定回去惡之島。

雖然我也為自己的決定感到不可思議，但是我明白，如果我不回到那片惡質的土地，我的人生會在這裡，在海格威死亡的那瞬間也同時出現分裂。分裂開來，逐漸遠去的是極端的美好與幸福，剩留下來的，則是怎麼打撈都是過往記憶的殘渣。就像惡之島多年前的分裂那般地絕對。

我想，我漸漸懂得海格威所受的詛咒烙印了。

當我千辛萬苦地回到惡之島不到一個月，就意外地見到了海敏。海敏當時出現在我寄住的地方時，我非常驚訝，好像看見昔日的陰影，或者以往記憶中埋葬的鬼魂，活生生地在我面前。我打了個冷顫，幾乎要在滿臉笑容的她面前昏倒過去。

海敏把我扶進屋子裡，告訴我她希望我回到島國，重新拾起過往的實驗精神，因為她有辦法，讓我可以建造自己的巴別塔，成為觸碰天堂邊際的神　這一句話幾乎敲醒了這段時間意志與體力皆昏沉的我。我從客廳的椅子上掙扎起身，張大眼睛不可置信地望著她。

沒有錯，我的確把過往，隨著海格威的死亡一起埋藏，甚至遠遠逃離開，充滿他的回憶的島國，但是，這不代表我的內在，已經完全遺忘了這個可以攀登到天際的願望。

老實說，我在複製海蔚與海敏的實驗裡，確實有這樣的私心。

我想成為另一個惡之島的首領。這或許是我當時會懼怕且痛恨方斯華的原因：我們是同一種人，但是我無法正視這一點，目標就純粹私慾的，建一座屬於自己的巴別塔。

這個私心我從未跟別人提過。

我總是說服自己，複製實驗完全以擺脫海格威的惡夢為目標，我們一起欺騙馬斐，一起構建龐大的謊言，一起進行一切；然而，在每個深夜，望著複製實驗一步步走向成功的時刻，我的內心幾乎被碩大的權力，給擠壓到喘不過氣來。

能夠成為某個意義上的神，這樣的誘惑對我來說實在是太龐大，太迷人了。

我也無法否認，這是我聽見海格威跟我說明實驗最後失敗的真正原因時，我的確是因為他壞毀了我自以為可以攀登天堂的梯子，才引發了如此大的憤恨，甚至不顧後果地說出了如此殘忍，把他推向死亡的話。

我第一次見到海敏的複製人，是在回到島國的第二天，這也是在一九八五年的春天，海格威的妻子把兩個三歲的小複製人帶走的多年後，第一次見到她。

她有個很好聽的名字：米菲亞。

海敏告訴我，她先前在螢幕上消失已經一年多了，她感覺到身體中的戰鬥力已經完全殆盡。不管是身上會發出光芒的特質，或者是細胞中始終躍動的好強，在一次次的表演裡幾乎是用到一點也不剩了。

海敏明白自己的特質不是天賦的頂尖，於是在每一次的表演裡，她把整個自己全部提著進去，注意力與意志力的全部集中，這樣一遍遍奢侈的磨損自己，才換得現在的名聲與地位。

但是現在能量完全用光了。她面對所有的演出開始感到畏懼，甚至怯弱無力，她非常明白，不管用什麼方法，甚至是不擇手段，來回到原來的模樣，否則，以她現在彷若披上殘缺不全的軀殼與靈魂，一定會逐漸失去那頂發亮的光環。

海敏說，她因為聽見馬斐醫生說的複製計畫，便興起念頭想要來惡之島尋找另一個自己。就在她來到島國的一星期後，便在東邊的廣場上，看見米菲亞從遠方的街道那頭出現，正要往旁邊的咖啡館走去。

第一次看見米菲亞，她的心裡相當震撼。

她告訴我，如果說我的心裡始終有個想要成為神的私慾，那麼，用這個比喻來形容她看見米菲亞的心情一點也不為過。她彷彿看見羽翼完全豐滿，靈魂仍漂亮的不得了的自己，從正面迎來。那種明顯的光亮美好，是不用言語就已經光燦奪人時，在心裡馬上確定了一件事：

她也想要成為神。不是建築觸摸天際的龐大願望，而是，成為這個女孩的神，讓這女孩仍完整的身體與靈魂，全然如獻祭一般地貢獻給她。

對於這個想像海敏一點都沒有遲疑。她走向前告訴米菲亞，她是她的姊姊，一個尋她多年的姊姊。米菲亞沒有懷疑，畢竟是同個模子刻出來的人在面前，怎麼說都無法起疑心。從小就是孤兒的她很開心自己仍有親人，毅然決定與海敏一起回到這個島國。

海敏從米菲亞這個天真單純的舉動，更加確定了另一個她，絕對是她交換靈魂的不二人選。

當時海敏告訴我的時候，是讓米菲亞吞進了為數頗多的安眠藥，她正在另一個房間裡昏沉睡去。我聽完海敏的敘述，走進房間看著年輕且精緻透明的肌膚，還有與海敏一模一樣的美麗臉龐，我不禁讚嘆起複製計畫的成功與傑出。

海敏告訴我，她希望除了移植米菲亞身上所有比她年輕的器官與皮膚之外，就是要從米菲亞與她的身上讓我證明一件事：我是可以成為建造自己巴別塔，來觸碰天堂邊緣的神。

「事實證明，惡之島分裂的動物隊伍，為個體所分裂出的惡質想像力。這一項目證明了人的本質，是可以藉由各種形式來做瓜分：驅逐善意，留下惡質；抑或刮除夢境，留下現實。」

在這個複製實驗中，除了把年輕的器官全部過渡給海敏之外，最複雜的技術，便是把米菲亞完整的靈魂與沒有被耗損過的能量，透過實驗研究，來與海敏已經殘破的靈魂與能量作交換。

我想，靈魂的殘破與純潔，就隱藏在知覺的善惡裡，所以，對調兩人體內中的善惡基因，記憶中儲存的美好與敗壞，就可以實現海敏希望的，擁有一個完整如初的美麗靈魂。這個實驗，讓我想起如同惡之島分裂後所發生的自然現象。

人是萬物之靈，我深深相信，巔峰的高科技終究會超越大自然法則。

這個取代神的偉大實驗，從我回到島國後的一個禮拜後實行。

我根據腦細胞由腦波的電力能源來運作。腦波以不同的波長由密集到緩和分為β、α、θ、δ四種；成人清醒時出現的是β波，幼兒的腦波為α波，θ波則為即將進入睡眠時產生，作夢時也是此種腦波，δ波在熟睡中出現。

宇宙的波動是七·五赫茲，剛好位於α波與θ波中間，人類可以靠冥想把自己的腦波維持在七·五赫茲，這時和宇宙的波動同頻；理論上，就能夠接受到宇宙的動力能量。

這是腦神經專家的理論，於是我使用輕度的電擊波動，仿效宇宙波動的相同共振，從這兩人的右腦著手。

右腦的第二種功能來自於記憶與想像力結合，產生超越自我經驗與知識的構想，而右腦的第三種機能是和宇宙的波動產生共振的能力。我利用以上兩點的結合，改變海敏與米菲亞的自我經驗與對自我的認知，兩人徹底交換了其中的記憶，以及對這個世界既有的感官想像。

這個絕對是：讓海敏擁有米菲亞晶瑩剔透，未被污染的善意，而把所有敗壞墮落的惡質，全都過渡到米菲亞的腦中。

目前的進度已經先後實驗了三次，但是都沒有成功。

海敏的惡質能力，幾乎已經完全侵蝕了她的全部感官能力；也就是說，在她的生活裡，一舉一動的反射皆是全然的惡質部分。她的思想如果以色彩的標準色卡來分階，幾乎是介在最底部的純黑，要微調這部分，或把這部分的記憶洗淨皆十分困難。

在實驗到了這個階段，我不得不承認：這是天性，邪惡是海敏這個人的性格，與生俱有的特質，根本移動不了的天性。

因著這個實驗困境，讓我想起惡之島的歷史。

如果說，惡之島上充滿了各式惡人，各種惡質，那麼在島國分裂的時候，連同其上的居民的善惡也一起瓜分，這個注定性的分裂所殘留的惡質，有沒有可能被土地吸收，然後匯聚到某些人身上？

實驗到這個階段，我不得不感嘆，海敏在這方面，便是一個集中吸取所有殘留在島國土地的惡質部分，屬於極端純粹的，惡之島的女兒。

我從未見過如同海敏這樣，在天性中，僅有純然到發亮黝黑的惡劣本質的人。或許，也只有她這樣的人，才會決定全面性地，毀掉另一個自己，也才能完全地滿足我，想要當神的慾望。

後來，我嘗試了各種不同質量的電波實驗，直到最近，才發現介於宇宙的底部，靠近幽黯冥界的波動赫茲，似乎才能夠動搖海敏根深蒂固的惡質能量。

這一個發現，終於突破了困頓許久的進度，因此實驗在不久便可宣告完成。我想，這絕對是我畢生最偉大的發明。」

我闔上筆記本，把身體癱直在座椅上，眼睛望著上方雪白的天花板。天花板上什麼也沒有，白白的顏色彷彿可以從這裡延伸到無止盡的彼端去。

我試想，從這裡踏出去後，回到律師事務所，翻看著一本本的行事曆，解決一個接一個的案件；回到冷清的家中，在仍留有妻子氣味的生活裡移動，繼續輪轉著我的每一日。在生活的流動裡，我可以再壓低自己在生活裡流動的影子，一天一天地離這些記憶越來越遠，一直到很久以後，再度從漆黑的過去，聽見熟悉的聲響。

那些熟悉的聲響，將會喚起我記憶深處，許多從前死掉的，已經被遺忘的每個人。

我開始感到有些疲累，眼皮越來越重，意識也開始變得有些鈍重，每個想法好像都被包上了一層膜，與我有段距離地環繞著。我抬起手腕，上面的手錶時間指著兩點整。我望著錶裡的分針，一秒一秒地從右邊往左邊移動，晃著沉重的腦袋想著，也就是說，再過十個小時，分針不停來回在圓圈中旋轉，海敏就會變成米菲亞，變成另外一個人。

我揉揉眼睛，直視著眼前兩個仍舊在沉睡的女人。

我想像不到海敏的複製人——米菲亞是什麼樣的女生。如果照複製日誌上紀錄的，她幾乎可以算是海敏的反面，的確擁有海敏沒有的善良與純真。

在玻璃裡面的她，看起來跟海敏一模一樣，讓我無法想像我從小熟悉，那樣善變冷漠的小妹，一旦擁有一切反面的性格，那會是多麼甜美，多麼符合她有著天使般笑靨的臉蛋。

兩個模樣相同的人，個性卻完全極端的黑暗與光明。或許，當初在複製她的時候，在操作上，是不是也已經把善與惡，非常極端地分給了這兩個人？

我開始對眼前這個女生感到好奇。

米菲亞有家人嗎？被母親帶回惡之島的兩個複製人，又在母親的疾病爆發後，遭遇了什麼樣的命運呢？我開始試著擴大想像，但很殘酷的，我相信他們的命運絕對不會如同我與海敏一樣，擁有如此順遂光燦的人生際遇。

這種定論也說不準，但是我明白從小失去父母疼愛與庇護的小孩，除非相當強悍地捍衛與爭取自己的人生，否則都會被人生無情的洪流給衝到後頭。

我揉揉發疼的雙眼，眼前在玻璃框裡的海敏正散發著金色的光芒。

我想起海敏小的時候，大約十歲時，就特別愛捕捉美麗的蝴蝶，尤其是剛從蛹中脫繭而出的蝴蝶，那種燦爛美麗，最能夠引起她的興趣。有一次家裡的傭人抓給了她三隻剛剛脫繭而出，擁有鮮豔色彩交錯的蝴蝶給她。

小小年紀的她，短短的手緊緊握著玻璃罐，睜眼望著那幾隻振動著炫麗翅膀的蝴蝶，整天忘記吃飯的只是盯著看。一開始我在旁邊也很感興趣，但是無法如她維持那麼久的注意力，也會馬上就忘記這些蝴蝶的存在。

而在她小學六年級時，我記得她在後院裡抓到一隻蝴蝶，她從正停在花朵上的蝴蝶翅膀後面，輕輕地捏了起來，先放在眼前看了一會，沒有多久，就把蝴蝶抓握到掌心裡，整個捏得粉碎糊爛。

我非常驚訝，看著她把張開沾滿濃綠色稠汁的雙手，掌間還粘著紅黑相間的殘破蝶翼，轉身走到家裡的浴室洗手時，就跟在她後面問：

「你為什麼要把蝴蝶捏死呢？」

「因為它們太美麗了。你不知道嗎？我現在抓到蝴蝶就會把它們全部捏死，因為它們太美，美到讓人困惑，不知道接下來應該怎麼辦，只好把它們都殺了。」

這句話讓我印象深刻。

往後我看見蝴蝶，在心裡產生的，已經無法是純粹的美，而是那種被驚駭緊緊包裹住的這個回憶。現在，米菲亞就是那隻蝴蝶，很美，美得令人困惑，令人惶恐的不知所措。

那不在於她年輕豐滿的肉體青春，而是靈魂，靈魂的純質良善，潔白的如此豐厚純淨，這是海敏從未見過的。如同遙遠邊際的天堂界線，瞭望著米菲亞，我相信海敏可以徹底感覺到，自己被邪惡給禁錮的，深刻的痛。

我明白，其實我一直都明白……我低下頭，心臟感覺到一股強烈的抽痛。我唯一的親人海敏，就是父親小的時候，曾經告訴過我們的聖經故事裡，被耶和華打落到各種晦暗之地的撒旦，集聚所有邪惡代名詞的統合，黝黑晦敗的天性，如羅冠偉的複製筆記中所寫的：

一個純質的，惡之島的女兒。

我突然感到非常，非常的悲傷。

這就是我認識的小妹，我唯一的家人。她擁有人性上全部惡質的東西，站在天秤的極端之處。我曾經在心裡發過誓，絕對要捍衛她，但是現在，我面對兩個相同的人，兩個長相一樣的小妹，我真的無法……無法就這樣，讓小妹內心所有的惡，毫無保留地全部發揮到極致。

海敏的惡質，我比任何人都要了解。儘管我對這一切不驚訝，因為她在那麼小的年紀就懂得摧毀燦爛的事物；但是，我從未想過，她會殘忍到把另個自己的一切，甚至是生命，全面的接收與毀滅。

我的腦袋開始發疼。海敏過往的事情，一件一件地從腦中的深層掠過；那些毫不在乎地傷害人，毫不留情地把人踩在自己的腳下，那種從心底最深處的冷酷，緩慢地浮現到自己眼神裡，眼中充滿最純粹惡質目光的小妹……

我站起身，靜靜地站到圓形玻璃的前面，深深地凝視著海敏最後一眼，把所有關於她的，關於我們的回憶，迅速地在腦海中印下烙痕，然後，咬緊牙根，把控制臺上的按鈕，全部按上了相反的開關。

我看著裡面兩個女人的眼睛突然睜開，米菲亞的全身，像是發光一樣地閃起灼熱的光線，而海敏全身上下環繞著的金色的線，正一點一點地往米菲亞的地方，流動小小的晶亮微粒子。

我閉上眼睛，臉上全是眼淚。

第十九章　惡之島終章：沒有見過的風景

『偷窺一個人的感覺是什麼？

我現在要講的，不是那種沒有意義，二十四小時中，躲在暗處看著一個發亮的窗口，裡面的人在一天中抽了幾根菸，喝了幾杯咖啡，脫掉外衣包裹內的肉體，擁有什麼胎記或者曲線，和多少複雜的人組成的曖昧私生活……這些由生活中零碎的私密瑣事所組合而成的偷窺。

我現在所講的偷窺，是遠超過隱密的組合瑣事，到達更深藏，更隱晦的內在。

我在馬斐加入複製計畫的一開始，便興起偷窺他的強烈慾望。

這種感覺非常奇妙。我跟著他進入實驗室裡面，把羅冠偉介紹給他認識，然後帶著他，一一地往蒼白的實驗室裡轉著，詳細解說我們這期間所蒐集的資料與所需的材料。

就是這時候，他的眼中散發著奇特的光芒，緊緊盯著實驗室中的一切，就像小孩子看見自己非常喜歡的玩具那般興奮，也就在這個時候，我下定決心要一窺他那道光芒，是分屬收藏到心裡層面的哪個秘密抽屜。

接著，我們在分工進行各自的工作時，我偷了許多零碎的時間，偷看他的筆記，跟蹤他的生活，還有窺視他注視這個計畫的瘋狂眼神。

我很無聊嗎？我在浪費時間嗎？不，當我猶如影子地緊跟隨馬斐的後頭時，從未質疑過自己的這個行為。一個對人類遭遇重大遭難，會產生何種機制感興趣的人，是如何調整心情，看待重新建造另個人類的實驗，打造複製人的心裡複雜層面，這過程實在是太有意思了。

除了這個，我想我仍舊擔心複製計畫會外流的可能。

雖然他是我最熟悉且喜愛的學生，我與羅冠偉也一同編織了複製目標的謊言，但是我也仍不確定，他第一次見到複製計畫，那眼神裡的光芒，是否代表這可以變成一種同儕之間的話語炫耀，或任何其他任何消息外漏的機會；所以藉著偷窺，來確保我的信任是往正確的方向走去。

一開始，我發現馬斐與一般無聊的研究生一樣：

● 每天在街角轉彎處的一家報攤中買一份早報，有時還會順便買旁邊熱狗攤的漢堡：5分鐘。
● 中午定時十一點半離開實驗室，走去鬧區的一家簡餐店裡用餐，吃的是酥炸豬排飯：30分鐘。
● 每個週末躲在家裡一整天。除去出門買外帶餐食之外，只盯著電視螢幕看：18個小時。
● 星期一到五，從實驗室離開，會先去鬧區後頭，位在住宅區中央的超級市場，購買一些日常生活用品；在離開超市後，便繞到旁邊的酒館裡喝兩瓶啤酒：3小時。
● 每天晚上九點，做完吃飯、洗澡的日常活動後，會安穩地坐在書桌前面，翻看許多相關的科學書籍（他的書櫃也除了科學與醫學的書籍之外，毫無其他類別的書）：4個半小時

我的偷窺筆記裡，前面一個月的紀錄幾乎完全毫無新意，很標準規律地按照著這些流程在走。

我發現馬斐幾乎沒有朋友，也沒有親人。除去上星期三在家裡接到一通電話，講了大約半小時，隔天晚上，有個看起來也相同無趣，留著一頭長髮，胡亂地紮在腦杓後方，戴著骷髏的黑框鏡片的男生來他家。兩人一同盯著電視的棒球轉播，一邊喝著啤酒之外，其他完全與我所紀錄的內容一模一樣，彷彿一個人活在世界上那般的單純。

簡單來說，就是單調的書呆子一個。

我也在這些日子，非常確切地掌握了偷窺的要訣：耐心與細心，只要掌握這兩點，偷窺對象所過的生活簡直是無所遁形。

正當我在偷窺整整兩個月過後，這天中午我從實驗室跟著馬斐出來，見到他往著簡餐店的方向走去，心裡暗想著：你吃了兩個月的豬排飯都不膩嗎？才看見他腳步迅速地略過簡餐店，往前面的方向走去。

終於不一樣了！

我的內心正隨著他的移動而大聲歡呼時，我才發現他的移動舉止相當怪異，經過仔細觀察後，他簡直是一路躲躲藏藏，沒有平日那樣悠閒地快步前進。他每壓低身子跨過一個街頭，便躲到一臺車或者牆腳的旁邊，鬼祟地往另一頭看去。

我仍然提高警覺地觀察他的舉動。看見他幾乎跟我偷窺他的方式相同，耐心且小心翼翼地，隨著前方偷窺的對象而改變自己的步伐。

我感到相當疑惑，心裡想這個人究竟在做什麼時，我終於遠遠地看見他所注視著的，是往鬧區另個方向走去，熟悉的深灰色外套與雜亂的頭髮，兩個袖子的關節處，縫有咖啡色補釘的偷窺對象：羅冠偉。

這個發現讓我啼笑皆非。

複製計畫實驗的三個人，我們一起窩在實驗室中，維持鎮靜與嚴肅的態度進行複製，一旦出了實驗室後：我偷窺且跟蹤著馬斐，而馬斐則對羅冠偉的生活產生興趣。

儘管我真的站在街角爆笑了出來，就這樣倚著電線杆笑了很久，但是我在內心裡還是在想像著我這個書呆子學生，從他的觀察角度中，我所熟悉的老朋友羅冠偉，或許真的有什麼值得偷窺的原因。

聯想到這裡，我不禁對一切擁有更大的好奇心。

馬斐有個習慣，他從大學時期跟在我身旁時，我就發現他會在每次的實驗研究一開始，便準備一種外皮是橘紅色的滑頁，裡面空白的筆記本，隨身攜帶著紀錄所有研究上的事情。這裡所說的紀錄，真的是所有的事；包括當天的天氣，所吃的午飯，還有一起研究夥伴的心情與感受。

當我發現馬斐的觀察對象是羅冠偉時，我的心情幾乎是雀躍與豐收的一石二鳥。這等於說，我在掌握著馬斐的行蹤時，也同時藉著馬斐掌握著羅冠偉。

這天晚上，我在結束後熄掉研究室的燈，與大家在門口各自分別道別，走到街角的另一頭轉彎處，在那裡抽了三根菸後，又回過頭，偷偷地潛回實驗室，翻開馬斐從不帶走，始終會留在實驗室抽屜的筆記本。

翻開筆記本，才發現馬斐的動作比我想像的還要快速，他似乎在一開始，就鎖定了羅冠偉當作偷窺目標，那兩個月悶頭吃著豬排飯的時間，其實都是因為羅冠偉習慣在隔壁的館子吃午飯；而慣去喝兩杯的酒館，也都是因為羅冠偉與那裡的老闆是老朋友，不定期會在那裡出現。

嘖嘖，我發出小小的驚嘆聲，這傢伙真是耐人尋味！

一開始，馬斐的筆記本只詳盡地記載了關於複製計畫的內容，還有在我們費力虛構的「環境影響命運的理論」那幾行敍述中，做了許多的記號與紀錄。而在實驗過後的第三天，他自己開始對羅冠偉這個人感到疑惑，筆記本上面寫著：

「實驗的夥伴羅冠偉，我第一次發現他的不尋常，是在今天午休過後，我提早回到實驗室中，看見他正在觀察著剛出生，分別放在保溫箱中的複製人。

我從門口進去，便看見他不發一語地盯著保溫箱裡看。那眼神非常奇怪。

他似乎有更大的慾望，更熱烈想要實踐什麼的心情，那眼神把內在透露的一清二楚。我站在他前面已經過了五分鐘，也沒有刻意壓低腳步聲與任何聲響，但是他什麼也沒聽見，只是異常專注地貼緊玻璃盯著他們看。

保溫箱上面起了一次又一次的白霧，他呼出的氣體是如此接近與急促。

如果今天他是一隻兇殘的肉食動物，眼前的複製人是兩隻獵物，我相信他絕對會撲上前把他們咬個粉碎。我不知道怎麼會產生這種聯想，但是他的眼神就很直接地傳達這樣暴烈的訊息給我。

我試著想，我或許也有過這樣的心情。

比方因為我的母親在我小時候生病早逝，父親的精神便在之後崩潰的住進精神病院，所以，我第一次接觸關於研究多年，人類面對重大意外所會產生的心裡機制，內在的興奮之情真的難以形容；我想我是真的可以觸碰到那未知的領域，解答我心中多年難解的疑惑。

只是，我也從未有過羅冠偉那樣，想要把眼前的解答撕個粉碎的強烈慾望啊！這讓我起疑，我甚至在想，羅冠偉是不是隱藏了什麼，沒有讓我與海教授知道的心情？」

我看到這裡，突然心頭一驚，心裡的感想非常五味雜陳。

或許真如馬斐寫的，我們都假裝在為同一個目標努力，其實大家內在的想法卻各自為政。這讓我不禁也疑惑了起來，這個認識多年的老朋友，在實驗開頭說明是為了解決我的惡夢，但他真正想的，其實完全不是這回事？

「今天的實驗進行順利，兩個複製人預計再過一個月便可離開保溫箱，與一般的小孩過一樣無異的生活。

這個短期目標讓我非常興奮，已經在心裡開始想像，他們在不久的將來，便可以照計畫進行，到達不同的環境中生活。這個成長紀錄將會實行非常久，我也非常有信心地期待著。

晚上我仍舊如往常一樣地去住宅區中的超級市場購買日常用品，隨後轉去旁邊的酒吧中。我在前天意外地發現，羅冠偉是這家酒館老闆的老友，我昨天便在吧臺旁邊的座位上，屏氣凝神地偷聽他們的對話。

或許是酒館中有種令人放鬆的氣氛，也有可能羅冠偉認為酒館老闆與科學領域差距甚遠，所以幾乎是毫不隱藏的跟他講述實驗計畫的過程。雖然這與我所認知要沉默的原則有段距離，但是我發現老闆聆聽的態度，跟聽著許多客人抱怨生活瑣事的態度完全相同，只是聽著，偶爾點頭，沒有任何疑問與回答。我想，他聽不懂是最大的原因吧。

今天羅冠偉喝的很醉。他含糊地先說了一堆奇怪的話，好像跟什麼一個名為惡之島的島國有關，然後，他開始花了很長的時間，自言自語般地講著一個聖經故事：「**巴別塔**」。我大概知道這故事的內容，然後我聽見了他說，他一直都想了解當神的滋味，也曾經爬到頂端過，瞭望過整個蒼茫的天堂，他的心與身體，其實從未攀爬下來。

羅冠偉沒有多久便真的醉倒了，整個人趴倒在吧臺上不醒人事。

我牢記他的話，這讓我有種不祥的預感。他對複製計畫似乎另有所圖，圖的不是實質上的結果，而是可以滿足他另種奇怪的心情。

我開始感到疑惑。難道複製計畫除了實驗環境對人的影響力之外，還有別的用途嗎？教授是不是真的隱藏了什麼沒有對我說？」

我看到這裡，便把筆記本闔上，輕輕放回抽屜中。

與其說是震撼，不如說我被撼動的，是我太低估羅冠偉所有的心情了。

我們曾經在惡之島上一起進行複製實驗，一起逃離，又重新回到另一個複製實驗中。我從未細想過他的心情。在我這邊，我只能卑微地，不停企圖逃離首領方斯華所預設的陷阱中。但是看過馬斐的觀察紀錄，我想羅冠偉在某種意義上來說，從未離開過惡之島，從未遠離他曾經建造出來的塔頂巔峰。

我能滿足他嗎？我曾經也這樣問我自己，但答案是沒有辦法，因為這兩個複製人，也算是我的孩子，也算是要彌補我人生裡，在惡之島所戳下的永恆的破洞。我無法就這樣看著實驗一天比一天完整，兩個複製人越長越大，然後讓他在心裡，重新結構出無比堅毅的，我多年來費心逃離的一切。時間過的越久，當他的慾望越明確，絕對又會是一個前所未有的災難。

於是，我與我的妻子討論許久，決定瞞著這兩個實驗夥伴，讓她隻身帶著這兩個小複製人，回到惡之島上。那是我們的家鄉，我們痛並快樂著的所有時光，我相信他們會在那裡，重新建立一個新的人生，並且順便連我的下半輩子，一起美滿地過掉。

妻子帶著兩個複製人離開的那天，我蜷在臥室床上的毛毯中，緊緊閉上眼睛側耳傾聽。妻子的鞋子在客廳地板上發出乾燥的摩擦聲，慢慢地橫過客廳，打開大門。冬季中快要結凍的空氣吹進屋子裡來，沒有明確的風，而是滲透進來沉重的惡寒。

妻子離開後沒有多久，我從床上起身，趴在浴室的洗手臺上好幾次想嘔吐，但是除了空腹的少許胃酸湧出，其他什麼也吐不出來。回到床上，裹在身上的毛毯沾滿了我的冷汗，汗濕涼了之後，就變成絞緊一團的更低溫度的惡寒。

「從前從前，在西元零年的時候，發生了著名的天使之戰。」蒼老熟悉的聲音在我耳邊響起。「戰敗的天使們便從此被打入最黑暗的各個角落。」

「孩子，」是老教士的聲音，我從心底最深的底部，慢慢浮現他的輪廓，「你要記住，很多不管善或惡質的東西，是靠人的心在存活的。」

「這是你欠我的喔，你一定要記住這一點。」方斯華抽著稀有帶著薄荷味道的菸草，一邊用嚴厲的眼光凝視著我。「所以你不管去到哪裡，這永恆的詛咒都會緊緊跟隨著你。」

「那麼我們就各自帶著兩個孩子，在島國的彼端生活吧。如果，如果這真的會讓一切的轉動，都趨向平靜的話。」妻子說。她在厚重外套的裡面，穿著一件我最喜愛的絲質碎花洋裝。

把門關上吧……細碎的聲音一直干擾著我的聽覺，我的汗大量流下來又風乾，流盡了又再度從皮膚底層下冒出……

聽得見距離這裡極其遙遠，遠方海域堅固地如同鉛的白色大浪，打在惡之島邊界的聲音。鈍重的海岸翻湧起曾經毀滅無數船隻與生命的大浪。最南邊的碉堡樓臺上，響起一聲聲清澈的鐘聲，海浪從遙遠的邊際呼嘯過來，翻湧成一片龐大的白色的牆，把綿密的鐘聲吞噬到大海底。

我站在記憶中的教堂門口，伸出小小的手，拍打著厚實的深咖啡色的大門，扣扣扣，扣扣扣……

老教士，你在嗎？你為什麼把門關上呢？在已經逐漸模糊的回憶中，你總是不關門地歡迎所有前來告解的人們啊！我有話要說啊，我想要告訴上帝，告訴你，我離開了這片森林，這片集中所有惡質想像力的土地，它另個分裂的國度，竟深深感覺踏到人生的盡頭，走到荒蕪之際的邊緣了。

這裡有沒見過的風景，沒有聽過的音樂，人們的耳語細碎地潰散在不停吹來的風中。這些，那些，從眼前浮上來後又沉沒到黑暗的底部去，一個個的片段之間完全沒有共通性。除了這個，心裡的喜悅與歡樂，也同時被截成一段一段的泡沫，無法延續其中的細微之處。

在這裡，我只能隨著片段零碎的歡樂與憂傷，一會兒笑，一會兒哭泣，無論如何，注視這些異質性的泡沫，我只能哀傷的靜靜看著，無法真實地靠近。

我明白我的心，在一出生的時候，就已經被惡之島給腐蝕掉了。

老教士始終沒有來開門。

敲門聲也逐漸陷塌在遙遠的海浪聲裡，老教士的輪廓，也緩慢地衰跌到我腦中一個凹陷的區塊，浮不上來原本清晰的面貌。

惡之島的故事已經到了盡頭了吧。

在我這裡，還有一個小小的故事可以說。

我記得在離開惡之島前的某個傍晚，我曾經走出首領的城堡，站在城堡前頭延伸進入森林的道路上，看見從遠方街道上聚集的黑白動物隊伍，一一有次序地踏到這個邊界的界線上。牠們背對著僅剩的餘暉，站在黑色影子的那頭，看起來像是巨大的黑暗騎兵隊伍。無法圍成強壯高大的牆面隊形，因為每隻動物的身上，都有著顯眼的殘缺與空洞。毛色衰老光禿，身形也各自殘敗不一。

我看見為首的，是一隻帶有骯髒黑色汙點的大象。它的長鼻子被截去了一大段，在盡頭前高舉起的，是露出深黑色，空蕩蕩的圓弧空洞。

我在這個時候，也從身體裡分裂出一隻動物，一隻我從未見過，顏色無比絢爛的斑馬。不同於其他蒼白濁黑的動物，這隻斑馬的花紋，參雜著許多耀眼奪目的色彩，在夕陽的餘暉照耀之下，閃動遞疊的層層光線，如海洋被陽光照射下的反光，是我從未見過，也絕對忘不了的絢爛七彩。

這種美，竭盡腦汁也無法形容。

牠從我身上分裂出來後，並沒有馬上沉默地往前加入動物的隊伍中間，牠依戀地在我的身邊磨蹭，不斷地從兩個鼻孔中呼出灼熱的氣體，騷著我手臂上的汗毛。我伸出手來撫摸著牠，牠溫馴地低下頭，很享受地接受我的撫摸。

牠的鬃毛柔軟，有點類似天鵝絨布料的柔嫩。我從牠臉頰上的斑紋，順著條紋的次序生長往後摸著，一次又一次，從心底突然湧冒出強烈捨不得的心情，就從我的手掌觸摸，細膩地傳到牠的身上。斑馬在這時，似乎深刻感應到我的心情般地，抬起頭來呼嘯了一聲。

那聲音劃破了天際，撼動了我全身上下的細胞，如同從現實中冒出一陣劇烈的煙霧，往著頂上的天邊雲朵那鑽營去。就在牠停止鳴叫，又低下了頭，緩慢地朝前走去，脫離我掌心的溫度，往前面的動物隊伍走去時，我感覺自己在發抖，由心底推衍出一陣又一陣的寒意，深刻的酷烈寒意。

我望著遠去的斑馬動物，融合到黑白動物隊伍中，默默地跟在後頭前進時，一股如哀鳴毀滅的力量，幾乎把我從肩膀上拎了起來。這力量部分是悲傷的，不過也是憤怒、痛苦、傷痛與絕望，各式各樣的事物。

我見到斑馬消失在我的視線前，我感受到前所未有，刺骨錐心的痛。

我明白這是天堂的顏色。這是我的身上分裂出來僅剩餘的善意，擁有七彩的最後善良之心，無法再回來，被惡之島所腐蝕掉的，也是這個。

」

第二十章　彼端的自我

當我一早走進鬧區的咖啡館時，在吧臺裡的老闆，原本皺著眉正低頭煮著咖啡，聽見聲音把眉毛挑起，認清是我後，嘴角帶著笑容，揮手要我過去。

店裡看起來像是剛開門沒有多久。方型的空間仍留有凝聚一整個晚上，未沾染上人味的靜謐氣息。四面乳白色的牆仍好好地站在原地，牆上的爵士樂手照片，被落地窗曬進來的陽光給籠罩上一層金黃色，空氣裡瀰漫著濃厚的咖啡香。

「嘿，又有你的信喔。」他看起來心情不錯，把剛煮好的咖啡端到吧臺上，喝了一口，雙手在工作服上擦了擦，從抽屜拿出一封信。

「信封沒有署名，你怎麼都可以確定是我的？」我走到靜謐的四方形空間中，把身上的氣味帶了進去，順手放包包到我常坐的角落位置上，脫掉深藍色的運動外套，又回頭走到吧臺旁。

「有時候想想，這能力實在太不可思議了。」我笑著說。

「你的這種孤獨感是別人沒有的，我想寫信給你的人應該也很了解吧。」老闆把信擱在我的眼前，對我笑了笑。回過頭按下杯架下方的音響，頓時空間裡充滿了旋律輕快的爵士樂。

我輕輕哼著，頭也隨著旋律搖晃著。

「寫信給我的，是我家鄉常去的咖啡館老闆寫來的。你們都很妙，好像開咖啡館的人，天生就有這種奇特的眼光。」老闆聽見這句話也笑開了，站在吧臺裡對我鞠個躬，似乎在說你過獎了！然後轉過身繼續忙著開店的準備工作。

我把信拿著，端著自己的咖啡，回到位置上。信封上這次署名又不同了：給整個咖啡館看起來終於不孤獨的人收。

這是什麼怪名字！我在心裡歎口氣，但是心情仍舊被沉甸甸的信給攪和地非常開心。

我想不管老闆要叫我什麼都好，能夠接到家鄉的消息對我來說都是很棒的事。我想念他們，不管是頹廢的雷迪，自大嘮叨的華特，還是從前把自己攪進製作相同傢俱的日子，經過時間的流逝，原先的煩悶，已經被一種知道回不去的惆悵情緒所取代，而記憶中殘存下來的，便是那些日子累積出來的結晶。

這些結晶大大小小地凝固在我的腦海深處，變成一種人生的基調。我喝了一口咖啡，調整了坐姿，才把信紙從信封中拿出來。

「最近好嗎？好久沒有收到你的消息了。

我自己曾經試著想像過你那邊的生活，但是我的想像力實在非常薄弱，薄弱到我對它一點辦法都沒有。我老是想著高樓大廈穿插排列的工整街景，或者出太陽與下雨的天氣，曬著過多陽光而出現棕褐色的肌膚，或者搖搖欲墜地撐傘走在某條街道上的畫面。

這簡直就是胡亂拼湊出來的嘛！哪有人的生活就只是晴天或雨天這兩種單調的場景呢?!但是我真的很盡力地在突破這貧乏的想像力，結果我只能告訴你，要是你不寫信來報告近況，我可能真的只會這兩種天氣的轉換，想像的街道也規律的如同切割好的豆腐，毫無新意變化。

在腦子裡把你像是小時候玩的模型人偶，一一地擺在那些枯燥的不像現實的場景中。

這樣想起來，在我腦子中的你還真的很孤獨，一個人在毫無生機的風景裡，孤獨地走來走去，沉默地呼吸，看著四周顏色枯萎的景緻。（或許你活的很好，很有活力也說不定呢！原諒我的想像力，這方面我實在不擅長。）

先來說說我這邊吧。

前幾個月我收到一個非常奇怪的包裹。

巨大且笨重的驚人，由快遞公司送到咖啡館門口。當時時間很晚了，大約是晚上十一點左右，整間咖啡館只剩下熟客雷迪還有華特，我已經把大門把手上的『營業中』換成背面的『已打烊』，音樂也從類似熱鬧的古巴嘉年華，換成只有單音的吉他伴奏曲子。

我們三人坐在吧臺上，一邊喝著咖啡，一邊閒聊著最近的情形。

雷迪之前到了你以前的傢俱工廠工作，對此他似乎非常習慣也喜歡。我記得當時他正在形容手裡第一次接觸到了木質觸感，他說有種驕傲的感覺，好像他有能力把這塊普通木頭變成一個個精緻的傢俱，這是一種莫大的成就感。

很妙吧，不同的人對一樣的事就會有不同的想法。我聽了雷迪的形容也非常開心，至少他不再渾噩地過日子了。而正當我們聊得十分起勁時，咖啡館的門被用力地敲響。

扣扣扣，扣扣扣……

聲音相當急促，而且隨著敲門的聲響，夾著一個陌生的粗曠叫嚷聲：『開門，開門！有限時掛號！裡面有人嗎？』

我與他們兩人狐疑地對看一眼，站起身走過去開門。

門外站著一個穿著全身淺藍色整套連身工作服，戴著相同顏色鴨舌帽的年輕小夥子。他先是問了我的店名，然後請我一起跟他走到停在咖啡館後頭，一臺大型的箱型車後方。天色昏暗，我僅靠著咖啡館的未熄滅的招牌燈，順從地跟在年輕人的後頭。

他低著頭，再把車箱門打開前，告訴我這包裹是從另個島國寄來的。

而當他開了車廂，我倒吸了一口氣。

是一副長約180公分，寬約75公分的深棕色棺材，覆蓋在棺木中間的長型白色帆布上面，捆了幾條粗麻繩，上面蓋了幾個紅色郵戳與印章。棺材安穩地躺在箱型車後面的空間裡，我盯著棺材看，身旁的小夥子說了些什麼我都沒聽見。

『這是什麼？棺材嗎？誰寄來的啊！』我聽見雷迪大驚小怪的聲音，他們兩人也從咖啡館裡走出來到箱型車旁，正站在我的身後。

『誰來確認一下住址吧，我還有別的事要忙呢！』小夥子在旁邊推推我，我這時才回神過來，在文件上看了好幾次店裡的住址，確認沒錯，簽了名，要雷迪他們跟我一起把棺材搬到咖啡館裡。

『喂，這不會是惡作劇吧？』我們把棺材橫放在吧臺前的地上，三個人沉默地坐在棺材旁邊，圍成一個半圓形。不知過了多久，華特才冒出這句話。

『不可能，有誰會那麼費力開這種玩笑！』雷迪瞪了他一眼，三個人繼續回到呆滯地望著棺材沉默。我當時心裡隱約地晃過好幾個答案，但是卻又不敢相信是這樣的結局。

老友，在這裡我得先跟你說明，其實我也從未跟人提起過，我與你和米菲亞一樣是孤兒，從小就在島國的寄養中心長大。

我記得那個時候的孤兒非常多，應該可以說是將近誇張地把寄養中心的空間全擠滿，所以才在之後，在更南邊的教堂旁，建造了第二個寄養中心。

裡面的修女與我們說過，『雖然我們從不同的地方來到惡之島，但是請我們就把這裡當做自己的家園吧！我們也會待你們如同同鄉的人』這樣的話。

這話裡，每個孤兒含有什麼複雜的過去，與身世背景就不得而知了。

當時從島國另兩邊的國度上，流放遣送了眾多的居民，其中有許多重刑犯與犯罪者，但是小小年紀就被送來這的，說實話，包括我自己，想也想不通是為什麼。或許是那些罪犯的親屬，也有可能我自己猜測的，他國基因失敗的人種。我在小時候，就在那嚴肅規律的寄養中心過著生活，從未去想像自己的身世。

那沒有答案的問題就不要多想了，想多了只會削弱自己的求生意志罷了。

但是我曾認真想過，是否因為在同個環境生活過，所以我對你與米菲亞特別有感情。你們所散發出來的頻率與能量，我好像就是可以完全地接收到，甚至細微的想法，也會從深邃的洞裡頭朝著我做正確的呼喊，這就算是我上一封信所寫過的，某種奇妙的連結。

我看見棺材，第一個想到的是我空洞的身世。

或許裡面躺著是我未曾謀面的家人，想要讓我見生平唯一也是最後一面的家人屍體。但是想著想著，我馬上放棄這個想像；因為活著的時候就放棄的事情，應該不會在死後繼續堅持吧。

第二個可能我想到米菲亞。

光想到是她，我就不自覺地開始哽咽了起來。

華特與雷迪聽見我啜泣的呼吸聲，以及臉頰的皺紋卡滿了淚水，似乎也想到有可能是失蹤的米菲亞，所以很可笑的，三個人根本還未打開棺材，就已經在旁邊哭成了一團。

『嘿，我想我們還是打開棺材再哭吧……或許不是她啊！』華特一邊擦拭著淚水，一邊用鼻塞的聲音提醒著我。

我點點頭，抬起雙手在臉上胡亂抹了幾下，然後顫抖地伸出手，把中間的粗麻繩解開，取下白色防水布。白色防水布上的郵戳，印的正是你現在所在的島國名稱。

我在開棺材前，作了好幾次的深呼吸；旁邊的華特與雷迪，也不約而同地跟我一起深呼吸著。空間裡，塞滿我們敗壞的猶如抽水馬達般急促的呼吸聲，與單音的吉他旋律反覆交疊著。

打開棺木，就看見米菲亞端正地躺在裡面。裡頭是用深紅色天鵝絨布，細膩奢華地包裹著整個長型空間。她穿著一襲白色棉紗的洋裝，深棕色的頭髮盤在頭頂上，雙手交插平放在胸前，面容平靜地躺在裡頭。

華特一看見米菲亞的臉，嗶地一聲又大哭了起來，雷迪則是緊閉著嘴，雙眼不斷地流下眼淚。

不，這不是米菲亞。

在我的意識裡，第一個感覺也如同他們一般，被完全相同的外表給困惑住，眼眶不自覺地瘋狂塞滿了淚水。但是當我忍不住伸手去觸摸冰涼的她的雙手，卻感覺到奇異的，完全不同的觸感。

在我深切的印象中，米菲亞如同天使般地降臨在我的生活裡，不管是她甜美的長相或聲音，都可以把糟糕不順的生活粗糙邊緣，給編織成另一種至少可以忍受，不至於完全喪失希望的風景。米菲亞最善良的，便是無法看見別人的難堪。當難堪一出現，她會不顧一切地讓這凝結的時刻趕快過去。這是一個非常柔軟的性格　　絕對的善良。

而現在，我觸摸著這具雖然冰涼，但是魂魄彷彿還未離去的身體，竟產生一種奇異的，甚至是憎惡的心情。記憶中不愉快的往事，經過時間的累積，早已在上面所費力打下的結繩，竟在這一刻全部鬆開，輕易地從中跳躍出那些殘敗往事最原始，接近醜陋的樣貌。

米菲亞如果是集中善的能量的個體，那麼眼前這具屍體，便是集中惡質的天性。

那雖然已經沁涼的身體，卻一觸即發的惡質強烈感應，簡直深深地撼動了我內層的所有感官。我想，她或許就是米菲亞的反面，徹底的內在底層的完全相反。就在我感受到這陌生感覺的時刻，我非常確定躺在棺木裡的，絕不是米菲亞。

但是這個人為什麼可以長的跟米菲亞一模一樣呢？又是什麼人把她送來我這裡的呢？很多疑惑不斷地冒出，除此，我也完全無法跟旁邊這兩個，深深沉溺在悲傷中的人解釋，這其實不是我們所熟悉的米菲亞。

我仍舊強忍住所有的疑惑，為這副棺木中的屍體，辦了一場小型但隆重的喪禮。喪禮上，幾乎整個咖啡館的熟客都來了，還包括我從未見過的米菲亞的養父母。他們看起來似乎沒有多大的悲傷。符合禮儀地穿戴了整套黑色的服飾，始終面無表情地平靜看著棺木下葬。

當黃色略帶濕氣的泥土，一杓一杓地覆蓋住棺木時，我想到了你，我想在遙遠的遠方的你，應該會擁有這些解答吧！但是，老友，請你不用寫信來跟我解釋一切的答案，因為有時候，我們所掛心的事，看見結局是好的，這樣就夠了。

儘管疑惑仍充滿在生活中，但是整體來說，仍屬於極端的幸運，並且已經要深深地感謝與知足了不是嗎。

再回到跟你報告正常的惡之島生活吧。

終於，上個月寒冷的冬天結束，春天的氣息來臨。

當空氣裡的寒冷逐漸減少，露出臉的太陽暖度也足以溶化雪地時，我記得是上個月的最後幾天，我拿著全新的，在街上剛買的全套掃除用具，沿著咖啡館外圍打掃，企圖把冬天的氣息抹去。等到溫暖的春天來臨，再好好地重新規劃咖啡館的裝潢，把這裡換上新的面孔。（上次你寄給我那邊咖啡館的照片，我耿耿於懷，唉，真的是到了該整修的時間了！）

就在打掃累了的休息時刻，我進店裡煮了一杯熱咖啡喝掉，身體十足暖和之後，便再度出門，沿著外面廣場的圓弧型繞著，心裡想起那個穿灰色大衣，總在春天出現的老人，今年卻奇異地出現在下大雪的季節。然後我一邊在腦中重新勾勒出他那孤獨的身影，還有四周只要他出現，就會擁有的濃厚蕭瑟氣息時，才赫然發現，就在廣場外側的街道旁邊，那泛黃乾枯的雜草中央，看見被白色的殘雪覆蓋住，一片深灰色的大衣衣角。

是那個老人，就背部朝上地死在雪地中。

我蹲下身子，伸手去搖了搖他的身體，然後很自然地把他的整個身體翻上來，看見他濃密的落腮鬍與眉毛上，結滿了冰霜，整個人如同他令人印象深刻的眸子一般，呈現淺灰色的黯淡色彩。

他死去多時了，身體相當的僵硬。我想起我最後一次見到他，就是寫給你上封信裡頭，發覺他逃離貫性的春天，意外出現在冬天的時刻。

或許，就在我看見他，感受到島國奇異的時間流動後，轉身撇開注視他的視線，他便在我身後，悄悄地倒在這片雪地中死去。望著老人如冰柱一樣的身體，我逐漸感覺到惡之島的某一個部分，已經隨著這老人的死亡，而掉進了奇異的，另一個階段的感覺。

就是我先前與你提過，關於惡之島上，一個個遺棄的故事，那些做夢與不做夢的人。感覺他們與惡之島逐漸甦醒在這個老人的死亡之後，睜開長久緊閉的冬眠之眼，第一次專注地凝視這個現實的世界。

不，這好像還不足以形容。

我蹲坐在他的身邊很久，直到報警的警方車子來到之前，我一直在他身旁，細細地回想曾經可以看見他繞著廣場，緩慢行走的背影，以及長久封閉的冬天，終於漸漸遠離寒冷的模樣。

老友，除了這些，那些，我還是要告訴你，我們這裡一切都還算不錯。依舊會在打烊的時刻，放你最愛的比莉哈樂蒂的最後專輯。有時候靜下心來認真聆聽，這聲音如同低鳴迷人的樂器，重重地敲響深沉封固的夜色，彷彿讓人可以更聽清楚內心深層的什麼。

真的是相當不賴且十分耐聽的專輯。

雷迪與華特很想念你，希望還有機會再與你一起喝咖啡，回到以前悠閒的日子流動裡。

祝福在另一頭的你，一切順心。

你的老友，寫於今年春初

」

我把信重複看了四次，然後小心翼翼地照著信紙的摺痕收起，放回信封裡。

「怎麼樣？」咖啡館老闆正把咖啡送到我隔壁的桌上，看見我看完信後，走到我的身邊。「家鄉那裡一切都好吧？」

「還不錯，一切都很好。至少，比我想像中的好非常、非常多。」我對他微笑，並且把信封舉起來晃了幾下。

「總是如此啊。想像這種東西，有時候太不可靠了。」他點點頭，比比自己的腦袋，轉身走回吧臺裡。

店裡的人開始多了起來。現在咖啡館裡的空位幾乎都坐滿了來吃午餐的人潮。老闆把早上放的爵士樂，改放成一首首旋律輕快，歌聲高亢的鄉村歌曲。我把桌上的咖啡喝完，穿上椅背後的藍色運動外套，走到吧臺付了帳，走出咖啡館。

有段時間，我學習把電影裡的海敏當成米菲亞。

這一點都不困難，我也很驚訝自己居然可以輕鬆地做到。海敏最新的電影作品上映，我買了首映票，獨自一人在下班後進去電影院中。

海敏飾演一個與母親分開許久的女孩。在嚴酷的社會環境中打滾，遭遇一連串的情感與工作打擊，直到與母親相認，一切的失落與空洞終於獲得了滿足，人生才開始往順遂的地方轉去。而在一個下著傾盆大雨的場景中，她們在塞滿洶湧人潮的車站頭，互相認出對方，奔向前去擁抱彼此。

我看見她們緊緊地擁抱這個場景時，心裡更加確定了：沒有錯，她是米菲亞。

不管是不是從咖啡館老闆的信裡得知，還是我自己心裡與她的連結感應，我在這一幕中，挖掘出深埋在回憶中最深層的往事：我時常在母親的懷抱中滲出灼熱的汗水與體溫，也曾經疑惑這記憶深刻的過熱溫度。

我想，那在我與母親的擁抱中間，就是米菲亞。

母親在離開我們之前，深刻地擁抱住我們的體溫，現在仍牢牢地貼近我的心底，變成一種從未流逝過其中顏色的景象，恆久悠長地在心底發出亮度。

現在閉上眼睛，還可以聽見母親溫柔的耳語聲，在我們兩人中間，彷彿細膩地拉出一條永恆的，不會間斷的柔軟小調。

我看完電影後，靜靜地踏出了電影院，揉著不適應光線的雙眼，回想著電影裡頭出現的米菲亞。我無法想像原本被禁錮在一個如同沙漠的荒涼境地的她，現在居然取代了海敏，當上了甚至比海敏更好的演員，這之中究竟發生了什麼事。

這部電影一上映後佳評如潮。我看見報章雜誌上的影評，全部一致覺得這是海敏所有的電影中，詮釋角色最貼近，也最有人味、最細膩的完美演出。有人用改頭換面來形容全新的海敏；更有人說，海敏少掉了以前不經意流露出冷酷無情，反而更添加了電影裡頭角色的厚度。

米菲亞的新生活，比想像中的好很多。

但是，我也不想刻意去追求答案了。如同咖啡館老闆信中所寫的，結局是往好的方面發展，過程便不重要了。我的心明確地告訴我，應該在這裡停下來，祝福這一切平靜且美好的發展，祝福這個已經完結了的結局。

正當我一邊想著，一邊準備跨越馬路，到達對面的街道時，便遠遠地看見了一個人，正站在街上的路燈下，專注地凝視著我。

那凝視的眼神，具有非常強大的穿透力量，好像集中這個人的所有意志所凝聚出來，擁有異常強大意志的眼神。我想如果這時我坐在馬路上的其中一臺車子裡，也會被這穿透的眼神給攪和得心神不寧，頻頻回過頭來搜尋。

這是一種尖銳，且高昂的渴求，直直穿透過時間的流動，空間的隔離，迅速刺破了我們兩人中間，一切任何的障礙物質。

我瞇著眼睛，費力地看清楚他的模樣才發現，那是年長十歲的我的模樣。

他臉上的肌肉線條，經過多了十年的沖刷，已經淺淺地佈滿風霜。他穿著一身筆挺的黑色西裝，繫著一條銀絲的領帶，西裝挺拔地在昏黃的燈光下，閃耀著光亮顯眼，有些陌生的富裕氣質。仔細往他的臉上瞧去，他的眼窩旁邊已舖上了細小的皺紋，頭髮也蓋了些許灰白，正站在馬路的對面看著我。

那是海蔚。我想起雷妮說的，我是小他十歲的複製人。

我們就這樣隔著一條街，對望了非常長的一段時間。

昏黃的街燈籠罩著他，使他身上發出了淡淡的，金黃色的光芒。街道上零碎的引擎聲，還有耳語般的遙遠的說話聲，雜匯在一起的光線與聲響，在我們相互凝視的此刻，都靜靜地沉澱了下來。

在這對望的時間裡，我感覺到長久以來，那些莫名憂傷的情緒終點。這感受使我茫然困惑，我必須在心裡默默地花很大的力氣，才能從這念頭上離開。

我把眼神從他的身上拔開，環顧四周，心裡想開步走向他，但是某種奇特的力量把我按在原地上，周圍的空間瞬間縮小，把我團團圍住，就好像被關進一個四面八方都是鏡子的房間中。

我抬頭往上看，自己的影像被反射在天花板那面如同哈哈鏡的鏡子中，顯現的都是變形與抽長的詭異角度。我看見裡面有一個在大雨中，蹲在母親身邊的小男孩，隨後，又坐在修女旁邊，跟著顛簸的公車，身體也晃蕩的一上一下。然後我看見了米菲亞，她甜美的笑容對著我綻開，周圍再度被渾厚的大雨包圍。

我由裡到外，上到下地不停觀望著自己，看見自己扭曲，已經混濁的染色體。

我找不到適當的語言開口說話。我盯著海蔚的眼神不斷地躍動，眼珠在眼眶中迅速滾動著，越過所有事物，以及記憶的表面。

我看見他原本嚴謹且靜止的臉上，突然冒出一個溫暖的笑容，朝著我的方向，對我揮了揮手。

我也艱難地舉起手臂，朝他揮了揮。強勁的風從我的衣袖裡灌了進來，緊緊包覆住我的身體，然後再緩慢地由後方散去。

後記：旺盛的時間之河

這本《惡之島——彼端的自我》開始於二〇〇七年的九月中旬，完成於二〇〇八年的十月初。二〇〇七年的那個時候，我的第一本長篇小說《潛在徵信社》出版，除了仔細聆聽許多讀者朋友給我的意見與感想之外，還有就是進入一種休息的狀態。

大概兩個月的時間，我只寫了兩篇短篇，其他時間都在看書還有看電影。有時候仔細回想，我的日常生活其實也頗枯燥的，除了教書，我的興趣只有專注在寫小說、看書、看電影而已，把我這個人大量的心神全投注在上頭，如同孤注一擲般地認真，其他的活動幾乎沒有辦法顧及。

我不算是那種需要費力找題材的作者，應該說我也很常為了要寫什麼而認真思考，但是大部分的時間，只要有一個想法，在電腦上開了頭，就會進入一種任其發展的狀況。這很有意思，有時候我會覺得小說裡面那些主角，都自己有了想像力，他們甚至會控制我的想法，一切往他們想要的地方發展。

所以完成小說，有時感覺像是看著自己造出來的兒子，他長大了擁有自己獨立的思考，根本看不見我的存在。我也喜歡這樣，小說裡頭越少我的影子越好，他是獨一無二的，我永遠都是如此希望著。

在寫這本小說之前，我想起許多關於複製話題的電影，都是在講述提供器官或者延續本尊思想來實現其私慾，那，有沒有可能，複製人不僅只是這樣，本尊還可以利用他的靈魂或旺盛的生命力，還有彼此身世產生糾纏連結呢？

這大概就是《惡之島——彼端的自我》這本書的思考雛型。

當然，裡頭還有大量的魔幻寫實場景，複雜的家族史支線以及關於人性黑暗殘忍，面對另個自己，所會延伸出來各種扭曲的心理狀態。我在寫這本書的這一年中，生活上發生了很多事，以前我或許就會很乾脆地把手邊正在寫的小說，擱在一旁，整個人詳細陷進去現實中感受。畢竟不管在創作什麼，我都認為日常生活是最重要也最需要去記憶的。但是這一年在書寫這本書，我卻發生了一種怪異的現象，不論我做什麼、發生什麼，整個思緒就是被緊緊鑲住在書裡每個的主角，每個小說的轉折上，彷彿我這一整年，是懷著各種複雜的心情，住在惡之島中。

這本書獨自旺盛的生命力，讓我始終覺得不可思議。

感謝臺灣商務印書館的主編葉幗英小姐，責編徐平大哥，行銷陳貞全大哥，您們對我與這本書的支持，我永遠銘記在心。替我寫推薦序的作家駱以軍、甘耀

明、陳雪、顏忠賢諸位老師，還有不想被定位的作家好友張永智，好感謝您們的願意推薦，真的謝謝！！（一鞠躬）

其他替我寫推薦序的好友獻瑞、娃娃，還有我最重視日常生活中，發出光芒的親人朋友們：我的父母，哥哥**Ron**，以及戴哥、游、老大、許多天使的成員：打貓阿杰（謝謝你幫我想許多行銷方式）、娃娃（最感謝妳了！幫我校正錯字與架網站）、安迪（互相打氣勉勵）、義宗、哈利、小賀、阿哲、陳昇……謝謝你們在我身邊對我的支持，我永遠都會深深地放在心裡。謝謝！

惡之島——彼端的自我

作者◆謝曉昀
發行人◆王學哲
總編輯◆方鵬程
主編◆葉幗英
責任編輯◆徐平
美術設計◆吳郁婷

出版發行：臺灣商務印書館股份有限公司
台北市重慶南路一段三十七號
電話：(02)2371-3712
讀者服務專線：0800056196
郵撥：0000165-1
網路書店：www.cptw.com.tw
E-mail：ecptw@cptw.com.tw
網址：www.cptw.com.tw

局版北市業字第 993 號
初版一刷：2009 年 3 月
初版二刷：2009 年 5 月
定價：新台幣 320 元

ISBN 978-957-05-2356-0

惡之島：彼端的自我 ／ 謝曉昀著．　-- 初版
臺北市：臺灣商務，2009.03
面 ；　公分

ISBN 978-957-05-2356-0（平裝）

857.83　　98000656

讀者回函卡

感謝您對本館的支持，為加強對您的服務，請填妥此卡，免付郵資寄回，可隨時收到本館最新出版訊息，及享受各種優惠。

姓名：________________ 性別：□男 □女

出生日期：____年____月____日

職業：□學生 □公務（含軍警） □家管 □服務 □金融 □製造
□資訊 □大眾傳播 □自由業 □農漁牧 □退休 □其他

學歷：□高中以下（含高中） □大專 □研究所（含以上）

地址：________________

____

電話：（H）____________（O）____________

E-mail:________________

購買書名：________________

您從何處得知本書？

□書店 □報紙廣告 □報紙專欄 □雜誌廣告 □DM廣告
□傳單 □親友介紹 □電視廣播 □其他

您對本書的意見？（A/滿意 B/尚可 C/需改進）

內容 ____ 編輯 ____ 校對____ 翻譯 ____

封面設計____ 價格____ 其他 ____________

您的建議：

____

____

____

臺灣商務印書館

台北市重慶南路一段三十七號 電話：（02）23713712轉分機50~57
讀者服務專線：0800056196 傳真：（02）23710274
郵撥：0000165-1號 E-mail：ecptw@cptw.com.tw
網路書店網址：www.cptw.com.tw